Taylor, Bay

Reisen in Griechenland nebst eine... Ausflug nach Kreta

Taylor, Bayard

Reisen in Griechenland nebst einem Ausflug nach Kreta

Inktank publishing, 2018

www.inktank-publishing.com

ISBN/EAN: 9783750132535

Reisen

in

Griechenland

nebst

einem Ausflug nach Kreta

von

Bayard Taylor.

Aus dem Englischen

von

Marie Hansen-Taylor.

Autorisirte Ausgabe.

Leipzig,
Voigt & Günther.
1862.

Vorrede.

—

Die hier folgende Uebersetzung ist dem vorletzt erschie-
nenen Werke Bayard Taylor's: „Reisen in Griechenland und Rußland, nebst einem Ausflug
nach Kreta" entnommen. Ich habe mir dabei erlaubt
den nur skizzenhaft behandelten Theil über Rußland, als
von geringerem Interesse für das deutsche Publikum, weg-
zulassen und mich lediglich auf die Ausflüge in Griechenland und auf Kreta beschränkt.

Herr Taylor sagt selbst in seiner Vorrede zu dem oben
erwähnten Buche: „Der Leser wird bemerken, daß ich in
meiner Beschreibung Griechenlands mich vielmehr den An-
schauungen seiner physikalischen Beschaffenheit, sowie dem
Charakter und den Sitten seiner gegenwärtigen Bevölkerung,
als der vergangenen Landesgeschichte und ihren klassischen
Ideenverbindungen zugewendet habe. Sollte dieser Band
also nichts Neues enthalten, so stellt er doch vielleicht das
Alte und Bekannte unter neuen atmosphärischen Einwirkun-
gen dar. Wäre es nicht, daß das Land sich in einer Durchgangsperiode befände und daß alle paar Jahre sich dem
Reisenden eine neue Phase vor Augen stellte, so würde ich

-

5

mich wol gescheut haben ein Feld zu betreten, welches als beinahe gänzlich erschöpft betrachtet werden kann."

In Bezug auf die Ethnologie Griechenlands sagt Herr Taylor weiter: „Ich kann nur mit völliger Ueberzeugung den Ansichten Fallmereyer's beitreten, welcher behauptet, daß die heutigen Griechen ein gemischtes Volk seien, in dem das slavische Element vorwiege und daß echt griechisches Blut nur in einigen wenigen Gegenden gefunden werde."

Indem ich die Uebersetzung des Buches meinen deut- schen Landsleuten übergebe, fühle ich die Zaghaftigkeit eines Ungeübten. Den Muth zur Publikation gibt mir allein das Bewußtsein, an Zeit und Mühe nichts gespart zu ha- ben, um die Arbeit so getreu als möglich dem Original zu liefern, ohne doch dem Wohlklang unserer deutschen Sprache Eintrag zu thun.

New-York, Juni 1860.

Marie Hansen-Taylor.

Inhaltsverzeichniß.

Erstes Kapitel.

Streifzüge durch Griechenland.

Bilder von der Küste Dalmatiens.

Nachdem ich die Hoffnung aufgegeben hatte, mich eines sibirischen Winters zu erfreuen — was nämlich meine ursprüngliche Absicht gewesen war — nahm ich mir vor, soviel als möglich in das andere Extrem überzugehen und den Winter ganz und gar zu vermeiden. Zur Zeit da wir Gotha verließen (am 4. December 1857) hatte diese Jahreszeit aber bereits feierlichen Einzug gehalten. Der erste Schnee überzog die thüringischen Berge und bitter kalte Windzüge bliesen als letztes Lebewohl des aufgegebenen Nordens vom Harze her auf uns herab. Einem echten Deutschen gleich, begnügte er sich nicht mit einem einzigen Gott befohlen, sondern mußte immer und immer wieder zurückkehren, um den süßen Schmerz der Trennung zu verlängern. Er geleitete uns nach Dresden, durch die düstern, trübumhüllten Durchfahrten der sächsischen Schweiz, über die offenen Ebenen Böhmens, und verließ uns im Donauthale nur eine kurze Zeit, um auf der Höhe des Sömmering sodann mit um so größerer Gewalt zurückzukehren. Endlich aber am südlichen Abhange des Karst oder Tafellandes von Kärnthen, wo sein rauher Name Boreas sich in das italienische Bora umwandelt, verließen wir ihn, und die kleinen Oelbäume der Gärten Triests hießen uns willkommen an der Schwelle des Südens.

In Triest beschloß ich, um den größtmöglichen Vortheil von meiner südwärts gerichteten Reise zu ziehen, mich des Lloyd-

Dampfbootes der dalmatinischen und albanesischen Linie zu bedienen, wodurch es mir möglich wurde, etwas von einer der
wenigst besuchten und interessantesten Küsten des mittelländischen
Meeres zu sehen. Am Nachmittag des 12. waren wir am Bord
des Niramar, Kapitän Mazarewitsch, und dampften aus dem
Hafen von Triest unter einem wolkenlosen Himmel und auf
einer blauen, spiegelglatten See, obschon der über die istrischen
Alpen daherstreichende Wind scharf genug blies. Unser Schiff,
zwar neu, reinlich und hinreichend bequem eingerichtet, war von
einer peinlichen Langsamkeit, derzufolge wir lange nach Einbruch
der Nacht vor Pola vorüberkamen, dessen berühmtes Amphitheater vom Meere aus deutlich sichtbar ist. Unser Trost im Laufe
des Nachmittags war der schöne Blick, den wir auf die julischen
Alpen hatten, die von Triest bis fast nach Venedig in einem
prachtvollen Bogen sich um die nördlichste Spitze des adriatischen
Meeres schwingen. Während der Nacht kamen wir über die
Mündung des Golfes von Fiume, der einzige Ausweg, den Kro-
atien zur See hat und von dem der Leser sich vielleicht erinnert
während des Kampfes in Ungarn gehört zu haben, als man
davon sprach, die slavischen Volksracen mit den Magyaren zu
vereinigen und der neuen Nation einen Seehafen zu sichern.
Dem Golfe von Fiume gebe ich das freudige Zeugniß, daß er
ein ebenso rauhes Gewässer als die Bay von Biscaya ist, und
hiermit wäre alles gesagt, was ich davon weiß, denn bei Sonnenaufgang lagen wir vor Zara, der Hauptstadt Dalmatiens.

Viele meiner Leser mögen sich dieses Ortes wol von gewissen viereckigen, in Weidengeflechte eingebundenen Flaschen her
erinnern, auf deren Etiquetten sie „Maraschino di Zara" gelesen haben. Solche, welche tief genug in das Studium der
Geschichte eingedrungen sind, werden sich des berühmten Seetref-
fens erinnern, welches während des vierten Kreuzzuges hier stattgefunden hat, und die wenigen Glücklichen, welche Venedig kennen, haben des berühmten Bildes im Dogenpalaste nicht vergessen,

auf dem der Sohn Barbarossa's von den Venetianern gefangen genommen wird — die gröbste Lüge, welche die Welt je erfand, indem so etwas nie geschehen ist. Zara muß heute noch ziemlich ebenso aussehen wie in jenen Tagen. Die langen, mit Zinnen besetzten Ringmauern und die viereckigen Basteien waren mir von dem eben erwähnten Bilde her wohlbekannt. Aus der alten Geschichte der Stadt brauche ich nur zu erwähnen, daß sie die Hauptstadt der römischen Provinz Liburnien und nicht ohne Bedeutung in den Zeiten des Augustus' war.

Die Sonne erhob sich über der schneebedeckten Gebirgskette des Velebich, der Grenzscheide zwischen Dalmatien und dem türkischen Bosnien. Das Land, welches eine grelle Sonne beschien, sah überaus kahl und wüste aus. Um den Hafen herum zogen sich Oelgärten, in die sich eine oder zwei spitzzulaufende Cypressen und ein paar blätterlose Feigenbäume einmischten. Auf dem niedrigen Quai standen vor dem Hafenthore dalmatinische Schiffer zusammengeschaart, während andere in ihren rothen Mützen, losen Hemden und weiten Hosen das Dampfschiff umschwärmten. Es war ein Anblick, der weder italienisch noch orientalisch im Charakter war, sondern vielmehr etwas von beiden nebst einem Zusatz von modernem Frankenthum hatte, gerade bedeutend genug, um dem Ganzen das Ansehen eines Flickwerkes zu geben. Ich kenne nichts Erbärmlicheres und Trübseligeres als den Anblick dieser Hafenorte des mittelländischen Meeres. In einer Art Durchgangsperiode begriffen, haben sie die alte Tracht, die alten Sitten und Gewohnheiten zum größten Theile aufgegeben, während die des westlichen Europas ihnen noch zu ungewohnt sind, um nicht ungeschickt und affectirt zu erscheinen. Das Innere der Stadt machte einen ganz gleichen Eindruck; es war überall dieselbe sonderbare Mischung zweier heterogenen Elemente. Nur das Landvolk, welches mit seinen Karren hereingekommen war und auf dem Marktplatze die mitgebrachten Gemüse verkaufte, und einige zottige Burschen, die ich für Morlaken oder Gebirgs-

Slaven hielt, schienen sowol dem Geblüt wie dem ganzen Benehmen nach echte Dalmatier zu sein. Die slavische Abstammung verselben war auf den ersten Blick zu erkennen. Das tiefliegende Auge, die gedrungene Stirn, die dicke Nase und das längliche Oval des Gesichtes mit dem Ausdruck voll Muth, Berechnung und Halsstarrigkeit, die aufrechte, etwas stolze Gestalt und die freie, anmuthsvolle Haltung sind charakteristische Merkmale, die allen Zweigen dieser weit verbreiteten Volksrace eigenthümlich sind. Einige der alten Männer waren edle Gestalten; wie überall unter den Slaven aber, waren die Männer bei weitem schöner als die Frauen.

Zara ist ein kleiner Ort, den man mit Leichtigkeit in einer Stunde besehen kann. Die Straßen sind sehr eng und winkelig, aber mit dicken Steinplatten gepflastert und vollständig sauber gehalten. An der einen Ecke des öffentlichen Platzes steht eine korinthische Säule, auf der sich ein geflügelter Greif erhebt, dem Vermuthen nach Ueberbleibsel von einem Tempel aus dem Zeitalter des Augustus. Der Dom, ein niedriger Marmorbau im byzantinischen Style, ward vom alten Dandolo gestiftet, der im Jahr 1202, auf seinem Zuge gegen Konstantinopel, hier überwinterte. Um den Maraschino auf seinem vaterländischen Boden zu kosten, traten wir in ein Café ein; allein die uns gereichte Qualität überzeugte uns nur, daß der Wohlgeschmack des Likörs im Exile ein weit besserer ist. Er wird aus den Beeren einer wilden Kirschenart bereitet, die marasca heißt und von welcher der Name Maraschino herstammt.

Wir fuhren zu Mittag ab und liefen einem Küstenstriche entlang, der, trotzdem daß ein jedes der nach dem Meere zu sich öffnenden Thäler im Silbergrau der Oelpflanzungen schimmerte, nackt und kahl erschien. Kurz vor Sonnenuntergang erreichten wir Sebenico — ein wunderbar malerischer Ort, welcher sich an der Seite einer steil aus dem Wasser emporsteigenden Anhöhe aufbaut und von drei starken venetianischen Festungswerken be-

herrscht wird, hinter denen sich ein kahler, öder Berg empor-
thürmt. Unser Dampfer legte an einem Steindamm an, der den
Hafen deckt, und um den Ort noch vor Anbruch der Nacht zu
besehen, stiegen wir an das Land. Schaaren rauher, schmutziger
Männer, in weite Hosen und zottige Jacken von Schafsfell gekleidet, starrten uns neugierigen Blickes an. Einige wenige von
ihnen bettelten in unverständlichem illyrisch oder schlechtem italienisch. Die Frauen, von denen mehrere recht hübsch waren, trugen
eine sehr malerische Tracht, bestehend aus einem hochrothen Mie-
der, das bis zum Gürtel herunter offen war und ein schneeweißes,
die volle Brust umhüllendes Leinwandhemd sehen ließ; einem
rothen oder dunkelblauen Rocke und einem bunten Tuche, das sich
durch die langen Flechten des dicken schwarzen Haares schlang.

Die Straßen waren so ungemein eng, steil und dunkel, daß
wir zuerst Anstand nahmen uns in ein so verdächtiges Labyrinth
hineinzuwagen. Zuletzt aber stießen wir auf eine kleine Gasse,
die uns zu dem vor dem Dom gelegenen öffentlichen Platze, dem einzigen ebenen Grund und Boden der Stadt, führte. Er besteht aus
einer, ungefähr auf halbem Wege zur Höhe des Hügels künstlich angelegten Terrasse und mag wol hundert Fuß im Quadrat enthalten.
Auf der einen Seite steht der Dom, ein sehr seltsamer, gedrungener
alter Bau von weißem Marmor, im entarteten byzantinischen Style;
auf der andern Seite ein auf einem Bogengang ruhendes Gebäude,
welches an Venedig erinnert. Der Vorhof war mit großen,
schlüpfrigen Marmorplatten ausgelegt und gänzlich lautlos und
öde. Als der gelbe Widerschein der untergehenden Sonne den
Dom und die Vorderseite der hoch uns zu häupten dräuenden
Festung traf und ein Schimmer des im dunklen Purpur glänzenden Meeres von fern her durch die Spalte drang, zu welcher
wir heraufgestiegen, da kam es mir vor, als hätte ich eine
abhanden gekommene und der Vergessenheit anheimgefallener
Stadt aufgefunden, über die der Sturm des Verderbens noch
nicht dahingebraust war. Alles war seltsam und erhaben, weich

gestimmt vom Hauche der Zeit, während es, als neue Schöpfung betrachtet, sich nicht über das groteske hätte erheben können.

Wir bestiegen das Fort, von dem wir eine weite Aussicht auf die Küste, das Meer und die dalmatinischen Inseln hatten. Die Festungswerke schienen nicht länger im Vertheidigungszustande erhalten zu sein, was in der That auch nutzlos wäre. Sebenico ist ein armer Ort und ebenso stolz als arm, wenn man den Aussagen eines wohlhäbigen Brauers trauen darf, der ein Bierhaus auf dem Quai hält. „Unternehmungsgeist gibt es hier nicht", sagte er; „das Land ist im Stande weit mehr hervorzubringen, als es der Fall ist, wenn nur die Leute nicht so faul wären. Da sind z. B. ein halbes Dutzend alter venetianischer Familien, die sich für zu hochwohl- und edelgeboren halten, um etwas zu thun und die in ihrem Stolze nach und nach Hungers sterben. Nachdem sie außer dem Familiensitze alles verkauft haben, geht es dann Stück für Stück an das Silberzeug. Was sie anfangen, wenn das auch fort ist, weiß ich nicht. Ich werde für reich gehalten, weil ich mehr einnehme als ausgebe; trotzdem aber verachten mich diese vornehmen Leute, weil ich ein Geschäft treibe. Mein Vater wurde einstmals von einem derselben angesprochen, der eine Summe Geldes borgen wollte. Er ging zu dessen Hause hin, wo ihm aber die Edelfrau den Eintritt verweigerte, indem sie sagte: ‚Warte auf der Straße, bis Seine Gnaden hinaus kommen.' — Ganz gut! Als Seine Gnaden dann kamen, sagte mein Vater zu ihm: ‚Ist meine Person nicht werth Euer Haus zu betreten, so ist mein Geld auch nicht werth Eure Finger zu berühren,' und damit ging er fort. Diese Leute möchten gern das venetianische Regiment wieder herstellen, denn damals bekleideten sie Aemter und stellten etwas vor; wenn wir sie aber auf gute Manier loswerden und ihre Plätze mit Deutschen ausfüllen könnten, die sich vor keiner Arbeit scheuen, dann würde es besser um Dalmatien bestellt sein." Ich zweifle nicht, daß in diesen Bemerkungen des Brauers viel Wahres enthalten ist. Dalmatien scheint mir für die Erzeugung von Wein, Oel und Seide nicht weniger als irgend ein anderer Theil des südlichen Europas befähigt zu sein. Der gegenwärtige Ertrag an Wein, der von trefflicher Güte ist, beläuft sich jährlich auf 1,200,000 Tonnen. An Oel werden ungefähr 60,000 Tonnen gewonnen; da aber die Zahl sämmtlicher Oelbäume im Lande sich auf nahe an drei Millionen beläuft und ein Pfund Oel der Ertrag von dritthalb bis fünf Pfund Oliven (je nach dem guten oder schlechten Jahre) ist, so muß bei der Bereitung des Artikels eine beträchtliche Verschwendung an rohem Material stattfinden. Weizen und Gerste gedeihen gleichfalls außerordentlich gut. Der Werth der jährlich aus dem Lande ausgeführten Hauptprodukte beläuft sich im Ganzen etwa auf 2,000,000 Dukaten, was bei einer Bevölkerung von 400,000 Seelen per Kopf nur 5 Dukaten als Betrag der geleisteten Arbeit ausmacht, ohne dabei den nöthigen Lebensunterhalt in Rechnung zu bringen.

In der Frühe des nächsten Morgens brachen wir von neuem auf. Ein wolkenloser Himmel und schlummernde Meereswogen begünstigten noch immer unsere Fahrt. Gelb und kühn stiegen die Spitzen der Küstenberge über den mit Oelbäumen besetzten Terrassen, die ihren Fuß umgürteten, empor, und fernhin im Lande erhoben sich, die Scheidewand zwischen Dalmatien und Bosnien bildend, leicht geröthete und mit Schnee betüpfte Gebirgszüge. Nachdem wir gegen Mittag eine hervorspringende Landzunge umschifft hatten und eine beinahe schnurgerade östliche Richtung einnahmen, sahen wir die Glockenthürme von Spalato (nicht Spalatro, wie es gewöhnlich gesprochen wird) vor uns aufflimmern. Diese durch Diokletian berühmte Stadt liegt an einer kleinen Bucht, dem Schlußpunkte eines zweiten, von den Inseln des dalmatinischen Archipels umschlossenen Meerbusens und am Ende einer drei bis vier Meilen langen, sanft geneigten Ebene. Die hier zurücktretenden Berge bilden ein anmuthiges Amphitheater, auf dessen Höhe einst die Stadt Salona stand. Spalato ist auf den Ruinen des Palastes Diokletian's erbaut, dessen Mauern noch immer die ganze mittelalterliche Stadt umfassen. Von Diokletian und den Kohlköpfen, die er in Dalmatien gezogen, hat Jedermann gehört; nur wenige aber wissen, wie viel von seiner kaiserlichen Einsiedelei die Zeit verschont hat. Gehen wir ans Land und sehen selbst.

Zweites Kapitel.

Ferneres aus Dalmatien.

Spalato sollte eigentlich den Namen Diocleziano führen. In der langen Façade der dem Meere zugekehrten Häuserreihe zählten wir achtundzwanzig Bogen des kaiserlichen Palastes, und in dem sechseckigen Bau hinter dem hohen venetianischen Glockenthurme erkannten wir den innerhalb seiner Mauern gelegenen Jupitertempel. Inmitten eines Haufens schmuziger, aber höchst malerischer Dalmatier und Morlaken ans Land steigend, entdeckten wir im Mittelpunkte der alten Meeresfaçade einen bogenförmigen Eingang in die Masse der Häuser. Ein gewölbter, in ungleichen Stufen aufwärts führender Gang brachte uns in die Mitte verschiedenartiger Trümmer, zwischen welchen die heutigen Bewohner, Fledermäusen gleich, sich eingenistet haben und die römischen Bögen und Mauern mit ihren Herdfeuern und ihrem Schmuze verräuchern und besudeln. Eine runde Halle, deren gewölbtes Dach eingefallen, war offenbar die Vorhalle, welche zu den architektonischen Herrlichkeiten des inneren Hofes einführte. Nachher aber war der Anblick ein plötzlich veränderter.

Ein von vier Säulen — Monolithen von rothem Granit mit Capitälen aus weißem Marmor — getragener Portiko, welcher von einem im überladensten Style ausgehauenen Giebel überspannt wurde, führte uns in den Hof des Palastes, der mit Marmor ausgelegt und von einem auf hohem Fundamente ruhenden Säulengange umgeben war. Zur Rechten dient jetzt der massive Portiko des Jupitertempels als Fundament des Campaniles, und hinter diesem steht der fast in allen seinen Theilen vollständig erhaltene Tempel selbst. Zur Linken und in geringer Entfernung hinter dem Säulengang zurücktretend, befindet sich ein kleiner, von einem reichen korinthischen Kranzgesimse umgebener Marmorbau, der allgemein für den Tempel des Aeskulap gehalten wird, obschon einige Alterthumsforscher das Mausoleum des Diokletian in ihm erkennen wollen. Vor dem Tempel des Jupiters liegt eine egyptische Sphinx aus schwarzem Porphyr, die eine Inschrift aus der Zeit Amunoph's III. — ungefähr 1500 v. Chr. — trägt. Die zauberhafte Wirkung dieses Hofes wird dadurch bedeutend erhöht, daß man so urplötzlich auf ihn stößt und der Contrast gegen die ihn umschließenden Massen der alten, hohen und schmucklosen venetianischen Häuser ein so auffallender ist. Der Umstand, daß er den Bewohnern des mittelalterlichen Spalato — welches sich durchaus innerhalb der Mauern des Palastes befand — als öffentlicher Platz diente, hat ihn ohne Zweifel vor der Zerstörung bewahrt. Man nennt den Platz noch heutiges Tages Piazza del Tempio.

Wir traten in den Tempel ein, der jetzt der Dom ist. Das flitterhafte Beiwerk der neuen Religion harmonirte durchaus nicht mit dem einfachen Ernste der alten. Da der gewölbten Kuppel, ungleich dem römischen Pantheon, die Oeffnung zum Einströmen des Lichtes fehlt, so ist es im Innern ziemlich düster. Ein außerhalb um den Tempel laufender Säulengang ist durch Vernachlässigung dem allmäligen Verfall anheimgegeben, und die Beschaffenheit desselben zeigt, daß hier ein ähnlicher Aufruf noth thäte, wie jener an einer der Kirchen von Florenz befindliche: — „Die ihr euch Christen nennet, o, schonet des Herren Tempel!" — Zwischen den Säulen standen zwei große Sarkophage. Der eine von ihnen hatte einen zerbrochenen Deckel, von welchem mein Begleiter das ein Stück bei Seite schob und, in das Innere hineingreifend, ein großes Schenkelbein zum Vorschein brachte, dessen einstiger Besitzer über sechs Fuß Höhe gemessen haben muß. Unterhalb der Kuppel läuft eine innere Galerie hin, welche auf Säulen von Porphyr und grauem Granit ruht. Diese Galerie ist mit einem eine Jagd darstellenden Friese geschmückt, weshalb Einige die Vermuthung aufgestellt haben, der Tempel sei der Diana und nicht dem Jupiter errichtet worden. Es ist jedoch eine bekannte Sache, daß man in späteren Zeiten Jagdmotive in den Tempeln verschiedener Gottheiten anbrachte. Die Ausführung ist so überaus plump, daß man keine hohe Meinung von Diokletian's Geschmack hegen kann. Es ist mir nur möglich sie mit jenen Monstrositäten zu vergleichen, welche man zur Zeit des byzantinischen Kaiserthums unter dem Namen von Sculpturen verfertigte. Vor dem Tempel des Aeskulap befindet sich ein Sarkophag, den man mit größerer Wahrscheinlichkeit, als solchen Conjecturen gewöhnlich beiwohnt, für den des Diokletian selbst hält.

Wir fliegen auf die Spitze des Campanile hinauf und setzen uns nieder die Landschaft zu betrachten. Es war ein warmer, stiller, wolkenloser, Tag und die fruchtbare, hinter der Stadt gelegene Ebene, die allmälig bis zur Stelle des alten Salona hin aufwärts steigt, der blaue, von den purpurnen Eilanden Dalmatiens umhegte Hafen und die nackten lilafarbenen Berge, die längs der bosnischen Grenze sich erheben, bildeten zusammen ein so weitumfassendes, heiteres und harmonisch gefügtes Bild, daß wir sogleich die Wahl des Diokletian verstanden und ihm volle Anerkennung dafür zu Theil werden ließen. In den Spalato umgebenden Gärten konnten wir verschiedentliche Kohl- und Krautköpfe bemerken, die wahrscheinlich die

Abkömmlinge derjenigen waren, welche Diokletian so prahlerisch dem Maximilian unter die Nase rieb. Trotz seiner Kohlköpfe aber war Diokletian weit davon entfernt ein Diogenes im Purpur zu sein. Ich schaute auf die kleine, dicht zusammengedrängte Stadt hinab und folgte mit Leichtigkeit dem Umkreise seiner Palastmauern, die ein unregelmäßiges Parallelogramm bildeten und 500 Fuß an der kürzesten, 670 an der längsten Seite maßen. Ursprünglich wurde diese Mauer von achtzehn Thürmen geschmückt und von vier Thoren unterbrochen, von denen das Hauptthor, die Porta Aurea (das goldene Thor) nach Salona zu lag. Dieses letztere ist kürzlich ausgegraben worden und befindet sich, mit der Ausnahme, daß die Statuen aus ihren Nischen gefallen sind, in sehr gut erhaltenem Zustande. Die übrigen führten die Namen des silbernen, ehernen und eisernen Thores. Innerhalb dieses Raumes befanden sich die Wohnungen des Kaisers und seines großen Gefolges, in welchem seine Frauen, Wachen und Sklaven inbegriffen sind, und außerdem noch zwei Tempel, Bäder und Festhallen. Der byzantinische Schriftsteller Porphyrogenetos, welcher den Palast in seiner Vollständigkeit sah, sagt von ihm: „Keine Beschreibung kann einen Begriff von seiner Pracht und Herrlichkeit geben." Wer möchte nicht auch Kohlköpfe auf solche Weise ziehen? Was mich anbetrifft, so würde ich gegen ein solches Gericht kaiserlichen Sauerkrautes nichts einzuwenden haben.

Wir verließen Spalato des Nachmittags und steuerten nach dem Hafen von Milné auf der Insel Brazza, deren mit Reihen von Oelbäumen überzogene Höhen matt schimmernd im Westen sich zeigten. Diese Insel ist die größte des dalmatinischen Archipelagus und liefert jährlich 80,000 Tonnen Wein und 10,000 Tonnen Oel. Im Plinius wird sie wegen ihrer schönen Ziegen gepriesen, eine Auszeichnung, die sie noch immer bewahrt hat. Es ist etwas sonderbares, wie eng die Fäden des commerziellen und socialen Verkehrs über die ganze Welt miteinander verbunden sind. Die civilisirten Nationen der Erde werden immer mehr zu Gliedern eines einzigen Körpers, in welchem jeder an dem einen Glied berührte Nerv von allen andern mitempfunden wird. „Unser Geschäft in Zara geht in Folge der amerikanischen Krisis sehr flau", sagte ein Dalmatier zu mir. „Aber das schlimmste der Krisis", antwortete ich, „ist in Amerika sowol wie in England bereits vorüber." — „Dann dürfen wir hoffen, daß sie bei uns nicht lange dauern wird", sagte er. In Zante und andern ionischen Inseln befand man sich während der Krisis von 1857 bedeutend in der Klemme, weil das Volk der Angelsachsen nicht mehr die gleiche Menge von Plumpuddings bestreiten konnte und die Korinthen unverkauft blieben.

Indem wir um die westliche Spitze von Brazza herumschifften, öffnete sich ganz unerwartet zu unserer Rechten ein tiefer Kanal, der in einen in das Innere der Hügel eingesenkten Hafen von so regelmäßiger Kreisform ausließ, daß es schien, als ob die Hand der Kunst ihn so gebildet. Dies war Milna, der Hafen der Insel, und ein stiller, einsamer und schweigsamer Ort, den selbst unsere Ankunft nicht im geringsten zu beunruhigen schien. Wir hielten hier nur kurze Zeit an und eilten dann fort nach Lesina, wo der Sage nach Titian mehrere Jahre in der Verbannung gelebt haben soll; kamen durch die Meerenge, in welcher im Jahre 1811 vier englische Schiffe die aus elfen bestehende Flotte der Franzosen zurückschlugen; berührten Curzola in der Nacht und lagen am anbrechenden Morgen im Hafen von Ragusa vor Anker. Dieses ist in historischer Beziehung der interessanteste Punkt an der Küste Dalmatiens. Ein paar sich umhertreibende Griechen und Illyrier gründeten hier im Jahre 636 eine kleine Republik — nicht größer als manches Besitzthum eines englischen Edelmannes — welche den Fall mächtiger Reiche und die politischen Stürme von beinahe 1200 Jahren überlebte. Schließlich wurde ihr im Januar des Jahres 1808 durch ein Decret Napoleon's das Lebenslicht ausgeblasen, der den Marschall

Marmont, Befehlshaber der französischen Truppen in Dalmatien, mit dem Titel eines Herzogs von Ragusa belehnte. Sowol Venedig wie dem ottomanischen Reiche tributpflichtig, behielt sie dennoch ihre städtische Unabhängigkeit und fand Muße genug, neben dem Handel, in welchem zu einer Zeit 360 Schiffe und 4500 Matrosen beschäftigt waren, auch noch Literatur und Wissenschaft zu pflegen. Richard Löwenherz, der während seiner Rückkehr von Palästina an der benachbarten Insel Lacroma Schiffbruch litt, wurde vom Senate als Gast aufgenommen. Ebenso verlieh die Republik dem König Sigismund von Ungarn ihren Schutz, nachdem er vom Sultan Bajazet geschlagen war, und kam drei mal dem letzten wackern Verfechter des griechischen Reiches, Georg Kastriota oder Skanderbeg, zu Hülfe. Kurz, Ragusa stand dem kleinen Moos im Walde gleich, unversehrt, während die Bäume alle verdarben oder mit der Wurzel ausgerissen wurden; und dabei fiel manches helle Streiflicht der Geschichte in ihr abgeschlossenes Dasein. Napoleon, der Erbauer und Zerstörer, kam zuletzt, setzte seinen Fuß auf ihren Nacken und zertrat sie.

Der Kapitän gab uns zwei Stunden zu einem Ausflug in das Land, und wir machten uns demnach auf den Weg nach Alt-Ragusa, welches zwischen zwei bis drei Meilen entfernt ist. Der jetzige Hafen ist ein in das Land eingetieftes Becken und rings von wellenförmigen Höhenzügen eingeschlossen, welche bis zum Gipfel hinauf von Oelwaldungen umwogt sind, während unten die Gärten im buschigen Laube ihrer Orangen- und Citronenbäume funkeln. Die Hügel sind reichlich mit Landhäusern besetzt, von denen viele stattliche alte Gebäude, doch alle mehr oder weniger im Verfalle begriffen sind. Von der französischen und darauf folgenden russischen Invasion sind die Spuren nach allen Seiten hin sichtbar. Abgedeckte Häuser, verwilderte Gärten und brachliegende Feldterrassen gaben der Landschaft ein traurig verarmtes Ansehen. Vom Hafen aus einen langgestreckten Hügel hinaufklimmend, gelangten wir über die Höhe eines Vorgebirges und hatten vor uns das Meer, während in einer Küstenvertiefung unter uns zur Linken die Thürme und Festungswerke von Alt-Ragusa im blauen Morgendunste schwammen. Hoch über demselben, auf der Spitze des dahinter ragenden Berges, glänzten die weißen Ringmauern einer andern Festung, zu welcher der Weg in vierzehn zickzackigen Wendungen an dem steilen Abhange hinaufstieg. Es war ein Bild voll von Wärme, kräftiger Färbung und scharfen, bestimmten Umrissen. An die Felsen unten klammerten sich dichte Gruppen von Aloe; schwerlastende Orangen hingen oben über den Mauern der Gärten, und an einer sonnigen Stelle wuchsen einige junge Palmen empor. Wir gelangten nicht weiter als bis zu den ersten Häusern von Alt-Ragusa, von wo aus wir die verfallende Stadt überschauten, in deren mit schlüpfrigem Marmor gepflasterte Hauptstraße es noch immer jeglichem Pferde verwehrt ist, den Huf zu setzen.

Nach dem, was ich von den Trachten der Ragusaner sah, fand ich sie nicht ganz so malerisch, als die der übrigen Hafenstädte Dalmatiens. Der Volksstamm ist im allgemeinen jedoch derselbe. Es ist thatsächlich erwiesen, daß von allen Einwohnern Dalmatiens fünfzehn Sechszehntel slavisches Blutes sind. Sie sind ein Volk von mittlerer Größe, aber zäher, abgehärteter Natur und von beträchtlicher Körperkraft. Ihre Lebensweise ist eine sehr ursprüngliche. Eine jede Familie hat ihr patriarchalisches Oberhaupt, und die Söhne führen ihre Frauen in die väterliche Hütte heim, bis der natürliche Zuwachs sie aus den engen Grenzen derselben hinaustreibt. Die Mutter nimmt ihr der Brust noch nicht entwöhntes Kind mit sich hinaus aufs Feld, wo sie ihm einen Stein zum Kopfkissen gibt. Sie haben noch immer Hexen unter sich und glauben an Quälgeister und Zauberformeln. Unter den Morlakken herrschte noch vor ganz kurzem der Gebrauch, daß der Bräutigam seine Braut — wie Hippolyt oder die Junggesellen unter den Tartaren — in einem öffentlichen Wettlauf fangen mußte. Die Blutrache lebt, wie

unter den Korsen, auch hier, trotz dem Gesetze, fort, und der
wandernde Barde, der die Heldenthaten seiner Vorfahren besingt,
geht von Dorf zu Dorf, wie in den Tagen des Homer.

Unsern Weg in südlicher Richtung längs der Küste fort=
setzend, erreichten wir des Nachmittags den Bocca di Cattaro,
den Eingang zu einem der wildesten und wunderbarsten Häfen
der Welt. Oesterreich hat mit der Zähigkeit eines Spürhundes
an allen venetianischen Niederlassungen festgehalten, die es längs
der Küste des adriatischen Meeres an sich reißen konnte. Ein
Blick auf die Karte wird überzeugen, wie es sich von Zara bis
Budua eines Küstenstreifens bemächtigt hat, welcher zwischen
2—300 Meilen lang ist, während die Breite desselben zwischen
5 und 30 Meilen hin und her schwankt. Bosnien, die Herze=
gowina und Montenegro, können jetzt durch keinen andern als
einen österreichischen Hafen mit dem Meere in Verbindung treten.
An zwei Stellen ist dieser Streifen durch schmale Klammern
türkischen Gebietes unterbrochen, welches bis zum Meere hin
reicht — natürlicherweise aber an Punkten, wo kein Seehafen
angelegt werden kann. Wir strichen dicht unter einer überhän=
genden Klippe hinweg, deren Felsgestein in gesättigten Farben
glühte und an welcher, Bastei über Bastei, sich die dicken, wei=
ßen Mauern einer Festung aufthürmten. Die Einmündung der
Bucht ist etwas weniger als eine Meile breit und hat ein gleich=
falls befestigtes Eiland in ihrer Mitte. Durch diesen Eingang
kamen wir in ein tief in das Land hineinführendes, von Bergen
rings eingeschlossenes Gewässer. Nach Südost hin erhob sich
eine hohe Kuppe der montenegrinischen Alpenkette, deren höchste
Spitze mit glitzerndem Schnee bedeckt war. „Wo meinen Sie
daß Cattaro liegt?" frug mich der Kapitän. „Irgendwo in die=
ser Bucht", antwortete ich. „Nein", sagte er, „es liegt gerade
unter jener schneebedeckten Kuppe." — „Aber wie in aller Welt
sollen wir dahin kommen?" — „Nur Geduld, und Sie werden
sehen!" war die Antwort.

Wir berührten Castelnuovo, welches im sechszehnten Jahrhundert die Hauptstadt der Herzegowina war. Als Verbündete des Admirals Doria nahmen es die Spanier, welche die starke Festung bauten, die bis zum heutigen Tage noch ihren Namen führt und ihrerseits wieder von dem türkischen Admiral Khaireddin Barbarossa hinweg getrieben wurden. An den sonnigen Höhen vorbeischiffend, die amphitheatralisch emporstiegen und reich mit Hainen von Oel-, Wallnuß- und wilden Feigenbäumen bewachsen waren, steuerten wir auf das südliche Ende der Bucht zu, welche sich urplötzlich zur Rechten seitwärts aufthat und eine neue Wasserstraße enthüllte, an deren Anbeginn die kleine Stadt Perasto lag. Graue, nackte und unersteigbar steile Berge hingen über ihr. Als wir uns näherten, stieg eine Kirche mit einem Kloster, scheinbar auf dem Wasser schwimmend, vor unsern Blicken auf. Auf ein Felsenriff inmitten einer Bucht gebaut, war sie ein wunderlich seltsamer Bau mit grünen, zwiebelförmigen Thurmkuppeln. Nachdem wir an Perasto vorbei waren (wo der Kapitän uns freudig sein Haus zeigte, aus dessen Fenster ein weißes Tuch ihm zuwinkte) zog sich die Bucht zuerst in östlicher und sodann in südlicher Richtung und zerspaltete die Bergkette, im wahren Sinne des Wortes, bis zur Wurzel des im Mittelpunkte aufsteigenden Schneegipfels hin. Nach allen Seiten erhoben sich die kahlen Wände fast gerade aufsteigend bis zur Höhe von 3000 Fuß aus dem Wasser. Wir befanden uns auf einem Bergsee; die wüthendsten Stürme der Adria vermochten nicht die gleichmäßige Ruhe dieser Gewässer zu stören. Sie sind geschützt gegen jeglichen Wind, woher er immer wehen mag. Am äußersten Ende dieses Sees, unter den allersteilsten Klippen, lag Cattaro, das mit seinen scharfwinkeligen Vertheidigungsmauern den über ihm ragenden Berg bis zu einer Höhe von etwa tausend Fuß erklimmt. Die Sonne war längst schon für die Stadt untergegangen, aber an der ganzen östlichen Küste entlang brannten die Berge noch in einem braungelben Lichte.

Wir dampften heran und warfen dem Seedamme gegenüber
Anker.

Um das schwindende Tageslicht zu benutzen, gingen wir
sogleich ans Land. Einen Augenblick lang fuhr mir ein toller
Gedanke durch den Kopf: — Pferde und Bedeckung zu nehmen
und über den Berg hinüber nach Cettigne, der Hauptstadt Mon-
tenegros, zu reiten. Da ich aber bei Sonnenaufgang hätte wieder zurück sein müssen und kein Mond schien, so würde ich der
Gefahr und Ermüdung mich umsonst unterzogen haben. Cattaro
ist eine Festung, und die in die engen Grenzen ihrer Mauern
eingezwängte Stadt besitzt die schmalsten und dunkelsten Straßen.
Während unseres Umherstreifens konnten wir nichts der Beach-
tung Werthes finden. Wie ich vermuthe, ist der Ort noch ziemlich derselbe wie zu der Zeit als Khaireddin ihn belagerte und
die Venetianer seine Vertheidigung bildeten. Auf dem öffentlichen Platze standen wir einen Augenblick still, um die hoch über
uns ragenden Berge zu betrachten, wie sie in der letzten Pracht
der untergehenden Sonne in carmesin- und orangefarbenem Feuer
brannten, und fanden dann unsern Weg durch die Stadt bis
zum entlegensten Thore, wo ein starker Quell vom reinsten
aquamarinfarbenen Gebirgswasser unter den Mauern hervor-
sprudelte.

Ein Cattarese, der ein wenig italienisch sprach, hing sich an
unsere Fersen, um in der Eigenschaft eines Führers sich etwas
zu verdienen. „Zeige mir ein paar Montenegriner!" sagte ich
zu ihm. „O", sagte er, „die tragen die nämliche Kleidung wie
die Dalmatier; aber Sie können sie an dem Kreuze erkennen, das
sie an der Mütze tragen." Bald darauf begegneten wir einem alten
Manne und seinem Sohne, die beide ein vergoldetes griechisches
Kreuz vorn auf dem rothen Fez trugen. „Da sind zwei!" rief
der Führer aus. Er hielt sie darauf an und zog ohne viel Fra-
gens dem Alten das Fez vom Kopfe, zeigte uns das Kreuz und
ließ uns in den Umschlag der Mütze sehen, wo ein zweites Kreuz

Taylor, Griechenland.   2

und eine Anzahl Zwanziger verborgen waren. „Hier heben sie
ihr Geld auf", sagte er erklärend. Der alte Geselle nahm dieses ganze Verfahren sehr gutmüthig hin und war doch erfreut,
als ich ihm zum Abschied „Sbogo!" — das illyrische für Lebewohl — zurief. Bald nachher begegneten wir einigen Panduren
(Soldaten der unregelmäßigen Truppen) des Vladika von Montenegro, die außer dem Kreuze noch einen Adler mit ausgebrei-
teten Schwingen auf der Mütze trugen. Unser Führer hielt sie
an und sagte ihnen (wie ich errieth), daß wir sie anzusehen
wünschten. Ein stolzes Aufrichten des Körpers, ein hochmüthi-
ges Zurückwerfen des Kopfes und ein Blick, in dem Trotz und
Würde sich mischten, war die einzige Antwort die sie gaben, indem sie ihres Weges weiter gingen. Diese naturgemäße Aeuße-
rung ihrer Selbstachtung gefiel mir ungemein, obschon ich mit
der Art und Weise wie sie hervorgerufen ward, durchaus nicht
zufrieden sein konnte.

Ueber den gegenwärtigen Vladika (Fürsten) von Montenegro hörte ich sehr widersprechende Berichte. Unser Kapitän
sprach von ihm als einem höchst gebildeten Manne, der entschiedenen Geschmack für Literatur zeige und ziemlich verächtlich auf
seine Frau, die Tochter eines Triester Kaufmannes, herabblicke,
deren Vater es sich selbst knapp gehen ließ, um seiner Tochter
eine Mitgift von einer Million Zwanzigern und ihr damit zugleich
die Hand des Fürsten Danilo zu sichern. Auf der andern Seite
aber hörte ich von einem englischen Offizier, der in Cettinje gewesen war, daß der Vladika ein roher, bauernhafter und dummer
Mensch, seine Frau aber hübsch, von feiner Bildung und zau-
berhaftem Benehmen sei. Da man anfängt Klagen über die
brutalsten Handlungen des Vladika zu vernehmen, so möchte wol
der letztere Bericht der richtigere sein. Sein Vorgänger war ein
Bischof, was ihn nicht verhinderte, ein trefflicher Schütze und
ein guter Reiter zu sein. Es ist vorauszusehen, daß dieser kleine
Räuberstaat kein langes Leben haben und zuletzt in die Hände

Oesterreichs fallen wird. Wenn es aber geschieht, wird es nicht ohne Blutvergießen abgehen.

Wir lagen die ganze Nacht durch vor Cattaro. Dieser Ort ist so vollständig von Bergen eingeschlossen, daß das Klima hier ein ganz verschiedenes von dem in Castelnuovo ist. Die Nacht war bedeutend kalt, und als wir des Morgens abfuhren, fanden wir, daß die Bucht von einem Ufer bis zum andern mit einer dünnen Eisschicht bedeckt war. Außerhalb war die Luft köstlich lau. In geringer Entfernung von dem Bocca di Cattaro, kamen wir an Budua, einer andern venetianischen Niederlassung, und dem letzten österreichischen Hafen vorüber. Früh am Nachmittag erreichten wir Antivari in Albanien, den Seehafen der großen, beinahe eine Tagereise landeinwärts gelegenen Stadt Skutari. Die Küste fing an schroffer und wilder zu werden; ungeheure rothbraune Berge stiegen vom Meere auf in die Wolken, die auf ihren schneegestreiften Gipfeln ruhten, und Spuren menschlicher Wohnungen wurden weniger und immer weniger sichtbar. Am nächsten Morgen waren wir in Durazzo, einer sonderbar malerischen Stadt, die, gegen einen Hügel gelehnt, von dicken, venetianischen Festungsmauern vertheidigt wird, über welche der schlanke Schaft eines Minarets emporschießt. Von hier aus schifften wir dicht an den akroceraunischen Bergen entlang, von denen die höchste Kuppe, der Tschika — eine leuchtende Schneemasse — zur Landmarke für diesen ganzen Theil der Küste Albaniens dient. Vor Avlona liegend, sahen wir die große, von Ali Pascha erbaute Festung mit der türkischen Stadt und ihren zehn Minarets im Hintergrunde und den darüber sich erhebenden Bergrücken krönend, die alte griechische Stadt und Akropolis. Akroceraunia ist eine milde, großartig düstere Gegend, voll herrlicher Motive für den Landschaftmaler.

Unser Deck fing jetzt an sich mit malerischen Gestalten zu füllen: türkischen Soldaten, Albanesern in weißen Kapoten und ganze Arsenale im Gürtel tragend, Griechen und moslemitischen

2 *

Kaufleuten. Unter den letzteren bemerkte ich einen Bosnier, dessen weißer Turban und grüner Kaftan auf ganz besondere Heiligkeit deutete. Ihn arabisch anredend (das er nur unvollkommen sprach), fand ich, daß er ein Hadschi sei, indem er die Pilgerfahrt nach sämmtlichen heiligen Orten gemacht hatte. Von Damaskus redend, drückten wir beide einerlei Meinung über diese Stadt aus, deren bloser Name ihm schon den Mund wässern machte. Er betete mit lobenswerther Regelmäßigkeit zu den bestimmten Zeiten und traf die Richtung gen Mekka gewöhnlich mit ziemlicher Genauigkeit. Eines Abends jedoch, während wir vor Anker lagen, wurde das Schiff von der Strömung herumgetrieben und der Hadschi, der es nicht bemerkte, fing an mit dem Gesichte nach Rom zu sein Gebet zu verrichten. Ich bemerkte diesen schmählichen Irrthum sogleich und unterbrach die Andacht des heiligen Mannes, ihn darüber zu belehren. „Im Namen Gottes!" rief er aus, „ich sehe, daß du Recht hast. Das kommt davon, wenn man sich auf diese fränkischen Fahrzeuge verläßt."

Drittes Kapitel.

Die ersten Tage in Griechenland.

Unser Dampfschiff lag vier Tage lang vor Korfu, während welcher Zeit wir in einem Hotel am Lande blieben. Die Tage waren warm und sonnig und nur des Abends bedurften wir eines Feuers. Korfu ist eine der angenehmsten Inseln des mittelländischen Meeres. Besonders wohlgefällig war mir die Ordnung, Sicherheit und Reinlichkeit, die hier wie überall unter dem Schutze der britischen Flagge herrschen. Viele der Jonier sind unzufrieden mit der englischen Schutzherrschaft und lassen es sich gern gefallen, dem griechischen Königthum einverleibt zu werden. Ich wage jedoch zu behaupten, daß, sobald dies geschieht, keine fünf Jahre vergehen werden, ehe die Inseln ebenso unsicher, die inneren Verbesserungen ebenso vernachlässigt und die Regierung ebenso schlecht sein würde, wie es in Griechenland selbst der Fall ist. Es gibt zwei Dinge, ohne welche die Engländer nicht bestehen können, das ist: bürgerliche Ordnung und gute Wege; und dies sind gerade diejenigen Dinge, die Griechenland am meisten fehlen.

Während eines kurzen Ausflugs in das Innere der Insel fiel mir die Trägheit und Unternehmungslosigkeit der Einwohner ins Auge. Wir fuhren meilenweit durch Gehölze der herrlichsten Oelbäume, von denen viele über 500 Jahre alt sein mochten und die unter der Last ihrer ungepflückten Früchte sich beugten. Tausende von Fässern Oels gingen hier aus Mangel an ein wenig Betriebsamkeit langsam zu Grunde. Allerdings sagte man mir, daß man mit der Lese auf die Albaneser warte, welche herüber kommen würden, sobald die eigene Arbeit vollendet sei; die Korfuoten aber schienen unterdessen die Hände in den Schooß zu legen. Den Korinthern war durch heftige Regengüsse großer Schaden zugefügt worden und die Leute klagten deshalb über schwere Zeiten. Wo es aber so sehr an einem wirthschaftlichen und vorbedachtsamen Sinne fehlt, da wird es immer schwere Zeiten geben. Oberst Talbot, Resident von Kephalonia, sagte mir, daß die Bewohner jener Insel im Gegentheil sehr betriebsam und ökonomisch seien.

Wir verließen Korfu um Mitternacht und waren bei Sonnenaufgang am folgenden Morgen vor Prevesa, welches eben innerhalb des Ambrakianischen Meerbusens und gegenüber der niedrigen Landzunge liegt, auf welcher Actium gestanden hat.

Durch die schmale Meerenge, welche uns hineingeführt, war einst in ihrer vergoldeten Galeere Kleopatra geflohen, der bald darauf auch der zu Grunde gerichtete Antonius folgte. Die Ruinen von Nikopolis (die Siegesstadt), welche Cäsar Augustus zum Andenken an die Schlacht erbaute, liegen über der zwischen dem Meere und dem Meerbusen befindlichen Landenge, etwa drei Meilen nördlich von Prevesa, zerstreut. Hier nahmen wir Seine Excellenz Abd-er-Rahman Bey, Militär-Gouverneur von Kandia nebst Gefolge an Bord, letzteres aus einem häßlichen Adjutanten, einem dummen Secretär und zwei spitzbübisch aussehenden Pfeifenträgern bestehend, die alle zusammen auf dem Hinterdecke kampirten, während der Bey in der ersten Kajüte fuhr. Da er nur türkisch sprach, so war unser Verkehr mit ihm ein ziemlich beschränkter, wiewohl er selbst ein großes Verlangen nach Geselligkeit zeigte. Seinen Vorrath an Apfelsinen ließ er ohne Rückhalt vertheilen, und eines Tages bei Tische überraschte er höchlichst die unter den Passagieren befindliche Dame, indem er nach einem hart gesottenen Ei schickte, es sorgsam schälte, an die Spitze seines Messers steckte und ihr über den Tisch hinreichte. Er vermied äußerst sorgfältig die Berührung von Schweinefleisch, konnte aber nicht den Versuchungen des Weines widerstehen, den er in großen Quantitäten zu sich nahm. Im nämlichen Verhältniß zu dem, was er trank, fing er an asthmatisch zu athmen und vertraulich zu werden. Zu solchen Zeiten pflegte er über die ungeheuren Kosten seines Haushaltes zu klagen, die dadurch verursacht würden, daß er drei Frauen besitze. Die eine hatte er geheirathet, weil er sie liebte, die andere, weil sie ihn liebte, und die dritte hatte er in Trebizond für 20,000 Piaster gekauft. Er mußte dreißig Diener, zehn für eine jede Frau, halten und gab uns zu verstehen, daß die drei Damen nicht besonders einträchtig in ihren gegenseitigen Beziehungen lebten. Hierauf stieß dann der Bey einen Seufzer aus und — ich zweifle nicht — wünschte sich ein Franke zu sein.

Wir legten kurz vor Santa Maura an, der Hauptstadt Leukadias. Ein einziger Palmbaum und ein paar Schornsteine erheben sich allein über die starken venetianischen Stadtmauern, die der alten türkischen Feste am gegenüberliegenden Ufer der Meerenge finstern Trotz entgegensetzten. Die Insel scheint gut angebaut zu sein. Mehrere Stunden lang segelten wir an ihrer Westküste entlang, die in jähen, blaßrothen Felsmassen gegen das Meer zu abfällt. Die Stelle, wo Sappho ins Meer hinabsprang, war natürlich der Hauptgegenstand des Interesses. Dieselbe ist eine etwa 200 Fuß hohe, jäh abschießende Felswand nahe dem südlichsten Punkte der Insel, und wie es mir scheint dem Zwecke der alten Dame sehr entsprechend. Ich muß bekennen, daß trotz allem Genie der Sappho — und ich halte sie für die einzige, wahre Dichterin, die 2000 Jahre vor und nach ihrer Zeit gelebt hat — ihr theatralischer Tod mich nicht im mindesten rührt. Es war jedoch nicht immer so. Im Alter von siebzehn Jahren schrieb ich ein Gedicht über den „Tod der Sappho", das von Empfindungen wild durchbebt und voll von strömendem Pathos war. Wie sich von selbst versteht, stellte ich sie als ein schönes junges Mädchen dar. Ein anderes aber ist es, wenn man weiß, daß sie alt genug war, um Phaon's Mutter zu sein und daß, ungeachtet dessen was Alkäos von ihr als der „veilchenhaarigen und holdlächelnden Sappho" singt, sie höchst wahrscheinlich hager, fahl und häßlich gewesen ist, wie alle Griechinnen, sobald sie das fünfzigste Jahr erreicht haben.

Die Wahrheit ist, daß das nebelhafte Dunkel der Vergangenheit alles vergrößert, verherrlicht und verklärt. Wie es in den Tagen des Solon und Pisistratus war, so ist es noch heute. Das heroische Zeitalter liegt weit hinter uns; das Geschlecht der Halbgötter ist von der Erde verschwunden. Vielleicht ist es ebenso gut, daß die Vergangenheit so ungewiß ist, daß wir auf die in ihr sich bewegenden Gestalten, wie auf den feierlichen Zug eines Mar-

morsrieses blicken, anstatt ihnen die Kleinlichkeit unseres Alltag-
lebens anzuheften. Wir müßten sonst von unserer Verehrung
für sie, und damit zugleich für das, was gut und edel in unsrer
eigenen Zeit ist, Einbuße leiden. Plato in Glanzlederstiefeln —
und jedenfalls fügte sich Plato den kleinlichen Moden seiner Zeit
— würde für uns anzhören der akademische Weise zu sein, von
dessen Lippen Honigseim floß. Ein jeder dieser alten Griechen
hatte seine Fehler, seine Leidenschaften, seine Sünden, und das
nicht weniger als wir, sondern eher mehr. Das historische Interesse, welches sich an einen Ort knüpft, ist eine Sache für sich;
eine andere aber die Empfindung, welche dadurch in der Seele
des Reisenden angeregt wird. Kommt die letztere nicht ungesucht,
so ist es eine erbärmliche Heuchelei sie zu erdichten, und deshalb
verspreche ich dem Leser, daß ich mich so wenig wie möglich um
die alten Griechen bekümmern werde, indem ich sie nicht für einen
Deut besser halte als die Anglosachsen, obschon sie es in einzelnen
Stücken uns vorausgethan haben.

Kephalonia, mit den steilen, blauen Höhen, Ithakas zur Linken, stieg nun vor uns auf, und mit Sonnenuntergang befanden
wir uns in dem weiten Hafen von Argostoli. Die Stadt ist an
der einen Seite einer kreisförmigen Bucht erbaut und gewährt
vom Wasser aus einen hübschen Anblick. Hier setzten wir Oberst
Talbot, den Residenten der Insel, ans Land, der ein sehr angenehmer und kluger Mann ist und unter den Inselbewohnern
sehr beliebt zu sein scheint. Während der Nacht berührten wir
Zante und lagen bei Sonnenaufgang am Anker vor Missolunghi,
berühmt durch die Namen Bozzaris und Byron. Der Umstand,
daß seichtes Wasser hier die größern Schiffe verhindert, dem Ufer
sich mehr als in einer Entfernung von vier bis fünf Meilen zu
nähern, machte es uns unmöglich ans Land zu gehen. Die Stadt
steht auf flachem Sumpfboden, am Fuße des Gebirges von Akarnania, soll aber trotz ihrer Lage gesund sein. Unter unsern
Mitpassagieren befand sich ein Grieche von Missolunghi, ein riesi-

ger Mensch mit Namen Georg, welcher Avant-Courier eines russischen Edelmannes war. Er erinnerte sich Byron's in seiner griechischen Tracht mit großer Bestimmtheit. Sein Vater ward während der Belagerung von Missolunghi getödtet; er selbst, seine
Mutter und Schwestern, von den Egyptern gefangen genommen
und als Sklaven nach Kairo gesandt, von wo sie erst nach sieben-
jähriger Dienstzeit entkamen. Nachdem er viele Jahre lang als
Courier gedient hatte, kehrte er nach Missolunghi zurück, um sich
daselbst niederzulassen, und legte seine Ersparnisse in einer Ko-
rinthenpflanzung an, eine Speculation, die in Folge der Traubenkrankheit und des heftigen Regens so schlecht ausfiel, daß er
sein altes Geschäft wieder aufnehmen mußte. Er sah wie eine
ehrliche Haut aus und so beschloß ich, trotz der großen Unterthänig-
keit, die er zeigte, und der beständigen Anrede: „Gnädiger Herr"
(was er in Wien gelernt hatte), mich seiner zu bedienen, bis wir
ein Unterkommen in Athen gefunden hätten.

Am südlichen Ufer des Meerbusens von Korinth liegt sechszehn Meilen weit entfernt Patras, eine der blühendsten Hafenstädte Griechenlands. Die aus dem Mittelalter stammende Stadt
sowol wie die hinter ihr sich ausbreitende fruchtbare Ebene war
von den Truppen Ibrahim Paschas zur Wüstenei umgewandelt
worden und nur die eine steile Anhöhe krönende Festung, aus
der es den Griechen, selbst zur Zeit als die ganze Morea sich
in ihren Händen befand, niemals möglich war die türkische Be-
satzung zu vertreiben, war von ihnen verschont worden. Von
ihren Ringmauern aus überschauten wir am Nachmittag die
schöne, im warmen Sonnenschein daliegende Ebene Achaya's, deren
junge Olivenpflanzungen — eben nur alt genug, um der Landschaft einen matten Silberschimmer zu verleihen — deutlich zeigten,
wie vollständig die Verwüstung gewesen sein mußte. Zu unsern
Füßen lag, ein wahrer Bienenstock der Betriebsamkeit, die neu-
erbaute, regsame Stadt mit ihren weißen Häusern und darüber
hinaus das dunkle, flimmernde Blauroth des Golfes, an dessen

jenseitigem Ufer die beiden gewaltigen Vorgebirge Kakiskala und Araxova, kolossalen Pyramiden gleich, emporstiegen.

Zu Patras faßte ich zum ersten male Fuß auf dem Grund und Boden des griechischen Festlandes, und nirgends wo sonst konnte der Fremde einen vortheilhafteren Eindruck vom heutigen Hellas erhalten. Die Straßen sind breit, regelmäßig und gut gehalten, die Häuser bequem und von solider Bauart, die Bazare mit Kauflustigen wohl gefüllt, und die nach der Straße zu offenen Läden der Handwerker bieten eine Reihenfolge emsig geschäftiger Bilder dar. Müßiggänger waren nur wenige zu sehen; sogar der Schuhmacher brachte eine Anzahl von Sohlen und stellte sie in der Hauptstraße der Reihe nach zum Trocknen auf, und in einer andern Straße drehten ein paar Seiler ihr Rad. Dem Bey begegnend, der, von seiner Dienerschaft in respektmäßiger Entfernung gefolgt, stattlich einherschritt, luden wir ihn ein, mit uns nach einem außerhalb der Stadt gelegenen Garten zu gehen, wohin Georg uns zu führen vorschlug. Der ungewöhnliche Aufzug lockte eine Anzahl von Zuschauern herbei und eine große Menge von Jungen folgte uns nach bis zur äußersten Grenze der Stadt. Der Garten war von beträchtlicher Größe und voll der herrlichsten Orangen und Citronenbäume, von denen ganze Zweige mit Früchten uns vorgelegt wurden. Die Diener brachten einen Tisch herbei, der Bey zündete die Pfeife an und dreierlei von dem, was die Herrlichkeit des Orients ausmacht: Schatten, Tabaksgenuß und üppiges Grün, war plötzlich in unserm Besitz. In einer Laube dicht neben uns befand sich eine Gesellschaft Griechen, die Herren in hochrothen Jacken, Kamaschen und schneeweißen Fustanellen; die Damen im kleinen, koketten Fez, das mit seiner goldnen Quaste so reizend zu schwarzen Augen und schwarzem Haare steht.

Am folgenden Morgen schifften wir zwischen den Festungen von Rumelien und der Morea hinweg, legten kurze Zeit bei Lepanto (dem alten Naupaktos) an und befanden uns darauf gänz-

lich innerhalb jenes langen, landumhegten Golfes, dessen Ufer
Berge unsterbliches Namens sind. Der Tag war von einer
krystallhellen Klarheit und die langgezogenen rhythmisch-wogenden
Umrisse, die zusammengruppirten oder einzeln stehenden Gipfel
jener ineinander greifenden Bergketten, von denen es scheint als
ob sie gleich den Mauern von Theben beim Klange der Musik
emporgestiegen seien, standen so rein und zart geschnitten wie die
Gestalten eines von Phidias gemeißelten Frieses, gegen die blaue
Fläche des Himmels ab. Als wir uns Vostitza gegenüber befanden, stieg der schneebedeckte Höcker des Parnaß, die dorischen
Berge krönend, über seinen kahlen, bräunlich-rothen Ausläufern
empor. Weiter östlich stand der dünn mit Schnee gestreifte
Gipfel des Helikon, dessen Wurzel ein kühnes Vorgebirge in
den Meerbusen vorschiebt; noch weiter hin, in undeutlicher Ferne
verschwimmend, Kithäron, und vor uns am südlichen Ufer die
dunklen, wilden Massen des Gebirges von Erymanthos, die sich
nach dem weißen Kegel des Kyllene zu abdachen, dessen Wälder einst dem jungen Zeus ihren Schutz angedeihen ließen. Abgesehen von dem Zauber dieser Namen, ist der Meerbusen von
Korinth an und für sich eine herrliche Wasserfläche: tief, geschützt und der Schifffahrt fast durchgängig offen — aber ach,
wie verödet! Während des Tages, den wir brauchten, um ihn
der ganzen Länge nach zu durchschiffen und wobei wir zweimal
von Ufer zu Ufer kreuzten, sahen wir kaum drei Fahrzeuge. In
Galaxidi, nahe am Fuße des Parnaß, wird jedoch der Schiff-
bau, zu dem das Holz aus den dorischen Wäldern hinabgebracht
wird, ziemlich eifrig betrieben. Die griechischen Fahrzeuge sind
sämmtlich sehr klein und die größten von denen, welche sich auf
den Werften von Galaxidi befinden, möchten nicht über 200
Tonnen halten.

Bei Sonnenuntergang ankerten wir zu Lutraki auf dem
Isthmus von Korinth, am Fuße eines Ausläufers der geranischen
Berge. Korinth mit seiner erhabenen Akropolis lag, den Ein-

gang zum Peloponnes bewachend, südlich von uns in einer Entfernung von acht bis zehn Meilen; die nemeischen Berge, die Grenze von Argos bildend, stiegen dämmernd im Hintergrunde auf. Eine kalte Tramontane wehte und die kahle, felsige, verödete Küste ließ viel eher auf Norwegen als auf Griechenland schließen. Ungeachtet daß Lutraki der Transithafen für die Westseite des Isthmus ist — der hier eine Breite von vier bis fünf Meilen hat — besteht der Ort aus nicht mehr als drei Häusern. Eine warme Mineralquelle mit entschiedenen Heilkräften sprudelt am Ufer des Golfes aus der Erde, aber Niemand kann sich ihrer bedienen, indem kein Haus in der Nähe errichtet und in dem ganzen Dorfe weder ein Bett noch eine Mahlzeit zu haben ist. Als wir an jenem Abend bei Tische saßen, erzählten uns die Griechen, wie der über den Isthmus führende Weg von Soldaten bewacht sei, da nur zwei Jahre zuvor eine der Regierung zugehörige Summe von 60,000 Drachmen von Räubern weggenommen worden; und ferner daß dieselben Herren ganz kürzlich in Korinth das Haus eines Kaufmanns geplündert und seinen kleinen Sohn mit sich fort geschleppt hätten, den sie in den Bergen so lange festhielten, bis der Vater ein ungeheuer hohes Lösegeld aufbrachte. Ich fing an zu bemerken, wie meine Achtung für Neu-Griechenland in raschem Sinken begriffen war.

Am folgenden Morgen wurden wir in elenden, abgenutzten Wagen über den Isthmus geschafft. Das Land ist eine mit Mastix, Salbei und der hellgrünen isthmischen Fichte überwachsene Wildniß. Eine Compagnie Soldaten in grauen baierschen Uniformsröcken hielt am Wege Wache. Der höchste Theil des Isthmus liegt nicht mehr als hundert Fuß über dem Meere und man hat ausgerechnet, daß ein schiffbarer Kanal für ungefähr zwei Millionen Dollars durch denselben geschnitten werden könne. Kalamocki an der Ostseite ist ein elendes kleines Dorf, das den Vorzug vor Lutraki hat, einen Khan zu besitzen. Das Dampfschiff vom Piräus, welches uns dorthin bringen sollte, war noch

nicht angekommen, und gegen Mittag zwangen uns die Qualen
des Hungers, diesen Khan aufzusuchen. Wir fanden die griechischen Passagiere bereits dort versammelt und sich an den verschiedenen, bei der Thür ausgestellten Leckereien gütlich thuend.
Es gab Fische mehrfacher Art, die in Schüsseln voll ranzigen
Oels schwammen; sie waren aber bereits seit mehreren Tagen ge-
sotten und nicht zu essen. Mit dem Brote ging es uns schon
besser, allein der Wein glich einer Mischung von Essig und
Theer und schnitt mit scharfen Klauen in den Magen ein. Der
Käse stellte uns mit seinem blosen Anblick zufrieden, indem er
in die Haut eines schwarzen Schweines eingedrückt war, das auf
dem Rücken lag und die Schnauze und alle vier Füße in die
Luft streckte, während ein tiefer Schnitt im Bauche zu der zwei-
felhaften Masse führte. Zuletzt verschafften wir uns ein paar
Eier und einige rohe Zwiebeln, Gegenstände, welche die Natur
gegen die Berührung schmuziger Finger geschützt hat und die
deshalb nicht so leicht verdorben werden können.

Ich besuchte einige der Zimmer im Khan, die zur Bequem-
lichkeit der Reisenden nichts weiter als kahle Wände, schmuzige
Fußböden und Fenster ohne Glas darboten. Ein Grieche aus
Albanien, der mit seiner Frau in einem dieser Zimmer das Frühstück einnahm, mußte für den Gebrauch desselben einen halben
Dollar bezahlen. Dieser Albanese war seit mehreren Jahren in
Athen ansässig und führte dort das Geschäft eines Kleinkrämers.
Mit der Zeit fühlte er den Wunsch eine Frau zu besitzen, und
treu der alle Griechen beseelenden Anhänglichkeit an den heimi-
schen Stamm, ging er nach seiner Vaterstadt Janina, um sich
eine solche daselbst zu holen. Athen hatte eine Menge viel
schönerer und besser erzogener Mädchen aufzuweisen, aber er zog
das ihn begleitende Compactum von Gesundheit, Dummheit und
bemitleidenswerther Unwissenheit vor, weil sie zu seinem eigenen
Stamme gehörte. Ich glaube kaum, daß sie je zuvor einen
christlichen Anzug angehabt oder anders als mit ihren Fingern

gegessen hatte, und er mußte auf sie aufpassen und ihr behülflich sein, als ob sie ein dreijähriges Kind gewesen wäre. Des
Morgens beaufsichtigte er ihre Toilette, indem er ihr beim Waschen und Ankleiden half; bei Tische legte er ihr die Speisen
vor und zeigte ihr wie sie essen müsse, und so durfte er sie aus
Furcht, daß sie irgend ein lächerliches Versehen mache, den ganzen Tag über nicht aus dem Auge lassen. Ich bewunderte seine
unermüdliche Sorgfalt und Geduld nicht weniger, als ihre voll-
ständige Zuversicht zu seinen Unterweisungen. Es war wirklich
mitunter rührend zu sehen, wie ihr halberschrockener Blick fra-
gend zu ihm sagte: „Was muß ich jetzt thun?“ Wenn er eine
gesunde Mutter für seine Kinder suchte, so hat er sicherlich eine
solche gefunden, aber ich vermuthe, daß dies auch ungefähr der
einzige Vortheil sein wird, den er aus seiner Verbindung mit
ihr ziehen kann.

Es war Nachmittag geworden, ehe wir uns einschifften, und
ein heftiger Nordwind hielt unser langsames Dampfschiff noch
mehr auf. Wir fuhren durch den saronischen Meerbusen zwischen den Inseln Salamis und Aegina dahin und erhaschten
zur Rechten einen flüchtigen Blick auf Megara, während die
Akropolis von Korinth, immer schwächer werdend, hinter uns
zurücksank. Aber alle Welt kennt ja den Brief des Sulvicius
an Cicero, den Byron in Verse gesetzt hat und ich werde ihn
nicht von neuem hier aufführen. Auf Aegina erblickte ich in
den letzten Strahlen der untergehenden Sonne den Tempel des
Jupiter Pankenoells. Mich an einen der an Bord befindlichen
Griechen wendend (ein gewesenes Regierungsmitglied der ionischen
Inseln) machte ich ihn auf denselben aufmerksam. „Ah“, sagte
er, „ich wußte nicht, daß dort ein Tempel sei“ — und dennoch
kam von dorther der äginetische Marmor. Als wir um die
Spitze von Salamis herumschifften, löste sich die Akropolis von
Athen aus dem, den Fuß des Hymettos umhüllenden Schatten
ab und leuchtete uns mit vielverheißendem Glanze zu. Eine

halbe Stunde später war es dunkel, der Wind blies tüchtig, der
Mond schien kalt, und wir fuhren langsam in den Hafen des
Piräus ein.

Der Wettstreit der ihre Dienste anbietenden Bootleute war
etwas ganz erschreckliches. Georg hielt sie uns indessen vom
Halse, und mit der Zeit kamen wir und unser Gepäck glücklich
ans Land. Schwerfällige Wagen standen in Bereitschaft, uns
nach Athen zu bringen. Niemand frug nach einem Passe, und
in Ansehung eines mäßigen Trinkgeldes wendete ein wohlbeleib-
ter Zollbeamter in den beutelartigen Hosen der Insulaner sein
feistes Gesicht ab, als unsere Koffer ans Land gebracht wurden.

Vom scharf wehenden Winde durchbebt, machten wir uns
nun auf den Weg nach Athen und schauten nach beiden Seiten
hin über nichts als leere, trübselige Felder, die vom Vollmond
beschienen wurden. Nach Verlauf einer Stunde zeigten sich
einige Delbäume und wir setzten über den Kephissos; dann wieder kahle Felder, die öder und anfröstelnder waren als je. Endlich aber wurde der Boden ungleicher, zertheilte sich zu unsrer
Rechten in freistehende Hügel, über denen — Zweifel konnte hier
nicht obwalten — die Akropolis emporragte, und wir erkannten ohne Schwierigkeit den Hügel der Nymphen, den Areopag
und das Museion. Dann fing die Stadt selbst an: — niedere,
armselige Häuser, Straßen, die nur der Mond erleuchtete. Hier,
dachte ich, gibt es eine arge Enttäuschung. Kann irgend etwas trostloser und erbärmlicher sein? Die frostige, graue Färbung aller Gegenstände, die öde, kahle Gegend, durch die wir
kamen, das Ansehen der Stadt, die kalte durchdringende Luft
— alles dies zusammengenommen machte den allerniederschlagend-
sten Eindruck auf mich.

Als wir aber in die Hermesstraße und von da in unser
Hotel (de l'Orient) gelangten, sah schon alles viel freundlicher
und versprechender aus. Einmal innerhalb dieses Gebäudes,

vergaßen wir unsre Enttäuschung — vergaßen überhaupt Athen
— denn ein Weihnachtsmahl wartete unser und es gab andere
Orte und andere Menschen, deren wir zu gedenken hatten.

Viertes Kapitel.

Die Akropolis.

Unser erster Tag in Athen war sonnig und schön, und
das, was wir während eines Spazierganges nach dem Tempel
des Jupiter Olympos sahen, reichte vollkommen hin, den frostigen Eindruck des vorhergehenden Abends zu verwischen. Nur
wenige Städte von der Größe Athens sind in gleicher Weise
lebhaft. Vom Piräus hereinkommend, hatten wir beinahe das
schlimmste davon gesehen. Das ganze nördliche Stadtviertel,
welches neuer und von sehr solider Bauart ist, hat ein wohl-
thuendes und versprechendes Aussehn und ist in stetem Wachsen
begriffen. Da man von der Hälfte der Bevölkerung annehmen
kann, daß sie unter freiem Himmel lebt, so findet sich ein fort-
während es Gedränge in der Hauptstraße vor und die prächtige
Tracht der Palikaren trägt sehr dazu bei, denselben Schmuck
und Glanz zu verleihen. Noch lange nicht im Orient, fühlt
man sich dennoch weit von europäischer Nüchternheit entfernt, und
dies ist so wahr, daß man hier von Europa als einem andern
Welttheile spricht. Ebensowenig ist aber Athen mit seinen französischen Moden und seiner deutschen Architektur von besonders
griechischem Charakter. Es ist lediglich bunt, bizarr, phanta-

tisch — ein Salat, den viele ungleichartige Bestandtheile zu
einem schmackhaften Ganzen machen.

Ich fand in Athen einen alten Freund — François, den
falschen Janitscharen, den unerschrockenen Führer, der mit be-
waffneter Hand sich den Räubern gegenüberstellt und enthusiastisch
den Homer im Munde führt, dessen Gemisch von Witz und
Rührigkeit, Intelligenz und Wildheit weitläufig beschrieben worden ist von der Comtesse Gasparin in Doctor Strauß und meiner eigenen Wenigkeit. Den Tag nach unsrer Ankunft erschienen seine albanesische Nase und sein gewaltiger Schnurrbart in
der Thür meines Zimmers, gefolgt von ihm selbst und seinem
Ausruf des Erstaunens und Willkommens. Die natürliche Folge
davon war, daß wir ihn als den Gefährten unsrer zukünftigen
Streifzüge durch Griechenland niedersetzten und unser Quartier
in seinem Hause aufschlugen.

Glücklicherweise — soviel der Befriedigung hängt von dem
ersten günstigen Eindruck ab — war der Tag ein Geschenk des
Himmels; kein Lüftchen wehte, keine Wolke trieb am Himmel,
und dabei war es so warm, daß wir alle unsere Fenster öffneten.
Hymettos, Korydallos und Parnes verschwammen fernerhin im
Schmelze blaurothen Duftes, die nahen Höhen aber setzten sich
deutlich gegen den blauesten griechischen Himmel ab. François
kam gegen Mittag uns zu begleiten. Ganz Athen war auf der
Straße und durch das Einerlei der fränkischen Kleidung leuchteten nah und fern die hochrothen Jacken und blüthenweißen
Fustanellen der Palikaren. Um zuerst den Tempel des Theseus
zu sehen, gingen wir die Hermesstraße hinab bis zum äußersten
Ende der Stadt. Dieser Bau, der besterhaltene aller alten Tempel, steht auf einem am Fuße des Areopag's aufgeworfenen Erd-
hügel, und von seiner Westseite überschaut man einen Theil der
neueren Stadt. Die äußere Colonnade dorischer Säulen, von
einer tiefgoldenen Färbung angehaucht, ist unversehrt; die Cella
ist es zum größeren Theil, und außer dem Dache ist fast alles

Taylor, Griechenland.   3

vollständig. Es ist ein kleiner, aber wunderschöner Tempel — und mit was für einem Hintergrund! — den Olivenhainen der Akademie, Kolonos und Parnes.

Unser Weg führte uns durch die zwischen dem Areopag und Pnyx gelegene Senkung. François nahm uns zur Seite, um uns die glatte Felsenbahn am Nympheon zu zeigen, auf welcher die kinderlosen Frauen Athens hinabzugleiten pflegten, damit sie sich von dem auf ihnen lastenden Vorwurf befreiten. Ein Gleiches sollen auch die schwangeren Frauen gethan haben, um sich, je nach der Neigung des Körpers zur Rechten oder Linken, über das Geschlecht des neugeborenen Kindes zu unterrichten. Diese Bahn besteht aus einer steilen Fläche des natürlichen Felsens, die einen groben Sitz am obern Ende und in Folge ausgedehnten Gebrauches eine grünliche Politur erhalten hat. Um uns die Art und Weise der Procedur zu zeigen, setzte sich François oben auf und glitt herunter, uns zugleich versichernd, daß noch heutigen Tages der alte Glaube bestehe und viele Frauen das Mittel probirten.

Wir hatten endlich die kahle Oberfläche des Hügels erstiegen und befanden uns vor dem Eingangsthor der Akropolis, einem geneigten Pylon, das jetzt durch ein hölzernes Gitterwerk dem Gebrauche verschlossen ist. Ein gewölbter Gang führte uns rechts durch ein venetianisches Gemäuer auf eine Art verfallener Terrasse, von der man auf das Theater des Herodes Atticus hinabsieht, — eine Ruine, die vor kurzem bis auf den Boden der Arena ausgegraben worden ist und jetzt ihre halbrunden Sitzreihen bis zur höchsten Galerie hinauf zeigt. Wir standen gerade unter der südwestlichen Ecke der Ringmauer und sahen wie darüber hinweg ein Stück des Parthenongiebels wie Elfenbein auf himmelblauem Grunde leuchtete. Wer konnte da länger zögern und auf ein Theater aus der Zeit des Hadrian hinabblicken, wenn der perikleische Tempel der Pallas Athene von der Höhe herabwinkte?

Wir wendeten uns um, stiegen ein wenig höher und traten durch ein Thor ein, wo wir unsere Einlaßkarten vorzeigten, und gelangten dann durch eine zweite Mauer zu der breiten Marmortreppe, welche unmittelbar hinauf zu den Propyläen der Akropolis führt. Der Schutt von sechszehnhundert Jahren, welcher diese Treppe bedeckte, ist hinweggeräumt, die losgebrochenen Steine sind theilweise wieder in ihre ehemaligen Stellen eingefügt worden und die Restauration schreitet allmälig und sorgsam vorwärts, sodaß im Laufe der Zeit der alte Eingang fast ganz wiederhergestellt sein wird. Zur Rechten sind die für die Fußgänger bestimmten Stufen in ihrer Ursprünglichkeit vorhanden und in der Mitte befinden sich die Bruchstücke einer geneigten Ebene, welche mittelst parallellaufender Fugen den Pferden und Wagen zugänglich gemacht war. Ueber uns erhoben sich, zart vom blauen Aether umflossen, die schönen dorischen Säulen der Propyläen, zwar ohne Kapital und Architrav, aber dieses Kronen, den Schmuckes kaum bedürftig, so vollkommen war das ihnen innwohnende Ebenmaß.

„Die Stufen, welche Sie jetzt betreten", sagte François, „sind dieselben, welche Perikles hinaufstieg." — Und Perikles nicht allein, auch der lockige Alcibiades, der ruhig heitere Plato, der wankellose Sokrates, der göttliche Phidias, Sophokles und Aeschylos, Herodot und Themistokles und — — doch wozu Namen nennen, wenn das volle Sonnenlicht jener unsterblichen Aera sich über unsern Pfad ausgießt? Und was kümmert es mich, daß sie einst da gewandelt, wo ich jetzt wandele? Lockt mich nicht aus dem Behagen meiner gleichgültigen Stimmung heraus durch den rhytmischen Klang solcher Namen. Der Reisende kommt hierher in der Erwartung, daß die Erinnerungen, welche sich an diese Stellen knüpfen, einen tiefen Eindruck auf ihn machen werden, und vermöge großer Anstrengungen gelingt es ihm auch, diesen Eindruck in sich hervorzubringen. Nennt ihm jene Namen an einem andern Orte und er wird dieselbe Wirkung in ihm her=

3*

vorrufen. Was mich aber anbetrifft, so bin ich gegen solche konventionelle Empfindelei gewappnet, ich habe zu viel gesehen, um leicht erregbar zu sein; ich vermag es dem Zauber alter Erinnerungen zu widerstehen, seien sie auch noch so klassisch. Was kümmert es mich, daß Perikles diese Stufen hinaufwandelte — daß die goldnen Gewänder Aspasia's diese Platten pentelischen Marmors streiften — daß Phidias die Gestalt eines Gottes in der Luft erblickte, oder ein Chorgesang den Lippen des Sophokles entströmte, während er hier hinaufwandelte? Sie waren Menschen, und ich bin gleichfalls ein Mensch — wahrscheinlich in mancher Hinsicht ebenso gut wie sie. Hätte ich in jener Zeit gelebt, so würde ich wahrscheinlich ohne allzugroße Ehrfurcht auf sie geblickt, würde sie auf die Schulter geklopft und zu Tische eingeladen haben. Warum sollten denn also ihre abgeschiedenen Geister mich mit weichherziger Rührung schütteln und mich meiner kaltblütigen Urtheilskraft berauben? Nein, ich werde ungerührt bleiben.

Solche Betrachtungen hegend, stieg ich die Stufen hinan. Nachdem wir die erste Reihe der quer vor dem Treppenaufgang hinlaufenden Säulen erreicht hatten und uns auf gleicher Höhe mit den zu beiden Seiten vorspringenden Seitenflügeln befanden, hielten wir an. Am Endpunkte der rechts gelegenen Terrasse steht der kleine Tempel der Nike Apteros oder der unbeschwingten Siegesgöttin, welcher Stück für Stück aufgefunden und in seiner Ursprünglichkeit wieder aufgerichtet worden ist. Ihm gegenüber befindet sich ein massives, viereckiges Postament von zwanzig Fuß Höhe, auf welchem, archäologischen Muthmaßungen zufolge, einst die Reiterstatuen der Söhne des Xenophon standen. Der kleine Tempel, nicht halb so groß wie der der Vesta in Rom, ist an Bauart ein Juwel und besteht aus nichts als einer Cella und vier ionischen Säulen an den beiden correspondirenden Enden. Dessenungeachtet erheitert er auf wunderbare Weise die schweren Massen, gegen welche er sich absetzt, und obwol weder in der

Richtung der Baulinie, noch in sonst erheblicher Beziehung mit
den Säulenhallen der Propyläen im Einklang stehend, möchte
ich doch den sehen, der da sagen könnte, in welchem Punkte er
nicht zu der allgemeinen Wirkung stimmte, die diese großartig
erhabene Façade hervorbringt. Um den Tempel in Augenschein
zu nehmen, zügelte ich für kurze Zeit meine Ungeduld und fand
mich reichlich dafür belohnt in dem Anschauen des dem Phidias
zugeschriebenen Basreliefs, der ihre Sandalen lösenden Siegesgöttin.

Das von Säulen gebildete Portal, welches an dem aufwärts steigenden Felsen einen Säulengang hinter dem andern
aufreiht, empfing uns nunmehr. Kapitäle und Architrave sind
bis auf die der letzten Reihe verschwunden, und gewaltige Blöcke
des kostbaren Marmors liegen in den Säulengängen zusammengehäuft. Schön wie diese letzteren sind, leicht wie die sich ver-
jüngenden Schafte zum blauen Gewölbe des Himmels empor-
streben, ist der Eindruck, welchen die Propyläen hervorbringen,
ein heiterer und erhebender. Und wenn du dich umwendest
und hinabschaust durch die geschäftete Vista, über den Areopag
hinweg, nach der langgestreckten Ebene des Kephissos, die im
Silberschimmer der Olivenhaine der Akademie glänzt, bis nach
dem Passe von Daphne und den bläulichen Bergen von Salamis — dann ist das lastende Gefühl der Zerstörung dir entnommen und mit stiller Freude athmest du die ungestörte Harmonie dieses Bildes ein.

Noch immer bilden die Propyläen einen Eingang, der zwei
Welten voneinander scheidet. Die Erinnerungen der Neuzeit
wie des Mittelalters hinter dir lassend, bist du allein mit der
Vergangenheit. Ueber die Brustwehr der Akropolis hinaus-
schauend, siehst du von den Gebirgszügen oder den fernen Inseln
des ägäischen Meeres nicht mehr als der ältesten Griechen
einer — nichts als langgezogene Umrisse, einfache Tinten und
nicht einen Gegenstand, der deutlich genug wäre, um von ihm
sagen zu können, er gehöre der Alt- oder der Neuzeit an. Das

letzte der Säulenthore ist hinter dir: du bist auf der Höhe und
allein mit dem Parthenon. Kein weisender Finger thut dir
noth; instinctmäßig folgt dein Blick der Richtung, in welcher es
steht. Ueber Haufen von Trümmern, über einer Fläche, die
unter ungeheuern Fragmenten behauenen und bearbeiteten Marmors, unter Säulentrommeln, Basen, Kapitälen, Karniesen,
Friesgeländen, Triglyphen und Kassetten — einer wahren Wüstenei
verstümmelter Kunst — begraben liegt, erhebt es sich zwischen
dir und dem Himmel, der seinen einzigen Hintergrund bildet
und auf dem eine jede der von den ungläubigen Generationen
gerissenen Wunden ihre klaffende Narbe zeigt. Wie es so vor
dir steht, einem Schiffe gleich, das auf den Strand gelaufen
und in der Mitte auseinander geborsten ist, ohne Dach, des
Kranzgesimses und Frieses zum größten Theil beraubt, und mit
Säulen, von denen nicht eine unverstümmelt ist, dabei angehaucht
von dem bräunlichen Golde einer zweitausendjährigen Zeit, durch
welches Kugeln und Bomben in den einst fleckenlosen Marmor
eingedrungen sind und ihre schneeweiß glitzernden Zeichen ge-
sprengt haben, während die hochaufstrebenden Säulen in dem
tiefblauen Himmelsäther eingebettet sind (und blau scheint der
Himmel hier nur zu sein, weil diese Säulen eines solchen Hinter-
grundes bedürfen) — dann zweifelst du einen Augenblick, ob
der traurige Anblick der Zerstörung, oder die diese Zerstörung
durchdringende Majestät und Anmuth das mächtigere sei.

Ich hielt mich nicht auf mit der Lösung dieser Frage.
Nachdem ich einmal das Parthenon geschaut, war es mir unmöglich den Blick anderswohin zu richten und mir eine enge Gasse
durch das Chaos von Trümmern suchend, die beinahe so hoch
wie ich selbst aufgehäuft lagen, kam ich immer näher und näher,
bis ich zuletzt unter dem westlichen Giebel stand. Ich schaute
hinauf zu den dorischen Schaften, die, kolossal wie sie dem
Schreine einer Gottheit geziemen und doch so lieblich zart wie
Blumenstengel, ohne Anstrengung die massenhafte Decke und den

zerschmetterten Giebel tragen, an dessen einem Ende zwei Torsos allein übrig geblieben sind von all' den Kindern des Phidias, und — zu meiner Beschämung muß ich es gestehen — alle meine guten Vorsätze waren vergessen. Ich fühlte mich ergriffen von einer überwältigenden Flut, in der sich jene reinste und erhabenste Bewunderung, die beinahe eins ist mit der Liebe, mit Entrüstung und trostlosem Jammer mischte. Mag man mich immerhin für einen Thoren halten — wäre ich aber allein gewesen, würde ich mich platt auf den Marmorboden geworfen und auf irgend eine hysterische Weise dieser unerwarteten leidenschaftlichen Erregung Luft gemacht haben. So wie es war, blieb ich finsteren Muthes stumm und wagte nicht eher den Mund aufzuthun, als bis François, auf den geplünderten Giebel zeigend, sagte: „Alle die andern Statuen sind von Lord Elgin fortgeschafft worden." Der starke angelsächsische Ausdruck, dessen ich mich dann in Verbindung mit Lord Elgin's Namen bediente, war nicht am unrechten Orte und wurde sogleich von ihr verziehen, die mir zur Seite war.

Wir stiegen die Stufen hinan zum Tempel, wandelten über den öden Steinboden und vorbei an der Stelle, wo einst die Statue von Gold und Elfenbein stand, vorbei an den Spuren ekelhafter, byzantinischer Fresken, bis zum Mittelpunkte hin, wo Mauern und Säulen mit dem Boden gleich gemacht sind, und setzten uns nieder auf die Marmorsessel der heidnischen Priester, um stillschweigend das Wrack zu betrachten. O, des unaussprechlichen Jammers! — denn von all' den kommenden Jahrhunderten kann keines wieder die hier zu Grunde gegangene Herrlichkeit aufbauen. Wol möget ihr noch unerschüttert stehenden Säulen lächeln im Gefühl eurer unvergänglichen Schönheit, aber die Last des Vorwurfs, den eure gefallenen Brüder aussprechen, könnt ihr nicht hinwegnehmen. Der Mensch richtete sie auf, der Mensch warf sie nieder, aber so wenig er das Kind wieder erzeugen kann, das er einmal verloren, so wenig vermag er diese

Säulen nochmals zu erschaffen. In ihrem vollendeten Ebenmaße war das Räthsel jenes Einklangs gelöst, welcher das Wesen Gottes und die Wechselwirkung seiner Gesetze ausmacht. Diese Blöcke sonnigen Marmors waren nach dem nämlichen Chorgesang aufeinander gethürmt, den die Jahreszeiten sangen in ihrem geordneten Rundlauf und die Planeten in ihren angewiesenen Bahnen. Entthront sind die heiteren Götter, dahingestorben die rhythmischen Pulsschläge der frohlockenden Religion, welche zu dieser unsterblichen Schöpfung begeisterte, und niemals wird die Erde ein anderes Parthenon sehen.

Die Luft war vollkommen still, der Himmel klar wie Sommer uns zu häupten, und wie wir so dasaßen in den Marmorsesseln, schauten wir über die Trümmer und die Brustwehr der Akropolis hinaus nach den rothblauen Höhen des Pentelikon und Parnes im Norden und Westen und nach dem ägäischen Meere, das fernhin zwischen den Küsten von Attika und Aegina, Poros und Hydra wie ein silbernes Schild im Glanze der Sonne blitzte. Die glorreiche Landschaft, die, getaucht in alle Farben der Schönheit, ihre langen, schwellenden, wogenden, verschwimmenden Umrisse gegen den Horizont abhob, trug jenen stillen, sanft beruhigenden Charakter in sich, den ein plötzlich in den Schooß des Winters fallender Sommertag stets mit sich bringt. Für mich aber gab es keinen Trost in der sonnigen Ruhe der griechischen Welt da unten. Ich saß in einem Tempel, ewiger Trauer geweiht —

„So schön, wenn Trauer nicht in jener Stunde
Die Trauer schöner noch gemacht als Schönheit selbst" —

und mich überwältigte ein Schmerz, dem auch nicht der kleinste Theil von Selbstsucht beigemischt war. Ist es egoistisch, von allem diesem zu reden? Oder kann ich Euch denn auf eine bessere Weise sagen was das Parthenon noch ist, als wenn ich bekenne, welchen Eindruck es auf mich hervorgebracht hat? Wollt Ihr Maße haben, Fuß- und Kubikgehalt, geschichtliches und architektonisch-technisches, soll es Euch werden — aber nur heute nicht. Lasset mir heute meinen heiligen Zorn!

Um diese Herrlichkeit wiederhergestellt zu sehen, gäbe ich gerne die ganze spätere Architektur Europas dafür hin. Denn dieses ist der wahre Tempel der Göttlichkeit. In seiner vollendeten Schönheit liegt der Ausdruck von Liebe und Freude, wie er niemals noch in den gerippten Spitzbögen eines gothischen Domes oder in den bemalten Kuppeln einer römisch-katholischen Kirche sich ausgesprochen hat. „Ruskin sagt aber, daß die griechische Architektur atheistisch sei", flüstert ein Neophyt der modischen Schule. Sage alsdann Ruskin, der so weise ist in einigen Stücken und so launisch in andern, daß er, indem er glaubte einen orginellen Kraftausdruck gebraucht zu haben, nur einzig und allein absurd gewesen ist. Es fällt mir nicht ein, auch nur ein Wort gegen die feierliche Erhabenheit der gothischen Baukunst zu sagen, die er für die einzige Architektur religiösen Gehaltes erklärt, sondern ich frage nur: gibt es denn in unsrer Religion keine Freude, keine Heiterkeit, keinen Trost, keine hoffnungsreiche Begeisterung? Wenn es deren gibt, so hat Gott auf Erden keinen schöneren Tempel als das Parthenon.

Atheistisch? — Beweise das und du wirst den Atheismus verklären. Umgieb dich daheim mit Modellen des Parthenon, mit Zeichnungen und Photographien und baue dir aus diesem Material irgend eine supertransscendentale Theorie auf; dann komme hierher, stelle dich in die Mitte dieser Ruine, lausche der erhabenen Stimme, die noch immer aus ihrem sonnengebräunten Marmor spricht, und wenn du nicht, eine jener engherzigen Seelen bist, die auf dem Grabe ihrer Mutter botanisiren würden, so wirst du auf die Knie niederfallen und deine Sünden bereuen.

Alle diese Gedanken, und tausend andere, zogen an mir vorüber, während ich in dem Marmorsessel saß, der dem leeren Heiligthum der Pallas Athene gegenüber stand. Ich kümmerte

mich nicht um die entthronte Pallas, noch um ihre todten An-
beter; ich dachte nicht an mich selbst, noch an das Volk, dem
ich angehörte, nicht an Griechen oder Amerikaner, auch nicht an
400 v. Chr. oder 1857 n. Chr.: ich war erfüllt von dem
Geiste des glorreichen Tempels, der mich umgab und über mir
ragte. Und unwillkürlich kam mir die Erwägung: sind nicht
die Triumphe menschlicher Kunst die höchsten Lobpreisungen Dessen, der den menschlichen Geist erschaffen hat? Welche Vorstellungen von einer Gottheit führten wol jene Hand, die die barbarischen Fresken dort kleckste, und welche diejenige, die diese
tadellosen Säulen aufrichtete? Welcher Heilige der Alt- und
Neuheit darf es wol wagen, verächtlich auf das heidnische
Griechenland herabzusehen, wo Socrates redete und Phidias
meißelte und Iktinos baute und hierdurch für alle kommenden
Zeiten Gott durch die Herrlichkeit dessen verherrlichten, was sie
als Menschen zu thun vermochten.

Wir wandten uns langsam hinweg und schauten darauf
von der nördlichen Ringmauer hinab auf das heutige Athen,
das in seinem ganzen Umfang sich unter uns ausbreitete. Es
war ein niederschlagender — ich hätte beinahe gesagt widerlicher
— Anblick. Ein Haufen schmuziger Griechen spielte um Geld
in einer der Straßen am Fuße der Akropolis; die Glocken läu-
teten zur Kirche und einige bärtige Priester, mit brennenden
Kerzen in den Händen, sangen näselnd und trübselig, während
sie sich in langsamer Procession bewegten; weiterhin waren elende
Fiaker zu sehen, die hin und her fuhren, schlumpige Soldaten
in deutschen Uniformen, Landleute mit belasteten Eseln und Bettler am Rande des Weges. Der königliche Palast glänzte groß
und nackt am Fuße des Lykabettos und der neuere Stadttheil
mit seinen würfelförmigen deutschen Häusern zog sich leicht ausgestreut über die braunen Anschwellungen hin, bis das Auge, darüber wegschweifend, endlich auf den Oelgärten von Kolonos und
den fernen, blauen Schluchten des Parnes erleichtert ruhte.

Wir gingen durch und um das Erechtheion und suchten
dann langsam unfern Weg durch die Trümmerwüste nach den
Propyläen zurück. Als ich jedoch die Stufen der Akropolis
hinabstieg, da gedachte ich derer, die hier gewandelt hatten —
nicht an Perikles, Plato, Aeschylos oder Demosthenes — sondern
an Iktinos, den Erbauer und Phidias, den Bildnern des Parthenon.

Fünftes Kapitel.

Winterleben in Athen.

Unsere erste Woche in Athen brachten wir im Hotel d' Orient
zu, dessen große, öde und unwohnliche Zimmer wir mit Freu-
den wieder verließen. Der nominelle Preis, den man in diesem Hause zu zahlen hat, beläuft sich auf 10 Franken täglich.
Dafür erhält man nichts weiter als ein Bett und zwei Mahlzeiten, von denen die letzteren weder auserlesen noch reichlich sind.
Alles andere wird extra und zu den möglichst höchsten Preisen
angerechnet. Unser kleines Feuer wurde mit Wurzelstöcken alter
Oelbäume unterhalten, die wir mit anderthalb Franken den Korb
voll bezahlten. Wirth und Dienerschaft bemühten sich, ihre
Nachlässigkeit und Unbeholfenheit durch kriechende Höflichkeit wieder gut zu machen und wurden dadurch nur um so unaussteh-
licher. Die Einrichtung der übrigen Gasthäuser Athens beruht,
wie ich höre, auf dem nämlichen Princip. Wie alle Häuser
dieser Art im Orient, sind sie wahrscheinlich gut genug für den
Sommer, wo frische Luft des Reisenden größtes Labsal ist.

Nach Verlauf einer Woche zogen wir nach dem in der
Nähe der Universität angenehm gelegenen „Pandocheion"*)
von François. Wir fanden daselbst weniger anspruchsvolle, dabei aber weit wohnlichere Zimmer und Mahlzeiten, die bei gleicher Güte weniger kosteten. Wol wahr, daß Thüren und Fenster große Ritzen hatten und dem Winde freien Zutritt gestatteten,
allein unser Wohnzimmer lag nach Süden hin (mit dem Blicke
auf die Akropolis und den Areopag) und konnte ohne mehr
Aufwand an Mühe und Kosten warm erhalten werden, als man
daheim zur Heizung eines ganzen Hauses bedarf. Unsere größte
Besorgniß war, daß der Vorrath an Brennmaterial so weit zu
Ende gehen möchte, daß selbst für Geld nichts mehr zu haben
sei. Wir brannten, um unsern einzigen kleinen Kanonenofen
zu heizen, den Oelbaum und den Weinstock, die Cypresse und
Tanne, die Schößlinge des Rosenbaumes und die welken Strun-
ken der Kohlköpfe und was weiß ich noch alles. Zwei Monate
lang sahen wir uns genöthigt, vom Morgen bis Abend ein
Feuer zu unterhalten. Kennt ihr das Land der Cypresse und
Myrthe, wo die Blumen ewig blühen und die Strahlen ewig
glühen? Hier habt ihr es, mit fast genug Schnee in den Straßen, um eine Schlittenfahrt zu veranstalten, Eis im Ilissos, und
sobald ihr euch den Windstößen entgegenstellt, die von Kephissia
über die Ebene daher streifen, könnt ihr euch eine recht gute
Idee von Lappland machen.

Da die übrigen Gäste aus Griechen bestanden, so war unsere Lebensweise gleich der der meisten griechischen Familien.
Früh am Morgen hatten wir Kaffee, ein derbes Frühstück des
Mittags und die Hauptmahlzeit um sechs Uhr Abends. Die
Gerichte waren auf französische und italienische Weise zubereitet,
das Fleisch aber war meistens Ziegenfleisch. Wenn Rindfleisch
auf den Tisch kam, so war es jedesmal ein Wunder von Zä-

*) Gasthaus.

bigkeit. Gemüse sind selten. Kuhmilch und Butter oder Käse, aus solcher bereitet, sind in Griechenland unbekannte Dinge. Die Milch nimmt man von den Ziegen oder Schafen und die Butter macht man aus der Milch der letzteren. Sie besteht aus einer weißen, käsartigen Substanz und besitzt einen leisen Talggeschmack. Der Wein ist, sobald man ihn nicht mit Harz vermischt bekommt, sehr schmackhaft. Wir tranken den von Santorin und fanden an ihm, mit der Zuthat von etwas Wasser, ein vortreffliches Getränk. Außerdem gibt es in Athen drei deutsche Brauereien, welche baierisches Bier fabriciren, und zuletzt, doch nicht zuletzt an Güte, ist das Wasser, vorzüglich das der Quelle der Kalirrhoö, ein köstliches Labsal.

Die übrigen Bewohner unseres Hauses bestanden aus einem Servier nebst Familie aus Thessalonika und drei Griechinnen aus Konstantinopel. Sie waren sämmtlich bemittelte Leute und wahrscheinlich eine gute Musterkarte der Griechen ihrer Klasse. Zwei von den Damen hatten ihre Erziehung in Mrs. Hill's Schule erhalten und sprachen ziemlich gut französisch. Der Servier war ein liebenswürdiger Mensch und seiner Frau, die er ihrer Gesundheit wegen nach Athen gebracht hatte, innig ergeben. Sie lag indessen wochenlang dem Tode nahe. Bald nach ihrer Ankunft hatte sie nämlich den Boden ihres Schlafzimmers scheuern lassen und unmittelbar darauf in demselben geschlafen. Ihr Mann, nicht zufrieden damit, eine der kältesten Winternächte unter Gebeten in einer Kirche zuzubringen, führte täglich ein paar Priester vor ihr Bett, damit sie durch das Hersingen näselnder Lieder ihre Hülfe bringen möchten. Einmal kamen sie mitten in der Nacht, ihr das Sakrament zu reichen. Da die arme Frau diese geistliche Behandlung überlebte, so müssen die körperlichen Heilmittel, die ihr gereicht wurden, von ganz besonderer Wirksamkeit gewesen sein. Obwohl ihre Krankheit aus nichts als einer Lungenentzündung bestand, so verließen doch die drei fanariotischen Damen zuletzt aus Furcht vor Ansteckung das Haus. So

lange diefe letzteren sich darin aufhielten, erschienen sie, gewohnt
bis zum Abend in einem leichten Negligee zu bleiben, niemals
beim Frühstück. Sie pflegten gewöhnlich bis Mittag im Bette
zu liegen, und Theodori, der Zimmerwärter, brachte dann die
Speisen zu ihnen herein. Der Nachmittag ward der Toilette
gewidmet und der Abend den Karten. Sie erschienen täglich
mit Gesichtern, die ein neuer Ueberzug von Schminke aufgefrischt
hatte (ein fast ganz allgemeiner Gebrauch unter den griechischen
Damen), und die eine von ihnen, eine Witwe zum zweiten Male,
wurde jede zweite Woche zwei Tage lang auf ihrem Zimmer
durch ein Unwohlsein festgehalten, von dem sie dann jedesmal
mit einem Kopfe voll des erstaunlichst glänzend schwarzen Haares genas.

Unser Umgang beschränkte sich jedoch hauptsächlich auf die
in Athen wohnenden Ausländer, und unsre Bekanntschaften unter den Griechen machten wir zum größeren Theile in den Häusern der ersteren. Die Griechen haben den Ruf sich streng auf
die eigene Familie und das eigene Volk zu beschränken und öffnen nur selten ihre Thüren einem Fremdling, ob schon Mr.
Hill, Dr. King und andre, die seit vielen Jahren in Athen leben,
auf gesellig vertrautem Fuße mit vielen griechischen Familien
stehen. Sei die Ursache welche sie wolle, gewiß ist, daß man
unter den Griechen eine größere Zurückhaltung gegen Ausländer
beobachtet, als man es sonst in den meisten der übrigen Länder
Europas antrifft. Der Gegensatz zu Schweden und Norwegen
ist in dieser Beziehung ein sehr auffallender. Ich machte die
Bekanntschaft einer großen Anzahl gebildeter Griechen, aber nur
sehr wenige von ihnen luden mich ein sie in ihrem Hause zu besuchen.

In der Physiognomie Athens ist nichts besonders griechisches wahrzunehmen. Die besseren der Häuser sind ihrem Aussehn nach deutsch, während die ärmlicheren Wohnungen denen
der italienischen Dörfer gleichen. Einige niedrige alte Kirchen,

mit dem weichlichen Ton des griechischen Kaiserreichs, stehen noch hier und da. Die neuen Kirchen sind gleichfalls byzantinisch, doch von einfacherem und lange nicht so malerischem Gepräge. Das einzige Gebäude der Neuzeit, welches Anspruch auf architektonische Schönheit machen kann, ist die Universität. Dieselbe ist ein niedriger, wohl proportionirter Bau, mit einem eingeschobenen Portiko von pentelischem Marmor, dessen Pfeiler sich überaus schön gegen das sanfte Gelb der inneren Wand abheben. Die alte türkische Stadt war dicht unter der Nordseite der Akropolis erbaut. Nach der Revolution stand kaum ein einziges Gebäude mehr auf seinem Platze und nur eine oder zwei Moscheen (jetzt andern Zwecken gewidmet) haben ihr früheres Aussehn behalten. Die heutige Stadt hat sich im Norden nach dem Fuße des Lykabettos und im Nordwesten über die Ebene nach Kolonos zu ausgebreitet. Es vergingen Jahre, ehe augenscheinlich auch nur das Geringste gethan worden wäre, um eine Regulirung oder Verbesserung der Straßen zu bewerkstelligen, und sie bieten daher ein ebenso wirres Labyrinth dar, wie man es in den meisten orientalischen Städten findet. Das neuere Stadtviertel ist indessen sorgsam ausgelegt worden und mit schönen, breiten Straßen und umfassenden Alleen versehen, von denen die letzteren auf dem vor dem Palaste befindlichen Hauptplatze, als dem Centrum, zusammenlaufen. Die Stadt wird von zwei Hauptstraßen kreuzweise durchschnitten. Die erste ist die Aeolusstraße, welche vom Tempel der Winde, am Fuße der Akropolis, ausgeht und in gerader Linie durch die Stadt bis zur Ebene des Kephissos läuft; die zweite die Hermesstraße, die in der Mitte des vor dem königlichen Palaste liegenden Platzes beginnt und sich in südwestlicher Richtung nach dem Fuße des Hügels hinzieht, auf welchem der Theseustempel steht. Diese letztere Straße wird an einer Stelle von einer alten Kirche unterbrochen, um welche sie sich in zwei Arme zertheilt, herumzieht und den kleinen braunen, alten Bau wie eine Insel mitten inne stehen läßt. Nach dieser Unterbrechung ähnelt die Straße, welche langsam bis zu der langen weißen Façade des die Vista beschlie- ßenden königlichen Palastes anstrigt, der Karl-Johomsgarde in Christiania in auffälliger Weise. Athen, welches gegenwärtig etwa 30,000 Einwohner zählt, ist etwas kleiner als die vorge- nannte Hauptstadt. Es könnte nicht ohne Interesse sein, eine Reihe von Vergleichungen zwischen Norwegen und Griechenland anzustellen. Beides sind neuerweckte Länder von beinahe glei- chem Alter, gleicher Einwohnerzahl und gleichen Hülfsquellen, aber mit Stämmen von sehr verschiedenem Charakter und Geblüt bevölkert.

Wenn man von der Zeit der strengsten Kälte absieht, so ist Athen eine so lebendige Stadt wie irgend eine. Etwa ein Viertheil der Einwohner sind meiner Berechnung nach fortwäh- rend auf der Straße und viele der Handwerker verrichten nach orientalischer Sitte ihre Arbeit in ihren nach der Straße zu of- fen stehenden Läden. Die Kaffeehäuser, wie: das schöne Griechen- land, der Orient, Olympos, Mars u. s. w. sind beständig ge- füllt und hunderte von Spaziergängern können am Nachmittage auf dem Wege nach Patissia (einer Fortsetzung der Aeolusstraße) gesehen werden, wo der König und die Königin ihren täglichen Spazierritt halten. Die männliche sowol wie die weibliche Nationaltracht kommt in den Städten mehr und mehr in Ab- nahme, während man sie jedoch auf dem Lande noch allgemein beibehält. Die Insulaner halten an ihrer häßlichen Kleidung mit der allergrößten Beharrlichkeit fest. Mit Sonnenaufgang erscheint das Landvolk auf den Straßen mit Eseln und Karren. Sie bringen Holz, Getreide, Gemüse, Milch und verkaufen die Waare von Haus zu Haus. Jeden Morgen wird man von dem kurzen, schnell nacheinander ausgestoßenen Rufe: „gala, gala!" (Milch) aufgeweckt, und diesem folgt einige Stunden später die langhinausgedehnte Ankündigung von: „anthomiró kai masti- i - i - ika!" (Mastir und Orangenwasser). Die Verkäufer

von Brot und Milchweden gehen mit großen runden Blechen
auf dem Kopfe herum und machen mit langgezogenen Ausrufungen auf ihre Waare aufmerksam. Später am Tage kommen die
Hausirer mit ihren Bündeln von billigen Wollen- und Baum-
wollenstoffen, Taschentüchern u. dgl. oder mit Körben voll Steck-
und Nähnadeln, Knöpfen, Zwirn und Band. Sie verkünden
schreiend die Güte und den Preis ihrer Handelsartikel, natürlicherweise mit der Voraussetzung, daß sie sich von letzterem abziehen lassen. Wie in der Türkei, so herrscht auch hier der Gebrauch, daß der Verkäufer bei weitem mehr verlangt als er zu
bekommen erwartet. Fremde werden daher anfänglich immer
etwas gerupft, obschon ich meine, daß dies weniger hier als in
Italien geschieht. Dessenungeachtet aber kann ich nicht ganz der
Meinung beipflichten, welche Lord Carlisle und Professor Felton
in Bezug auf die Redlichkeit der Griechen ausgesprochen haben.

Mit welchem Rechte man gesagt hat, daß es nur wenige
Bettler in Athen gebe, ist mir nicht verständlich. In der Wirklichkeit gibt es sowol der herumziehenden wie der stationären
eine große Menge. Die zur letzteren Klasse gehörenden, beiderlei Geschlechts und von jedem Alter, sitzen an den Straßenecken
und längs des sonnigen Gemäuers, woselbst sie in ununterbro-
chener Litanei die Vorübergehenden, um des Heiles ihrer Seelen
und derjenigen aller ihrer Verwandten willen, um Almosen
anflehen. Ich bemerkte, wie viele der Griechen diesen Bett-
lern ein paar Lepta hinreichten und dabei erwähnten, daß es
um ihrer Seelen Seligkeit willen geschehe. Einer der Bettler,
ein blinder Greis, der in der Hermesstraße sitzt, war früher-
hin ein wohlbekannter Piratenhäuptling des Archipels. Er
verlor sein Gesicht durch die Explosion eines Bündels Patro-
nen und lebt seitdem von den Gaben der Mildthätigkeit, während viele seiner Kameraden reiche Leute sind und sich in an-
gesehenen Cirkeln bewegen. Die Zahl der Bettler, welche von
Haus zu Haus gehen, ist noch größer und ebenso glücklich in

Taylor, Griechenland. 4

ihren Geschäften. Die Griechen besitzen die eine große Tugend, daß sie für ihre bedürftigen Verwandten sorgen, ohne es sich als ein besonderes Verdienst anzurechnen.

Die städtische Verwaltung Athens steht vielleicht noch etwas unter der von New-York. Der Demarch wird vom Könige aus dreien, von Wahlmännern bestimmten Candidaten gewählt, ohne daß jemals die Tüchtigkeit desselben für das Amt in Berücksichtigung käme. Die Frage ist allein die, ob er fähig sei ein fügsames Werkzeug in der Hand des Hofes zu werden. Es gibt Gerichtshöfe, ein Polizeiwesen, Straßenverordnungen u. s. w., aber der Hauptzweck der Verwaltung zielt, wie das, wenigstens noch vor ganz kurzem, in unsrer eigenen Stadt der Fall war, viel mehr auf die Wohlfahrt der Verwaltungsmit-glieder als auf die des Publikums hin. Die Straßen stehen im Rufe Erleuchtung zu besitzen; doch wollte ich niemandem rathen, sich ohne Begleitung einer Laterne über die Grenzlinien einer der beiden Hauptstraßen hinauszuwagen. Uns gegenüber stand eine Laterne, welche gewöhnlich erst um Mitternacht, nachdem jedermann im Bette war, angezündet wurde. In der Straße, in der wir wohnten — eine der schönsten und breitesten Athens — gingen monatelang Ausgrabungen und Nivellirungen vor sich, ohne daß eine Laterne oder Barrière die Vorüber-gehenden bei Nacht davor geschützt hätte in einen der Gräben zu fallen. Die Oberhofmeisterin der Königin stürzte auf ihrem Wege zum Balle des türkischen Ministers mit ihrem Wagen einen abschüssigen Damm, der quer über den Weg lief, drei Fuß tief hinab, und der Secretär der französischen Gesandt-schaft, der, um sicher zu sein, sich auf der entgegengesetzten Seite des Weges hielt, fiel einen noch höheren Damm hinab, zer-brach seinen Wagen, quetschte sich die Glieder und verlor seine sämmtlichen Orden im Schmuze. Dieser Zustand der Dinge gewährt gute Gelegenheiten für die Masse von Dieben, die noch immer in der Stadt vorhanden sind. Athen wird nicht mehr wie vor vier Jahren von Banditen belagert, allein nächtliche Einbrüche und Straßenräubereien kommen noch häufig vor.

Der Winter von 1857—58 war ein strengerer, als irgend jemand sich erinnern konnte. Acht Wochen lang hatten wir einen fortwährenden Wechsel von eisigem Nordwind und Schneegestöber. Das Thermometer fiel bis zu 20° Fahrenheit herab, ein Kältegrad, der den Orangen-, wenn nicht auch den Oelbäumen, ernstlichen Schaden zufügte.

Nirgends auf der Erde ist der Winter so trübselig als im Süden, wo im beißend kalten Winde die Palme verzweiflungsvoll ihr Haupt wiegt und eine dichte Schneedecke sich über die sonnige Frucht der Orangen lagert. Was die Pfefferbäume betrifft, die mit ihrem duftig leichten, wie in Federbüscheln herabhängenden Laubwerk die breiten, vom Schlosse auslaufenden Alleen umsäumen, so war nicht darauf zu rechnen, daß sie sich wieder erholten. Die Leute, welche Holz und Kohlen nicht zum dreifachen Preise kaufen konnten (selbst wenn sie eine Feuerstelle gehabt hätten, die ihnen fehlte) litten unsäglich. Sie blieben daheim, kauerten sich, in rauhe Kapoten gehüllt, in Kellern und Erdgeschossen zusammen, oder drängten sich um ein Mangal oder Kohlenbecken, welches der gewöhnliche Stellvertreter eines Ofens ist. Von Konstantinopel liefen noch schlimmere Berichte ein. Ueberall dort lag dicker Schnee; Kohlen wurden zu 12 Piaster die Oka *) verkauft, und die ausgehungerten Wölfe, die von den Bergen herunterkamen, fielen die Menschen beinahe an den Thoren der Stadt an. In Smyrna, Beyrout und Alexandrien herrschte ein gleich strenger Winter, während es in Odessa mild und angenehm war und es in Petersburg kaum Schnee genug zum Schlittenfahren gab. Der ganze Norden Europas erfreute sich eines ebenso warmen Winters als er im Süden sich durch Kälte auszeichnete. Die Scheidelinie schien

---

*) 8 Sgr. das Pfund.

sich ungefähr im 45° der Breite zu befinden. Ob dieses sonderbare klimatische Phänomen sich weiter in das Innere Asiens erstreckte, war mir nicht möglich auszukundschaften. Ich hatte in Wahrheit die Kälte im vorhergehenden Winter, bei gefrorenem Quecksilber, in Lappland weniger empfindlich gespürt als hier in Attika, inmitten des Gürtels halbtropischer Produkte. Es möchte eine interessante Aufgabe sein, die meteorologischen Berichte dieses Winters zu sammeln und mit einander zu vergleichen, um dabei zugleich die Ursachen dieser merkwürdigen Temperaturwechsel möglichst festzustellen.

Sechstes Kapitel.

Eine griechische Taufe.

Während meines Aufenthaltes in Athen versäumte ich es nicht, den Feierlichkeiten der griechischen Kirche, so oft ich nur immer konnte, beizuwohnen, und besonders solchen, die mit dem Familienleben des Volkes in Verbindung stehen. Im Morgenlande haben die kirchlichen Sakramente noch ihre alte Bedeutung. Die Masse des Volkes ist im Verlaufe von tausend Jahren wenig oder gar nicht geistig vorwärts geschritten und viele der äußeren Förmlichkeiten, die anderswo nur die Macht der Gewohnheit festhält, während die ursprünglich ihnen innewohnende Bedeutung schon längst nicht mehr beachtet ist, sind hier noch von lebendig wirkender Kraft durchdrungen. Diese Aeußerlichkeiten haben daher als Versinnlichung des Wesens und der einzelnen Phasen des Volksglaubens ein ganz besonderes Interesse.

Der Rev. John H. Hill, dessen während der letzten dreißig
Jahre in Griechenland vollbrachte Missionsarbeiten seinen Namen zu einem so wohl bekannten in der ganzen Christenheit gemacht haben, leistete mir auf jede mögliche Weise seinen freundlichen Beistand, und ihm verdanke ich es, im Leben der Griechen
einige Grundzüge beobachtet zu haben, die gewöhnlich dem Auge
des wißbegierigen Reisenden verhüllt bleiben. Als Mr. Hill
mir daher eines stürmischen Morgens ein paar Zeilen mit der
Einladung überschickte, der Taufe eines kleinen Griechen beizuwohnen, schob ich schnell den Grote, die Romaische Grammatik
und die für die Heimat bestimmten unvollendeten Briefe beiseite
und machte mich auf den Weg zur Missionsschule. Die Aeolusstraße, der wir entlang gingen, zeigte sich ihres Namens würdig. Von der Höhe des Parnes bliesen eisige Windzüge hernie-
der und hüllten die Stadt in dichte Staubwolken. Was ich
wissen möchte, ist, ob in solchem Wetter Sokrates und Alcibiades mit entblößten Beinen und unbedecktem Haupte und in
nichts weiter als in die anmuthigen Falten der Chlamys gehüllt einherschritten. Der winterliche Wind schneidet in Athen
durch den wärmsten Ueberrock, und nicht ohne Schauder sieht
man auf die nackten Figuren der Tempelfriese. Jene edlen
Jünglinge in dem Panathenäischen Zuge des Parthenon, die auf
ihren breitschulterigen thessalischen Rossen aufsitzen, sind gar
prächtig anzuschauen, aber gebt mir doch lieber Hosen und dicke
Strümpfe, anstatt dieser unverhüllten anatomischen Pracht.

Mr. und Mrs. Hill begleiteten uns nach der Wohnung
des glücklichen Elternpaares, die sich im älteren Theile der Stadt
nahe dem Tempel der Winde und dicht am Fuße der Akropolis befand. Die Mutter war eine frühere Schülerin der
Missionsanstalt. Sie und eine jüngere Schwester waren frühzeitig verwaist, von Mrs. Hill angenommen und erzogen worden.
Einiges Vermögen, das ihnen gehörte und der Obhut eines
Oheims anvertraut worden war, hatte dieser zum größeren Theile

beiseite geschafft und die beiden Mädchen mittellos gelassen. Ungefähr anderthalb Jahre früher nun wandte sich ein reicher athenischer Junggeselle von gutem Rufe an Mr. Hill, damit er ihm behülflich sein möge, ein in seinem Hause erzogenes Mädchen zur Frau zu bekommen. Die älteste der Schwestern, obwol weit davon entfernt, schön zu sein und mit tiefen Blatternarben behaftet, zog ihn an durch ihren Verstand und ihre Geschicklichkeit in der Führung des Hauswesens. Das Ende davon war, daß er sie heirathete, ihre jüngere Schwester zu sich nahm und mittelst anhängig gemachter Prozesse beinahe das ganze Vermögen, um welches die beiden betrogen worden waren, zurückerlangte. Es war dies in einer Welt und vorzüglich in einem Lande, wo Gerechtigkeit nicht die Regel ist, eine gar erfreuliche Geschichte, und wir machten uns ein Vergnügen daraus, der Taufe des Erstgebornen beizuwohnen.

Die Aeltern empfingen uns an der Thür. Als Freunde von Mr. Hill wurden wir freundlichst willkommen geheißen und in ein Zimmer geführt, wo die übrigen Gäste — 30 bis 40 an der Zahl und sämmtlich Griechen — bereits versammelt waren. Das Zimmer, ganz im Charakter der Landessitte, hatte weder Ofen noch Kamin und war nur von einem Kohlenbecken erwärmt. Ich behielt daher meinen Ueberrock an und fand es, trotz diesem, noch immer kalt genug. Alles schien für die Feierlichkeit in Bereitschaft zu sein und die Familie hatte offenbar auf uns gewartet.

Der Priester, ein großer, kräftiger Macedonier (ein verheiratheter Mann, der wegen der Erziehung seiner Söhne nach Athen gekommen war) und der Diakonus, ein junger Mann mit schönen Zügen, dunkler, olivenfarbner Haut und großen, schmachtenden Augen, begannen nun ihre Vorbereitungen damit, große gestickte Kragen über die Priesterröcke herzuziehen und wandelten dann die Kommode in einen Altar um, indem sie ein Madonnenbild mit einer brennenden Kerze zu beiden Seiten daraufstellten. Ein kleiner Tisch ward zunächst in die Mitte des Zimmers gebracht und diente als Postament für eine große dreitheilige Wachskerze, als Symbol der Dreieinigkeit. Darauf wurde eine große eherne Urne (das Taufbecken) hereingetragen; der Sohn des Priesters, ein zwölfjähriger Knabe, that Kohlen und Räucherwerk in das Rauchfaß — und die Feierlichkeit begann. Der Taufpathe, ein ehrwürdiger alter Herr, nahm seinen Stand vor dem Taufbecken ein. Neben ihm stand die Kindfrau und hielt den Täufling, einen muntern, sechs Wochen alten Knaben. Den Aeltern ist es nicht gestattet, bei der feierlichen Handlung zugegen zu sein.

Nach einigen einleitenden Gesängen und Bekreuzigungen — in welche letztere die ganze Gesellschaft einstimmte — machte der Priester das Zeichen des Kreuzes dreimal über dem Kinde, indem er dasselbe zugleich dabei anblies, um die bösen Geister, von denen man annimmt, daß sie bis zum Momente der Taufhandlung im Besitze des Kindes seien, aus dem Körper desselben auszutreiben und wegzubannen. Hierauf nahm es der Taufpathe in seine Arme und es erfolgte eine dreimalige Wiederholung des niedischen Glaubensbekenntnisses: einmal sagte es der Diakonus her, das andere mal der Sohn des Priesters und das dritte mal der Pathe. Dem folgte eine kurze Liturgie, nach welcher der letztere den Namen des Kindes, den er selbst gewählt, als: „Apostolos" aussprach. Von besondrer Wichtigkeit ist es, daß der Name zuvor gegen Niemand, auch gegen die Aeltern nicht, genannt worden sei; erst im Augenblicke der Taufe darf er das erste mal ausgesprochen werden.

Die Stelle eines Taufpathen in Griechenland ist auch eine mit großen Verantwortlichkeiten verknüpfte. In den beiden protestantischen Kirchen, welche diesen schönen Gebrauch beibehalten haben, ist derselbe kaum noch etwas mehr als eine äußere Form, eine Artigkeit gegen die Person, die das Amt empfängt, aber keineswegs eine wirkliche Verpflichtung. Unter den Griechen je doch gehören zu diesem Amte gesetzlich anerkannte Rechte und Pflichten, denen überdies noch die Kirche ihren ganzen Schutz angedeihen läßt. Der Pathe besitzt nicht allein das Vorrecht, sämmtliche Taufunkosten zu bezahlen und den gebräuchlichen Becher und Löffel zu schenken, sondern er steht auch in Zukunft zu der Familie in einer geistigen Verwandtschaft, welche dieselbe Vollgültigkeit hat, wie die des Blutes. So ist ihm zum Beispiel nicht erlaubt, sich mit einem Gliede der Familie innerhalb der von der Kirche untersagten Blutsverwandtschaft (die sich bis in das neunte Glied, oder was es immerhin sein mag, erstreckt) zu verheirathen. Auch über das Kind wacht er mit väterlicher Obhut, und in gewissen Fällen übersteigt seine Autorität sogar die der Aeltern.

Der Priester und der Diakonus hängten sich geflickte (und ziemlich ausgediente) Stolen um und der erstere rollte sich die Aermel auf. Becken voll heißen und kalten Wassers wurden in die Urne gegossen und mit einander vermischt, bis die richtige Temperatur hergestellt war. Darauf kam die Weihe des Wassers durch das Darüberhalten der Bibel, durch Anblasen, was die bösen Geister heraustreiben sollte, durch das neunmalige Zertheilen desselben mit der Hand (dreimal für jede Person der Dreieinigkeit) in Gestalt eines Kreuzes und durch verschiedene andere mystische Ceremonien, die von einem näselnden Gesange begleitet wurden. Das Rauchfaß, das jetzt eine dicke Wolke Weihrauchs ausstieß, wurde zuerst nach der heiligen Jungfrau zu geschwenkt, dann nach uns und später nach den übrigen Gästen der Reihe nach, wobei jeder das Compliment mit einer Beugung des Kopfes erwiderte.

Darauf kam die Reihe an ein Oelfläschchen, welches sich derselben Procedur der Weihe zu unterwerfen hatte, wie das Wasser. Der Priester goß zuerst dreimal etwas davon in Gestalt eines Kreuzes in die Urne und dann füllte er die ausgestreckte Hand des Pathen damit an. Das Kind, welches mitt-

lerweile auf den Boden gelegt und ausgezogen worden, ward
nun wie ein armer, bewußtloser, sich krümmender Wurm in die
Höhe genommen und vom Priester auf Stirne, Brust, Ellbo-
gen, Knie, die innere Hand und die Fußsohlen gesalbt. Eine
jede dieser Salbungen ward von einem angemessenen Segen begleitet, bis zuletzt alle hauptsächlichen Körpertheile von den bösen Mächten befreit waren. Der Pathe bediente sich des Kindes
sodann als eines Handtuches, indem er seine öligen Hände daran
abwischte, und darauf legte es der Priester in das Taufbecken.

Der kleine Bursche hatte bis dahin lustig geschrien, allein
das Bad beruhigte und besänftigte ihn. Mit der einen Hand
goß der Priester ihm Wasser in Fülle auf den Kopf, hob ihn
heraus und that ihn ein zweites mal hinein. Anstatt der Be-
gießung, war es diesmal ein vollständiges Eintauchen. Während
er seine Hand auf des Kindes Mund und Nase hielt, tauchte er
es dreimal nacheinander vollständig unter. Die griechisch-katho-
lischen Christen vermeiden, beide Verfahrungsarten mit einander
verbindend, auf kluge Weise die ärgerliche Frage: ob Bespren-
gung oder Untertauchen? — eine Frage, an der viel zu
viel Athem verschwendet worden ist. Wenn ein Kind, das dreimal besprengt und dreimal untergetaucht wurde, nicht hinläng-
lich getauft sein sollte, so thäte man besser, das Gebot ganz und
gar zu unterlassen.

Das schreiende und halb erstickte Kind wurde auf ein war-
mes Tuch gelegt, und während die Kindfrau den kleinen Körper
abtrocknete, schnitt der Priester viermal einige kleine Härchen
(natürlich in Gestalt eines Kreuzes) vom Scheitel desselben ab
und warf sie in das Wasser. Darauf kam ein reichbesetztes
Kleid von blau und weiß und eine Spitzenmütze — das Geschenk
des Pathen — zum Vorschein, und der Priester fing an, das
Kind anzukleiden. Es war ein Akt großer Feierlichkeit, begleitet von einem kurzen Ritus, in welchem jedes Kleidungsstück
eine geistige Bedeutung annahm, wie z. B.: „Ich verleihe dir

den Rock der Gerechtigkeit", und angezogen ward der Rock;
„ich kröne dich mit der Mütze der Gnade", und damit setzte er
fie dem Kinde auf; „ich bekleide dich mit dem Hemde des Glaubens", u. f. w. Hiermit war die Feier zu Ende, soweit fie den
kleinen Christen betraf. Er war jetzt ruhig genug, und wenige
Minuten später sah ich ihn den Schlaf des Friedens im nächsten
Zimmer schlafen.

Noch war eine Lob- und Dankhymne mit zwischendurch
verlesenen Bibelstellen nothwendig und währte etwa 15 bis 20
Minuten länger. Um Zeit zu gewinnen, fing der Priester an
seine Hände mit einem großen Stück brauner Seife in der
Taufurne zu waschen und sang dabei lustig weiter. Die feierliche Handlung brachte so wenig Verlegenheit für ihn mit sich,
daß er, als der Knabe ihm 'ein Handtuch hinhielt, inmitten eines
Gebetes „o, du Narr!" ausrief. Die Mischung heiliger und
weltlicher Dinge gehört in dem bequemen Christenthum des Morgenlandes nicht zu den Seltenheiten. Während der Cholerazeit
hörte ich etwas dem sehr ähnliches am Bord eines Seedampfers.
Der Kapitän, der beim Begräbniß eines armen Heizers den Gottesdienst versah, las mit einem Auge die Gebete ab und sah mit
dem andern nach seinen Leuten; der fromme Text ward mit
seinen Befehlen und Bemerkungen auf folgende Weise interpo-
lirt! „Und nun (festgehalten dort!) übergeben wir den Leib
unsres abgeschiedenen Schiffskameraden der Tiefe. (Losgelassen!)
Unser Vater der du bist im Himmel (liederlich gemacht!), gehei-
ligt werde dein Name", u. f. w.

Endlich waren die Ceremonien vorüber und wir sehr zufrieden damit, da wir anfingen ihrer herzlich müde zu werden.
Nachdem der Pathe sich die Hände darin gewaschen, ward die
Taufurne hinausgetragen; der Altar wurde nach der Entfernung des Madonnenbildes wieder eine Kommode; das Dreifal-
tigkeitslicht wurde ausgelöscht und die alten Bibeln, Stolen und
Kragen in ein Tuch zusammengebunden. Die Aeltern durften

jetzt in das Zimmer kommen und die Beglückwünschungen der Gäste empfangen. Sie sahen stolz und glücklich in dem Bewußtsein aus, daß ihr kleiner Apostolos jetzt von dem erblichen Flecken der Sünde gereinigt und von der Macht des Teufels erlöst sei. Der Vater brachte einen Teller herbei, der eine Menge der kleinsten Silbermünzen enthielt, welche alle durchstochen und mit einem rothen Bande eingeknüpft waren, und reichte jedem Gaste eine derselben zum Andenken an die feierliche Handlung hin. Darauf folgten die gewöhnlichen Erfrischungen: zuerst eine Schale mit Eingemachtem, begleitet von Gläsern mit Wasser; dann Kuchen und Mandelmilch. In den alten Familien wird das Eingemachte sehr häufig nur mit einem einzigen Löffel herumgereicht, den jeder Gast sich genöthigt sieht, sobald die Reihe an ihn kommt, zu gebrauchen — für den Fremden, ehe er sich daran gewöhnt hat, eine etwas harte Probe. Hier jedoch gab man uns sehr zu unsrer Zufriedenheit besonders vertheilte Löffel und Gläser.

Unterdessen hatte sich die schwere Wolkendecke, die sich vom Hymettos und Parnes über die attische Ebene spannte, in einen mit Schnee vermischten Regen ergossen, und die einsame Palme neben dem Tempel der Winde rang verzweiflungsvoll mit den winterlichen Windstößen. Schnee auf Palmbäumen gleicht grauem Haar auf dem Haupte eines Kindes. Wir kehrten in einem Wagen nach unsrer Wohnung zurück, thürmten die Wurzeln des Oelbaums und die knotigen, faunenartigen Arme des Weinstocks auf unser kostspieliges Feuer und setzten uns wieder nieder zu Grote, Leake, Mure und Neugriechisch.

Siebentes Kapitel.

Der Hof König Otto's.

Trotzdem daß die steiffte Etikette den griechischen Hof streng umhegt, ist der Zutritt zu demselben doch ein leichtes für den Fremden. Ich suchte, um den Winterbällen im Palaste beizuwohnen zu können, welche die beste Gelegenheit bieten, der Griechen des heutigen Tages ansichtig zu werden, um eine Präsentation nach. Zu den einleitenden Formalitäten gehörte nicht viel. Unser Consul, Rev. Dr. King, machte eines Morgens dem Oberhofmarschall Notaras seine Aufwartung und am nämlichen Nachmittage schon erhielt ich eine Einladung zum Neujahrsball.

Da ein Consul, der Etikette größerer Höfe gemäß, die an diesem kleinen genau nachgeahmt wird, keinen Fremden vorstellen kann, so übernimmt der Oberhofmarschall diese Pflicht, und es war daher nothwendig, daß ich ihn zuvor kennen lernte. Dr. King war so freundlich mit mir nach dem Palaste zu gehen, wo man uns in das Zimmer des Oberhofmarschalls einführte — ein großes, ödes Gemach mit einem Tische, einem Sopha und einem halben Dutzend Stühlen — das von einem Feuer von Olivenwurzeln kaum erwärmt wurde. Notaras ist ein großer, starker Sechsziger mit vorstehenden Augen, einem breiten Gesichte und dicken Lippen. Er trug die Fustanella und eine mit Silberstickerei bedeckte Jacke. Sonderbar genug für einen Mann in seiner Stellung, ist die griechische Sprache die einzige, die er versteht. Er ließ mir durch Dr. King erklären was ich zu

thun hätte. „Kommen Sie zum Palaste", sagte er, „gehen Sie
dahin, wo Sie die Andern gehen sehen, und wenn der König
und die Königin hereinkommen, treten Sie in den Kreis, der
sich um sie bildet. Wenn alsdann die Zeit der Vorstellung
kommt, werde ich so machen (wobei er mit der Hand ein Zeichen angab) und Sie treten dann vor." Alles dies war klar
und befriedigend, und wir verabschiedeten uns.

Dr. King hatte in seinen anmeldenden Zeilen bemerkt, daß
ich weit gereist und der Verfasser mehrerer Bücher sei. Der
Oberhofmarschall deutete ihm an, daß er wohlthun würde eine
Liste der letzteren nach dem Palaste zu schicken. Auf sein Ersuchen
lieferte ich ihm daher eine solche Liste in französischer Sprache
und machte den Zweck derselben ausfindig, sobald die Zeit der
Vorstellung herankam. Ich konnte nur den Kopf darüber schütteln, wenn ich bedachte, wie viel von dem Rufe, den ein Schriftsteller sich erworben zu haben glaubt, ein Gaukelwerk solcher
Art ist. Wir treffen in einer Gesellschaft, auf einem Dampf-
boot oder irgendwo sonst, mit Dr. Pitkins zusammen. Jemand
flüstert uns zu: „Er ist der Verfasser eines Werkes über die
dramatische Poesie der Tartaren." Nach einer Weile werden
wir ihm vorgestellt. Wir lassen uns in ein Gespräch über lite-
rarische Gegenstände mit ihm ein und finden bald darauf eine
Gelegenheit, um sagen zu können: „Ihre Studien über die Poesie
der Tartaren, Dr. Pitkins, machen Sie zu einer Autorität über
diesen Gegenstand." Natürlich ist der Doctor darüber entzückt,
daß sein Ruf ihm vorausgegangen ist, und sollte er der Einladung folgen uns zu besuchen, so wird er auf unserem Tische ein
Exemplar seines Werkes, von dem wir drei Seiten gelesen haben, zur Schau gestellt finden. Nun war ich also vollständig
überzeugt, daß König Otto von mir und meinen Büchern ebenso
wenig etwas wußte wie von der Sprache der Cherokie, und als
er sagte: „Wir haben von Ihnen als einem großen Reisenden
gehört", u. s. w., fühlte ich mich weder geschmeichelt noch er-

staunt, sondern war nur höflich genug ihm nicht anzudeuten, woher ihm diese Mittheilung gekommen sei.

Da der gewöhnliche europäische Gesellschaftsanzug genügend
war, um Zutritt zum Palaste zu erhalten, so gab es keine weiteren Schwierigkeiten. Die eingeladenen Gäste sollten sich drei-
viertel auf neun Uhr versammeln; da aber ganz Athen Ein-
ladungen empfangen hatte und die Stadt für jede zehn Gäste
nur einen Wagen liefern konnte, so sah ich mich genöthigt frühzeitig zu gehen, damit dasselbe Fuhrwerk nachher noch andere
bringen konnte. Es war eine der kältesten und windigsten
der Winternächte, und sobald der Nordwind weht, ist Attika
trostlos wie Lappland. Die Vorhalle des Palastes ist dergestalt
gedrückt, daß sie nicht einmal dem entspricht, was die Mit-
telmäßigkeit der Außenseite erwarten läßt, und die enge Treppe,
deren Einrichtung so unbequem ist, indem eine Stufe zu wenig
und zwei auf einmal zu viel für einen Schritt sind, ist so
plump, daß man vermuthen muß, der ursprüngliche Plan des
Architekten — der kein anderer als Leo von Klenze war — sei
nicht in Ausführung gekommen. Es ist etwas klägliches, schlechten Geschmack in pentelischem Marmor verkörpert zu sehen.

Ich war deshalb zugleich überrascht und erfreut, als ich
die Ballsäle betrat, welche geräumig, großartig ausgelegt und
mit vorzüglichem Geschmack dekorirt waren. In keinem Palaste
Europas, selbst nicht in der berühmten neuen Residenz in München, habe ich Säle gesehen, welche zugleich so imponirend und
so heiter wären wie diese. Im ganzen drei, sind sie durch hohe
ionische Säulen von weißem Marmor, deren Kränze und Volu-
ten durch Vergoldungen gehoben werden, untereinander verbunden. Die Länge und Breite der Säle steht im Verhältniß
zu ihrer Höhe, welche volle sechzig Fuß mißt. Die Wände bestehen aus Scagliola und haben in der Mitte ihrer Höhe ein
Fries, über welchem sie in pompejanischem Style gemalt sind.
In den Kasetten der Decke sind gleichfalls Farben angebracht,

unter denen roth- und mattgold vorherrschen. Die allgemeine
Wirkung ist die der Pracht und Uebereinstimmung, ohne die geringste Beigabe von Ueberladung. Fügt man diesem nun noch
die ungeheuern bronzenen Kronleuchter und Kandelaber hinzu,
die eine Flut milden Lichtes über Wände und eingelegte Fußböden ausgießen, so hat man das Bild einer Festhalle, wie sie
außerhalb Petersburgs kaum gefunden wird. Die Griechen
sind stolz darauf; ich aber konnte nicht umhin darüber nachzu-
denken, was dieser einzige Strahl kaiserlicher Pracht in einem
Lande nützt, das nicht eine einzige Landstraße besitzt, in dem es
keine bleibende Sicherheit für Leben und Eigenthum gibt und
dessen Staatsschatz hoffnungslos bankerott ist?
Als ich ankam, waren nicht mehr als ein Dutzend Gäste
anwesend, deren vereinzelte Gestalten sich in dem weiten, glanz-
vollen Raume ganz und gar verloren. Ich hatte daher eine
Viertelstunde vergleichungsweiser Einsamkeit, was an solchen
Orten stets zu schätzen ist. Man macht sich auf diese Weise
mit dem ungewohnten Pomp vertraut, schraubt sich, sozusa-
gen, zu ihm empor und fühlt sich in Kurzem darin heimisch und
selbstbewußt. Bald nachher strömte jedoch die Menge in den
Hauptsaal. Es war eine wahre Flut blitzenden, glitzernden,
malerischen Lebens und Webens, ein Gemisch des hohen und
niedern, des halbcivilisirten und überfeinerten, welches der her-
vorstechendste Zug der griechischen Gesellschaftswelt ist und sich
natürlich auf einem Hofballe im hellsten Lichte zeigt. Es gab
Griechen in der einfachen Nationaltracht: — dunkelfarbige Jacke
und Kamaschen aus Tuch oder Sammet mit Seidenstickerei, rothes
Fez und weiße Fustanella — aufgeputzte Palikaren im selbigen
Anzug, aber karmesinroth und strahlend von Gold; Diplomaten
in den Uniformen der verschiedenen Höfe, die bis auf die englischen und französischen sämmtlich überladen und unschön sind;
Minister mit blauen Bändern und einer Unzahl von Orden;
Land- und Seeoffiziere, griechische sowol wie englische und fran-

zöfische; alte Hauptleute aus dem Befreiungskriege, deren wildes Haar ihnen über den Rücken hinabhing; schöne griechische Jungfrauen, die national bis zum Gürtel und von da bis zum Boden nach französischer Mode gekleidet waren; Hydriotinnen und Speziotinnen, deren Gesichter aus goldbesäeten, um den Kopf gesteckten Tüchern herausfahen; Insulaner in ihren widerlichen dunkelblauen oder grünen Beutelhosen; schöne europäische Damen in Toiletten nach der neuesten Pariser Mode, und zuletzt verschiedene Individuen, die gleich mir im gewöhnlichen schwarzen und weißen Anzug sich befanden und nicht anders aussahen, als ob die Serviette ihnen eben unter dem Arme weggeschlüpft sei.

Ich sah auf den ersten Blick, daß eine Menge wie sie hier zusammengewürfelt war, nicht von der Convenienz der heutigen Gesellschaftswelt durchfroren werden konnte und daß infolge dessen der Ball ein weit mehr anziehender und genußreicher sein würde, als die meisten der Hofbälle. Die alten Palikaren brachten die erfrischende Luft ihrer Berge mit sich. Sie schritten über die eingelegten Fußböden und lehnten sich gegen die damastenen Divans in so ungezwungener Weise, als ob sie Fels und Haide gewesen wären. Selbst der Oberhofmarschall, der jetzt in einer Jacke erschien, die so mit Stickerei bedeckt war, daß er einem goldenen Armadill glich, verfehlte den Begriff strenger Etikette zu personifiziren. Ich erblickte zuletzt einen Bekannten in der Person eines Herrn, der zum königlichen Hofstaat gehörte, und dieser fing an mir unter den Anwesenden einige der bedeutenden Persönlichkeiten zu nennen. „Sehen sie jene zwei dort miteinander sprechen?" sagte er. „Der große Herr in der blauen Uniform ist der Sohn von Marko Bozzaris, gegenwärtig einer der Adjutanten des Königs." Er war ein zierlicher, schöngebauter, auffallend hübscher Mann von fünfundvierzig Jahren, hatte schwarzes Haar und Schnurrbart, große dunkle Augen und Züge, in deren regelmäßig und scharf geschnittenen Linien ich etwas vom altgriechischen Typus zu erkennen glaubte.

„Der andere", fuhr er fort, „ist der Premier-Minister Miaulis, Sohn des berühmten Admirals von Hydra." Was für Namen gleich zum Anfang! Miaulis ist ein kleiner Mann mit schlichtem, vor der Zeit ergrautem Haar, und klaren, klugen braunen Augen, vorstehender Nase und einer bleichen, gelblichen Hautfarbe. „Sehen Sie dort drüben den andern kleinen Mann?" frug mein Cicerone weiter. „Was, der mit dem kleinen, abgeschweiften Kopf und der ungeheuern Nase, welcher aussieht wie ein Affe?" — „Ja wol, das ist der Sohn von Kolokotronis, und zwar fehlt es ihm, trotz seines Aeußern, nicht an Pfiffigkeit und natürlichem Talent."

Um diese Zeit hatten sich etwa 600 bis 700 Personen eingefunden und die Säle waren gedrängt voll. Die reiche Farbenpracht und der Schimmer von Gold und Juwelen stimmten auf natürliche Weise zu den gemalten Wänden, welche ihrerseits wiederum einen passenden Rahmen für dieses buntbewegte Bild lieferten. Ungefähr um neun Uhr machte sich eine Bewegung in den untern Räumen bemerkbar; die Menge zertheilte sich und König und Königin, gefolgt von den Herren des Hofes und den Ehrendamen, traten in die Mitte des Ballsaals vor. Die Gäste zogen sich zurück, die auswärtigen Gesandten und hohen Beamten drängten sich vor, und auf diese Weise entstand ein höchst vornehmer Kreis von ziemlichem Umfang. Der König sah in seinem blauen, mit Silber gestickten griechischen Kleide auffallend gut aus; in der That sah ich keinen andern Anzug, der so reich und geschmackvoll gewesen wäre wie der seinige. Die Königin trug ein pariser Kleid von weißem Tüll über weißen Atlas, mit Rosen ausgeputzt; eine Krone von Perlen, ein kostbares Halsband von Diamanten und einen Krenolin von übermäßigem Umfang. Sie wendete sich zu den Damen, die, dreifach hintereinander sitzend, die eine Seite des Saales einnahmen, während der König zuerst Sir Thomas Whse und dann der Reihe nach die andern fremden Gesandten anredete. Nachdem er die Runde gemacht hatte, ging er hinüber zu den Damen, und die Königin, die

unterdessen der Mittelpunkt einer weiten Peripherie von Kreno-
linen gewesen war, trat vor und begrüßte die Gesandten. Ich
stand neben mehreren englischen Seeoffizieren, welche darauf warteten vorgestellt zu werden, und ich glaube, daß in uns allen derselbe Gedanke aufstieg, der nämlich, daß es nichts lästigeres und
langweiligeres geben könne als dieselben mechanischen Bemerkungen
gegen hundert und mehr Personen machen zu müssen. Eine
witzige oder auch nur eine verständige Bemerkung gegen jeden
einzelnen einer solchen Anzahl zu machen, würde entweder
eine ungeheure Routine oder eine erstaunenswerthe geistige Bieg-
samkeit erfordern. Es ist zu verwundern, wenn ein erblicher
Monarch, der im Hofleben großgezogen wurde, überhaupt noch
einen Theil seines gesunden Verstandes übrig behalten hat. Es
gibt nichts, was so lähmend für den Geist wäre als beständig
etwas sagen zu müssen, nur um etwas zu sagen.

Die englischen Offiziere wurden zuletzt von Sir Thomas
Whse vorgefordert, welcher den Dolmetscher machte, da keiner von
ihnen eine andere als die eigene Sprache kannte. Die Unterhaltung dauerte nicht lange und bestand, wie die Offiziere mir
mittheilten, aus Fragen über den Theil von England, woher sie
kamen, und über das Gefallen, das sie an Griechenland fänden.
Der türkische Gesandte stellte einen Effendi vor, der preußische einen
Seeoffizier und dann machte der goldene Armabill das verab-
redete Zeichen, worauf ich aus dem Kreise hervortrat. Der Ober-
marschall hatte wahrscheinlich berichtet, daß ich deutsch spräche,
denn der König redete mich sogleich in dieser Sprache an. Er
ist äußerst kurzsichtig und bog seinen Kopf als er sprach, bis
dicht an mein Gesicht vor. Er ist von mittlerer Gestalt, zwei-
undvierzig Jahre alt und sieht im allgemeinen dem Komponisten
Benedikt ähnlich. Er ist kahl auf dem Scheitel seines Kopfes,
trägt aber einen dicken braunen Schnurrbart, der seine Oberlippe
beinahe verbirgt. Seine Nase ist vorstehend, sein Kinn spitz
und seine großen, lichtbraunen Augen tiefliegend. Der vorste-

chende Ausdruck seines Gesichtes ist der ·der Liebenswürdigkeit,
zu dem sich ein gewisser Grad von Unentschlossenheit gesellt.
Die Farbe der Haut ist bleich infolge lang anhaltender Kränk-
lichkeit, und wenn seine Züge ruhig sind, spricht sich eine gewisse
Trauer in ihnen aus. Der Thron von Hellas ist offenbar kein Ruhesessel. Als junger Mann muß er schön gewesen sein.

Er begann mit einem Compliment, welches ich, nicht recht
wissend wie ich es beantworten sollte, mit einer Verbeugung
erwiderte. Da er etwas in Verlegenheit zu sein schien über
das, was er zunächst sagen sollte, so nahm ich mir die Freiheit
eine Bemerkung zu machen, obwol ich wußte, daß dies eigentlich
gegen die Hofetikette sei. Nachdem das Gespräch einmal einge-
leitet war, sprach er sehr fließend und verständig, indem er
mich hauptsächlich über klimatische Einflüsse und über die
Methode, welche ich zur Erlernung verschiedener Sprachen an-
wende, ausfrug. Er hielt sich etwa acht bis zehn Minuten
mit mir auf, wonach ich mich dann wieder in den Kreis zu-
rückzog und wartete, bis es der Königin gefallen würde, mich
ihr vorstellen zu lassen. Gleich darauf kam sie im Feuer ihrer
Diamanten und Rosen herangeschwebt, und die Präsentationen
wiederholten sich in der vorigen Ordnung. Als die Reihe an
mich kam, redete sie mich deutsch und in ziemlich den nämlichen
Worten wie der König an. Ihre Bemerkungen bezogen sich
größtentheils auf die Schönheit Griechenlands und das Wetter,
was ihr Gelegenheit gab zu bemerken, daß sie während der
21 Jahre ihres Aufenthaltes in Athen noch niemals einem so
kalten Winter erlebt habe. Sie ist gegen vierzig Jahre alt,
etwas unter mittlerer Gestalt und neigt sich zur Korpulenz.
Sie soll noch bis vor fünf Jahren eine sehr schöne Frau gewesen sein, besitzt aber jetzt, außer der zu einer rüstigen Gesundheit
gehörigen Schönheit, wenig mehr davon. Ihr Gesicht ist voll
und breit, der Mund groß, die Lippen dünn und hart und die

5*

Augen, von jenem lichten hellgrau, das so schön zu einem lieblichen Gesichte steht, haben den Ausdruck einer kalten, gnädigen
Herablassung. Sie vergißt sichtlich nie, daß sie eine Königin
ist. Ihre Bewegungen und Manieren sind ohne Zweifel höchst
anmuthreich und würdevoll, und im ganzen genommen ist sie
eine Frau voll festen Willens, Energie und ehrsüchtigen Strebens.
Ich beobachtete die beiden während einer Zeit des Abends sehr
genau, und hundert kleine, unbeschreibliche Züge sagten mir, daß
die Liebenswürdigkeit und Güte allein auf der Seite des Königs — Stolz, Ehrsucht und Energie aber auf der Seite der
Königin seien. Keines von beiden ist der Herrscher, der Griechenland noth thut.

Der Ball ward durch eine steife Promenade rund um den
Saal herum eröffnet. Die Königin und Sir Thomas Wyse
bildeten das erste Paar, dem der König mit der Gemahlin eines
der Minister und dann die übrigen Gesandten und hohen Re-
gierungsbeamten folgten, indem sie nach einem jedesmaligen
Rundgang die Tänzerinnen wechselten. Selbst die Oberhofmeisterin
figurirte in dieser einleitenden Promenade. Seltsam genug war
es, zwischen den neumodischen, wunderbar umfangreichen Flor-
gewändern der Damen die Gestalt einer Hydriotin ·in ihrer
eigenthümlichen Tracht zu erblicken — in ihrem gestickten Tuche,
das fest um den Kopf gesteckt ist und auf die Schultern herab-
hängt, ihrer dunklen, fest anliegenden Jacke ohne Verzierung
und ihrem schlichten, engen Rocke, der von den Hüften bis zum
Fußgelenk in gerader Linie herabfällt. Im ersten Augenblick
konnte man beinahe auf die Vermuthung gerathen, daß ein
Küchenmädchen sich hereingeschlichen und sich vorgenommen habe
ein Tänzchen zu machen, ehe die Stunde des Abendessens schlüge.
An sich selbst ist die Tracht eine sehr malerische und kleidsame,
doch paßt sie besser zu den Felsen von Hydra als zu diesen pom-
pejanischen Fresken. Die eine von den Ehrendamen der Königin
gehörte einer namhaften spezziotischen Familie an und trug dieselbe

Kleidung, das Kopftuch aber war von gelber Seide und reich mit Gold gestickt, und der Rock bei etwas weiterem Umfang von gleichem Stoffe. Sie war jung und schön, mit einem auffallend geraden, klassischen Profil, und war für mich eine der überraschendsten Gestalten in der ganzen Gesellschaft.

Nachdem der Ball nun in aller Form eröffnet war, fing man an Cotillons zu tanzen, denen Walzer und Mazurkas, aber keine Polkas folgten. Fast sämmtliche Griechinnen und die meisten der jungen Officiere tanzten, und zwar mit großer Präcision und Eleganz; die einzige Fustanella aber im Kreise der Tanzenden war die des Königs. Eine große Menge der jungen Palikaren sahen neugierig zu, die alten Hauptleute und mit ihnen die Senatoren, Deputirten und viele der Beamten und Gesandten zogen sich in den mittleren Saal zurück, welcher mit Spieltischen wohl besetzt war. Der dritte Saal hatte rings an den Wänden bequeme Divans, auf denen sich Gruppen hauptsächlich von älteren Männern bildeten, um über Skandal oder Politik zu plaudern, oder um bei der Hand zu sein, wenn die Erfrischungen zur äußeren Thüre hereingebracht wurden. Der Raum war ein so weiter, daß die versammelten Gäste, so zahlreich sie waren, nicht im geringsten gedrängt erschienen.

Während ich durch die Menge wanderte, stieß ich auf Sir Richard Church, den edlen Philhellenen, der jetzt Oberbefehlshaber der griechischen Armee ist. Er nahm mich freundlich unter seine Obhut und suchte während der beiden nächstfolgenden Stunden die bedeutendsten der anwesenden Griechen heraus, damit ich sie sehen und mit ihnen sprechen sollte. Auf diese Weise machte ich die Bekanntschaft der Brüder Miaulis, die von Kolokotronis, Psyllas, des Präsidenten des oberen Hauses, die der Söhne des Admirals Tombazi und einer ganzen Anzahl der alten Revolutionshelden. Der Minister Miaulis spricht sehr gut englisch. Er erkundigte sich ganz besonders nach den neuesten Verbesserungen in den amerikanischen Land- und Wasserdocks, indem er,

wie er bemerkte, im Begriff stehe die Schiffswerfte zu Poros
wieder herzustellen. Ich nahm mir heraus ihn zu fragen, ob
er es denn für rathsam halte, eine griechische Seemacht herauf-
zubilden, während das Land nicht genug Mittel zu besitzen schien,
um nur eine zur Defensive erforderliche zu unterhalten. „Die
einzigen Feinde", gab er darauf zur Antwort, „mit denen wir
es wahrscheinlicherweise zu thun haben, sind die Türkei und
Egypten, und in beiden Fällen werden Sie zugeben müssen, daß
der Erfolg nicht von der Anzahl der Schiffe abhängt. Die Griechen sind geborne Matrosen, während die Türken nie zu solchen
gemacht werden können. Wir sollten wenigstens in der Lage
sein, unsere Inseln im Falle der Noth zu vertheidigen." Selbst
in diesem Falle aber sollte Griechenland, gleich uns, seine Haupt-
stütze in der Handelsflotte suchen. Der Handel Griechenlands
hat sich erstaunlich entwickelt und würde nicht alles, was den
innern Fortschritt betrifft, auf so elende Weise vernachlässigt, so
würden die Wälder genug Holz liefern, um Schiffe für jeglichen
Bedarf und alle Unternehmungen des Volkes bauen zu können.

Das was sich mir bei diesem Ueberblick der griechischen
Notabilitäten besonders einprägte, war der auffallende Contrast
zwischen den Revolutionshelden nebst mehreren ihrer unmittelbaren Abkömmlinge und der jüngeren Generation, die zur Macht
gekommen war, seitdem Griechenland frei geworden. Ich war
froh glauben zu dürfen, daß am Ende doch, wenn man gerecht
sein will, die verderbten und falschen Principien, die sich in die
Landesregierung eingeschlichen haben und so weit gegangen sind,
daß die Sympathie der Welt sich von der jungen Nation abge-
wendet hat, nicht den ersteren zur Last gelegt werden können
— daß Ehre und Ehrlichkeit unter den Griechen bestand und
noch besteht. Der Eindruck, den ein einzelnes Individuum auf
uns hervorbringt, mag uns täuschen, schwerlich aber der von
einer ganzen Klasse von Menschen verursachte, und hier war der
Unterschied ein zu deutlich bezeichneter, als daß er nur in der

Einbildungskraft hätte vorhanden sein können. Es war erfri-
schend, von den falschen, kriechenden, ränkesüchtigen Gesichtern
einiger der gegenwärtigen Höflinge sich hinwegzuwenden zu den
braven, kühnen, entschlossenen Zügen, den hellen, unverfälschten
Blicken, dem natürlichen Adel der alten Häuptlinge. Ich sagte
ungefähr dasselbe zu General Church. „Ich freue mich das zu
hören", sagte er, „und Sie haben Recht. Sie sehen in diesen
hier gute und wahrhafte Männer. Einige von ihnen kenne ich
seit dreißig Jahren und habe in dieser Zeit Gelegenheiten jeder
Art gehabt, ihre Sinnesweise zu prüfen." Dies Zeugniß, welches von einem Manne kommt, den man nur zu sehen braucht,
um ihm zu glauben, sollte denen eine genügende Antwort sein,
welche sämmtliche Griechen mit einem einzigen, allgemein gefaß-
ten Verdammungsurtheil brandmarken.

Unter Andern, denen der General mich vorstellte, befand sich
auch ein alter Sulioten-Häuptling, der mehrere Jahre auf Korfu
gelebt hatte und sehr gut englisch sprach. Er war ein großer,
starkgebauter Mann mit kurzem, grauem Haar, einem sonngebräun-
ten Gesichte voll tiefer Narben und Augen von wunderbarer
Klarheit und Ruhe. Wir setzten uns zusammen nieder und
sprachen von der Revolution. „Haben Sie Bozzaris gekannt?"
frug ich. „Gewiß", sagte er, „wir waren Kriegskameraden und
beide Sulioten." Da General Church auch Bozzaris gut gekannt
hatte, so frug ich, ob er ein Mann von mehr als gewöhnlicher
Befähigung oder lediglich nur ein wilder Haudegen gewesen sei.
„Er war ein gänzlich ungebildeter Mensch", erwiderte der General; „dessenungeachtet aber waren seine Fähigkeiten sicherlich
bedeutender als man es unter Leuten seiner Klasse gewöhnlich
findet." Uns gegenüber stand ein alter Palikar aus der Morea,
dessen graues Haar ihm bis zum Gürtel hinabwallte. Er war
einer der Deputirten, die im Jahre 1832 nach München gesandt
wurden, um den jungen König Otto nach Griechenland zu gelei-
ten. Als ich ihn im Kreise der Zuschauer stehen und finster

dem Walzer zuschauen sah, an welchem der König Theil nahm, hätte ich gerne wissen mögen, ob er Vergleichungen anstellte zwischen dem damaligen Griechenland in seiner Frühlingszeit des Hoffens und dem jetzigen, fünfundzwanzig Jahre älteren und um soviel seinen Hoffnungen weiter entrückten Griechenland. Doch kann es wol sein, daß er überhaupt gar nicht dachte.

Als es ein Uhr schlug, war ich hinreichend müde, doch hält man es hier für einen großen Verstoß gegen die Etikette, wenn sich Jemand vor drei Uhr — der Stunde, wo die Majestäten sich zurückziehen — entfernt. Ich verließ demnach den Ballsaal und ward, durch die langen, kalten Corridore des Palastes wandernd, von Tabaksgeruch in ein dunkles Zimmer mit kahlen Wänden gelockt, in welchem einige zwanzig bis dreißig der griechischen Gäste ihre Papiercigarren rauchten. Zwei Lichter, die auf dem Tische standen, waren in dem dicken bläulichen Rauche kaum sichtbar. Der Tisch war mit Stumpen bedeckt, und die Raucher, welche auf einigen harten Stühlen längs den Wänden saßen, waren vertieft und schweigsam. Ich zündete eine Cigarre an und verrauchte auf diese Weise eine halbe Stunde, worauf ich dann durch gehöriges Auf- und Abgehen im Corridor meine Kleider lüftete und in den Ballsaal zurückkehrte. Der den Schluß bildende Cotillon hatte begonnen, und die Königin, die das Tanzen leidenschaftlich liebt, hatte jetzt Gelegenheit ihrer Neigung nach Herzenslust zu folgen. Sie ward bei jeder Tour geholt, und ich glaube, ein jeder der Tänzer hatte die Genugthuung einmal wenigstens mit ihr zu tanzen. Der preußische Gesandte, welcher die häßlichste Person im Saale war und die häßlichste Uniform trug, schwärmte beständig um sie herum und schien in der That mit den beiden Majestäten auf höchst vertrautem Fuße zu stehen. Dies schien eine Bestätigung dessen zu sein, was ich früher gehört hatte, daß nämlich, seitdem England, Frankreich und Rußland einverstanden sind, ihren Einfluß in Bezug auf die griechischen Angelegenheiten nicht mehr geltend zu machen, Preu-

ßen, das Feld geräumt sehend, dafür eingetreten ist und — aus
was für einem Grunde kann Niemand errathen, da Preußen
nicht das geringste Interesse in der griechischen Frage haben kann
— sich bemüht, die Stelle eines Rathgebers auszufüllen.

Um drei Uhr hörte das Tanzen auf, und verschiedene der
Gäste suchten sich ihrer Ueberröcke zu versichern, während andere
sich beeilten eine Tasse Bouillon zu bekommen, die am Schlusse
des Balles ausgetheilt wird. Im Laufe des Abends waren reichliche, aber nicht kostspielige Erfrischungen häufig herumgereicht
worden: zuerst Thee, dann Limonade und Mandelmilch, darauf
kleine Portionen Eis nebst kleinen verzuckerten Kuchen, und zuletzt heißer Rumpunsch. Die Diener befanden sich zumeist in
griechischer Tracht und nur einige wenige, welche Deutsche waren,
trugen die königlich baiersche Livree. Mit einem scharfen, von
den Schneegipfeln des Pentelikon und Parnes herab kommenden
Winde gegen mich, kehrte ich zufuß in meine Wohnung zurück.

Achtes Kapitel.

Griechische Feste, religiöse und bürgerliche.

Die griechische Kirche ist ebenso reich, wenn nicht reicher
an Festen als die lateinische. Beinahe jeder dritte Tag ist ein
eorti oder Feiertag, irgend einem ehrwürdigen, ungewaschenen
Heiligen oder auch einer ganzen Gesellschaft Heiliger zugehörig,
deren Andenken durch das allgemeine Faullenzen der Bevölkerung
geehrt wird. Die größte Wohlthat, welche Griechenland und
dem ganzen südlichen Europa widerfahren könnte, wäre die Dis-

Canonisation von neun Zehntel jener heiligen Dronen, welche durch die, der Trägheit von ihnen verliehenen Weihe genug des Schadens angestiftet, um alles Gute was sie bei Lebzeiten ausgeübt haben mögen, tausendfach zunichte zu machen. Gottes Sabbath ist hinreichend für die Nothdurft der Menschen, und sowol St. Georg, dem Schwindler, wie St. Polykarp, dem Märtyrer, ist durch Errichtung von Kapellen und Altären und durch das Verbrennen von Kerzen und Weihrauch genug der Ehre angethan worden, um ihnen das Recht zu nehmen, gewisse Tage, an denen Niemand besonders ihrer gedenkt, sich zuzueignen. Nicht genug, daß an einem jeden dieser Festtage alle Arbeit ruht und die Läden gewöhnlich gesperrt sind, nein, auch die Universität, die Schulen und öffentlichen Aemter schließt man. Die Griechen sind sehr eifrige Bekenner und würden als Volk viel weiter fortgeschritten sein, machten sie ihre Religion nicht zu einem Mühlsteine, den sie am Halse mit sich herumschleppen.

Mein griechischer Lehrer, ein Student der Rechte, bestand darauf, daß seine Bezahlung monatlich sein sollte und machte sich dieses Uebereinkommen dadurch zunutze, daß er streng jeden Heiligentag beobachtete. Der Unterricht, den er mir ertheilte, machte es ihm möglich sich einen neuen Ueberrock zu kaufen, und trotzdem daß er jedesmal halb erfroren aus seiner kalten Stube zu mir kam, behauptete er dennoch, mit der die Griechen aller Klassen kennzeichnenden, maßlosen Eitelkeit, daß er weder gezwungen sei Unterricht zu geben, noch den Wunsch dazu habe, sondern daß er sich allein des Vergnügens wegen dazu verstehe mich besuchen zu können! Das an das unsere anstoßende Haus war ein kleines einstöckiges und wurde von einer armen Familie bewohnt. Die Tochter, ein zwölfjähriges Mädchen, besuchte das an der andern Seite der Straße gelegene Arsakeion oder Töchterseminar, eine Schenkung, die Arsakis dem griechischen Volke machte. Diese lächerliche kleine Gans mußte einen Diener haben, der ihre paar Bücher die dreißig Schritte weit für sie trug, und nach dem Schluß der Schule sahen wir zuweilen wie sie hinter der Thür wartete und es nicht wagte, mit ihren Büchern in der Hand, sich auf der Straße sehen zu lassen. Beinahe sämmtliche Mädchen, die das Arsakeion besuchten (ungefähr 200 an der Zahl) wurden trotzdem, daß sie meistentheils unbemittelten Familien angehörten, auf gleiche Weise bedient.

Die Feier des Neujahrstages (der auf den 13. Januar neueren Stiles fällt) beging man ziemlich auf dieselbe Weise wie bei uns, das heißt durch den gegenseitigen Austausch von Besuchen. Des Morgens jedoch wurde in der Kirche von St. Irene ein Te Deum abgehalten, dem der König, die Königin und alle bedeutenden, zur Regierung gehörenden Personen beiwohnten. Es ist dieses eine von den vier bis fünf Gelegenheiten, bei denen sich Ihre Majestäten — von denen die eine katholisch und die andere protestantisch ist — gezwungen sehen, den Feierlichkeiten der griechischen Kirche beizuwohnen. Der König hält sich einen Jesuitenpriester und die Königin einen lutherischen Geistlichen aus Holstein, welche beide den Gottesdienst in der königlichen Kapelle, nur zu verschiedenen Zeiten, abhalten. Ich ging eines Tages, um den letzteren predigen zu hören und fand eine kleine, ausschließlich aus Deutschen bestehende Gemeinde versammelt. Die englische Kirche, welche Mr. Hill zum Geistlichen hat (meines Wissens das einzige Beispiel, wo ein amerikanischer Geistlicher zum Kaplan einer englischen Legation gemacht wurde) ist ein steinernes, im einfach gothischen Stile ausgeführtes Gebäude, welches aussieht, als ob es sich von irgend einem neu angelegten englischen Eisenbahnorte hierher verirrt hätte. Die Russen sind gleichfalls im Besitz einer zierlichen byzantinischen Kapelle mit allein stehendem Glockenthurm. Der schöne Gesang des Chores, das meistens aus Knaben besteht, lockt stets eine große Anzahl Leute herbei. Die Russen beweisen ihren Geschmack dadurch, daß sie Harmonie in ihre Kirchengesänge gebracht und sie von Grund aus umgebildet haben, ohne ihnen jedoch ihr seltsam

feierliches, von Alters herstammendes Wesen zu rauben. Man hat
die Elemente der Musik beibehalten und sie nur auf nothwendige
Gesetze zurückgeführt und wirksam gemacht, wohingegen der
Gesang in den griechischen Kirchen von solcher Art ist, daß er
weder Menschen noch Engeln ein Wohlgefallen sein kann. Man
hat kürzlich auch hier den Versuch gemacht, harmonischen Einklang an die Stelle chaotischen Mißklangs zu setzen; der Patri-
arch aber, der wohl weiß, wie sehr die Gewalt der Kirche auf
dem strengen Festhalten an veralteten Formen beruht, verweigerte seine Sanction einer solchen Neuerung.

Doch zurück zum Te Deum, dessen Langweiligkeit ich eine
halbe Stunde lang aushielt. Der König und die Königin, welche
in ihrem sechsspännigen Staatswagen angefahren kamen, wurden
an der Kirchthür von dem Metropolit oder Erzbischof von
Athen empfangen, einem ehrwürdigen Greise mit wallendem
Silberbart, der mit einer prachtvollen, goldgestickten Stola von
hochrothem Sammet bekleidet war und eine Mütze in Gestalt
eines Kürbisses trug, von dem die oberste Scheibe abgeschnitten
war. Hinter ihm kam ein Gefolge von Priestern, welche mit
ihren sanften Mienen, ihren langen Bärten und wallendem Haar
an die Apostelschaar erinnerten, wiewol sie unzweifelhaft Röcke
von glänzenderer Farbe trugen. Nach dem königlichen Paare
erschien eine Masse von Ministern, Generälen, Räthen, Senatoren
und Deputirten und andern Personen in Uniformen mit Bändern und Orden oder in Palikarentracht, welche sämmtlich das
für sie freigehaltene Hauptschiff ausfüllten. König und Königin
wurden zu einem Baldachin seitwärts vor dem Altar geführt,
unter welchem sie während der Kirchenfeier stehen blieben. Die
letztere trug bei dieser Gelegenheit das griechische Kleid, das ihr,
obschon etwas eng geworden, vorzüglich gut stand. Die rothe
Mütze hob ihr reiches, dunkles Haar vortheilhaft hervor und
ihr schöner Hals zeigte sich noch schöner über der goldgestickten
Jacke von karmesinrothem Sammt. Ich bemerkte, daß der König

zu den gehörigen Zeiten das Zeichen des Kreuzes machte, während der Ausdruck im Geſichte der Königin vielmehr von unterdrückter Luſtigkeit zeugte. Trotz aller ſchicklichen Ehrfurcht vor dem Gefühl der Andacht in Andern und ohne die geringſte Neigung zu verſpüren, mich über einen aufrichtig religiöſen Sinn, in welcher Weiſe er auch immerhin ſeinen Ausdruck finden möge, luſtig zu machen, fand ich es allerdings auch unmöglich, bei dem entſetzlich näſelnden, plärrenden Geſang, der dann und wann die Kirche erſchütterte, nicht zu lächeln und hätte mir gar zu gern die Ohren zugeſtopft. Das vereinte Gebrüll der Ochſen von Baſchan würde im Vergleich damit Muſik geweſen ſein. Zum zweiten male ſage ich es, daß Iktinos, als er das Parthenon baute, Gott herrlicher verehrte.

Auf eine eigenthümliche Weiſe wird das Feſt der heiligen drei Könige gefeiert. Der Erzbiſchof begibt ſich nach dem Piräos und geht dort nach angemeſſenem kirchlichen Gottesdienſt in feierlicher Prozeſſion mit der Prieſterſchaft zum Hafen, wo er unter gewiſſen näſelnden Ausrufungen ein Kreuz in das Meer wirft. Man nennt dieſe Ceremonie die Einſegnung der Gewäſſer und glaubt, daß ſie von großem Nutzen für die Schifffahrt ſei, indem ſie Sturm und Untergang verhüte. Eine Anzahl von Matroſen, die zur Hand ſind und den Augenblick erhaſchen, ſtürzen ſich dem Kreuze nach. Der glückliche Finder bringt es in den königlichen Palaſt, wo er ein Geſchenk vom König erhält. Zu Volo in Theſſalien hat man dieſelbe Feierlichkeit, nur mit dem Unterſchied, daß durch ein beſonderes Wunder das Meerwaſſer vollkommen ſüß wird und nicht eher ſeine ſalzige Eigenſchaft wieder erhält, als bis es in Berührung mit dem Kreuze kommt. Natürlicherweiſe hat niemand je ſein ungläubig zweifelndes Gemüth damit bekundet, das Waſſer zu verſuchen. Die Griechen halten zu dieſer Zeit ein dreitägiges Faſten. Außer den Hauptfaſten haben ſie zu verſchiedenen Zeiten theilweiſe Faſten. An einigen Tagen dürfen ſie Geflügel eſſen, aber kein anderes Fleiſch;

an andern Tagen Oel und Oliven, aber kein Geflügel. Kurz
und gut, die Küche nimmt im Ritual des griechischen Kirchen-
glaubens einen ebenso wichtigen Platz ein wie die Kirche selbst.
Magen und Seele sympathisiren auf eigenthümliche Weise, und
der Seelen Seligkeit wird durch Gebete nicht mehr erwirkt als
durch orthodoxe Diät.

Nach dem Feste der heiligen drei Könige kam das der drei
Hierarchen: St. Gregorios, St. Basilios und St. Chrysostomos.
Dasselbe wird gleichfalls durch Faullenzen und das Absingen von
Lobliedern in den verschiedenen Kirchen gefeiert. Ich wohnte keinem derselben bei, da ich nicht genau genug mit der Sprache
vertraut war, um aus ihnen Nutzen ziehen zu können. Die griechische Kirche ist jedoch, unähnlich der römischen, besser ihren
Glaubenslehren als ihren Formen nach, und ihre Geistlichkeit
steht, ungeachtet der unter derselben herrschenden Unwissenheit,
auf einer moralisch weit höheren Stufe als die Priester Italiens
und Spaniens. Da ihnen erlaubt ist sich zu verheirathen, so
sind sie frei von den unter den letzteren herrschenden Ausschwei-
fungen. Die Abwesenheit der Lehre vom Fegefeuer raubt den
Priestern viele Gelegenheiten zu frommen Erpressungen. Wenn
die griechische Kirche von den unmäßigen Auswüchsen ihrer Formen befreit wäre, so würde sie sich wesentlich kaum von der
Kirche Englands unterscheiden. Ein Vorschlag von Seiten der
letzteren im 17. Jahrhundert, der dahin ging, sich religiös mit
einander zu verschwistern, scheiterte einzig und allein an einer
Meinungsverschiedenheit in Bezug auf die Lehre vom Abendmahl.

Gegen Ende Januars gingen der König und die Königin
nach Chalkis auf Euböa, um der Feierlichkeit beizuwohnen, welche
wegen der Beendigung eines durch die euripische Meerenge ge-
führten Schiffskanals nebst Zugbrücke stattfinden sollte. Es ist
dies eine Arbeit, welche bereits vor zwanzig Jahren hätte vollendet sein sollen — doch besser spät als gar nicht. Ein wüthen-

der Sturm zog sich zusammen, der Schnee fiel zwei Fuß hoch, das Haus, in welche sie einlogirt waren, fing Feuer, die Königin war genöthigt in ihren Staatsroben zu schlafen, und der König kehrte mit einem Fieber zurück. Die Constitution der Königin hätte durch nichts erschüttert werden können als vielleicht die Explosion eines Pulvermagazins. Sie ist fähig eine Expedition nach dem Nordpol anzuführen.

Im Februar gab es eine Extra-Festwoche, um das Jubiläum des Königs oder vielmehr den Tag zu feiern, an dem er vor 25 Jahren in Griechenland ans Land stieg. Ein Wink in Bezug auf die Feier kam zuerst, wie man allgemein wußte, vom Hofe selbst, und die Gesetzgebende Versammlung, welche nur ein Werkzeug in der Hand der Krone ist, bewilligte sogleich die dazu nöthigen Gelder. Auf diese Weise wurden 200,000 Drachmen (33,333 Dukaten) von einem Staatsschatze verausgabt, der zu arm ist, um das Land mit den gewöhnlichsten Mitteln des öffentlichen Verkehrs zu versorgen. Ein Mitglied der Deputirtenkammer theilte mir mit, daß seines sicheren Wissens nicht eines der andern Mitglieder für die Geldverwilligung gewesen sei — und dennoch wurde ein einstimmiges Votum dafür abgegeben. Unter den Senatoren gab es unzweifelhaft eine große Mehrheit dagegen, trotzdem aber erklärte sich eine jede der abgegebenen Stimmen dafür. „Wie kommt es", frug ich einen Herrn, der seit mehreren Jahren in Athen wohnt, „daß Niemand es wagt Opposition gegen die Krone zu bilden?" — „Eigenes Interesse", erwiderte er, „und der Umstand, daß sämmtliche Bestallungen in der Hand des Königs liegen. Wenn das Mitglied der Opposition nicht selbst ein öffentliches Amt bekleidet, so hat es doch Verwandte und Freunde, die sich in einem solchen Falle befinden, und alle diese würden augenblicklich ihre Stellen verlieren." Das Haschen nach Staatsämtern ist in Griechenland nicht weniger an der Tagesordnung als bei uns in den Vereinigten Staaten. Wenn es sich aber in den letzteren schon in hinreichend niedriger und kriechender

Weife zeigt, jo hat es in jenem kleinen Lande alles unterminirt, was politifche Unabbängigkeit heißt.

Das Jubiläum follte zuerst in Nauplia, wo der König ans Land kam, gefeiert werden, und vierzehn Tage lang vor der Zeit, wurde in dem kleinen Städtchen alles dazu in Bewegung gefekt. Der Schnee lag ungefähr 2 Fuß tief auf der Ebene von Argos, der Wind blies fast ununterbrochen aus Norden und in den unheizbaren griechischen Häufern war auf ein wohn- liches Quartier nicht zu rechnen. Da man jedoch aus allen Theilen der Morea Abgefandte erwartete, jo konnte es keine trefflichere Gelegenheit geben, die verschiedenen Stämme Griechen- lands beieinander zu fehen, und wir trafen Vorbereitungen, um mit dem Strome zu schwimmen.

Das Fieber aber, welches fich der König in Chalkis zuge- zogen hatte, machte zuletzt einen Strich durch die Rechnung. Die Aerzte riethen ihm von der Reife ab; die Königin, die nicht Luft hatte fich abermals in ihren Staatskleidern schlafen zu legen, schlug fich auf die Seite der Aerzte, und fünf Tage vor der festgefegten Zeit gab der König dem vereinten Drängen nach. Alle in Nauplia verwendeten Summen waren demnach, mit der einzigen Ausnahme deffen, was man für die Fahrbarmachung der Wege verausgabt hatte, weggeworfen. Der königliche Haus- halt nebst Equipagen waren auf Dampfbooten befördert worden und mußten nun in aller Eile zurückgebracht werden. Die Vor- bereitungen fingen von neuem in Athen an und gaben uns einen Begriff von dem Künftlertalent der Griechen und der Art und Weife, auf welche man die früheren Summen in Nauplia ver- wandt hatte.

Zuerst wurde der Platz, wo die Aeolus- und Hermesstraße fich kreuzen und welcher der geschäftigste Punkt der ganzen Stadt ift, für das Publikum abgesperrt. Dann richtete man durch ununterbrochenes Arbeiten bei Tag und Nacht einen vierseitigen Triumphbogen auf, den man mit weißem Baumwollenzeug überzog und in Nachahmung von Marmor anmalte. Derselbe ermangelte des richtigen Gleichgewichtes und zeigte, wenn die Sonne schien, das innere Gerüst durch sein dünnes Behänge hindurch; nachdem man ihn mit Bannern und Lampen verziert hatte, war jedoch bei Nacht die Wirkung keine so gar üble. Zunächst wurden dann die Seitenwege in der Hermesstraße aufgerissen, Löcher zu beiden Seiten derselben gegraben und zwei Reihen hölzerner Gestelle aufgepflanzt, die etwa zwölf Fuß hoch sein mochten und sich bis zum Palaste hinzogen. Diese runden und mit weißem gefältelten Zeuge überzogenen Gestelle nannte man dorische Säulen. Einige derselben waren mit blauen Bändern umwunden; einige standen gerade und andere schief, während der zwischen ihnen befindliche Raum, trotz seiner großen Unregelmäßigkeiten, es verfehlte, die harmonische Wirkung der durchdachten Unregelmäßigkeiten des Parthenon hervorzubringen. Nach Vollendung dieser grotesken Colonnade stellte man auf jede der Säulen ein Schild mit dem Portrait eines der Revolutionshelden oder der berühmten Philhellenen auf und verband sodann die sämmtlichen Säulen untereinander mit Kranzgewinden, die mehr welk als grün waren. Die Bildnisse, in Zimmtfarbe auf blauem Hintergrunde ausgeführt, waren wunderlicher Art. Byron und Cochrane würden von ihren nächsten Freunden nicht erkannt worden sein. Der Effekt dieser Colonnade war ein höchst tand- und flitterhafter, ganz besonders wenn der Wind sich in dem Glanzkattun fing und die dorischen Säulen auf das lächerlichste aufblies. Zu beiden Seiten der St. Irenen-Kirche befanden sich drei gezimmerte Bögen, die man in derselben Weise überzogen hatte. Die dazwischen tretenden Pfeiler waren von blauem Kattun, und darüber her liefen Streifen von weißem Bande, welche die Cannelirungen vorstellten. Alt- und Neugriechenland! war mein unwillkürlicher Gedanke, als ich diese flatternden Kattunbehänge erblickte und dann hinauf zur Akropolis sah, wo die majestätischen Ueberreste des Parthenon über die Ringmauer emporragten.

Taylor, Griechenland.   6

Bei Anbruch des Samstags waren sämmtliche Vorbereitungen vollendet, die, befohlen vom Hofe und bezahlt von der Landesregierung, als Beweis einer ganz unendlichen Volksfreude gelten sollten. Es erinnerte mich dies an einen geringfügigen Umstand, der mit Jenny Lind's Ankunft in New-York zusammenhängt, und da Mr. Barnum manches schlimmere von sich selbst erzählt hat, so darf ich wol dies hier auch erzählen. Ich stand neben dem großen Wundermann auf dem Radkasten des Dampfers „Atlantic", als wir uns dem Werft von Canalstreet näherten, wo ein großer Triumphbogen von immergrünen Zweigen mit darüber wehender schwedischer Flagge errichtet stand. „Mr. Barnum", frug ich, „wer hat das gethan?" — „Ein enthusiastisches Publikum, Sir", antwortete er mit großer Gravität und einem eigenthümlichen Zwinken seines linken Auges. Hier jedoch waren drei bis vier Privathäuser, wenn auch in roheſtem Geschmack, ausgeputzt worden. Das Publikum war augenscheinlich in zufriedener Laune, denn die Griechen finden ein kindisches Gefallen an Fahnen, Musik, Feuerwerken und dergleichen Dingen. Da die Carnevalswoche den darauf folgenden Tag ihren Anfang nahm, so zeigten sich bereits einige Masken in den Straßen, und die Heiterkeit des religiösen Festes verlieh dem politischen einen fröhlichen Charakter. Etliche Tage zuvor war Prinz Adalbert von Baiern, Bruder des Königs, zum Gratulationsbesuch eingetroffen, begleitet von Maurer, welcher während der Minderjährigkeit des Königs einer der Regenten Griechenlands gewesen war. Auch Oesterreich hatte eine Beglückwünschungs-Deputation gesandt, bestehend aus dem Feldmarschall Farr, den Söhnen des Fürsten Metternich und dem Baron Prokesch-Osten. Alle diese Gäste, sammt den im Piräus einlaufenden englischen, französischen, russischen und holländischen Kriegsschiffen, verliehen Athen ungewöhnlichen Aufschwung und Glanz.

Die Tagesordnung bestand aus einem am Morgen in der

Kirche abgehaltenen Te Deum, aus einer officiellen Gratulations-
cour, und des Abends fand ein Bal paré statt. Da wir ein
Te Deum bereits am Neujahrstage gehört hatten und keine
Lust verspürten, Gedränge und Gesänge ein zweites Mal durchzu-
machen, so begaben wir uns nach der Hermesstraße und fanden
in einer Lücke zwischen zwei Reihen Soldaten einen bequemen
Platz, den Festzug uns anzusehen. Um zehn Uhr verkündete
Kanonendonner und Trompetenschall, daß der König den Palast
verlassen habe. Gleich darauf erschien, im leichten Trab durch
die Straße sprengend, ein Officier mit dem Gefolge eines halben
Dutzend wild aussehender Gebirgsbewohner in ihrem rauhen
weißwollenen Kleide, deren langes, unbedecktes Haupthaar im
Winde flatterte. Als sie dahin sprangen und rannten und von
Zeit zu Zeit sich umdrehten sahen sie malerisch genug aus, um
für eine Schaar vor dem Wagen des Bacchus einhertanzender
Satyre gelten zu können. Nach ihnen kam in vollem Laufe
eine andere beinahe ebenso wilde Schaar, die diesmal große
blau- und weißseidene Fahnen trugen, auf denen Sprüche und
Inschriften verschiedener Art angebracht waren. Diese, sagte
man mir, seien die Repräsentanten der Handwerke und die Fahnen diejenigen ihrer Gilden. Der königliche Wagen, welcher
nun erschien, war von noch einem Dutzend dieser Burschen umgeben — derbe, kernhafte Gestalten mit entblößtem Haupte, blitzenden Augen und Haar, das im Winde flatterte, während sie
dahin sprangen. Sie allein verliehen dem Festzuge, der ohne sie
etwas sehr Frostiges gewesen wäre, Leben und Character.

Das Erscheinen des Königs war das Signal für ein all-
gemeines „Zito!" (Lebehoch.) Er sah aufgeregt und glücklich
aus und sein Gesicht röthete sich angenehm, als er die Begrü-
ßungen erwiderte. Die Königin war, wie gewöhnlich, ganz Herablassung. Auf dem Vordersitz saß Prinz Adalbert, der, wohl-
beleibt und rothwangig, das Ansehn eines gedeihlichen Bier-
brauers hat. Er stach unvortheilhaft gegen den König ab und

6*

die Griechen sprachen sich bereits gegen ihn aus. Wenn er mit Absichten auf die Krone Griechenlands kam, so war sein Besuch zu der Zeit sicher ein verunglückter. Die Minister, Generale, fremden Gesandten und andere Würdenträger folgten in einem Zuge, der wol eine Viertelstunde lang dauern mochte. Später begaben wir uns nach dem Palaste, um die Rückkehr uns anzusehen, bei welcher die Landleute und Handwerker mit ihren Fahnen das augenfälligste waren. Als der König auf dem Balkon erschien, ward er jedoch von den versammelten Tausenden mit herzlichem, unwillkürlich sich Luft machenden Jubel begrüßt. Einige der officiellen Persönlichkeiten empfingen eine ähnliche Begrüßung als sie angefahren kamen, um ihre Aufwartung zu machen, und es war vielleicht nicht ohne Bedeutung, daß die lautesten Zitos dem russischen Gesandten gebracht wurden.

Am Abend besuchte ich den Ball, der nur eine Wiederholung dessen war, den ich bereits beschrieben. Den darauf folgenden Tag fand ein großes Volksfest beim Tempel des Theseus statt, wo die Menge mit 150 gerösteten Schafen, mehreren Orthoft Wein und ganzen Ladungen Brot und Zwiebeln bewirthet ward. Da uns die Stunde des Festes unbekannt geblieben, so kamen wir erst nach Beendigung des Schmauses an Ort und Stelle und ich verdanke die Beschreibung desselben dem Könige selbst, der sie mir mit offenbarem Vergnügen auf einem zwei Tage später abgehaltenen Balle gab. Unter andern erschien ein mehr als hundertjähriger Bauer vor dem Königspaar, trank auf das Wohl desselben aus einer großen Weinflasche und tanzte die Romaika vor ihnen mit vielem Humor. Während wir uns dort befanden, waren die Fässer angezapft und die Handwerker tanzten um ihre Fahnen herum; unter-5000 des versammelten Volkes aber sah ich nicht zehn, die betrunken gewesen wären. Soviel ich glaube sind die Griechen das mäßigste Volk in der ganzen Christenheit.

Drei Tage später fand ein kleiner auserlesener Ball im Palaste statt, aber da die ausländischen Gäste den Vorzug erhielten, war das griechische Element diesmal weniger vorleuchtend. Darauf gab der Demarch von Athen dem Königspaar einen großen Ball im Theater. Das Gedränge in dem kleinen Gebäude, in welches man mehr als tausend Personen hineinpreßte, war etwas entsetzliches. Ich hielt es ungefähr eine Stunde lang aus und ging dann fort, um mich meiner Rippen und Lungen zu versichern. Zuletzt endlich, am Abend des siebenten Tages, fand auf dem großen Platze vor dem Palaste ein glänzendes Feuerwerk statt, welches mit einem wilden, von Soldaten mit blauen Jacken ausgeführten, romanischen Tanze beschlossen ward. Dem Ansehen, Lärmen und Geruche nach hatte das ganze Schauspiel etwas durchaus diabolisches.

Am 25. Januar gab der englische Gesandte Sir Thomas Wyse einen großen Ball zu Ehren der Vermählung der Prinzeß Royal. Sämmtliche Würdenträger, mit Ausnahme des königlichen Paares, waren anwesend und mit ihnen soviel weibliche Schönheit wie ich seit langer Zeit nicht beisammen gesehen. Nicht daß sie in Gesichtern bestand wie der Meißel des Phidias sie geschaffen, oder in reinen antiken Profilen, oder selbst in etwas so lieblichen und so prächtigen wie die Karyatiden des Erechtheion, wol aber in prachtvollem Haar, herrlichen dunklen Augen, von langen Wimpern umrändert, schön geschnittenen südlichen Lippen und einer Farbe der Haut, die von der durchsichtigen Färbung des sonnengebräunten Marmors bis zum vollendeten roth und weiß Cirkassiens variirte. Unter den jungen Griechinnen stach besonders Photine Mavromikhali, Enkelin des alten Petron Bey, und eine hohe, stolze, stattliche Schönheit Spartas, und Miß Black, Tochter des Mädchens von Athen, hervor. Wie ich mir einbildete, unterhielt ich mich mit einem jungen Hybriotenmädchen, deren liebliches Madonnengesicht mit dem gestickten Tuch umbunden war; später aber hörte ich, daß sie bereits seit fünf Jahren Witwe sei. Ihre Mutter, eine beinahe ebenso große Schönheit, schien kaum zehn Jahre älter als die Tochter.

Neuntes Kapitel.

Ein Ausflug nach Kreta.

Nachdem ich einen ganzen Monat lang darauf gewartet, daß das kalte und stürmische Wetter sich beffern sollte, schien sich endlich die Hoffnung dafür zu zeigen und ich traf Vorbereitungen, um Athen für mehrere Wochen zu verlaffen. Die Feftlichkeiten, die mit dem Jubiläum des Königs zusammenhingen, erreichten ihr Ende am 12. Februar; die Carnevalsscherze waren fade und leblos geworden, und binnen zwei Tagen sollten die Faften beginnen, während denen die Griechen im wahren Sinne Buße thun und aus phyfischen, nicht geiftigen Gründen den Kopf hängen laffen. Die Faften werden in Athen durch ein Feft bei den Tempelsäulen des Jupiter Olimpos feierlichft eingesetzt, indem das Volk sich in großen Haufen zusammenfindet, in Gemeinschaft die erste Faftenmahlzeit einnimmt und zum letzten male vor Oftern tanzt. Bei dieser Gelegenheit wird eine ungeheure Maffe von Knoblauch und Zwiebeln verzehrt und der Anblick ift daher wol darauf berechnet, dem betrachtenden Beobachter Thränen zu entlocken. Ich hielt es indeffen nicht der Mühe werth, eine ganze Woche guten Wetters zu verlieren, um diesem Fefte beiwohnen zu können.

Der Ort unsrer Beftimmung war Kreta, die wenigft befuchte und dennoch die intereffanteste aller griechischen Infeln. *)

---

*) Wenn ich Kreta hier eine griechische Insel nenne, so richte ich mich nach der alten Geographie, da die Insel seit 1669 der Türkei gehört.
A. d. B.

B. und ich, begleitet von François als Dragoman und Pro-
viantmeister, verließen mit userm Reisegeschirr, den Feldbetten und zahllosen arabischen Sattelsäcken des letzteren unsere
gemeinschaftliche Wohnung in Athen und begaben uns nach
dem Piräus hinunter. Der Dampfer, welcher uns nach Kreta
bringen sollte, lief soeben in den Hafen ein und hatte den
Lord-Oberkommissar der ionischen Inseln nebst Gefolge an Bord,
ein Umstand, der unsere Abfahrt nach Syra bis lange nach
Einbruch der Nacht verzögerte. Wir erwachten am kommenden
Morgen im Hafen jener Insel und gegenüber der weißleuchten-
den, pyramidenförmigen Stadt, in deren äußerem Ansehen ich
nicht die geringste Veränderung entdecken konnte, seit der Zeit
da ich sie zum ersten male vor sechs Jahren sah. Unser Dampfer blieb daselbst den ganzen Tag über liegen — ein höchst
langweiliger Aufenthalt — und fuhr des Abends nach Khania
ab, das ungefähr 150 Meilen weiter nach Süden liegt. Kreta
befindet sich zwischen dem 35. und 36. Grad nördlicher Breite,
nicht viel weiter von Afrika als von Europa entfernt, und hat
daher ein Klima, welches zwischen dem von Griechenland und
dem von Alexandrien die Mitte hält.

Obwol noch einige dreißig Meilen entfernt, sahen wir am
Morgen die Insel bereits vor uns, indem die prachtvolle Schneemasse des weißen Gebirges, unter einer Schicht von Wolken
leuchtend, sichtbar wurde. Gegen zehn Uhr zertheilte sich die
langgestreckte, bläuliche Linie der Küste in ungleiche Landspitzen
und die Vorgebirge von Diktynnäa und Akroteri traten derartig
gegen uns vor, daß sie dem Theile der Insel, dem wir uns
näherten, das Ansehen eines Amphitheaters gaben, während
weit im Osten die breit gewölbte Schneekuppe des kretischen Ida,
in einem Meere sanft goldenen Lichtes verschwimmend, einsam
stand. Das weiße Gebirge war bis zu einer Entfernung von
4000 Fuß unter seinen Gipfeln vollständig in Schnee eingehüllt, und kaum eine Felsenspitze durchbrach die leuchtende Decke.

Die Küstenstriche des Golfes von Khania stiegen, die Form eines Amphitheaters behaltend, allmälig aus dem Wasser empor und boten eine prächtige Rundsicht von Weizenfeldern, Weingärten und Olivenhainen dar, in denen eine Menge lachender Dörfer sich zusammendrängten, während Khania, das den Mittelpunkt bildete, immer deutlicher hervortrat und ein malerisches Durcheinander von Moscheen, alten venetianischen Bögen und Mauern, gelben und hellrothen Häusern und Palmbäumen zeigte. Der Eindruck des ganzen Gemäldes ließ weit eher auf Syrien als auf Griechenland schließen, indem das letztere nichts aufzuweisen hat, was einen so durchwärmten und üppigen Charakter hätte.

Wir liefen in den kleinen, von einem Steindamme geschützten Hafen ein, dessen Wasser aber zu seicht und dessen Grenzen zu beschränkt sind, um mehr als ein Dutzend Schiffe mittlerer Größe aufzunehmen. Um die Wahrheit zu sagen, bedarf er nichts als des Wiederausgrabens, da er zum Theil nur aufgeschwemmt ist. Der Serai oder Regierungspalast liegt, auf hochgeschwungenen Bögen ruhend, die von einem der alten venetianischen Festungswerke herstammen, dem Hafeneingang gegenüber; unter ihm und dicht am Wasser hat sich eine kleine gelbe Moschee eingenistet, und eine verworrene Masse altersschwacher Häuser mit überhängenden Balkonen umschließt den Hafen. Zur Rechten, wenn man hineinkommt, befindet sich eine Batterie, auf deren Mauern es von müßigen türkischen Soldaten wimmelte. Auf dem schmalen, um den Hafen laufenden Qual drängten sich orientalische Trachten, unter denen der weiße Turban des Muselmannes häufig vorkam. Alles hatte den reifen Anstrich vorgerückten Alters, der Trägheit und des Stillstandes.

Nach einiger Zeit erhielten wir Erlaubniß ans Land zu steigen, was bei einem kleinen gelben Zollhause neben der Moschee geschah. Während sich das Volk mit großer Neugierde um uns drängte, ward ich mit der Frage angeredet: „Sind Sie aus den Vereinigten Staaten?" Der Frager war ein Enlän-

der, der vermuthlich einem im Hafen liegenden Kohlenschiffe angehörte. „Der Dragoman des amerikanischen Konsuls", fuhr er
fort, „wohnt nämlich hier dicht bei und er kann Ihnen dabei
helfen Ihre Sachen durchzubringen." Im selbigen Augenblick
kam auch der Dragoman, ein ionischer Grieche, zum Vorschein
und führte uns alsbald nach dem Konsulate. Wir fanden den
Konsul, Mr. Mautfort, in einem kleinen gebrechlichen Hause, mit
der Aussicht auf den Hafen. Die amerikanische Flagge war so
reichlich an den äußeren Wänden zur Schau gestellt, daß ich nicht
weniger als fünf derselben zählte. „Sie werden hier bleiben
müssen", sagte der Dragoman, „es gibt keinen Khan im ganzen Orte." Nach einer kurzen Berathschlagung nahmen wir das
Zimmer des Dieners in Besitz, welches trocken und vermittelst
der im Fußboden befindlichen Löcher wohl durchlüftet war. Nachdem die nöthigen einleitenden Vorrichtungen getroffen waren,
bewirthete uns der Consul mit vortrefflichem alten kretischen
Weine, während er uns zugleich einen vollständigen Bericht alles
dessen gab, was er seit seiner Ankunft auf Kreta gethan habe.
Er beanspruchte der erste gewesen zu sein, der Rum, Sodaasche
und Seifensäcke auf der Insel einführte. „Ich beabsichtige", sagte
er, „den Handel in amerikanischem Rum hier zu etwas bedeu-
tendem zu machen", worauf ich mich nicht enthalten konnte zu
erwidern, daß das Fehlschlagen dieser Speculation eine größere
Wohlthat für die Kreter sein würde als das Gelingen.

Khania steht auf der Stelle des alten Kydonia, nach welchem das griechische Bisthum noch heute benannt wird. Die
venetianische Stadt wurde 1252 gegründet und alle damals noch
vorhandenen Ueberreste der älteren Stadt wurden dadurch gänzlich vernichtet. Die einzigen jetzt vorhandenen Ruinen sind die
venetianischen Kirchen, von denen einige zu Moscheen umgewandelt sind, und eine Anzahl ungeheurer Bogenwölbungen, welche
nach dem Hafen zu offen stehen und erbaut waren, um den
Galeeren der Republik zum Obdach zu dienen. Gerade unter

der Stelle, wo der Serai steht, zählte ich fünfzehn derselben nebeneinander und elf davon vollständig erhalten. Ein wenig weiter hin finden sich noch drei andere vor, welche jedoch sämmtlich mit Sand zugestopft und gegenwärtig unbrauchbar sind. Die heutige Stadt ist das getreue Abbild eines syrischen Seehafens mit seinen engen, winkeligen Straßen, seinen überschatteten Bazars und beturbanten Kaufleuten. Ihre Einwohnerschaft beläuft sich, einer zur Zeit unserer Anwesenheit soeben vollendeten Volkszählung gemäß, auf 9500 Seelen, wobei die Garnison eingeschlossen ist. Die Stadt ist mit Mauern umgeben und die Thore sind während der Nacht gesperrt.

Des Abends machten wir einen Besuch bei Fräulein Kontaxaki, im ganzen Morgenlande allgemeiner unter dem Namen „Elisabeth von Kreta" bekannt. Ich hatte einen Empfehlungsbrief an sie von Mr. Hill, in dessen Familie sie erzogen worden war. Ihre tiefe Gelehrsamkeit, vereint mit Witz, Enthusiasmus und Energie, sind Kennzüge der seltensten Art unter den Griechinnen des heutigen Tages und haben ihr daher einen weit verbreiteten Ruf verschafft. Wie sich von selbst versteht, ist ihre Stellung eine nicht durchaus angenehme. Während ein Theil der Griechen gerechterweise auf sie stolz ist, ist sie andern mißliebig und wird von noch anderen gefürchtet. Ihre Willenskraft, ihre Begabung und eine gewisse diplomatische Befähigung geben ihr Einfluß und Gewalt von nicht unbeträchtlicher Art, ein Umstand, der unter den Griechen niemals verfehlt, Eifersucht und Feindseligkeiten zu erregen. In Folge dessen hat sie viele Feinde und wird zuweilen durch die gehässigsten Verleumdungen und Intriguen angegriffen. Sie ist etwa dreißig Jahre alt, von mittlerer Größe und hat, mit Ausnahme ihrer flammend schwarzen Augen, nichts besonders auffälliges in ihrer Erscheinung. Sie spricht englisch, griechisch und französisch fast gleich fließend und kann den Inhalt der altgriechischen Schriftsteller an ihren fünf Fingern herzählen. Sie spricht sehr schnell und geläufig und benützt, wenn sie erzählt, eine große Klarheit und Folgerichtigkeit der Gedanken. Es zog mich an, in ihr dieselbe Feinheit und Schärfe geistiger Wahrnehmung zu finden, durch welche die Altgriechen so berühmt waren. Sie ist keine Hypatia; doch unterliegt es keinem Zweifel, daß ihr Einfluß sowol wie das Resultat ihres Strebens weit größer sein würden, wäre der Wirkungskreis der Frauen jener Länder nicht ein so beschränkter. Man hat sie als einen Beweis dessen aufgestellt, was das Volk noch zu leisten im Stande sei, doch meines Bedünkens mit Unrecht. Sie würde in jedem Lande eine Ausnahme unter den Frauen bilden.

Am folgenden Morgen sandte der Konsul seinen Dragoman ab, um eine Audienz für uns bei Vely Pascha, dem Gouverneur von Kreta, nachzusuchen. Kurze Zeit darauf kam der Dragoman des letzteren zu uns und benachrichtigte uns, um welche Stunde wir empfangen werden sollten. Wir fanden den Pascha im Serai und in einem Zimmer, welches schön möblirt und mit Büsten und Bildern ausgeschmückt war. Hervorstechend unter den letzteren war eine große colorirte Lithographie von Stuart's Kopf Washington's. Der Pascha kam uns zum Empfang entgegen, reichte uns die Hand und führte uns in den Divan, wo wir, anstatt mit gekreuzten Beinen auf die Kissen niederzufallen, uns alle auf behagliche Schaukelstühle von Boston niedersetzten. Er sprach sehr gut französisch, da er, wie der Leser sich vielleicht erinnert, während der ganzen Zeit des Krieges in der Krim den türkischen Gesandtschaftsposten in Paris bekleidete, der damals von mehr als gewöhnlicher Wichtigkeit war. Vor diesem war er Statthalter von Bosnien gewesen. Außerdem diente er aber auch in Egypten und spricht, wie er mir sagte, sieben Sprachen. Er ist ein sehr schöner Mann, größer als die Türken gewöhnlich sind und nicht über 35 Jahre alt. Seine Kleidung war, mit Ausnahme des Fez, durchaus europäisch, und zwar ist er der erste Orientale, den ich sie natürlich und gefällig tragen sah.

Wenn mir Vely Pascha gleich auf den ersten Blick gefiel, so gab mir seine Freundlichkeit während dieser Zusammenkunft gewiß keinen Grund meine gute Meinung von ihm zu ändern. Als er unsere Absicht vernahm die Klöster von Akroteri am folgenden Tage zu besuchen, bot er uns sogleich Pferde aus seinem eigenen Stalle und einen Officier als Führer und Geleitsmann an. Außerdem daß er uns einen Firman für die Reise in das Innere versprach, befahl er auch noch seinem Secretär Empfehlungsbriefe an die Gouverneurs von Rhithymnos und Kandia und den griechischen Bischof und Erzbischof für mich in Bereitschaft zu halten und erbot sich schließlich uns einen Begleiter für die ganze Reise mitzugeben. Ich zögerte so viele großmüthige Anerbietungen anzunehmen, allein er erklärte es als seinen innigsten Wunsch, daß die Insel von Fremden gesehen und dann besser bekannt und häufiger besucht werden möchte, und daß er es deshalb als seine Pflicht betrachte, mich mit allen ihm zu Gebote stehenden Hülfsmitteln auszurüsten. Während wir diesen Gegenstand, in Verbindung mit einigen Pfeifen köstlichen Latakias, besprachen, fuhr sein Wagen vor und wir brachen unter dem Geleite des Secretärs auf, um den Landsitz und die Gärten des Paschas zu Seviglia, etwa vier Meilen entlegen, zu besuchen.

Nachdem wir durch den großen türkischen Gottesacker gekommen, der von einem frühzeitigen Flor blauer Anemonen bedeckt war, gelangten wir auf die fruchtbare Ebene von Khania, die, weit und blühend wie ein prächtiger Garten, sich bis zum Fuße des weißen Gebirges hinzog, dessen ungeheure Massen leuchtenden Schnees den ganzen südlichen Himmel ausfüllten. Im Osten fällt die Ebene gegen die tief in das Land sich erstreckende Bay von Suda ab, deren Wasserfläche sich blau schimmernd über dem Silberstreifen der Olivenhaine zeigte, während 60 Meilen weiter hoch und einsam über den dazwischen liegenden Vorgebirgen thronend die Kuppe des Ida in der warmen Glut der Nachmittagssonne strahlte und, einer Höhe des Olimpos gleich, nicht allein die Geburtsstätte, sondern auch der Thron des unsterblichen Jovis zu sein schien. Ungeheure Oelbäume entsprangen dem fruchtbaren, dunkelrothen Boden; Cypressen und die schirmartige Pinie unterbrachen die graue Einförmigkeit jener, und die Gärten hingen die goldenen Lampen ihrer Orangenbäume über die Mauern. Die Ebene ist ein Paradies voll Fruchtbarkeit, aber ach! auch voll Fieber. Die Feuchtigkeit des Bodens, der dichte Schatten, nebst Mangel an den nöthigen Abzugsgräben und Luftzügen, brüten das Miasma aus, welches während einer Zeit des Jahres es gefährlich macht, auch nur eine einzige Nacht in einem der umliegenden Dörfer zuzubringen. Wir fanden das Haus des Paschas von allem Schmucke entblößt und den letzteren — meistens Teppiche und Polster — in zwei bis drei Zimmern zusammengehäuft. Der Garten aber mit seinen Teichen und Wasserleitungen, seinen Hecken blühender Rosen, seinen Dickichten von Rhododendron und seinen Lauben von Jasmin war eine wahre Seelenlust. Während ich auf der obersten Terrasse saß und eine Skizze von der prachtvollen Ebene entwarf, pflückte der Gärtner Orangen und Blumen für uns.

Den nächsten Morgen wurden uns die Pferde zu einer frühen Stunde unter der Obhut von Habschi Bey gebracht, einem alten, lustigen Officier der Gensdarmerie, der uns begleiten sollte. Bis zu dem Dorfe Kalega, wo der Pascha damals seinen Wohnsitz hatte, führt ein Fahrweg; von da an aber gab es nichts als einen steinigen Bergpfad. Von dem Kamme des Vorgebirges, welches wir überschritten, übersahen wir die ganze Ebene von Khania und den jenseits der diktynnäischen Halbinsel gelegenen westlichsten Punkt von Kreta. Das weiße Gebirge, obwol nicht ganz 7000 Fuß hoch, täuscht das Auge durch den Contrast, welcher zwischen den makellosen Schneeflächen der oberen Hälfte und dem Sommer am Fuße der Bergkette stattfindet und scheint sich zum Nebenbuhler der Alpen aufzuschwingen. Der Tag war wolkenlos, die Luft wie Balsam; Vögel sangen auf jedem Baum und die grasbedeckten Höhlungen des Bodens waren mit weißen, violetten, blaß- und hochrothen Anemonen übersäet. Es war der erste Frühlingshauch des Südens nach einem Winter, der für Kreta ebenso schrecklich gewesen wie für Griechenland.

Nach einem Ritt von drei Stunden erreichten wir ein breites Thal am Fuße der kahlen Bergmasse, in welche das Vorgebirge sich verläuft. Gegen Osten hin sahen wir das große Kloster Agia Triada (der heiligen Dreieinigkeit) wie es seinen weiten Bereich von fruchtbarem Wein- und Olivenland beherrschte; da ich aber die Thalschlucht von Katholiko inmitten des Gebirges zu besuchen wünschte, so wendeten wir uns nach der entgegengesetzten Seite des Thales, um in einem daselbst gelegenen großen Pachthofe uns einen Führer zu verschaffen. Die Sonne stach heiß in den steinigen und schmuzigen Hof, den einstöckige Hütten umgaben und in dem nicht eine Seele zu sehen war. Dicht dabei befand sich eine kleine Kapelle und an einem neben ihr stehenden Orangenbaum war ein Stück gekrümmtes Eisen aufgehängt, das anstatt einer Glocke diente. Hadschi Bey schrie laut und François schlug das geheiligte Metall so lange mit einem Steine, bis endlich ein alter Graubart und ein paar junge Burschen erschienen, deren Haar in langen Zöpfen den Rücken hinabfiel. Wie groß aber war unser Erstaunen, als wir jetzt die Thüren der Hütten sich öffnen und eine Anzahl Frauen und Kinder, die sich darin versteckt gehalten hatten, heraus kommen sahen! Wir wurden nun mit Wein bewirthet, und Diakos, einer der langhaarigen Jünglinge, bestieg sein Maulthier, um uns zu führen. In der tiefen, trockenen Thalschlucht, welche wir jetzt betraten, fand ich eine Anzahl von Johannisbrotbäumen. Dunkelblaue, von goldgelber Oxydirung gefleckte Kalkfelsen hingen über uns, während wir das trockene Bett eines Gießbaches verfolgten, das aufwärts in das Herz der düstern Gebirgsgegend führte, in welcher, von durchglühten, dürren Bergspitzen umgeben, das Kloster Governato sich befindet.

Ein alter, sehr schmuziger Mönch und zwei Diener waren die einzigen Bewohner. Wir waren hungrig und hatten auf ein so gutes Mittagessen gerechnet, als es in den Fasten zu bekommen ist; allein etwas Schwarzbrot, Käse und ein unbeschränkter Vorrath von Wasser war alles was wir erlangten. Der Mönch erzählte uns, daß das Kloster dem heiligen Johannes gewidmet und wegen seines großen Ueberflusses an Honig berühmt sei; aber weder Honig noch Heuschrecken vermochte er uns zu geben. Hinter der Kapelle befand sich ein Gewölbe, in welchem sie die todten Mönche beisetzten. Sobald das Gewölbe voll ist, nehmen sie die Gebeine und Schädel heraus und werfen sie in einen daran stoßenden offenen Raum, wo der Geruch und tagtägliche Anblick den Ueberlebenden zur heilsamen Mahnung an ihre Sterblichkeit dient. François war über die ehrwürdige Unsauberkeit des Mönches und die Fastenkost, die er uns gab, so aufgebracht, daß er sich weigerte, „der Kirche", wie es auf zarte Weise üblich ist, etwas zu zahlen.

Wir stiegen nach dem Kloster Katholiko zu Fuß hinab und erreichten es in einer halben Stunde. Dasselbe liegt, wie das Kloster Som Saba in Palästina, in der Tiefe einer Felsenspalte und wird von der Sonne nur selten beschienen. In den Fels gehauene Stufen führen an dem Absturz hinab nach dem verlassenen Kloster, neben welchem eine Höhle 500 Fuß tief in den Felsen hineinführt. Die Schlucht ist von einem beinahe 50 Fuß hohen Bogen überspannt, an dessen einem Ende sich ein tiefer Brunnen befindet, in welchem die widerspenstigen Mönche eingesperrt wurden. Das einzige lebende Wesen, das wir sahen, war ein Hirtenknabe, der uns von der Höhe der gegenüberliegenden Felsenrisse zurief. Von St. Johannes dem Einsiedler, dem das Kloster verewigt, weiß ich nicht mehr als von St. Johannes dem Jäger, dem eine ähnliche Besitzung in der Nähe Athens zuerkannt ist.

In Agia Triada fanden wir es jedoch anders. Als wir

zwischen Weingärten und blühenden Mandelbäumen die stattliche Cypressenallee hinaufritten, kamen uns Diener entgegen, um
uns die Pferde abzunehmen und der Hegoumenos oder Abt
rief uns von der obersten Stufe der Treppe ein: „Kalos orizete!"
(Willkommen) zu. Mit seinem langen Rock und seiner runden
Gestalt glich er einer gutmüthigen Großmama, während der
Umfang seines Bartes mehr als hinreichend den Mann bekundete.
Wir wurden in ein sauberes Zimmer gebracht, das mit einer
mäßigen Bibliothek orthodoxer Werke versehen war. Ein fünf-
zehnjähriger Knabe mit einem Gesichte wie das des jugendlichen
Raphael, brachte uns Gläser mit einem starken, dunklen, dem
Port ähnlichen Rothwein, Eingemachtes und Kaffee. Die Größe
und solide Bauart dieses Klosters zeugen ebenso wie der blühende Zustand der dazu gehörigen Ländereien von seinem Reichthum. Der weite Klosterhof ist mit Weinlauben und Orangen-
bäumen überschattet, und die im Mittelpunkte stehende Kapelle
hat eine von dorischen Säulen getragene Façade.

Die Sonne ging unter als wir Kalega erreichten, wo wir
einem vorher getroffenen Uebereinkommen gemäß anhielten, um
mit dem Pascha zu speisen. Sein Landhaus ist geschmackvoll
im prächtigsten europäischen Style ausgestattet, und an den Wänden hängen die Bildnisse lebender Monarchen und Staatsmänner
von Bedeutung. Auf der Tafel stand ein Aufsatz von gediege-
nem Golde, der zwei Fuß lang und achtzehn Zoll hoch war;
Messer, Gabeln und Löffel waren von demselben Metall. Er
hatte einen vorzüglichen französischen Koch und setzte uns außer
dem kretischen Wein Burgunder, Rheinwein und Champagner
vor. Er selbst trank indessen nur spärlich und von einer einzigen Sorte. Nach Tische hatte ich eine lange Unterhaltung mit
ihm über die Lage des Orients und war hocherfreut einen Türken seines Ranges zu finden, der von solchen aufgeklärten Fort-
schrittsideen durchdrungen war. Gäbe es nur neun solcher
Männer wie er, so würde die Wiedergeburt des Orients keine

so schwierige Sache sein. Ein einzelner Mann ist jedoch — im Falle er nicht den höchsten Verwaltungsposten einnimmt — von beinahe keiner Bedeutung, so lange der vereinte Einfluß der europäischen Mächte sich gegen ihn geltend macht. Ehe das Jahr 1858 zu Ende ging, wurde Vely Pascha von seinen Posten in Kreta abberufen und somit das Gute was er gethan vollständigst neutralisirt. Die richtige Sachlage war so durchaus entstellt worden, daß in sämmtlichen europäischen Zeitungen sich nur eine einzige Stimme (der Correspondent der Londoner „Times") erhob, die ihm Gerechtigkeit widerfahren ließ.

Zehntes Kapitel.

Eine Reise auf Kreta.

Als ich Khania verließ, ging mein Reiseplan dahin, die wilde Gebirgsgegend von Sfakia zu besuchen, welche jenseits des weißen Gebirges im südwestlichsten Theile der Insel liegt. Dieser Distrikt, welcher von einem wilden Reste der altgriechischen Volksrace bewohnt ist, der noch bis vor Kurzem sich in Unabhängigkeit erhielt, steht zum übrigen Kreta in einem ähnlichen Verhältnisse wie die Provinz Maina zu Griechenland. Nur in solchen entlegenen Winkeln kann man heutiges Tages die physischen Kennzeichen des Urstammes aufsuchen. Ich habe immer den Glauben gehabt, daß einige Bäche altgriechischen Blutes, unberührt von den slavischen und ottomanischen Ueberschwemmungen, welche es in dem heutigen Volke beinahe verwischt haben, auf dem alten Boden noch immer fließen. Ich war meiner

Taylor, Griechenland.   7

Sache gewiß, daß ich in Sfakia, wo noch jetzt ein Dialekt gesprochen wird, den man für ben dorischen hält, den echten
Stamm — den gewöhnlich griechischen, nicht den Typus der
Heroen — beinahe unverfälscht finden würde. Die Durchgänge
des weißen Gebirges sind zu allen Jahreszeiten schwierig und
ich machte ausfindig, daß die xyloscala oder hölzerne Leiter,
auf welcher ich nach Sfakia hinunter zu steigen beabsichtigte,
wegen des Schnees nicht zu erreichen sei; da aber noch ein anderer Weg um den östlichen Fuß des Gebirges herumführt, so
beschloß ich diesen zu probiren.

Der Pascha versuchte mich von dem Vorhaben abzubringen.
„Die Wege", sagte er, „sind auf Kreta geradezu entsetzlich, und
obwol Sie als Reisender! auf jedes Vorkommniß gefaßt sein
müssen, so ist es bei schlechtem Wetter doch selbst für die Ein-
geborenen unmöglich sie zu passiren. Ich habe einen Fahrweg
von hier nach Heraklcon vermessen und abstecken lassen, und bei
Rhithymnes ist selbst ein kleiner Theil davon schon vollendet,
aber das Volk ist mit aller Macht dagegen, und es müssen
wenigstens fünf bis sechs Jahre verstreichen, ehe genug geschehen
ist, um den Leuten den Werth und Nutzen solcher Verbesserungen
einleuchtend zu machen.*) Ich bin der festen Ueberzeugung,
daß die Türkei nicht eher einen Schritt verwärts thun wird,
als bis sie hinreichende Mittel zum öffentlichen Verkehr besitzt,
um ihre inneren Hülfsquellen nutzbar zu machen. Dies wird
der erste Schritt zur Wiedergeburt des Orients und der einzige
erste Schritt auf dem Wege wahren Fortschrittes sein. Die
Macht und Kultur Europas sind auf dieser Grundlage aufgebaut."
Es ist viel Wahres in diesen Bemerkungen, wie überhaupt
in des Paschas Ansichten über die orientalische Frage ent-

*) Der Bau dieses Weges war die Hauptursache des wenige Mo-
nate später auf Kreta ausgebrochenen Aufruhrs!

halten. Sie gaben den Beweis eines aufgeklärten, praktischen
Sinnes — die seltenste Erscheinung unter den Herrschern des
Morgenlandes.

Endlich am Morgen unsrer Abreise schickte mir der Pascha
den Kapitän Nikephoro, einen muthigen Häuptling aus Sfakia,
der Befehl hatte uns als Führer und Geleitswache durch dieses
Gebiet zu dienen. Er war ein großer, schöner Bursche mit
schwarzen, feurigen Augen, rabenschwarzem Haar und Schnurrbart und einer Adlernase. Seinen Gürtel zierten ein Paar lange
mit Silber beschlagene Pistolen und ein Yataghan, dessen Scheide
und Heft von Silber waren. Habschi Bey trug seine blaue
Uniform und seinen Säbel und saß auf einem kecken Grauschim-
mel. Der oberste der Maulthiertreiber, Anagnosti, den der Dragoman des Consuls als einen ehrlichen und geschickten Menschen
für uns ausgewählt hatte (und den wir später wegen des geraden Gegentheils entließen) war gleichfalls beritten, sodaß wir
mit unsern beiden Packthieren eine ganz stattliche Caravane bildeten. Der Consul, welcher uns während unsres Aufenthaltes
gastlich bewirthet hatte, begleitete uns bis zum Thore von Khania und wir traten unsere erste kretische Reise inmitten eines
milden, aber dicht fallenden Regens an.

Der vier Meilen lange Weg nach Suda ist eine breite
Fahrstraße, welche durch die fruchtreiche Ebene von Khania führt.
Die Bauern waren emsig beschäftigt den weichen dunkelrothen
Lehmboden zu pflügen. Weingärten, Olivenpflanzungen und
Weizenfelder folgten auf einander, und die blühenden Dörfer
an den niederen Gebirgsabhängen zu unsrer Rechten schimmerten
durch den grauen Nebel des fallenden Regens. Suda ist eine
tiefe, schöne Bucht, die nur nach Nordost zu offen ist, wo eine
alte venetianische Festung, auf einer Felseninsel gelegen, die Mündung beherrscht. Der Boden in der Nähe der letzteren ist sumpfig, und längs der Küste finden sich Salzlachen vor. Velh
Pascha hatte jedoch die Absicht diese Sümpfe trocken zu legen

7*

und eine Stadt dort zu erbauen; und wirklich könnte auf der ganzen Insel kaum eine bessere Lage gefunden werden.

Unser Weg folgte eine kurze Zeit lang der Küste und begann dann am Fuße des Berges Malaxa hinaufzusteigen, dessen Gipfel hoch über uns in die Wolken ragte. Dieser Berg ist wahrscheinlich der alte Berekynthos, der Schauplatz der idäischen Daktyle, wohin das Feuer zuerst vom Himmel gebracht und das Metall geschmiedet ward. Die Archäologen sind uneins in ihren Meinungen, indem einige behaupten der Berg bestehe aus Kalkfels (was jedenfalls richtig ist) und andere, daß es Thonschiefer sei und deshalb möglicherweise Metalladern enthalte. Mir will es nicht einleuchten warum diese Frage von so großer Wichtigkeit ist. Alle Mythen hatten natürlich ihre Oertlichkeit, und in jenen Tagen, wo sie einen Theil der herrschenden Religion ausmachten, war man nicht gewöhnt sie durch gelehrte Forschungen prüfen zu wollen. Malaxa stimmt geographisch mit der Lage des Berekynthos überein, und um das übrige haben wir nicht nöthig uns den Kopf zu zerbrechen.

Dichtes Gebüsch von Myrthen und Oleander füllte die Thalgründe und der Mastixstrauch, Salbei und wilder Thymian bedeckten die Felsenvorsprünge der Höhen. Wir gingen unverdrossen im Regen unsres Weges weiter, kamen hier und da an einer verfallenen Burg vorbei, erklommen Felsensteige oder glitten über die geglättete Fläche eines alten Weges, zu welchem die Steine mit einer gewissen Regelmäßigkeit waren zusammengefügt worden. Drei Stunden waren verflossen, als wir ziemlich kalt, naß und hungrig den Kamm der Küstenberge überschritten und auf das weite Tafelland von Apokorona am östlichen Fuße des Weißen Gebirges kamen. Von der Hoffnung aufgeheitert den Ort unsrer Bestimmung, ein Kloster zu Paleokastron, welches an der Stelle von Aptera liegt, bald zu erreichen, eilten wir vorwärts auf ein kleines Dorf zu. Die Leute liefen vor den Thüren zusammen, um uns zu betrachten und uns Weisungen zu ertheil-

len. „Guten Tag, Palikar!" rief eine Frau, die ich grüßte.
Die Männer, welche alle sehr muntere und freundliche Gesich-
ter hatten, begleiteten uns eine kleine Strecke, um uns den
Weg zu zeigen, und rissen die steinernen Einhegungen für die
Maulthiere nieder, damit wir einen kürzeren Weg quer über die
Felder hätten.

Die Ebene von Apokorona bot einen angenehmen Anblick
von Fruchtbarkeit und menschlichen Fleiß dar. Weizenfelder, die
durch steinerne Umhegungen geschieden und mit Gruppen von
Oelbäumen überstreut waren, erstreckten sich soweit das Auge
reichen konnte. In einer halben Stunde gelangten wir zu einigen der Ruinen von Aptera. Behauene Blöcke und darunter
Bruchstücke kleiner dorischer Säulen lagen auf dem Boden zerstreut, und über den höchsten Theil des Hügels zog sich eine
niedrige Mauer von viereckigen Steinen. Ein wenig davon ab
stand das Kloster, ein massives, viereckiges Gebäude, das sich
inmitten einiger römischen Ruinen erhebt. Dasselbe ist ein
metokhi oder Filial des Klosters vom heiligen Johannes auf
Patmos und wird nur von einem einzigen Priester bewohnt,
welcher verheirathet ist und einen großen Theil der umliegenden
Ländereien für eine jährliche Summe von 12000 Piaster (500
Dukaten) von der Regierung gepachtet hat. Er empfing uns
im Hofe, führte uns in ein kleines schadhaftes Zimmer und gab
uns nach Verlauf der dazu nöthigen Zeit einen Imbiß, der aus
in Oel geschmorten Eiern, frischen Käsematten und grobem, aber
wohlschmeckendem Brote bestand. Trotzdem, daß die Fasten begonnen hatten, war der Priester gegen eine kleine Remuneration
sehr bereitwillig, uns Ketzer mit dem zu versorgen, was sie
brechen mußte. Wir machten den Versuch, unsre durchnäßten
Kleider über einem Kohlenbecken zu trocknen und gaben jede
Hoffnung auf, an dem Tage weiter zu kommen.

Aptera (Flügellos) hat seinen Namen von dem Kampfe
zwischen den Sirenen und Musen, in welchem die ersteren ihre

Flügel verloren, sich in das Meer stürzten und in die leukädischen Felsen verwandelt wurden, welche in der Mündung des Meerbusens von Suda liegen. Die Ruinen in der Nähe des Klosters sind ohne Zweifel die Ueberbleibsel von Cisternen, die nach der Art der römischen gebaut sind. Die eine derselben ist beinahe 150 Fuß lang und hat eine sich rechtwinkelig ansetzende Abzweigung. Eine zweite besteht aus einem fast vollständig erhaltenen, dreifachen Gewölbe, dessen Zwischenmauern auf vier Bögen von gehauenem Stein ruhen. Als ich nach den kyklopischen Mauern frug, sagte mir der Priester, daß sie weiter östlich lägen. Kapitän Nikephoro schlug, um den Regen abzuhalten, seine dicke Kapote um und begleitete uns. Auf der Höhe des Hügels läuft die aus ungeheuren unbehauenen Felsstücken zusammengesetzte polygonische Mauer fast eine halbe Meile lang (so weit als wir sie verfolgten) fort. Ihre Breite beträgt 7 Fuß und ihre Höhe an den höchsten Stellen 12 Fuß. Der obere Theil ist entweder abgeworfen oder davongetragen worden. Die Arbeit, obwol gediegen, ist roher Art und gehört offenbar den frühesten Zeiten an.

Des Abends stellte sich eine Anzahl Bauern ein, die griechische, römische und venetianische Münzen mit sich brachten und von denen ich verschiedene kaufte. Unter ihnen befanden sich einige Münzen von Aptera mit einer Biene auf der Rückseite. Die meisten derselben waren jedoch unleserlich und wurden von den Findern weit über ihren wahren Werth geschätzt. Für die Nacht hatten wir das Bett des Priesters inne, welches auf einer durch den trockenen Theil des Zimmers laufenden Erhöhung stand. Die priesterlichen Flöhe kamen an Gefräßigkeit den Kapuzinermönchen gleich, und trotzdem daß sie anstatt der zwei, vier Personen hatten, in die sie sich theilen konnten, vernichteten sie nichtsdestoweniger allen Schlaf. Am andern Morgen fuhr es fort zu regnen; nach langer Berathschlagung und viel Aufenthalt aber machten wir uns auf den Weg nach Rhithymnos.

Nachdem wir wol eine Stunde lang durch schöne alte Oelpflanzungen auf der Ebene dahingeritten waren, erreichten wir um
die Frühstückszeit einen Khan. Ein Priester und ein paar Wan-
derer waren darin, rauchten ihre Narghilehs und tranken den
hellrothen Wein von Kreta. Auf dieser Insel ist der Wein nicht
wie in Griechenland mit Harz versetzt und man ist daher im
Stande dem natürlichen Geschmacke desselben beizukommen, der
dem des gewöhnlichen spanischen Weines völlig gleichkommt.
Trotz Mrs. Browning's „Bachanalia" zu Ehren des Cypernweins,
ziehe ich ihn diesem berühmten Rebensafte vor. In Griechenland
war ohne Zweifel schon in alten Zeiten der Wein mit Harz versetzt. Der Pinienapfel auf dem Stabe des Bacchus ist vermuthlich das darauf hindeutende Symbol. Durch das Hinzuthun des
frischen Harzes (welches durch das Anbohren der Fichtenstämme
gewonnen wird) ist es nicht allein leichter den Wein aufzubewah-
ren, sondern es kann auch vermittelst eines Zusatzes von Wasser
vermehrt werden. Das Getränk ist ein höchst gesundes, der Geschmack aber für den ungewöhnten Gaumen ein schrecklicher.

Dem Khan gegenüber schimmerte ein silberschäumender
Wasserfall hinter den Oelbäumen hervor und P. und ich richteten unsre Schritte dahin, begleitet von dem getreuen Sfakioten,
der uns nie aus den Augen verlor. Der Ort erinnerte mich
an die Quellen des Jordan zu Banias. Ein Wasserstrahl,
groß genug um eine Baumwollenfabrik zu treiben, quoll am
Fuße zusammengehäufter Felsstücke aus dem Boden hervor, fiel
über einen bemoosten Damm und eilte durch die Wiesen fort
nach dem Meere. Nikephoro sagte mir indessen, daß er im Sommer austrockne. Unser Weg war, nachdem wir den Khan verlassen, eine Zeit lang nichts als ein rauher Steg über steinige
Firsten, die allein für die sichern kretischen Maulthiere zugänglich waren. Wir bewegten uns in den merkwürdigsten Wendungen und Drehungen und richteten uns, ohne Rücksicht auf
die Himmelsgegend, nach welcher wir gehen sollten, bald hierhin

bald dorthin. Wir machten zuletzt die Entdeckung, daß Anagnosti ebenso unwissend als träge sei und den Weg gar nicht
kenne. François fing darauf mit seiner gewöhnlichen Schnelligkeit Feuer, und es folgte darauf ein Sturm griechischer Schimpf-
wörter. „Ich habe immer gehört", sagte er, „daß die kretischen
Türken Schurken seien", jetzt aber sehe ich, daß die kretischen
Christen die Schurken sind. St. Paulus hat recht gehabt, als
er von dieser Lügenbrut sprach."

Nach einer Weile erreichten wir ein altes Kloster, das bei
einem Dorfe mit Namen Karidi (die Nuß) liegt und auf einer
die innern Thäler übersehenden Höhe steht. Die Häuser des
Dorfes waren verfallen und theilweise verlassen, die Orangen-,
Oel- und Johannisbrotbäume zeigten aber ein schönes Wachsthum und die Gerstenfelder standen ungewöhnlich gut. In noch
einer Stunde gelangten wir zu einem Exopolis genannten Dorfe,
das auf der Höhe eines steilen, das Thal von Armyro über-
schauenden Hügels liegt. Ein trostloser Regen fing zu fallen an
und Habschi Bey erklärte es für unmöglich den nächsten Ort
vor Einbruch der Nacht zu erreichen. Wir schlugen deshalb
unser Quartier in dem Hause eines alten Gesellen auf, der sich
den Amtmann des Dorfes nannte. Dasselbe war eine armselige,
aus Lehm und Steinen bestehende Hütte, ohne Fenster und mit
einem Dache, durch welches der Regen in kleinen Strömen triefte;
doch war es einigermaßen besser als unter freiem Himmel.
Es gab bei weitem bessere Häuser im Dorfe, aber sie waren
alle ohne Dach und in Verfall. Kapitän Nikephoro geleitete
uns nach einem türkischen Thurme von behauenen Steinen, von
wo aus wir einen überraschenden Blick auf das unten gelegene
wildromantische Thal hatten. Habschi Bey übernachtete in dem
Café, einer düsteren, fensterlosen Hütte, wo man uns gebrannte
Gerste statt des Kaffees gab. Mehrere Muselmänner und Christen
waren daselbst versammelt, die in lauter, kreischender Stimme
sich heftig zankten. Die Kreter sind das streitliebendste Volk der

112

ganzen Welt. Wir konnten nicht die einfachste Frage thun, ohne von einem jeden der Umstehenden eine verschiedene Meinung zu vernehmen, worauf sich alsdann eine Diskusion erhob, von der Jedermann, nur nicht wir, erbaut war. Die Leute erzählten uns, daß sie bereits seit hundert Tagen Schnee und Regen gehabt hätten — etwas auf der Insel Unerhörtes. Viele der ältesten Oelbäume waren, wie wir bemerkten, von der Last des auf ihre Aeste niedergefallenen Schnees zusammengebrochen, und eine große Menge der Schafe und Ziegen waren zu Grunde gegangen.

Der Amtmann war wahrscheinlich der reichste Mann im Dorfe. Sein Reichthum bestand aus einem Gerstenfelde, vier Schafen, fünf Ziegen, vier Schweinen und einem Esel. Er war ungefähr siebzig Jahre alt und hatte einen grauen Bart; dabei war aber sein jüngstes Kind nicht älter als fünfjährig. Er sowol wie seine Frau zeigten eine löbliche Neugierde, die Sitten und Gebräuche der eklambrotatoi (Ihrer Erlauchten!) der basilikoi anthropoi (königlichen Männer), die ihre Hütte mit ihrer Gegenwart ehrten, kennen zu lernen. Sie trugen Sorge, während unsres Auskleidens in der Nähe zu sein und gingen in der Nacht so häufig ab und zu, daß sie unsern Schlaf wesentlich störten. Ich fand jedoch am Morgen einen Beweis ihrer Aufmerksamkeit, indem ich mit verschiedenen schmuzigen Gewändern bedeckt war, die sie, um das Tropfen des Regens unschädlich zu machen, auf mich gelegt hatten. Des Morgens kam die Frau zu mir, fiel plötzlich auf die Knie nieder, küßte meine schmuzigen Stiefel, stieg dann wieder auf und küßte mir die Hand — und das Alles, ehe ich noch recht wußte, was sie eigentlich vorhatte. Ich gab dem kleinen Leuteri, der in der Kaminecke saß, ein Geldstück, worauf er ganz das Nämliche that und seine Mutter sagte: „Möge Gott geben, daß Ihr euch Eurer Hoheit noch viele Jahre erfreut!"

Als wir aufgestanden waren, regnete es noch immer leise,

beharrlich und trübselig. Es wurde klar, daß wir alle Hoffnung
Sfakia zu sehen aufgeben mußten, denn bei solchem Wetter war
der, einzige in jene Gegend führende Weg bereits unzugänglich.
Wir entließen demnach Kapitän Nikephoro, der für diese besondere Dienstleistung war auserlesen worden, und trennten uns
von dem prächtigen Burschen nicht ohne aufrichtiges Bedauern.
Habschi Bey war gleichfalls gegen unsern Aufbruch. Es war
ganz natürlich, daß er sich alles so leicht machen, wollte als
möglich; reiste er doch zu unsrem Vergnügen, nicht zu seinem
eigenen. Ich war jedoch entschlossen, ein gutes Quartier in
Rhithymnos zu beziehen, und sobald der Regen ein wenig nach-
ließ, wurden, trotz Anagnosti's Verwünschungen, die Maulthiere
gepackt und wir brachen auf. Einen schrecklichen, wechselsweise
über Fels und Sumpfboden führenden Pfad, den Hügel hinab-
steigend, gelangten wir zu dem Flusse Armyro. Die Ueberreste
einer alten venetianischen Festung stehen an seinen Ufern, und
in einer kleinen Entfernung davon befinden sich ein türkisches
Kastell, eine Moschee und ein Khan, sämmtlich zerstört und verlassen. Selbst hier, auf dem Niveau des Meeres, hatte der
Schnee große Verheerungen unter den Oelbäumen angerichtet.
Endlich erreichten wir die Seeküste, wo auf Sand- und Kiesel-
boden die Maulthiere besser fortkommen konnten; der von Nord-
ostwind begleitete Regen aber traf uns mit voller Gewalt. Habschi Bey und die Maulthiertreiber waren während dieses Theiles
der Reise in fortwährendem Schrecken, indem sie versicherten, daß
die während des Winters in dem benachbarten Dorfe Dramia
wohnenden Sfakioten häufig die Reisenden überfielen und plünderten. „Aber ihr braucht euch an einem solchen Tage wie
dieser nicht vor ihnen zu fürchten", warf ich ein. „O, dies
ist gerade das Wetter, welches sie zu ihren Anfällen benutzen",
sagte der Bey. Am Strande lagen große Baumstämme zusammengehäuft, welche, wie man uns sagte, zum Bau einer Bagger-
maschine für den Hafen von Khania bestimmt waren. Zuletzt

trafen wir wieder auf die Berge, welche hier als kühnes Felsen-
gebirge vorspringen, in deffen Fuß die Meereswogen tausend
phantaftifche Gebilde eingefreffen haben.

Nachdem wir eine Zeit lang über die Riften der Berge
geklettert waren, erreichten wir eine furchtbare, in das innerfte
der Höhen eingeklemmte Schlucht, durch welche fich ein reißender
Strom ergoß. In der Nähe des Meeres befanden fich die Strebe-
pfeiler einer maffiv gebauten, geneigten Brücke, deren Bogen gänzlich verfchwunden war. Es fah aus, als ob ein Erdbeben
fie eingeftürzt habe, und Hadfchi Bey fagte mir, daß fie vor fechzig
Jahren noch ganz gewefen fei. Wir kamen nun auf die Fährte
eines alten Weges, auf dem wir an einzelnen Stellen noch
Fragmente des Pflafters vorfanden. Die Schlucht umfchloffen
blaue Kalkfelfen, deren fenkrechte Wände mit heller orangefarbener
Oxydirung gefleckt waren. In Färbung und Umriffen hatte
das Bild etwas prächtiges. Die geologifche Formation Kretas
ift eine Fortfetzung derjenigen des griechifchen Feftlandes, indem
die Felfen größtentheils aus dem nämlichen Palombino oder
perlgrauen Kalkftein beftehen.

Unfer Weg war von hier aus beinahe nicht zu paffiren.
Der überall vom Waffer ausgehöhlte und durchfiebte Fels war
nichts als eine Reihenfolge von tiefen, mit weicher Lehmerde
angefüllten Löchern, in welche unfre Thiere ein- und austauch-
ten. Auf einem jeden der Felfenvorfprünge ftand ein verfallener
Wachthurm aus venetianifchen oder türkifchen Zeiten. Nach
einem mehr als zweiftündigen Ritte diefer Art fahen wir plötzlich in einiger Entfernung vor uns, eine vorfpringende Landfpitze
krönend, die Feftung von Rhithymnos. Zwei Minarets und
eine Palme, die fich über die graue Häufermaffe der Stadt erhoben, erheiterten den Anblick ein wenig; aber wäre er auch zehn-
mal trüber gewefen, fo würde in unfrem durchfrorenen, abge-
matteten und hungrigen Zuftand uns derfelbe doch ein willkommener gewefen fein. Bald darauf kamen wir zu einer wilden

Felsenspalte, die von einer Brücke mit doppelt über einander
stehenden Bögen überspannt und ohne Zweifel ein Werk der
Römer war. Wir trafen nun auf den neuen Weg, der Vely
Pascha's Beschreibung völlig rechtfertigte. Es war eine breite,
gediegene, dauerhafte englische Fahrstraße, die sogar besser war
als es das Bedürfniß der Insel erheischte. Zwei bis dreihundert
Arbeiter waren daran beschäftigt, indem sie entweder die geklopf-
ten Steine in Handkarren herbeiführten, oder sie unter dem
Schutze natürlicher Höhlen an der Seite des Berges brachen.
Wir eilten weiter, kamen an dem Dorfe der Aussätzigen vorbei,
deren Häuser, Schwalbennestern gleich, in den Spalten einer einsamen Felsmasse kleben, und traten zuletzt durch ein langes,
niedriges, düsteres Thor in die Stadt ein.

Eilftes Kapitel.

Unsre Gefangenschaft zu Rhithymnos.

Nach unsrer nassen und stürmischen Reise betrachteten wir
Rhithymnos als eine Art Zufluchtshafen und es war deshalb
ein Gegenstand von Wichtigkeit, darüber zu entscheiden, wo wir
absteigen sollten. Der Pascha hatte mir Briefe mitgegeben an
den türkischen Gouverneur und den griechischen Bischof. Als
Protestant war ich in den Augen beider gleich ketzerisch; der
Türke aber ist gastfreier als der Grieche, und außerdem hungerte
der Grieche bei seiner magern Fastenkost; darum gab ich Hadschi Bey die Weisung uns zum Gouverneur zu führen. Wir
kamen durch eine aus Bazars bestehende Straße, die ein durch-

aus moslemitisches Ansehn hatte, und erreichten bald darauf die Wohnung des Kaimakan Khalim Bey, nahe dem Hafen. Er war im Rathe und nicht zuhause; auf einen Wink des Hadschi aber führte uns ein Diener in ein grosses, unmöblirtes Zimmer, dessen eine Hälfte ein Dais und mit Strohmatten bedeckt war, und ließ unser Gepäck heraufbringen.

Bald darauf erschien der Gouverneur. Er war ein starker Mann von etwa fünfzig Jahren und hatte ein angenehmes, offenes Gesicht. Er ist von Monastir in Macedonien gebürtig, hatte aber in Syrien und Egypten gedient und sogar einige Monate in Paris zugebracht. Er schüttelte uns die Hand aufs freundlichste, führte uns in den Divan, ein niedriges, sparsam möblirtes Zimmer, und las dann den Brief des Pascha. Ich ersuchte ihn uns behülflich zu sein, ein Unterkommen in der Stadt zu finden; er erklärte aber sogleich, daß er sich tief gekränkt fühlen würde, wenn wir daran denken sollten sein Haus zu verlassen; er betrachte uns als seine Gäste und werde sich in hohem Grade geehrt fühlen, wenn wir ein so ärmliches Unterkommen als er im Stande sei uns geben zu können, so lange annehmen wollten als es uns beliebe. Nach Abrechnung der orientalischen Uebertreibung blieb noch genug übrig uns zur Annahme dieses gastfreundschaftlichen Anerbietens zu berechtigen. François wußte ihm auf zarte Weise zu verstehen zu geben, daß wir beinahe verhungert seien und eine baldige Mahlzeit daher sehr annehmbar wäre. Kaffee und Pfeifen wurden augenblicklich befohlen und wiederholt herumgereicht, während zugleich viele Entschuldigungen wegen des Verzögerns der Mahlzeit — denn es währte lange ehe man dieselbe meldete — gemacht wurden. Der Tisch war in unsrem Zimmer und auf europäische Weise gedeckt und mit zwei großen Flaschen rothen kretischen Weines besetzt. Die Mahlzeit war reichlich und gut, obwol die Gerichte meistens türkisch waren. Wir hatten Suppe, Pilau, wilden Fenchel in Oel geschmort, einen Salat von Spinat, junge Ziege mit einer Sauce von Eiern und Citronenfaft und Yaurt, den ich feit meiner Wanderschaft durch Kleinaſien nicht wieder geſehen hatte.

Wir zogen uns hierauf in den Divan bei Dſchibuk und Kaffee zurück, und es erfolgte eine lange Unterhaltung zwiſchen dem Gouverneur und François, welche theils in türkiſcher, theils in griechiſcher Sprache geführt wurde. Ich verſtand genug von der letzteren, um zu ſehen, daß François' Bemerkungen auf geſchickte Weiſe berechnet waren, uns zum Vortheil zu gereichen. Er sprach von uns als Behzadehs oder erblichen Beys, und nachdem er eine Schilderung von unſrem Aufenthalt in Khania und der ſehr gaſtlichen Aufnahme beim Paſcha gegeben hatte, erzählte er von unſern früheren Wanderungen im Orient und fügte etwas über meine Reiſen durch verſchiedene Theile der Welt hinzu. Der Gouverneur war hoch erfreut zu hören, daß ich mich mehr für das Land, ſeine Produkte und ſein Volk intereſſire als für die Alterthümer deſſelben, von denen er keine ſehr hohe Meinung zu hegen ſchien. „Iſt das aber der einzige Reiſezweck des Behzadeh?" frug er. „Wird er es nicht endlich müde ſo viel in der Welt umherzuwandern?" — „Sag' Sr. Erzellenz", antwortete ich, „daß es nichts beſſeres gibt", als durch eigene Erfahrung mit den verſchiedenen Nationen der Erde bekannt zu werden, ihre Sprachen zu erlernen, ihre Eigenthümlichkeiten, Sitten und Geſetze zu beobachten und auf dieſe Weiſe das Gute einer jeden derſelben herauszufinden." — „Maſchallah, aber das iſt allerdings wahr", war ſeine Antwort.

„Und dann", fügte François hinzu, ſchreibt der Behzadeh zur Nachtzeit alles das nieder, was er im Laufe des Tages geſehen, gehört oder erfahren hat. Es vergeht kein Tag wo er nicht ſchriebe und alle ſeine Papiere nimmt er mit ſich nachhauſe. Ihr ſolltet ihn nur einmal ſchreiben ſehen! Drei Männer würden nöthig ſein, um mit ihm Schritt zu halten, ſo ſchnell geht ſeine Feder. Er hat mehr als 60,000 Bücher geſchrieben,

alle über seine Reisen." — „Halt!" sagte ich, „erkläre dem
Gouverneur, daß ich nicht mehr als sechs Bücher geschrieben
habe, daß aber von jedem dieser Bücher vielleicht zehn bis
fünfzehntausend Exemplare gedruckt und verkauft worden sind!
— „Polà prágmata!" (große Dinge) rief der Gouverneur aus.
„Aber", frug der Secretär, „warum schreibt er eigentlich diese
Bücher? und warum werden so viele von ihnen verkauft?" —
„Seht Ihr denn nicht ein", sagte François, „daß es in Amerika viele Millionen Menschen gibt, die nicht wie der Beyzadeh
hier über die ganze Welt gehen können, die aber doch von
andern Ländern etwas wissen möchten? Wenn sie nun also
eines dieser Bücher kaufen, so finden sie darin alle die Papiere,
die der Beyzadeh allnächtlich vollschreibt, und dann wissen sie
alles was er weiß." Der Gouverneur zeigte bei weitem mehr
Verstand als die Türken gewöhnlich haben und war außerordentlich neugierig alles zu hören was es neues in der Welt
gab. Glücklicherweise war er aber rücksichtsvoll genug, sich zeitig in seinen Harem zurückzuziehen und uns unsern Betten zu
überlassen.

Am folgenden Morgen regnete es noch immer auf dieselbe
trübselige und trostlose Weise. Das erste was wir thaten, war
unsern faulen, unwissenden, unverschämten Anagnosti zu entlassen.
Er war spitzbübisch genug eine höhere Zahlung zu verlangen als
die, über welche wir in Khania übereingekommen, und welche
das Doppelte von dem war, was ich in Syrien für Pferde gab.
Wir zählten ihm die richtige Summe zu, die er verächtlich auf
dem Tische liegen ließ, fortging und sich betrank, worauf er dann
zurückkam und sie wegnahm. Während der Regen ein wenig
aufhörte, gab der Gouverneur uns einen Sergeant mit, der uns
die Festung zeigen sollte. Sie ist eine jener massiven und
unregelmäßigen Bauten der Venetianer, um deren Aufführung
willen Länder zerstört und Menschen beraubt und dem Hunger-
tode entgegengetrieben worden sind. Ueber dem Thor und in

dem Getäfel einer jeden Bastei war der stolze Löwe von St.
Markus zu sehen, dem die Türken in allen diesen Fällen den
Kopf abgeschlagen hatten. Prächtige bronzene Kanonenschlünde
lagen nutzlos auf den Wällen umher; und sogar die vernachlässigten Mauern hatten Sprünge und waren im Zerbröckeln
begriffen. Der von Venedig auf Festungswerke verwendete Aufwand an Menschenkräften und Kosten ist beinahe unglaublich.
Kein Wunder, daß die unterdrückten Kreter die Türken als die
Befreier von seiner eisernen Zuchtruthe freudig begrüßten. Wir
vergießen poetische Thränen über den Fall Venedigs und schwatzen
von türkischer Barbarei, türkischer Bedrückung, türkischem Van-
dalismus, während es doch in der Wirklichkeit Venedig war,
das die Levante plünderte und der Verarmung anheim gab.
Gott sei Dank, daß diese Republik gefallen! ist was ich sage.
Köpft den geflügelten Löwen, laßt die unzüchtige Dirne — und
nicht die Braut des Meeres — in ihren verfallenen Palästen
sitzen und, gleich dem untergegangenen Tyrus, um die Galeeren
jammern, die nicht mehr kommen ihr den Tribut für ihre Lüste
zu bringen.

Der Gouverneur kam zu einer frühen Stunde aus dem
Harem und gesellte sich beim Kaffee zu uns. Er hatte ein Por-
zellan-Service und gab uns türkische Serfs,*) in zartem Sil-
berfiligran gearbeitet, anstatt der Eierbecher. Wir hatten auch
heiße Milch zu unserm Kaffee und braungebackene Kringel, die
mit Sesamkörnern bestreut waren. Es setzte mich ein wenig
in Erstaunen, seine Gewohnheiten so sehr europäisirt zu finden,
allein es kam die Wahrheit zum Vorschein, daß er nur für
kurze Zeit unsertwegen französische Sitten nachahme und die
Tassen, Teller, Löffel u. s. w. von dem einen und andern für
die Gelegenheit zusammen geborgt habe. Zwei Lieutenants der

---

*) Kaffeetassen.

Anm. d. Ue.

Gensdarmerie warteten in ihren Uniformen bei Tische auf und
bekamen für diese Dienstleistung freie Kost im Hause des Gouverneurs. Ihr Sold betrug monatlich 150 und 300 Piaster
(6 und 12 Dukaten). Zu Mittag hatten wir ein Frühstück,
das aus ebenso vielen Gängen und den nämlichen Gerichten
bestand wie die Hauptmahlzeit.

Ich übersandte dem Bischof oder Despoten, wie er benannt wird, mein Empfehlungsschreiben. Er war gichtkrank,
ließ uns aber sagen, daß er uns des Nachmittags empfangen
wolle. Der Gouverneur war so artig uns nach der Wohnung
des ersteren zu begleiten. Er war ein starker, vollblütiger
Sechsziger, mit großen grauen Augen, einem ehrwürdigen grauen
Bart und einem Gesichte, in welchem sich Intelligenz, Verschlagen-
heit und Kälte aussprach. Wir wurden mit eingemachten Quitten und Wasser bewirthet, dem Pfeifen und Kaffee folgten.
Das Gespräch bezog sich vornehmlich auf sein Leiden und ist
nicht werth wiederholt zu werden. François nahm großen Anstoß daran, daß ich unwissentlich die gewöhnliche griechische An-
redeform „eugenia sas" (Euer Hochedel) gebrauchte, anstatt
„Eure Heiligkeit" zu ihm zu sagen. Die Aufwartenden waren
junge Priester mit apostolischem Haar und blausammtenen
Jacken. Der Despot war sichtlich leidend und wir hielten
uns nicht lange bei ihm auf, wünschten uns aber nach der
Verabschiedung Glück dazu, den Gouverneur uns zum Wirthe
gewählt zu haben.

Gegen Abend empfingen wir einen Besuch von Mr. Word-
ward, dem englischen Ingenieur, welcher den Bau des neuen
Weges leitete. Er war bereits seit anderthalb Jahren auf
Kreta und schien froh darüber zu sein, die eigene Sprache ein-
mal wieder sprechen zu können. Seine Aussagen über das
Volk kamen den Eindrücken, die ich selbst empfangen, sehr nahe.
Die Leute widersetzten sich jeglichem Fortschritt auf das heftigste,
und der Wegbau ganz besonders erregt die bitterste Feindselig-

Taylor, Griechenland.　　　　9

keit unter ihnen. Sie stahlen seine Signalstangen, versuchten seine Instrumente zu zerbrechen und gingen sogar soweit, sich an seiner Person zu vergreifen. Er sah sich genöthigt die Arbeiten unter dem Schutze einer Compagnie albanesischer Soldaten fortzusetzen. Die Kreter, sagte er, seien in erstaunlichem Grade von sich eingenommen und von streitsüchtigem Charakter. Die größte Schwierigkeit, die er mit den Arbeitern beim Wege zu überwinden hatte, war, daß sie sich über nichts wollten unterrichten lassen, indem das Bekenntniß, etwas nicht bereits zu wissen, ihre Eitelkeit verwundet. Sie ertheilten ihm sogar Rath darüber, wie er seine Instrumente gebrauchen müsse. Wenn ein Stein gehoben werden sollte, so gab jedermann seine Meinung über die Art und Weise es zu thun ab, und der Tag wäre unter dem Hin- und Herreden über die verschiedenen Vorschläge verstrichen, wenn er nicht der Sache dadurch ein Ende gemacht hätte, daß er drohte einen jeden mit einer Geldbuße zu strafen, der noch ein Wort verlöre. Die Taschen sind die empfindlichsten Stellen ihres Körpers und selbst die Eitelkeit muß weichen, um sie zu beschützen. Das Gesetz verpflichtete die Einwohnerschaft eines jeden Distriktes, der Reihe nach neun Tage des Jahres an dem Wege zu arbeiten oder einen Ablaß von sechs Piaster per Tag zu bezahlen. Dies war durchaus keine drückende Maßregel, und doch fanden sich in den Reihen der Arbeiter Männer, die Hunderttausende im Vermögen hatten und die Zahlung der geringen Auflage sich auf diese Weise ersparten. Einige der Dörfer fingen sorben an, den Vortheil des Weges einzusehen und der Ingenieur glaubte, daß, wenn nur erst einige Meilen des Weges vollendet wären, die bestehende Opposition sich bedeutend verringern würde. Nur ein erleuchteter Despotismus kann unter einer solchen Bevölkerung etwas Gutes zustande bringen.

Am Abend stattete der brittische Konsular-Agent, ein ionischer Grieche, uns einen Besuch ab, und wir hielten ein langes Fumarium im Divan des Gouverneurs. Der Agent, welcher vertraulich wurde, fing an, dem Gouverneur auseinanderzusetzen, wie man es machen müsse, um beim Verkaufe des Oels zu betrügen. „Wenn man das Oel kauft", sagte er, „muß man das größte Faß nehmen welches man finden kann — das allergrößte das es gibt — und es voll füllen. Nun stellt man es aufrecht, mit dem Hahn ganz unten am Boden. Verkauft man eine Oka davon, so verursacht der starke Druck, daß es mit einem dicken Strahl herausschießt. Die Luft fängt sich hinein und das Maß füllt sich mit einer geringeren Quantität Oel. Auf diese Weise kann man einen Profit von drei Procent machen." Darauf fuhr er fort noch andere Verfahrungsweisen darzuthun, vermöge deren der Gewinn bis zu fünfzehn oder zwanzig Procent gesteigert werden könnte. François, der ungeduldig wurde, fuhr heraus: „Jetzt wird es mir klar, daß die Altgriechen recht hatten, wenn sie denselben Gott für Kaufleute und Diebe nahmen!" Der Gouverneur lachte herzlich, der Agent aber rief ziemlich erbittert aus: „Meinen Sie von mir als einem Diebe zu sprechen?" — „Nein", antwortete François, „ich spreche von Ihnen als einem Kaufmann", worauf der Gouverneur noch lauter lachte und der in Verwirrung gesetzte Agent, orientalischer Höflichkeit gemäß, sich gezwungen sah ebenfalls zu lachen.

Derselbe Mensch griff François heftig an, weil er nicht an das jährlich zu Jerusalem am Osterfeste wiederkehrende Wunder glaube, und behauptete, das Feuer komme wirklich vom Himmel herab und nur ein Ungläubiger könne daran zweifeln. Der Glaube an diese gotteslästerliche Betrügerei, sei mir hierbei zu bemerken erlaubt, ist unter den Griechen fast ganz allgemein. François, welcher für alles was christliches Heidenthum ist, eine herzliche Verachtung hegt, brach in die Worte aus: „Ein Wunder — wahrhaftig! Mit einem Zündhölzchen kann ich ein eben so großes Wunder wirken. Fragt nur den Patriarchen

8 *

von Jerusalem, ob er weiß was Phosphor ist! Wenn er den
Jda in einen Klumpen Käse verwandeln kann, von dem wir
uns alle nach Belieben ein Stück abschneiden mögen, so würde
ich das ein Wunder nennen, das etwas werth ist — ihr aber
geht nach Jerusalem und zahlt 500 Dollars um eure Seele zu
retten, indem ihr eine Kerze an seinem lügenhaften Wachs-
stümpchen anzündet." Der Gouverneur, der in Jerusalem gewesen war, ergötzte sich an dem Streite, bis er fand, daß die Par-
teien sich zu sehr erhitzten und er auf geschickte Weise von dem
Gegenstand ablenkte.

Am Montagmorgen änderte sich das Wetter, jedoch nicht
zum Vortheil. Ein heftiges Ungewitter von Sturm und Regen
erhob sich, das den ganzen Tag und die Nacht und den größern
Theil des andern Tages währte und uns zu gezwungenen Gästen
des Gouverneurs machte. Es war mir anfangs etwas unan-
genehm, seine Gastfreundschaft so lange in Anspruch nehmen
zu müssen; da ich aber fand, daß er sehr bemittelt sei und daß
ihm unser Besuch wol eher eine angenehme Unterbrechung
seines einförmigen Lebens als irgend eine Belästigung verursache,
so fügte ich mich in das Schicksal. Er wurde in der That
nicht müde sich freundlich und höflich gegen uns zu erweisen,
und wir würden uns weit behaglicher gefühlt haben, wäre er
weniger eifrig bedacht gewesen, sich aufmerksam gegen uns zu
zeigen. Nach dem Kaffee mußten wir uns in seinem Diwan
niederlassen, bis die Stunde der Rathsitzung kam. Bei seiner
Rückkehr aus derselben ließ er uns davon benachrichtigen und
fragen, ob wir nicht eine Pfeife mit ihm rauchen wollten.
Der Nachmittag verging auf gleiche Weise und der Abend wurde
durchgängig dem Rauchen und der Unterhaltung gewidmet.
Unser Zimmer war so kalt und naß, daß uns nichts weiter
übrig blieb als uns in die Einschränkungen des Diwans zu
fügen. Da sich am Dienstag noch immer keine Hoffnung auf
besseres Wetter zeigte, so schlug ich vor die Maulthiere für

Megalokastron oder Kandia zu miethen; allein der Gouverneur weigerte sich nach ihnen zu schicken. „Was würde der Pascha dazu sagen", sprach er, „wenn ich Euch jetzt fortließe? Nein, Ihr seid hier, und hier sollt Ihr bleiben, bis das Wetter besser ist." Am fünften Morgen endlich, als der Sturm sich etwas gelegt hatte, obschon eine hohe See gegen die Küste schlug, bewog ich ihn dazu, Maulthiere für uns zu bestellen.

Mit François' Hülfe gelang es mir, dem Gouverneur eine ziemlich gute Idee von unserm Lande und seiner Regierungsform zu geben und von ihm einige Auskunft über die Staatsverwaltung Kretas zu erhalten. Die einzige Steuer ist, wie es scheint, diejenige, welche von der landbauenden Bevölkerung abgegeben wird. Nicht allein liegt keine direkte Steuer auf dem Grundeigenthum, sondern auch der Handel aller Art ist ganz und gar frei und verursacht keine Kosten. In Griechenland sind die Lasten weit größer, denn dort besteht nicht allein dieselbe Erntesteuer, sondern auch der Handel nebst allen Gewerbszweigen muß schwere Summen für die Betriebsberechtigung zahlen. Das jährliche Staatseinkommen Kretas beläuft sich auf etwa eine halbe Million Dollars, was ungefähr gerade hinreicht, die Regierungskosten zu decken. Würde ein gerechtes und gleichmäßiges Besteuerungssystem eingeführt, so könnte jenes Einkommen, ohne das Volk zu belasten, auf das Doppelte gebracht werden. Das gegenwärtig herrschende System geht in gerader Richtung dahin, den wichtigsten Gewerbzweig zu entmuthigen. Kreta ist eine der fruchtbarsten Inseln des Mittelländischen Meeres und es ist kein Grund vorhanden, warum es jetzt nicht wie einst eine Bevölkerung von einer Million ernähren sollte.

Es kommt häufig zu unsern Ohren, daß die vom Sultan gut geheißenen Reformen nur ebenso viele zu Papier gebrachte Proklamationen sind, die niemals in Wirksamkeit treten. Dies ist bisher fast immer in der europäischen Türkei und Kleinasien der Fall gewesen, doch fängt eine neue Ordnung der Dinge zu

tagen an. Der Hattihomayun oder die Akts über Religionsfreiheit, die vor nunmehr zwei Jahren proklamirt wurde, war
zur Zeit meines Aufenthaltes auf Kreta daselbst in voller Kraft.
Sonderbar genug aber erhob sich die größte Opposition dagegen
unter der christlichen und nicht der türkischen Bevölkerung.
Eine Verschwörung war bereits im Gange, welche dahin zielte,
Vely Pascha abzusetzen, weil er, der 240 Familien türkischer
Kreter erlaubte den christlichen Glauben anzunehmen, fünf bis
sechs Christen, die aus freiem Willen zum Mohammedanismus
übergingen, vor dem Fanatismus des griechischen Pöbels schützte.
„Man nennt uns in Europa fanatisch und intolerant", sagte
er zu mir, „aber ich bin aufrichtig überzeugt, daß wir es weniger
sind als die orientalischen Christen. Ich halte den Hattihomayun
für eine gerechte und nothwendige Maßregel und bin entschlossen
ihn aufrecht zu halten, aber es ist wirklich entmuthigend zu finden, daß gerade Diejenigen, welche am meisten dabei zu gewinnen
haben, sich heimlich verbinden, um meine Pläne zu vernichten."
Nach des Sultans Weisung hatte er zum Bau der neuen griechischen Kathedrale zu Khania 100,000 Piaster beigesteuert.
Welche christliche Regierung hat wol je zum Bau einer Moschee
beigetragen? Welches katholische Land hat jemals Geld zu
einer protestantischen Kirche geschenkt? Angeerbte Pharisäer die
wir sind, laßt uns ein Beispiel christlicher Toleranz an dem
Ungläubigen nehmen!

Am sechsten Morgen brachen wir gegen den Willen des
guten Gouverneurs von Rhithymnos auf. Allein fünf Tage
hatte unsre Geduld erschöpft, und einige Sonnenblicke, die mit
ihrem Lichte den einsamen Schneekegel des Jda vergoldeten,
setzten uns in Bewegung. Unsre Bestimmung war die Grotte
von Melidoni, dann die Ruinen von Gortynna und die vermuth-
liche Stelle des berühmten Labyrinths.

Zwölftes Kapitel.

Die Höhlen, Berge und Labyrinthe Kretas.

Das Dorf Melidoni, wo wir am Nachmittage nach unsrer Abreise von Rhithymnos anhielten, liegt mitten in einem wunderschönen, fruchtbaren Thale zwischen dem Ida und einer Gruppe kahler Höhen, die sich an der Küste hinziehen. Vor der Revolution war der Ort ein sehr blühender, jetzt aber ist er zum größten Theil ein Trümmerhaufen. Die Häuser sind auf einem flachen Grund gelegenen Felsens gebaut. Wir durchschritten die engen Gassen bis zu einer Art Café, wo eine Gruppe müßiger Dörfler beisammen war, und warteten daselbst, während Hadschi Bey fortging, um den Gouverneur herbeizurufen. Letzterer kam nach einer Weile und sah erhitzt und verwirrt aus; er war betrunken gewesen und versuchte sich den Anschein zu geben, als ob er es nicht gewesen wäre. Er war noch ein ganz junger Mann und ein Bruder von einem der Secretäre des Pascha. Er bewirthete uns sogleich mit Kaffee von gebrannter Gerste und führte uns sodann nach seinem Hause, welches ein oberes Zimmer besaß, das trocken und ziemlich anständig war. Es war bereits zu spät, um die berühmte Grotte von Melidoni zu besuchen, welche sich an der Seite eines nach Westen zu gelegenen Berges befindet; deshalb ging ich oben auf das Haus, wo es mir gelang zwischen den Regenschauern eine Skizze des Ida zu entwerfen. Als eine einzige herrliche, langgezogene Kuppe ungetheilten Schnees, erhob er sich aus einer Grundlage niederer Bergspitzen, die den mittelsten Kegel umgürteten. Unter diesen befanden sich wiederum nackte und öde Massen, die im Schatten

schweren Gewölkes blau und purpurn dämmerten, während der
Ida in den kommenden und gehenden Streiflichtern des Sonnenuntergangs mit zornigem Glanze aufleuchtete. Dies war das
einzige Mal, daß wir den glorreichen Berg so nahe sahen, obschon
wir später gar manche seiner rauhen Vorberge erklommen.

Der Gouverneur Ismael Bey gab uns des Abends ein
gutes Mahl und machte viele Entschuldigungen, daß er uns
nicht würdiger bewirthen könne. Der griechische Priester und
mehrere Unterbeamten kamen uns ihren Respekt zu bezeigen,
und der erstere ging in seiner Höflichkeit so weit, den Dienern
bei Tische aufwarten zu helfen. Seine eigene Kost beschränkte sich
auf Oliven und etwas von unsrem Kaviar, doch trank er seinen
Theil am Wein und häufte unsre Teller voll mit dem verbote-
nen Fleisch. Wir hatten den Genuß von Schinken — ausgenommen im rohen Zustande — aus Rücksicht für Habschi Bey
bereits aufgegeben, da er jedesmal dem Verschmachten nahe war,
sobald wir etwas von demselben gekostet hatten. Indem François bemerkte, daß er mit verlangendem Auge nach dem Weine
sah, so bot er ihm ein Glas davon an. Er hatte früher, einem
guten Muselmanne gleich, dafür gedankt, diesmal aber sagte er:
„Wenn Sie in Khania nichts davon sagen wollen", und schluckte
das Getränk mit großer Befriedigung hinunter. Die ganze Gesellschaft ward vom fröhlichsten und brüderlichsten Geiste durchdrungen, und es zeigte sich deutlich die Wahrheit dessen, was ich
gehört, daß nämlich die Christen und Türken Kretas in den
Dörfern auf das freundschaftlichste zusammen leben. Es ist nicht
immer ein leichtes, sie äußerlich von einander zu unterscheiden.
Viele der Türken tragen christliche Namen und lassen selbst ihre
Kinder von den christlichen Priestern taufen. Es herrscht zwischen ihnen wenig von den bittern Gefühlen, welche in andern
Theilen des ottomanischen Reiches vorhanden sind. Im Laufe
des Abends fragte mich der Priester: „Sind Eure Erlauchten
auf Ihrem eigenen Dampfer nach Kreta gekommen, oder haben

Sie einen der österreichischen gemiethet?" Der Gouverneur gab
uns sein eigenes Bett und übernachtete im Hause eines Freundes.

Er war sehr ängstlich darauf bedacht, daß ich ein Portrait
von ihm machen solle. Die Aehnlichkeit wurde von sämmtlichen
Dorfbewohnern als sehr gelungen zugegeben, er aber fand sich
in seinen Erwartungen höchst getäuscht, weil ich sein hellblaues
Unterkleid, welches von einem andern, dunkleren Rocke bedeckt
war, nicht dargestellt hätte! Sein Secretär, ein Christ, stand
dabei und ertheilte mir höchst gütig seinen Rath über die Farben, welche ich gebrauchen sollte. Mehrere Zeichnungen von Seehäfen, die er verfertigt, klebten an den Wänden, und da ich meinte,
daß er vielleicht einiges Talent in dieser Beziehung besitzen möge,
so setzte ich ihm auseinander, daß er seine Häuser mit geraden
Linien zeichnen müsse, wenn sie nicht aussehen sollten, als ob sie
zusammenstürzten; doch nein, er verstand es besser: die Häuser
waren richtig. Er verstand alles was sich auf das Zeichnen
bezog und niemand konnte ihn das Geringste lehren.

Wir gingen in Begleitung von drei bis vier Dorfbewohnern im Regen zur Höhle hinauf. Trotzdem daß der Eingang derselben vom Thale deutlich sichtbar ist, verloren sie dennoch, während sie den Berg hinauf stiegen, ihren Weg. Die
Grotte von Melodini soll an Umfang und Schönheit der von
Antiparos beinahe gleichkommen. Sie war vor Alters dem
Talläischen Hermes in einer Inschrift geweiht, von der man
sagt, daß sie noch immer in der Nähe des Eingangs vorhanden
sei, obschon ich mich vergebens nach ihr umschaute. In neuerer
Zeit hat die Höhle eine traurige Berühmtheit durch das Schicksal der Bewohner von Melidoni erhalten, die während des Aufstandes gegen die Türken einen Zufluchtsort darin suchten. Als
im Jahre 1822 Hussein Bey auf das Dorf losmarschirte, flüch-
tete die Einwohnerschaft, 300 an der Zahl, in die Höhle und
nahm Alles was sie an Werth besaß, nebst hinreichenden Proviant für sechs Monate, mit sich. Der Eingang ist so eng und

steil abfallend, daß die Leute gegen einen Angriff völlig sicher gestellt waren und die Türken beim ersten Versuch zu einem solchen fünfundzwanzig Mann verloren. Da Hussein Bey fand, daß sie unter keinerlei Bedingung sich ergeben wollten, so befahl er, eine Menge von brennbaren Stoffen vor dem Eingang zur Höhle aufzuhäufen und anzuzünden. Der Rauch, der sich in ungeheuern Massen in die Höhle zog, trieb die unglückseligen Flüchtlinge in die entfernteren Kammern, wo sie noch eine kleine Weile schmachteten, zuletzt aber erstickten. Die Türken warteten mehrere Tage ohne daß sie sich in die Höhle wagten und schickten endlich einen griechischen Gefangenen mit dem Versprechen hinunter, ihm das Leben zu schenken. Darauf stiegen die Türken hinab und plünderten die Leichen. Eine Woche später stahlen sich drei der Bewohner des Dorfes in die Höhle, um zu sehen, was aus ihren Freunden und Anverwandten geworden. Es heißt, sie seien von dem schrecklichen Anblick so überwältigt worden, daß zwei von ihnen binnen weniger Tage starben. Jahre nachher, als die letzten Spuren des Aufstandes niedergedrückt waren, weihte der Erzbischof von Kreta die Höhle zu geheiligtem Grund und Boden ein, und die Gebeine der armen Schlachtopfer wurden gesammelt und theilweise in der äußern Kammer zugedeckt.

Nachdem wir durch den niedrigen Bogen des Eingangs gekrochen, befanden wir uns am obersten Ende einer sehr steil abführenden, schlüpfrigen Fläche, die etwa 150 Fuß Tiefe haben mochte. Das Hinabsteigen erheischte große Vorsicht, zumal da die gewölbte Decke eine horizontale Richtung beibehielt und unsre Wachskerzen immer schwächer in dem gähnenden Dunkel leuchteten. Endlich erreichten wir ebenen Boden und befanden uns in einer weiten, elliptisch geformten Halle, die etwa 80 Fuß hoch sein mochte und in der Mitte von einem ungeheuern Tropfsteinpfeiler getragen wurde. Nach allen Seiten hin hingen die Stalaktiten wie gefältelte Behänge von der Höhe der Decken herab, hier in breiten, flächenartig ausgedehnten Massen, dort in einzelnen scharf niederwallenden Falten, alle aber im gleichen Maßstabe titanischer Größe. In dem Maße wie unser Auge sich an das Dunkel gewöhnte, weitete sich die Decke zu höheren Bogenschwingungen aus, und durch die zu unsrer Linken sich öffnenden gothischen Eingangsthore schimmerten gespenstig die Pfeiler tieferer Hallen. Gerundete Basen von Stalaktit erhoben sich nach allen Seiten hin; einige von ihnen waren nahe daran mit den riesigen, von oben herab wachsenden Eiszacken zusammenzutreffen, während ein paar andere sich schon berührt hatten und dem Strahle einer Wasserhose glichen, der eben im Begriff ist sich in zwei Hälften zu theilen. Unter diesen majestätischen und lautlosen Wölbungen, unter dem schwarzen Banier ewiger Nacht, lagen auf einander gehäuft die modernden Schädel und Gebeine der armen Christen. Eine passendere Gruft als diese hätte ihnen wahrlich nicht werden können.

Unsern Führern folgend, traten wir in eine kleinere Halle ein, die prachtvoll mit Draperien glitzernden Alabasters behangen war, und krochen dann einen niedrigen Gang entlang und einen fast senkrechten Abschuß von ungefähr 15 Fuß hinab, worauf wir uns in der großen Halle der Höhle befanden, die 150 Fuß lang und etwa 100 Fuß hoch ist. Der Fels ist beinahe ganz und gar unter den ungeheuern Massen von Stalaktit versteckt, welcher hier die wildesten und überraschendsten Formen annimmt. Die Höhle übertrifft als ein Beispiel von stalaktitischer Formation in der That alles, was ich bisher von solchen gesehen habe. Der Boden der letzteren Halle besteht aus großen, von oben herabgestürzten Felsmassen und fällt in rascher Senkung nach dem entgegengesetzten Ende zu ab, wo sich drei kleine Kammern befinden. In diesen kamen die Letzten der Schlachtopfer um, die selbst hier von den erstickenden Dämpfen des an der Mündung der Höhle angezündeten Schwefels und Harzes erreicht wurden. Schädel rollten zwischen unsern Füßen durch, und bei einem der Stalaktiten lag die lange dicke Haarflechte einer Frau.

Die Luft war dumpfig und erstickend, und von den geisterhaften
Ueberbleibseln ging noch immer ein ekelhafter Sterbegeruch aus.
Wir kehrten zur Eingangshalle zurück und durchforschten sodann
eine andere Abzweigung, welche in einen gähnenden Schlund
endet, in dem man die weißen, gefälteten Behänge, Falte hinter
Falte, niederwallen sieht, und die vermuthlich das Dach von
noch tieferen und niemals erforschten Hallen bilden. Viele der
größten Stalaktiten waren durch das Erdbeben, welches Kreta
im Oktober 1856 verheerte, abgebrochen worden. Eine andere
schöne Erscheinung in diesem Theile der Höhle war die einer
Reihe gefrorener Kaskaden, welche in breiten, dünnen Flächen
von den horizontalen Felssimsen herabfielen. So sehr diese Wunder uns aber auch ergriffen, so bedauerten wir es doch nicht,
als wir mit der Höhle fertig waren und auf der schiefen, schlüpfrigen Ebene wieder zum Tageslichte hinauf klettern konnten.

Ismaïl Bey hatte unterdessen einen schönen Welschhahn für
uns geschlachtet und wir sahen uns genöthigt die Abreise so
lange zu verschieben, bis er zubereitet war. Der Priester aß
ebenfalls wieder mit uns und kaute wohlgefällig seine Oliven,
während wir einen Angriff auf die saftigen Viertel des Vogels
machten, die der Gouverneur uns vorlegte. Um Mittag brachen
wir im Regen nach Axos auf, dessen Entfernung von Melidoni
uns unmöglich war zu ermitteln, indem Einige sagten, sie betrage
2, andere 3 und noch andere 6 Stunden. Es erhob sich allso-
gleich ein heftiger Streit und ich kam zu der Ueberzeugung, daß
die Kreter, wenn sie, trotzdem was Epimenides und St. Paulus
von ihnen sagt, keine Lügner sind, sich doch wenigstens unter
einander so nennen. Unser Weg führte eine Strecke lang durch
eine wilde, zerklüftete, aber ganz vorzüglich fruchtbare Gegend,
durch Pflanzungen voll ungeheurer Oelbäume, zwischen denen sich
Gruppen von Palmen und Holzapfelbäumen einmischten, während
riesenhafte Weinreben die ersteren überzogen. Einige der Oelbäume hielten volle 6 Fuß im Durchmesser und zeigten ein

Alter von zehn bis fünfzehn Jahrhunderten. Der Boden war mit Aesten bedeckt, die vom Schnee abgebrochen worden waren. Dieses zwangsmäßige Beschneiden wird indessen den Bäumen nur zum Vortheil gereichen, indem die Leute gewöhnt sind dieselben ganz der Natur zu überlassen, während durch ein sachverständiges Ausschneiden ihr Ertrag bedeutend vermehrt werden könnte. Vor sieben Jahren waren die Oelbäume Attikas durch einen kalten Winter so beschädigt worden, daß man sich genöthigt sah, sämmtliche Spitzen derselben abzuschneiden. Zwei oder drei Jahre lang trugen sie keine Frucht, jetzt aber liefern sie eine Ernte wie nie zuvor. Im Distrikt von Meliboni waren während des Winters gegen 12,000 Schafe und Ziegen durch Kälte zu Grunde gegangen.

Wir stießen zuletzt auf den breiten, reißenden Fluß Aros, den rapidum Cretae veniemus Oaxen des Virgil, über welchen wir an zwei verschiedenen Stellen setzen mußten. An einem malerischen, von Platanen überschatteten Brunnen vorüberkommend, stiegen wir eine steile, felsige Höhe nach dem Dorfe Gharazo hinan. Dieser Ort, der wegen seiner schönen Frauen berühmt ist, enthält viele schöne, alte verfallene Gebäude, die augenscheinlich von den Venetianern herstammen. Die drei Frauen, welche wir sahen, waren zu unserm großen Verdruß widerliche Geschöpfe. Wir hielten am Hause des Dorfamtmanns an, wo Hadschi Bey wünschte, daß wir die Nacht über bleiben sollten, da der Regen im zunehmen war; der Amtmann aber gab ihm den grausamen Bescheid: „Ich wünschte, Du bezahltest mich für das letzte Mal als Du hier warst." Ich beschloß vorwärts nach Aros zu eilen; da uns aber jedermann eine verschiedene Weisung gab, so sahen wir uns genöthigt einen der Dorfbewohner als Führer mitzunehmen. Hadschi Bey war von dieser Aussicht sehr wenig erbaut und sang an dem Tage keines seiner klagevollen Liebeslieder mehr. Wir fingen nun an, die nördlichen Ausläufer des Ida zu ersteigen und die Gegend war von der wildesten

und erhabenſten Art, obwol der herabſtürzende Regen, der mit
jeder Stunde ſtärker wurde, ihr ein Anſehen gab, das trübe
genug war. Die ſteilen Bergabhänge waren nah und fern mit
Weingärten überzogen, welche den vortrefflichen rothen kretiſchen
Wein hervorbringen. Jemand, der Unternehmungsgeiſt und Ge-
ſchick genug beſäße, die richtige Bereitung und Ausfuhr des kretiſchen Weines als Geſchäft zu betreiben, könnte nicht verfehlen
ſein Glück zu machen.

Die Weinſtöcke ſind, wie ich höre, weit weniger von der
Traubenkrankheit heimgeſucht, als es in Griechenland und den
ioniſchen Inſeln der Fall iſt. Dagegen aber ſind ſie den Verheerungen einer Raupe unterworfen, zu deren Vertilgung, wenn
alle andern Mittel fehlſchlagen, ein ſonderbarer Aberglaube angewandt wird. Die Inſekten werden in aller Form Rechtens vor
das Gerichtsamt des Diſtrikts geladen, um für ihre Uebertre-
tungen beſtraft zu werden, und man glaubt, daß ſie aus Furcht
vor geſetzlicher Strafe alsbald von ihren Verheerungen abſtehen!
Sollte dies wahr ſein, ſo ſind die Raupen die weiſeſten alles
Gewürmes! In einigen Theilen Kretas wendet man ein noch
ſonderbareres Mittel an. Es iſt einer jener Gebräuche, welche
die meiſten Reiſenden wie der Geſchichtſchreiber Gibbon „im
ſchicklichen Dunkel einer gelehrten Sprache" ausdrücken; ich ſehe
aber nicht ein, warum ich nicht ſagen ſollte, daß das Mittel in
einer unzarten Enthüllung von ſeiten der Frauen beſteht, worüber ſich das Gewürm ſo entſetzt, daß es von den Reben herabfällt, ſich in die Erde hineinwindet und nicht mehr geſehen wird.

Nachdem wir beinahe zwei Stunden einem hohen Bergrücken entlang geritten waren, näherten wir uns durch zerſtreut
liegende Haine ſchöner Eichen der wilden Schlucht, die einſt
vom alten Axos gekrönt ward. Die Ruinen, welche ſich heutiges
Tages noch im Dorfe vorfinden, ſind eine byzantiniſche Kapelle
und verſchiedenes römiſches Backſteingemäuer; auf dem darüber
gelegenen Gipfel aber iſt noch ein kleines Bruchſtück einer kyklo-

vischen Mauer zu sehen. Wir ritten sogleich zu dem Amtmann
des Dorfes, der uns einlud in sein Haus oder vielmehr in seine
Höhle einzutreten; denn es bestand aus nichts als einer langen,
niedrigen Anhäufung von Steinen, die gegen einen Felsen gelehnt
war und weder Fenster noch Schornstein hatte. Das Innere
war in verschiedene Räume, einige für Thiere, andere für Menschen, abgetheilt, von denen die ersteren die wohnlichsten waren.
Wir krochen in den dunklen Stall, wo wir wenigstens vor dem
Regen sicher waren, ausgenommen da wo sich zwei Löcher im
Dache befanden, durch welche ein Theil des Rauches hinauszog.
Der Amtmann, ein alter Christ, der schmuzig genug war um
einen Heiligen der griechischen Kirche abzugeben und einen langen
ehrwürdigen Silberbart hatte, zündete ein Feuer an, um unsere
nassen Kleider zu trocknen, und ließ uns damit die Wahl, entweder vom Rauche zu erblinden oder in den Regen zurückzugehen.
Endlich brannte das nasse Holz zu Kohlen nieder, François
schmorte ein paar Eier, das Dorf versorgte uns mit vortrefflichem
Wein und wir machten unsre Einsiedelei so erträglich als irgend
möglich. Der Amtmann, den wir uns genöthigt sahen zum
Essen einzuladen, machte starke Eingriffe in unsern Vorrath an
Caviar, der das einzige war was er essen durfte. Er hatte
ein geräumiges Schlafgemach, welches wir zu bekommen hofften,
allein türkische Gastfreundschaft war ihm noch fremd und wir
sahen uns genöthigt in der Küche zu schlafen, wo der Regen
durch das Dach auf unsre Köpfe tropfte. Während des Abends
kam eine Anzahl der Dörfler, um uns anzustarren und auszufragen. Wir bemühten uns, einige Weisungen über den Weg
nach Herakleon von ihnen zu erhalten, gaben aber zuletzt den
Versuch dazu in Verzweiflung auf. François verlor seine Geduld gänzlich und erklärte, daß er in seinem ganzen Leben nie
in solchen Löchern übernachtet oder mit einer so spitzbübischen
Bande zusammengerathen sei. St. Paulus sagt, indem er sich
auf den kretischen Dichter Epimenides bezieht: „Es hat einer

von ihnen, ihr eigener Prophet, den Ausspruch gethan: ‚die
Kreter sind immer Lügner, böse Thiere und faule Bäuche‘.
Dieses Zeugniß ist wahr.“ Und es ist noch eben so wahr
heutiges Tages in Bezug auf die kretischen Christen und viele,
aber nicht alle Türken. Ich weiß kaum, was mir während
dieser Reise widerlicher war — die thierische Lebensweise der
Kreter und der Schmuz, den sie an ihrem Körper dulden, oder
ihre schamlose Lügenhaftigkeit und himmelschreiende Eitelkeit.

Am folgenden Morgen regnete es wie zuvor; ich war je-
doch entschlossen Aros zu verlassen, selbst wenn wir von neuem
in einem solchen Loche hätten Zuflucht suchen müssen. Die
Maulthiertreiber weigerten sich aber von der Stelle zu gehen.
„Tödtet uns, wenn ihr wollt“, sagten sie, „aber wir wollen in
einem solchen Wetter nicht fort gehen.“ Ich gab ihnen bis
Mittag Bedenkzeit und erklärte ihnen, daß ich alsdann ein
Maulthier nehmen, nach Heraklea reiten und mit einem halben
Dutzend albanesischer Soldaten zu ihnen zurückkehren würde.
François wandte indessen das mächtigere Ueberredungsmittel
eines Kruges Wein an, und in demselben Verhältniß wie sie
sich innerlich benetzten, wurden sie gleichgültiger gegen die Nässe
außerhalb. Um Mittag waren sie in Bereitschaft. Die Dorfbewohner brachten uns eine große Menge Münzen: griechische,
römische, arabische und venetianische. Sie waren zum größten
Theile verwischt, doch gelang es mir etliche Kupferstücke herauszufinden, welche die Symbole des alten Aros trugen. Der
Amtmann verlangte einen unerhörten Preis für die Benutzung
seines Hauses, und der Zwist, welcher daraus erfolgte, ließ uns
abermals bedauern nicht unter Türken zu sein. Wir hatten
einen Mann als Führer zum nächsten Dorfe Kamariotes in unsre
Dienste genommen, und als wir im Begriff waren aufzubrechen,
wendete er sich kaltblütig zu den Umstehenden und fragte:
„Welchen Weg muß ich einschlagen? Ich bin ihn nur einmal
in meinem Leben gegangen und das war bei Nacht!“ Vorher

hatte er uns gesagt, daß ihm jeder Schritt des Weges bekannt sei.

Wir kamen durch die Kluft hinter Aros und wendeten uns dann östlich in das Herz des wilden und öden Gebirges. Es war kein Weg, sondern nur eine steinige Leiter, die uns dorthin führte und ein jedes andere Thier als der kretische Maulesel würde während der ersten halben Meile das Genick gebrochen haben. Wir hielten uns zwei Stunden lang auf dem Kamme eines der Ausläufer des Ida, nicht weit von der Schneelinie entfernt und kamen durch eine öde Wildniß, bis wir das nächste Dorf erreichten. Dasselbe war ein elender, vereinsamter Ort und die schmalen Gassen zwischen den Häusern waren so tief mit Schnee angefüllt, daß es unmöglich war sie zu passiren. Wir erfuhren indessen, daß drei bis vier Meilen weiter ein anderer Ort Namens Asterakia gelegen sei und beschlossen daher weiter zu ziehen. Als Habschi Bey dies vernahm, dessen wimmernde Liebesklagen längst schon aus ihm herausgewaschen worden waren, gerieth er in Verzweiflung. „Ich verbiete es dir", rief er François zu; „ich habe die Sorge für die Beyzadehs und sie sollen hier bleiben!" Wir lachten, drehten unsre Maulthiere um und ritten pfeifend davon. Als wir eine halbe Meile zurückgelegt hatten und uns umsahen, erblickten wir den Habschi und die Packthiere, wie sie uns in trauriger Leichenprozession folgten. Nachdem wir einen andern Bergrücken überstiegen hatten, brachte uns ein langes heiteres Thal, das mit Hainen stolzer Eichen überstreut war, nach Asterakia — „der kleine Stern" — „der kleine Misthaufen" würde jedoch ein weit passenderer Name sein.

Wir gingen zum Hause des Amtmanns. Das erste Zimmer war ein Stall, der zwei Esel und vier Schweine enthielt. Aus diesem kamen wir in eine kleine fensterlose Höhle, wo zwei der alten Musen Brot buken, während ein kranker Mann unter einem Haufen von Stechginster auf dem Boden lag. Die Frauen

Taylor, Griechenland.   9

schienen böse über unser unberufenes Eindringen zu sein, und ich schickte François mit der Weisung fort, sich nach einer andern Wohnung umzusehen; er kam jedoch bald zurück und sagte, daß dies ein Palast im Vergleich zu den andern Häusern sei. Der Amtmann, der angelegentlich wünschte, daß wir bleiben sollten, gab seine Befehle, und die tragischen Musen wandelten sich vermöge ihrer Freundlichkeit bald in komische um. Wir ertheilten dem Kranken, der eine heftige Erkältung mit Fieber hatte, einige Rathschläge, allein die Frauen meinten: „Es ist unnütz ihm etwas zu geben; wird er nicht wieder wohl, so wird er sterben." Sie buken ihr Brot in einem kleinen Backofen, der mit trocknem Reisig und Ginster geheizt war. Die Nachbarn stellten sich ein, um unserm Mittagessen zuzusehen und von unserm Caviar zu essen, welcher in diesen Gegenden ein ganz unerhörter Leckerbissen ist. Sie waren ein munteres, gutmüthiges Völkchen, besaßen aber dieselbe traurige Unfähigkeit eine Frage zu beantworten. Ich frug einen von ihnen, wie weit es nach Heraklion sei, er aber antwortete, daß er in seinem ganzen Leben nie dort gewesen.

Wir waren glücklicherweise jetzt nicht mehr als eine kurze Tagereise von der Stadt entfernt, und als der Morgen mit umzogenem Himmel aber ohne Regen tagte, stießen wir auf keinerlei Widerstand von Seiten unsrer Bedeckung und unsres Gefolges. Der Weg führte mehrere Meilen weit über wilde Gebirgsrisse, bis wir auf den basiliko dromos oder Königsweg stießen, der von Rhithymnos nach Heraklion führt. Dies ist ein alter venetianischer Weg, der stellenweise roh gepflastert ist, weswegen die Maulthiere die rauhe Bergkante vorziehen. Von einem Bergrücken am Fuße des Stromboli, eines ansehnlichen Bergkegels, sahen wir endlich wieder das Meer und die warme grüne Ebene von Kandia tief unter uns liegen. Im Südosten erhob sich aus der Ebene die dunkle, einsame Masse des Juktas — die Grabstätte Jupiters. Hinter uns schimmerte unter den niederhangenden Wolken der Schnee des Jda, seiner Geburtsstätte. Die Ueberreste vom Grabe des „Vaters der Götter und Menschen", welcher auf Kreta bis in das achte Jahrhundert hinein verehrt wurde, sind noch immer auf dem Gipfel des Juktas zu sehen und bestehen aus einem 80 Fuß langen Parallelogramm von behauenen Steinen.

Elf Tage unausgesetzten Regens hatten uns das Reisen auf Kreta verleidet. Außerdem fingen auch die Gebirgswege an ungangbar zu werden und die Ströme schwollen zu sehr an, um über sie setzen zu können. Aus diesem Grunde gab ich meinen Plan auf, die Ruinen von Gortyna an dem südlichen Abhange des Jda zu besuchen. In sich selbst sind die Ruinen der alten Stadt unbedeutend, doch befindet sich in dem anstoßenden Berge eine künstliche Höhle, die über ganz Kreta als das „Labyrinth" bekannt ist. Wir wissen, daß das berühmte, von Dädalos angelegte Labyrinth sich in der Umgegend von Knossos befand, welches ungefähr drei Meilen von Herakleon lag und von den Mauern dieser Stadt deutlich sichtbar war. Die zahlreichen Höhlen, die sich in den benachbarten Bergen befinden, mögen die Tradition veranlaßt haben. Das Labyrinth von Gortyna ist jedoch unzweifelhaft ein Werk der Kunst. Dasselbe ist von großem Umfang und der Besuch desselben ist wegen der großen Zahl und des Ineinanderlaufens der verschiedenen Gänge nicht ohne Gefahr zu bewerkstelligen. Der englische Ingenieur zu Rhithymnos, welcher es mit Hülfe eines Sackes voll Spreu, dessen Inhalt er im Weitergehen ausstreute, durchsucht hatte, glaubt, daß es ein Steinbruch gewesen ist. Es fällt häufig vor, daß sich die Landesbewohner darin verirren und nicht wieder zum Vorschein kommen; daher betreten sie es niemals ohne Furcht. Dieser Ort trägt sicherlich alle Kennzeichen des fabelhaften Labyrinthes an sich, mit Ausnahme der Lage. Aus letzterem Grunde, glaube ich, verwerfen die Archäologen es gänzlich. Das Symbol auf den Münzen von Gortyna ist die Europa mit dem Stier, während die von

9*

Knossos einen Grundriß des Labyrinths auf der Kehrseite haben. Ich verschaffte mir eine der letzteren in Aros.

Ich erfuhr, daß vor kurzem ein prachtvoller Sarkophag an der Südküste der Insel bei Hierapetra (dem alten Hieraptyna) ausgegraben worden war. Die Seiten enthalten Basreliefs, die den Kampf um den Schild des Achilles darstellen. Es war in der Nähe desselben Ortes, zu Arvi, wo der Sarkophag mit dem Triumphzuge des Bacchus jetzt im Museum zu Orford befindlich aufgefunden wurde. Mein Berichterstatter meinte, daß es ein Leichtes sein würde, sich in den Besitz des interessanten alten Kunstwerkes zu setzen und es von der Insel weg zu schmuggeln. Ich erwähne diesen Umstand zum Vortheil derer, welche sich für dergleichen besonders interessiren.

Dreizehntes Kapitel.

Zweitägiger Aufenthalt bei einem Erzbischof.

Die Hauptstadt Kretas ist in Europa unter ihrem venetianischen Namen Kandia bekannt, eine Benennung, die man im Mittelalter auf die ganze Insel anwendete. Das Landvolk hingegen nennt diese Stadt nur Megálokastron (die große Festung), während der gebildete Grieche, auf Kreta wie anderswo, ihr den alten Namen Herakleion (ehemals ein kleiner Seehafen in der Nähe von Knossos) wiedergegeben hat. Von allen diesen Namen ist der letztere vorzuziehen, weswegen ich ihn auch gebrauche. Sowol unter den Griechen wie unter den Türken hat die Insel den Namen „Kreta" behalten, während man im ganzen Europa soeben erst beginnt den untergeschobenen venetianischen Namen „Kandia" aufzugeben. Die letztere Benennung wird niemals im Oriente gehört und wir haben daher kein Recht sie länger zu gebrauchen. Ich habe mich des klassischen Namens als des einzig richtigen bedient.

Wie für Rhithymnos, so war ich auch für Herakleion durch die Güte Vely Pascha's mit doppelten Empfehlungen versorgt, und ich hatte die Wahl, meine Wohnung entweder bei dem türkischen Gouverneur oder bei dem ehrwürdigen Metropoliten (Erzbischof) von Kreta aufzuschlagen. Der Haß, den die bigotte griechische Partei der Insel gegen den letzteren an den Tag legt und die Intriguen derselben, ihn vom Patriarchen in Konstantinopel abberufen zu lassen, überzeugten mich, daß er ein guter Mann sein müsse, und ich beschloß daher seine Gastfreundschaft in Anspruch zu nehmen. Wir erreichten die Stadt am frühen Nachmittag, über und über mit Koth besprißt und halb zerschlagen am Körper, und waren, als wir auf unsern ermatteten Thieren durch die Straßen ritten, der Gegenstand allgemeiner Neugierde. Ein Reisender ist heutzutage noch eine seltene Erscheinung auf der Insel und daher eine Person von einiger Bedeutung. Hadschi Bey führte uns nach der Wohnung des Metropoliten, einem großen, weitläufigen Gebäude mit drei von einander unabhängigen Höfen, einer Kapelle und einem großen Garten. Seine Heiligkeit war nicht zuhause; wir wurden jedoch auf das höflichste von mehreren Priestern und einem Secretär, der italienisch sprach, empfangen. Sie wiesen uns sogleich ein Zimmer zu unsrem eigenen Gebrauche an, bewirtheten uns in dem großen Audienzzimmer mit Pfeifen und Kaffee und erlaubten sodann rücksichtsvoll, daß wir uns zurückzogen und unsere Kleider wechselten.

Gleich darauf wurde die Ankunft des Metropoliten gemeldet, und wir fanden ihn am Fuße der Treppe uns erwartend. Er war ein Greis von 63 Jahren, ein wenig unter mittlerer Größe, aber von aufrechter Haltung und gebietend in seiner äußern

Erscheinung, hatte große graue Augen, die wohlwollend und geistreich aussahen, eine große, gerablaufende albanesische Nase und einen majestätischen Silberbart, der bis zum Gürtel herabfiel. Er trug ein langes, zimmtfarbenes Kleid, über diesem einen dunkelgrünen, mit Pelz verbrämten Rock und die gewöhnliche schwarze Mütze der griechischen Priesterschaft, die ungefähr aussieht wie ein umgekehrtes Suppenkasserol. Der Blick des Willkommens auf diesem ehrwürdigen Antlitz und der herzliche Druck seiner ausgestreckten Hand konnte unmöglich einer Mißdeutung unterliegen und die Größe seiner Gastlichkeit wird vielleicht noch besser erkannt werden, wenn ich erwähne, was wir erst kurz vor unsrer Abreise erfuhren, daß er Vorbereitungen getroffen hatte, am folgenden Tage eine Reise in das Innere der Insel anzutreten und diese Reise sogleich unsertwegen aufschob. Meine Hand immer noch festhaltend, führte er uns die Treppe hinauf nach dem Divan und bestellte glyko — eine köstliche, in Konstantinopel bereitete Gelee von Erdbeeren — Pfeifen mit dem feinsten Tabak aus Rumelien und Kaffee. Darauf gab ich ihm den Brief des Pascha und einige Zeilen des Grußes von Elisabeth von Kreta.

Mit François' Hülfe sagte ich ihm — da es ein etwas zarter Punkt war — daß wir keinen weiteren Eingriff in sein Haus machen wollten, als uns des angewiesenen Zimmers zu bedienen; mit allem andern seien wir versorgt. Zu unserer großen Zufriedenheit schien der Metropolit diesem beizupflichten, und ich sandte François zu einem türkischen Bäcker, um dessen Obhut ein paar Hasen zu übergeben, die wir in Asterakia aufgegriffen hatten und gebraten zu haben wünschten. Bald jedoch nachdem wir uns von der Audienz zurückgezogen hatten, kamen zwei Priester uns zurückzuführen, indem sie uns sagten, daß wir den Divan einnehmen sollten. Ich legte Protest ein, aber umsonst. Der Metropolit wollte von nichts anderem hören, und da die Abende noch kühl waren, so ließ er ein großes mangal oder Kohlenbecken kommen, auf welches Streifen von Citronen-

schale gelegt waren, um das Gas zu neutralisiren und das
Zimmer zu durchräuchern. Dasselbe war hoch und geräumig,
mit einem erhöhten und von Damast überzogenen Sitz am obern
Ende und einer dicken Strohmatte auf dem Fußboden. Die
einzigen Verzierungen bestanden aus einigen byzantinischen Ge-
mälden, das Opfer Abrahams, den Todtschlag Abel's und Jo-
seph's Abenteuer mit Potiphar's Weib darstellend, eine sonderbare
Auswahl für eine geistliche Wohnung. Nachdem ich mich in
diese Gastfreundschaft und ihren folglichen Zwang gefügt, benachrichtigte uns der Metropolit, daß das Essen bald fertig sein würde.
Demnach schien es, daß wir auch dazu verurtheilt waren, an
seinem Tische zu speisen. Eine Mahlzeit bei einem Erzbischof
in der Mitte der Fasten! Wir waren verzweifelt hungrig und
ich dachte daran, daß die Hasen beinahe fertig sein müßten.
Lebt wohl, ihr Träume eines würzigen Bratens und eines duftenden Ragouts! Knoblauch und schmackloses Gemüse sind hin-
fort unser Theil.

Es war dunkel geworden, als man uns rief und wir zusammen in ein unteres Zimmer hinabgingen, wo der Metropo-
litan sich mit uns an den Tisch setzte, während zwei Priester
dabei standen um aufzuwarten. Auf dem Tische befanden sich
zwei Schüsseln mit Salat, ein Teller mit Oliven und Brot.
Wir stöhnten im Innersten, indem wir an die Fleischtöpfe
Egyptens dachten — gleichwie die hochgestellten Personen Berlins
seufzten, als sie Mr. Wright's Mäßigkeitsvereins-Frühstück erblickten. Aufgezwungene Frömmigkeit ist noch schlimmer als auf-
gezwungener Theetotalismus.*) Die Priester reichten uns Teller
mit Suppe — heißer Brei, dachte ich bei mir selbst; doch nein,
es war Hühnerbrühe, die ich schmeckte, und noch ehe die Teller
geleert waren, wurde ein ketzerisches Gericht von gekochtem

*) Gänzliche Enthaltsamkeit von geistigen Getränken.

Anm. d. Ueb.

Geflügel mir gerade unter die Nase gesetzt. Dann, o Wunder! kamen herein unsere Hasen, triefend in balsamischer Sauce, gekocht wie zuvor Hasen nie gekocht worden sind. Unterdessen perlte das Rubinblut vom Ida in unsern Gläsern und wir realisirten im vollsten Sinne des Wortes die Unvernunft der Fasten. Wie ungleich zufriedener, anerkennungsvoller und dankbarer ist man doch beim Feste schmausend, als in den Fasten fastend. Ich konnte nicht umhin allen Ernstes auszurufen: „Doxasi 'o theos!" (Gelobt sei Gott.)

Während dessen aß der gute alte Mann genügsam seinen Salat und seine Oliven. „Dies ist freisinnig und wahrhaft christlich", sagte ich zu François. „O", erwiderte dieser Treffliche, „Se. Heiligkeit ist vernünftig genug, um zu wissen, daß wir nichts besseres als Atheisten sind." Und ich zweifle in der That nicht, daß wir in den Augen der aufwartenden Priester gänzlich dem ewigen Verderben anheimgegeben waren.

Während unsres ganzen Aufenthaltes lebten wir herrlich. Zweimal des Tages ächzte der Tisch unter den Lasten von Fisch, Fleisch und Geflügel, und weit entfernt, daran Anstoß zu nehmen, lächelte der Metropolit wohlwollend über unsern Gebirgsappetit. Ich setzte ihm auseinander, daß die Protestanten äußerliche Gebräuche dieser Art mieden, in der Meinung, daß das Fasten geistiger und nicht körperlicher Art sein sollte. Um ihm die Sache klarer zu machen, bezog ich mich auf das, was St. Paulus von der Beschneidung sagt. „Ich verstehe es recht wohl", erwiderte er, „doch können wir für jetzt nicht anders. Meine Gesundheit leidet unter der Beobachtung der Fasten, allein sollte ich dagegen verstoßen, so würde ich sogleich aus meinem Amte getrieben werden." Ich muß gestehen, daß ich einen höheren Werth auf die Tugend der Gastfreiheit setze als man heutzutage zu thun pflegt. Wenn ein Türke (wie es in demselben Winter in Athen geschah) einen Christen mit Schinken bewirthet, wenn ein fastender Priester seinen Welschhahn für uns braten läßt, wenn ein' eifriger Mäßigkeitsprediger feinem deutfchen Freunde ein Glas Wein vorfetzt, wenn einer meiner eigenen tabaksfeindlichen Freunde daheim mir erlaubt, bei offenem Fenfter in der Küche eine Cigarre zu rauchen, fo ift das ein Opfer der Selbstverleugnung auf dem Altare der Menfchlichkeit. Echte Gaftfreundfchaft verlangt, daß man die Gewohnheiten anderer (merke wohl, die Gewohnheiten des täglichen Lebens, nicht das Unmaß derfelben) in Berückfichtigung nimmt, fogar dann, wenn fie in fo gewichtigen Punkten als ich eben genannt, fich von den unfrigen unterfcheiden. Ich aber habe mit Gemüfefanatikern gegeffen, welche fagten: „Fleifch ift ungefund, deshalb verbietet mir mein Gewiffen es dir zu geben" — und ich bin bei Bentilationsfreunden zu Befuch gewefen, welche predigten, daß „ein Feuer in einem Schlafzimmer fchädlich fei" — und man hat mich hungern und frieren laffen.

Der Metropolit, als er fand daß ich ein wenig griechifch fprach, beftand daraus, ohne Hülfe eines Dolmetfchers fich mit mir zu unterhalten. Die Reinheit feiner Ausfprache machte es mir nach dem rauhen kretifchen Dialekte allerdings verhältnißmäßig leicht ihn zu verftehen: meine Kopfnerven aber befanden fich in einer fortwährenden Anfpannung, um dem Faden feiner Unterhaltung folgen und paffende Erwiderungen finden zu können. Der Metropolit ift aus Epirus gebürtig, in welcher Provinz er zehn Jahre lang das Amt eines Bifchofs bekleidete, ehe er nach Kreta kam. Er ift daher von flavifcher, nicht griechifcher Abftammung. Es ift eine bekannte Sache, daß Bisthümer und Erzbisthümer in der griechifchen Kirche von dem Patriarchen käuflich verhandelt werden, und François fagt — mit wie gutem Grunde weiß ich nicht — daß das Amt unfres Wirthes ihm 300,000 Piafter (12,000 Dukaten) koftete. Es fchien indeffen ziemlich gewiß, daß er es nicht lange behalten würde; er war viel zu aufgeklärt und freifinnig für die Eulen und Fledermäufe, welche in der Nacht des morgenländifchen Chriftenthums haufen.

Das erfte was er that, war eine Schule in Herakleion'zu errichten, und 1600 Kinder beiderlei Geschlechts erhielten bereits Unterricht dafelbft. Er hat feinen ganzen Einfluß angewandt, die
Klöfter Kretas, welche die wahren Nefter der Trägheit und
Raubgier find, dahin zu vermögen, mit einem Theile ihrer
reichen Einkünfte Schulen für die Bauernfchaft zu gründen;
jedoch nur drei bis vier haben bis jetzt fich damit einverflanden
erflärt. Ebenfo hat er durch feine Bemühungen, Velp Pafcha
bei der Vollftreckung des Hattihumayun zu unterftützen, die
Feindfeligkeiten der Fanatifer der griechifchen Partei fich zuge-
zogen und wird von ihnen deshalb der „Turfopolit" genannt.
Es ift wahrhaft wohlthuend, inmitten der entmuthigenden Erfahr-
ungen, die der Reifende in Griechenland und dem Oriente fort-
während macht, auch einmal auf ein Beifpiel wahren Fort-
fchritts zu ftoßen.

Den Tag nach unfrer Ankunft begleitete uns der Metropolit auf unferm Gange durch die Stadt. Der Ort wurde
vor anderthalb Jahren durch ein Erdbeben gänzlich zerftört,
und 500 bis 600 Perfonen famen unter den Trümmern um.
Beim Wiederaufbauen hat man daraus den Vortheil gezogen,
die Straßen weiter zu machen und den Plan der Stadt im
allgemeinen zu verbeffern, obgleich, wegen der heftigen Oppofition
von Seiten des Volfes, nicht in dem Umfange den die Regierung
beabfichtigte. Ueberall fleht man Haufen von Trümmern.
Als wir, von den beiden Secretären begleitet, durch die Straßen
gingen, grüßten die Kaufleute und Handwerker in den Bazars
den Metropoliten', indem fie auffanden, und in Erwiderung
gab er ihnen feinen Segen, indem er zwei feiner Finger in die
Höhe hielt. Wir machten zuerft dem türfifchen Gouverneur
einen Befuch, einem jungen Mann, den ich feinem Geflchte nach
überall für einen Amerifaner gehalten haben würde. Er ftellte
fein Haus, feine Pferde und alles was fonft in feiner Macht
ftand, zu unfrem Befehl; wir nahmen aber niemand weiter als einen

Offizier zum Begleiter nach den Festungswerken und dem alten venetianischen Arsenal an. Die ersteren sind von gewaltiger Gediegenheit und Stärke und die bronzenen Kanonen von St. Markus grinsen noch immer durch die Schießscharten der See- seite. Der Hafen ist sehr klein und theilweise versandet. Er wird von einem Steindamme gedeckt, der im Einsturze begriffen ist und an dessen äußersten Ende sich ein verlassenes Fort be- findet. Ein bedeutender Handel wird zwischen diesem und andern Häfen der Levante, ja selbst mit England betrieben, und die hauptsächlichsten Ausfuhrartikel sind Seife, Oel, Wein, Seide und Wolle.

Das Arsenal ist eines der merkwürdigsten Ueberbleibsel des Mittelalters, die ich gesehen. Es ist ein festes steinernes Gebäude im Style des Palladio. Die eine Seite war von dem Erdbeben niedergerissen worden und die andern Mauern haben an vielen Stellen Sprünge von oben bis unten, glücklicherweise jedoch so, daß sie wieder ausgebessert werden können. Die in- neren Räume sind durchaus mit Waffen aller Art angefüllt, die in großen Haufen zusammenliegen und mit Rost bedeckt sind. Hunderte von Kanonen mit ihren Laffetten stehen gegen die Mauern gelehnt; große Berge von Säbeln reichen einem über den Kopf; schwere mit Zinken besetzte Schlägel, Lanzen, Haken- büchsen und Morgensterne liegen staubig und unordentlich in der ganzen Länge des dunklen Saales durcheinander geworfen. Im oberen Stockwerk ist augenscheinlich ein Raum, der den im Kriege gewonnenen Trophäen gewidmet ist. An jedem Pfeiler ist ein hölzernes Schild mit einem lateinischen Motto befestigt und rings um dieselben sind Helme, Piken, Rappiere und zwei- griffige Schwerter aufgehängt. Außerdem gibt es eine Menge von Seilwerk, Zelten und Balsamkesseln, in welchen Pflaster für die Verwundeten bereitet wurde. Alles scheint sich ziemlich in demselben Zustande zu befinden, in dem die Venetianer es vor zwei Jahrhunderten verließen. Die Offiziere gaben mir

Erlaubniß einen Pfeil aus den Bündel dieser Waffen mir auszusuchen, indem sie mich zugleich davor warnten mir die Haut mit der Spitze aufzuritzen, da viele derselben vergiftet seien. Der Secretär des Metropoliten, welcher nach einer christlichen Reliquie verlangte, ließ heimlicher Weise einen dieser Pfeile in seinen Aermel schlüpfen und entführte ihn.

Wir wendeten uns sodann nach der venetianischen Kathedrale, die später eine Moschee war und nur infolge des Erdbebens eine herrliche Ruine ist. Während ich eine Skizze davon entwarf, unterhielten sich die beiden in der Nähe stehenden Secretäre über uns. „Wie kommt es", sagte der eine, „daß die Amerikaner griechische Züge haben? Die Offiziere des „Congreß"*) sahen alle wie Altgriechen aus und ebenso diese hier!" Die Bemerkung war offenbar dahin berechnet gehört zu werden, denn nichts konnte weiter von der Wahrheit entfernt sein. Wir hatten endlich wieder Sonnenschein, und die zwanzig Palmen Herakleions wiegten sich in der balsamischen Luft, welche ihnen Grüße von der nahen Küste Lybiens brachte. Der Ida, dessen herrlicher Gipfel eben über dem vergoldeten Schnee seiner Vorberge sichtbar wurde, erhob sich wolkenlos im Westen, während über den sonnigen Weizenfeldern der Ebene und den niedrigen Anhöhen von Knossos der Juktas in einsamer Pracht thronte, als ob er stolz darauf sei, die Grabstätte Jupiters zu sein. Ich schlug einen Ritt dahin vor; des Donners Grab aber sollte nicht von ungeweihten Füßen betreten werden. Tiefer Schnee lag noch auf dem Gipfel, und die Mönche des am Fuße gelegenen Klosters Arkhanik sagten uns, daß der Berg unbesteigbar sei.

Wir machten in Begleitung des Metropoliten die Runde der Schulen und wurden von ihm sowol den Lehrern wie den Schülern in einer kurzen Anrede — die er an eine jede der Klassen hielt — vorgestellt. Die am weitesten vorgerückten

---

*) Amerikanische Fregatte.

Knaben lasen den Xenophon, welchen sie mit großer Zungen-
fertigkeit analysirten und erläuterten. Es gewährte mir eine
außerordentliche Freude eine solche Menge aufgeweckter, intelligen-
ter Gesichter, zumal unter den jüngeren Knaben, zu sehen. Der
darin sich aussprechende Eifer und Ernst zeugte dafür, daß ihr
Schulbesuch kein erzwungener war. Der Metropolit war so
freundlich ihnen einige Worte von mir zu übersetzen, und ich
fühlte in Wahrheit was ich ihm sagte: daß ein solcher Anblick
schöner sei als die Ruine eines Tempels. Er theilte mir mit,
daß Vely Pascha eine Schule in der Stadt zu errichten gedenke,
in welcher die Kinder griechischer und türkischer Aeltern zusammen Unterricht erhalten sollten, und ich freute mich, ihn entschieden zu Gunsten dieser Maßregel gestimmt zu sehen. Wenn
dieser Plan aber je zur Ausführung gelangt, so wird es zum
großen Verdrusse der griechischen Bevölkerung sein.

Wie in Rhithymnos, so befindet sich auch hier außerhalb
der Stadtmauer ein besonderes Dorf für die Aussätzigen.
Diese unglücklichen Geschöpfe sind gezwungen, sobald die Krankheit sich zeigt, ihren Geburtsort zu verlassen und sich zu denen
zu gesellen, welche ein gleiches Schicksal vom Verkehr mit der
gesunden Bevölkerung abschneidet. Die Krankheit ist auf Kreta,
wiewol von ziemlich demselben Charakter wie in Norwegen,
langsamer in ihrem Fortschreiten und nicht ganz so widerlich
anzusehen. Da es viele Fälle auf der Insel gibt, in denen ein
aussätziger Mann eine gesunde Frau heirathete und umgekehrt,
ohne daß die Krankheit sich dem andern mittheilte, so hält man
dieselbe nicht für ansteckend. Die Kinder solcher Ehen sind
sogar dann und wann gesund. Die Zahl der Aussätzigen auf
Kreta beläuft sich gegen 1200 und ist gegenwärtig im Zunehmen begriffen, indem die Krankheit sogar in Sfakia, wo sie
bisher unbekannt war, eingedrungen ist. Ihr Ursprung ist
wie in Norwegen dem Genusse gesalzener Fische zugeschrieben
worden, im Verein ungemein großer Quantitäten Oels und

besonders neuen Oeles, das eine feurige und herbe Eigenschaft
besitzt, die es nach einigen Monaten verliert. Die schmuzigen
Gewohnheiten der Kreter tragen ohne Zweifel zu der Entstehung
der Krankheit bei. Der Physikus von Herakleion, ein französischer Arzt, sagte mir, daß alle seine Bemühungen dem Fortschreiten derselben Einhalt zu thun, vergebens gewesen seien.
Er war ganz entschieden der Ansicht, daß sie nicht ansteckend
sei. Er erwähnte gegen mich als einen sehr merkwürdigen
Umstand, daß venerische Krankheiten auf der Insel nicht gekannt
würden.

Der nämliche Arzt war wohlbekannt mit dem Bezirke
von Sfakia, und seine enthusiastische Beschreibung der Bewohner
ließ mich mehr als je bedauern, daß ich sie nicht hatte aufsuchen
können. Er hält sie für Kreter unvermischten Blutes, für die
rechtmäßigen Sprößlinge des alten Stammes, indem er behauptet,
daß sie sowol in den Zügen wie in den Gesichtsformen noch alle
physischen Merkmale der Altgriechen behalten haben. Man
sieht in der That mehr griechische Gesichter auf Kreta in einem
Tage, als in Athen in einem ganzen Jahre. Auf dem größeren
Theile der Insel aber ist der Typus durch das Hinzukommen
saracenischen, venetianischen und türkischen Blutes modifizirt
worden und nur in den Gebirgswildnissen von Sfakia ist das
echte Geschlecht des Minos noch vorhanden.

Wir verließen Herakleion in dem österreichischen Dampfer
nach einem Aufenthalt von sechzehn Tagen auf der Insel und
kehrten über Syra nach Athen zurück. Unser Abschied von dem
alten edlen Metropoliten war wie der Abschied von einem ver-
ehrten Freunde, und François, welcher bekannte endlich einen
Priester gefunden zu haben, der seines Amtes würdig sei, küßte
andachtsvoll die ihm zum freundlichen Drucke entgegengestreckte
Hand.

Vierzehntes Kapitel.

Das Erdbeben von Korinth.

Acht Tage nach meiner Rückkehr von Kreta verließ ich Athen abermals, um mich nach dem Peloponnes zu begeben, eine Tour, welche ich wegen des strengen Wetters nicht eher hatte unternehmen können. Die kleine Truppe bestand, außer mir selbst, aus B. und dem unentbehrlichen François (die wir alle drei mit starken, unverdrossenen Pferden versehen waren) und aus zwei unter der Obhut der Agoyaten Perikles und Aristides stehenden Lastthieren. Wir führten den nöthigen Proviant mit uns, nebst zwei Betten, Feldstühlen und einem Tische, ohne welche Dinge es noch immer unmöglich ist in Griechenland zu reisen, wenn man nicht auf alle Behaglichkeit verzichten will. Athen zwar ist halbcivilisirt, der bei weitem größere Theil des Landes aber verharrt im Zustande verhältnißmäßiger Barbarei.

Der Tag unsrer Abreise weißsagte gutes Wetter. Es hatte am vorhergehenden Tage geregnet, die azurne Himmelsdecke schien glänzend rein in den Strahlen der aufgehenden Sonne, und alle Stimmen und Farben des Frühlings waren doppelt lebendig in der krystallnen Luft. Ein kühler Wind wehte von Westen her und jeder Ton der Landschaft war bis zur Lieblichkeit erfrischt und erhöht. Die Holunderbäume im Garten hatten bereits ihr Sommerkleid angethan; die hohen griechischen Pappeln standen eingehüllt in einen grünen Blütennebel; von den Weidenbäumen fielen die ersten Gehänge weichtonigen Smaragdes herab und die rosenfarbenen Blüten der Mandelbäume wehten in leichten Flocken zur Erde. Die attische Ebene, über welche

wir durch den Olivenhain der Akademie ritten, glich einem Para-
diese. Der Weizen war bereits hoch genug, um, vom Winde
gewiegt, sein wogendes Farbenspiel zu treiben, und die Reben-
stöcke, unter denen die Bauern geschäftig waren die Schößlinge
vom vorigen Jahre auszuschneiden und die Erde zwischen den
verschiedenen Reihen aufzuhäufeln, fingen an grüne Blätter aus-
zuschlagen. Als wir uns am Eingang des Passes von Daphne
umwendeten, um einen letzten Scheideblick auf Athen zu werfen,
drang sich mir tiefer als je die einzige Lage der unsterblichen
Stadt auf. Von allen Seiten her betrachtet ist die Akropolis
der hervorragendste Punkt; der felsgekrönte Lykabettos mit seiner
pyramidenartigen Vorderseite hält ihr im Norden harmonisch
das Gleichgewicht und beide setzten sich auf unvergleichliche Weise
gegen den blauen Hintergrund des Hymettos ab.

Nie in meinem Leben habe ich eine prachtvollere Farbe des
Meeres gesehen als die des Golfes von Salamis war, wie er in
der Ferne zwischen den blaß rosiggrauen Wänden des Engpasses
schimmerte. Es war ein blendendes, sammetartiges Blaugrün,
über dem ein röthlicher Duft lag und das mit einem halb durchsichtigen, einem dunkeln Saphir ähnlichen Glanze leuchtete! Weder Pinsel noch Feder würde im Stande sein, den Eindruck
wiederzugeben. Die scharlachrothen Anemonen, die sich so
eben erst erschlossen, brannten gleich feurigen Kohlen am Rande
des Weges, wilde Mandelbäume und Hagedorne verbargen ihre
krummen Zweige unter einem Schleier von Blüten und Lilien,
und die Asphodel *) brachen in frische Blätter aus. Es war
ein Tag, der Schatzkammer des Himmels entlehnt, und als wir
dahinritten, jauchzten wir laut auf in einem Uebermaße von
Lebenslust. Wir frühstückten beim Grabe des Straton, ritten
über die fruchtbare Ebene von Eleusis, kamen am gehörnten
Berge Karata (Hahnrei), dem östlichen Vorschub des Kithäron,

---

*) Goldwurz.

vorbei und erreichten Megara am Nachmittag. Es fiel mir auf,
mit welcher Leichtigkeit man in Griechenland für gute Wege
sorgen könnte. Der Boden ist voll von zerbröckelten Kalkfels-
stücken, die nur zusammengeschaufelt und gewalzt zu werden
brauchten, um eine vortreffliche, weder von Frost noch Regen-
güssen nothleidende Chaussee herzustellen. Auf der Ebene von
Megara war nie ein Weg gemacht worden, und doch war die
Wagenfährte eine sehr gute. Trotzdem aber sind die Verbin-
dungen im Innern des Landes schlechter als die, welche man zur
Zeit Homer's hatte.

Bald nach unserm Aufbruch von Eleusis sammelten sich
Wolken über uns, der Wind ließ nach und der Himmel ver-
dunkelte sich so sehr, daß wir einen höchst ungünstigen Witte-
rungswechsel fürchteten. Die Landschaft bekam ein sonderbar
kaltes und todtes Ansehen, und wir fühlten uns auf unbegreif-
liche Weise niedergeschlagen. Das Laub verlor seine glänzende
Farbe, die entlegenen Hügel nahmen einen dunklen und düstern
Schein an, die munteren Laute der Vögel und anderer Thiere ver-
stummten — kurz, es schien sich irgend ein finstrer Zauber der
Welt bemächtigt zu haben. Ich versuchte vergebens, die unbehagliche
Last von mir abzuschütteln; sie heftete sich an mich wie ein Alp,
und der Umstand, daß ich den Grund derselben mir nicht erklären
konnte, quälte mich nur um so mehr. Als wir Megara erreichten,
erblickten wir Knaben mit Stücken geschwärzten Glases in den
Händen — und das Räthsel war plötzlich gelöst. Unser Zeugniß
in Bezug auf die moralische Einwirkung einer Sonnenfinsterniß
kann daher als durchaus unparteiisch gelten und dazu helfen,
den Schrecken zu erklären, welchen wilde Völker bei dem Eintritt
einer solchen Naturerscheinung verspüren.

Die Stadt Megara ist in einer Senkung zwischen zwei
Hügeln erbaut, die sich inmitten der Ebene erheben. Es scheint
ein munterer und geschäftiger Ort zu sein, der Spuren von
Fortschritt zeigt. Große und hübsche Häuser schießen über die

Taylor. Griechenland.   10

einstöckigen Haufen rohen Gemäuers, das gewöhnlich eine griechische Stadt ausmacht, empor, und obwol jedes vierte Gebäude eine Kirche ist, so muß dennoch die Bevölkerung bedeutend mehr als tausend Einwohner zählen. Auf der einen Seite bestand die Ebene aus einem weithin reichenden, grünen Felde von Weizen, Roggen und Gerste, auf der andern Seite war sie nur einfach gepflügt und dazu bestimmt, theilweise mit Mais und theilweise mit Bohnen bestellt zu werden. Im nächsten Jahre tritt dann das umgekehrte Verhältniß ein, und so wechselt man Jahr um Jahr in regelmäßiger Reihenfolge. An Düngen oder eine sonstige Verbesserung des Bodens denkt niemand, und der Pflug ist noch der nämliche, den Ceres gebrauchte, als sie das erste Getreidekorn säete. Zu meiner Freude zeigten mir jedoch die jungen Olivengärten und die den Bergabhängen abgewonnenen Felder, daß diese rohe Cultur an Flächeninhalt gewinnt. Das Alterthümer-Museum des Städtchens besteht aus einer dunklen, schmuzigen Hütte, in der sich drei kopflose Statuen befinden, von denen die eine dem Besuchenden den Rücken zukehrt. Während des Abends widerhallten die Straßen von der Stimme eines Ausrufers, der umher ging und alle diejenigen, welche nicht bei der Arbeit waren, aufforderte dem Gottesdienste in der Kirche beizuwohnen. Dieser Gebrauch ist wahrscheinlich dem moslemitischen Ruf zum Gebet entlehnt; doch ist jener bei weitem nicht so musikalisch und eindringlich wie dieser.

Am folgenden Tage gelangten wir durch den Paß der skyronischen Felsen über das Gebirge von Gerania. Der halsbrecherische Reitpfad folgt der Spur des von Hadrian angelegten Fahrweges, von dem das massive Grundgemäuer noch an vielen Stellen vorhanden ist. Die griechische Regierung hat sich endlich dazu verstanden, den Bau eines neuen Weges in Angriff zu nehmen. Die Beendigung desselben, die in einem Zeitraume von 12 Monaten geschehen könnte, würde die Verbindung zwischen Athen und Korinth vollenden; doch ist auf dieselbe kaum vor

Verlauf von zwanzig Jahren zu rechnen. Der Aufenthaltsort
des durch Theseus vernichteten Räubers Skyron war in der
Nähe der südlichen Gebirgsgrenze, wo hoch zu häupten sich die
Felsen thürmen, Höhlen sich klaffend öffnen und weiße Spalten
sich in den bräunlich gelben Wänden zeigen, von denen ungeheure Bruchstücke herabgefallen sind. In der Nähe des Meeres
steigt der Marmorfelsen, geebnet und geglättet von den Regen-
güssen eines Jahrtausends, gleich einer zugehauenen Mauer, bis
zur Höhe von mehr als 100 Fuß empor. Ob Skyron ein starker
Wind war, der die Reisenden von den Klippen hinunter wehte,
oder ob wirklich ein lebender Räuber, ist eine Frage, über
welche sich die Gelehrten die Köpfe zerbrechen mögen. Eine
weit wichtigere Thatsache ist, daß jetzt der Isthmus Banden von
Räubern, aber keine Fahrwege besitzt.

Von hier bis Kalamaki führte uns ein vierstündiger Ritt
über eine Ebene, die unberührt vom Pflug und unbewohnt von
Menschen, beinahe ausschließlich mit Mastix, wilden Oelbäumen
und der isthmischen Fichte überzogen war. Längs der Küste
fanden wir eine Stelle, wo eine Menge rohen Schwefels in großen Haufen bei einander lag, und an der uns zugekehrten Seite
des Gebirges erblickten wir die Gruben, aus denen er kam.
Als wir uns Kalamaki näherten, zeigten sich deutlich die Spuren
des Erdbebens, welches den Isthmus am 21 Februar heimgesucht hatte. In der ganzen Stadt schienen nur zwei Häuser
unbeschädigt geblieben zu sein, und solche, deren Wände noch
standen, befanden sich in einem gänzlich unbewohnbaren Zustande.
Die Stadt war eine Masse widerwärtiger Trümmer, ein bloser
Haufe von Steinen und zerbrochenen Ziegeln, über dem das Dach-
gebälk wie die zerbrochenen Spieren gescheiterter Schiffe sich empor-
hob. Der Khan, in welchem wir auf unserm Wege nach Athen
gefrühstückt, war der Erde gleich geworden. Ein großes gegenüber gelegenes Haus war dergestalt mit Rissen überzogen und
durchlöchert, daß es wie ein Korb aussah, und weite, in der Erde

10 *

noch gähnende Spalten bezeugten, wie entsetzlich das Auf- und Niederwogen gewesen sein mußte. Der Quai war sichtlich eingesunken und eine am äußersten Ende desselben stehende Kaserne in zwei Theile gespalten, die, nach außen übergebogen, in jedem Augenblicke einzustürzen drohten. Die Leute sagten uns, daß das Ganze das Werk einer Secunde gewesen und ohne das geringste vorhergehende Warnungszeichen wie ein Donnerschlag aus heiterem Himmel gekommen sei. Geräusch und Stoß waren gleichzeitig; Häuser fielen ein, der Boden wogte auf und nieder, spaltete sich, wenn er sich hob, und schoß, Fontainen gleich, ganze Ströme Wassers hoch in die Luft, sobald während des Senkens die Spalten sich wieder schlossen. Vier Personen kamen ums Leben und nur zwei wurden verwundet.

Wir konnten nur wenig darüber erfahren, ob es uns möglich sein würde näher bei Korinth Quartier für die Nacht zu finden, beschlossen aber weiter zu gehen. Eine Meile von Kalamaki entfernt, führte uns der Weg über die Oertlichkeit der berühmten Isthmischen Spiele. Die Umhegungen des Stabiums ist noch genau durch die Aufhäufung zugehauener Steine bezeichnet, vom Tempel des Neptun aber sind nur noch formlose Bruchstücke vorhanden. Als wir über das verlassene Stabium dahinritten, brach ich einen Zweig der isthmischen Fichte als Erinnerungszeichen und wiederholte die Worte Schiller's aus den „Göttern Griechenlands:‟

„Eure Tempel lachten gleich Palästen,
Euch verherrlichte das Heldenspiel
Auf des Isthmus kronenreichen Festen,
Und die Wagen donnerten zum Ziel.‟

Zwei weitere Meilen brachten uns zu den Brüchen, aus denen Korinth und die isthmischen Tempel aufgebaut worden waren — ungeheure Höhlungen, deren Ausdehnung die Masse des aus ihnen bezogenen Materials bekundet. Die Ebene war theilweise angebaut und der fette, weiche Lehmboden, feuchter als der von Attika, brachte vorzüglichen Weizen hervor.

Da Korinth kein wohnbares Haus mehr besaß, und die von der Regierung gelieferten Zelte nur eben für die obdachlosen Einwohner hinreichten, so machten wir im Dorfe Heramilia Halt, welches etwa einen einstündigen Ritt von Korinth entfernt ist. Heramilia, obwol der letzteren Stadt so nahe, hatte weniger als Kalamaki gelitten, welches unmittelbar im Bereiche der stärksten Vibration sich befunden zu haben schien. Lutraki, welches nur fünf Meilen entfernt an der westlichen Küste des Isthmus liegt, kam mit verhältnißmäßig unbedeutendem Schaden davon. Wir fanden ein Nachtquartier im Hause des Demarchen, einem hübschen zweistöckigen Gebäude von behauenem Stein, dessen eine Seite eingestürzt war. Trotzdem stand noch genug um uns vor dem jetzt in großen Tropfen fallenden Regen zu schützen. Einige der Häuser des Dorfes waren mit der Erde gleich geworden, die meisten aber kamen mit geborstenen Wänden, einige mit zerbrochenen Dächern oder dem Verluste eines Giebels davon. Niemand war beschädigt; doch waren in den nach Süden gelegenen Bergen vier Bauern und etwa dreißig Ziegen getödtet worden, indem ein Felsstück von der Höhle, in welcher sie sich gelagert, auf sie herabfiel.

Der Demarch, ein gutmüthiger, mittheilsamer Mensch mit etwas mehr als dem gewöhnlichen Grad von Verstand, erzählte mir, daß er in Korinth gewesen sei, als das Erdbeben stattfand. „Donner und Stoß", sagte er, „kamen in einem und demselben Moment. Sämmtliche Häuser stürzten auf einmal zusammen, und es erhob sich ein solcher Staub, daß man seinen nächsten Nachbar nicht erkennen konnte. Viele der Bürger befanden sich in der Amtsstube des Demarchen, um neue Candidaten zu wählen. Die Wände stürzten ein, jedoch glücklicherweise nach außen, und niemand wurde verletzt. In einem andern Hause tanzte eine Gesellschaft von Kindern, während die Mütter bei einander saßen und klatschten. Als das Dach fiel, gelang es den Anstrengungen der letzteren, dasselbe aufzuhalten, bis die Kinder entkamen, und ſie wurden darauf wieder von andern zur Hülfe herbeieilenden Perſonen gerettet. Fünfundzwanzig Leute wurden auf der Stelle getödtet oder ſtarben ſpäter an den empfangenen Wunden, und die Anzahl der Verletzten wurde auf mehr als fünfzig geſchätzt. Der geringe Verluſt von Leben, im Vergleich zur Ausbreitung des verhängnißvollen Ereigniſſes, erklärt ſich durch den Umſtand, daß das Erdbeben zwiſchen 10 und 11 Uhr Vormittags ſtattfand, eine Stunde, in welcher die Einwohner ſich meiſtens außerhalb ihrer Häuſer aufhalten.“

Während der Demarch mir dieſe einzelnen Vorfälle mittheilte, ließ ſich plötzlich ein Geräuſch wie der Donner entfernter Artillerie vernehmen und ein leiſes Beben des Hauſes wurde bemerkbar. „Da iſt es wieder!“ ſagte er; „wir haben es vom Anfang an gehört.“ Des Abends hatten wir einen neuen Stoß, zwei andere in der Nacht, und um 6 Uhr Morgens, während wir noch zu Bette lagen, einen ſo heftigen, daß mehrere Steine von der Wand ſich lostrennten und über unſre Köpfe zur Erde herabpolterten. Dieſer letztere Stoß wurde von einem tiefen, hohlen, praſſelnden Ton begleitet, welcher zur ſelben Zeit unter und um uns zu ſein ſchien. Es lag wahrſcheinlich in meiner Einbildung, wenn ich glaubte, daß er von Weſten nach Oſten rolle. Obgleich wir uns überzeugt hielten, daß das ſchlimmſte vorüber ſei und die Stöße uns keine weitere Gefahr bringen könnten, ſo gab uns doch die ungewiſſe Wiederkehr und das geheimnißvolle Drohen derſelben ein unbeſtimmtes Gefühl von Bangigkeit. Der Demarch, deſſen Bruder, ihre Weiber und Kinder, unſere Agrpaten und wir ſelbſt ſchliefen ſämmtlich auf dem ungedielten Fußboden des Hauſes, die Familie aber war an die Stöße ſo ſehr gewöhnt, daß ſie dieſelben nicht mehr beachtete.

Da es am folgenden Morgen regnete, ſo warteten wir bis gegen elf Uhr, und als ſich auch dann keine Ausſicht auf Beſſerung zeigte, ſo brachen wir, trotz des Unwetters, auf. Ein Ritt von einer halben Stunde brachte uns nach Korinth — oder

vielmehr dahin, wo Korinth einst gewesen war — denn obwol
noch einige Häuser standen, so waren sie doch von oben bis unten
geborsten und verlassen worden. Der größere Theil der Stadt
war ein formloser Trümmerhaufen und die meisten Einwohner
schienen sie im Stiche gelassen zu haben. Man hatte einige Zelte
aufgeschlagen und ein paar rohe Barracken errichtet, welche den
Leuten wenigstens Schutz vor dem Wetter gewährten. Die Gewalt des Stoßes schien etwa von gleicher Heftigkeit wie in Kalamaki gewesen zu sein. Alle Berichte stimmten darin überein,
daß es ein plötzliches vertikales Aufstoßen des Bodens ohne horizontale Wogungen gewesen sei, und der Umstand, daß beinahe
alle Wände nach außen fielen, bestätigt diese Angabe. Die Linie
der stärksten Erschütterung zog sich unzweifelhaft entweder durch
Korinth und Kalamaki oder doch sehr nahe daran vorbei, und
zwar in der ungefähren Richtung von O.N.O. nach W.S.W.
Zu beiden Seiten dieser Centrallinie muß die Heftigkeit der Erschütterung in schnellem Verhältniß abgenommen haben, indem
Hexamilia, welches kaum zwei Meilen entfernt liegt, von einem
bedeutend geringeren Stoße heimgesucht worden zu sein scheint,
und ein fünf bis sechs Meilen westlich von Korinth gelegenes
Dorf nur sehr wenig Schaden erlitten hat. In Megara am
einen und in Argos am andern Ende wurde das Erdbeben
empfindlich verspürt, ohne jedoch die geringste Folge nach sich
zu ziehen.

Die noch immer sich wiederholenden Stöße beschränkten
sich auf die Umgebung von Korinth. Sie reichten weder über
das Geranäische Gebirge im Norden, noch über den das Thal
von Nemea von der Ebene von Argos scheidenden Höhenzug
im Süden hinaus. Die enge Begrenzung der vulkanischen Thä-
tigkeit ist die sonderbarste Eigenschaft dieses Erdbebens und gibt
es in unsre Hände, mit ziemlicher Sicherheit den Centralisations-
punkt der unterirdischen Gewalten zu bestimmen, der mit dem
Mittelpunkte der schmalsten Stelle des Isthmus zusammenfällt.

Die Regierung hatte beschlossen, die Stadt Korinth nach einer andern Stelle der Ebene, zwei bis drei Meilen näher dem Meerbusen, zu verlegen. Bis dahin aber war noch kein Anfang dazu gemacht worden und ich zweifle überhaupt, ob das Volk diese Maßregel unterstützen wird. Von ganz Griechenland ist der Isthmus unzweifelhaft die beste Stelle für eine Handelsstadt, und der König und seine Rathgeber haben ein großes Versehen gemacht, indem sie, anstatt hier eine neue Hauptstadt zu erbauen, Athen zu derselben wählten. Das letztere kann niemals zu einer bedeutenden Stadt sich aufschwingen; auf dem Hofe allein beruht seine Lebenskraft. Es ist ein Washington im Kleinen — ein Dorf mit öffentlichen Gebäuden. Hier aber ist der Sattel Griechenlands, welches mit seinen warmen Flanken sich im Mittelmeere badet und dessen nach Konstantinopel zu schnaubender Kopf in Thessalien eindringt. Eine Stadt die hier aufsäße, würde einen Fuß in jedem Meere fassen, den Handel des Adriatischen Meeres von Patras und den des Orients von Syra her an sich ziehen und dennoch besser als irgend etwas sonst die widerstreitenden Interessen und Eifersüchteleien Griechenlands miteinander aussöhnen. O! was für eine Gelegenheit ist durch den klassischen Geschmack und die praktische Dummheit des alten Ludwig von Baiern verloren gegangen!

Wir hielten eine Weile vor den sieben alten dorischen Säulen am Tempel des Neptun oder des korinthischen Jupiter oder der chalkidäischen Minerva, oder was es sonst sein mag. So roh diese offenbar vor der Blütezeit der griechischen Architektur errichteten Monolithen auch sind, so findet man in den abgenutzten und schwerfälligen Massen dennoch die einfache Grazie der dorischen Ordnung. Die eine der Säulen ist vom Erdbeben gewaltsam entzweigespalten, und der geringste Anlaß schon würde genügen, sie über ihre nächste Nachbarin zu stürzen und diese dann wahrscheinlich mit umzureißen.

Indem wir um die riesige Akropolis, deren Gipfel in

Wolken gehüllt war, herumgingen, gelangten wir in ein Thal, deſſen Stromgewäſſer von den nemäiſchen Bergen herunterkommt. Es regnete leiſe aber ſtät, und die veröbete Landſchaft ſah unter dem grauen Himmel nur um ſo düſterer aus. Vier Stunden lang ſchleppten wir uns mühſelig weiter und nahmen dann in dem Khan von Kurteſſa, in der Nähe des alten Kleonä, eine Zuflucht vor dem Wetter. Dieſer Ort hatte gleichfalls von dem Erdbeben gelitten. Von den drei Häuſern waren zwei unbe= wohnbar: das größte, welches einem Offizier der Gensdarmerie gehörte, war entſetzlich zerſchmettert und beide Giebelenden nach außen geworfen. Der junge Wirth des Khanes, Agamemnon mit Namen, empfing uns freundlich und wir brachten den Abend hin, indem wir den Liedern eines blinden, herumwandernden Homeros zuhörten, der ſtark durch die Naſe ſang und ſich mit einer gleich ſtark näſelnden und mißſtimmigen Zither begleitete. Die Muſik war in ihrem Charakter durchaus orientaliſch — monoton, unregelmäßig und langgezogen in den Endſylben einer jeden Strophe, wodurch das Tempo jedesmal unterbrochen wurde. Einige der lebendigeren Melodien erinnerten an irlän= diſche Lieder. Das Thema enthielt in mehren derſelben herrliche Dinge — vorzüglich in dem Liede der Klepten — doch fehlte Harmonie und Ordnung. Nach dem Eſſen kam' derſelbe entſetz= liche, rollende Ton, den wir am Morgen gehört hatten, diesmal begleitet von einer ſo ſtarken vertikalen Bewegung, daß das Haus wie ein Rohr im Winde hin und her ſchwankte. Die Erſchütterung währte zwanzig bis dreißig Secunden lang und die Vibrationen dauerten wenigſtens noch eine Minute länger. Das Holzwerk krachte und die Wände zeigten hier und da Sprünge. Wäre der Stoß nur ein klein wenig ſtärker geweſen, ſo würde das Haus uns über dem Kopfe zuſammengeſtürzt ſein.

Während der Nacht erweckte mich das Getöſe einer fallen= den, zu dem großen Hauſe gehörenden Mauer; der Stoß war bereits vorüber. Mit dem Anbruch des Tages aber wurden wir von dem gewaltigsten der Erdstöße heimgesucht. Die Heftigkeit der auf- und niedergehenden Bewegungen war so groß, daß die Wände zu beiden Seiten von uns mit einem schrecklichen, knirschenden Ton entzweibarsten und viele der kleineren Steine um uns herum niederfielen. Wir lagen im Bette und waren im Grunde unsrer Sicherheit wegen besorgt, allein zu begierig die Naturerscheinung zu beobachten, um an ein Entkommen zu denken. Ich fühlte mich indessen sehr erleichtert, als ich sah, daß der Regen sich verzog und wir uns bald wieder einem festeren Boden als dem von Korinth anvertrauen konnten.

Um zehn Uhr hatten wir den Gipfel der Berge erstiegen, und die Ebene von Argos, über die das goldene Morgenlicht in langen Streifen sich zog, lag vor uns. Zur Rechten erhoben sich die arkadischen Berge wie ein Wall glitzernden Schnees und weiter im Westen hin die Berge von Erymanthos und der pyramidenartige Kegel des Kyllene. Ueber der smaragdenen Flur der Ebene erhob sich, gegen die violette Linie des Golfes sich absetzend, die Akropolis von Argos. Die prachtvolle Landschaft schwamm in einem durchsichtigen Dufte, welcher der unvergleichlichen Harmonie der Farbentöne eine noch größere Weichheit verlieh. Die rosenrothen Vorgebirge mit ihren Schattenlinien vom zartesten Silbergrau zeigten ein Farbenspiel gleich dem gefalteter Seide, und das Ganze war klar und leuchtend wie eine Malerei auf Glas. Es ist schwierig in Worten die reine ätherische Zartheit und Lieblichkeit zu malen, welche das unter uns liegende argivische Gebiet in seinen Farbentönen zeigte — und mir fehlt der magische Pinsel eines Turner, dem es allein gegeben wäre, die flüchtige Pracht derselben aufzufassen.

Fünfzehntes Kapitel.

Argolis und Arkadia.

Was die in Trümmer gefallenen Festungswerke von Argolis betrifft, so habe ich dem nichts hinzuzufügen, was von früheren Reisenden darüber bereits gesagt worden ist. Wie sich von selbst versteht, saßen wir in dem Löwenthore von Mykenä und dachten pflichtschuldigst an den Eisenfresser Agamemnon, an Orestes, Elektra und alle die andern berühmten Creaturen, die entweder waren oder nicht waren (siehe Grote's Geschichte), staunten das großartige pelasgische Mauerwerk von Tiryns an und erklommen die zweiundsiebenzig aus dem Felsen gehauenen Sitzreihen des Theaters von Argos. Auf Jemanden, der Egypten, Baalbek und Elephanta gesehen hat, machen diese Ruinen, abgesehen von ihrem historischen Interesse, keinen sehr großartigen Eindruck. Athen, Snulum, Aegina und Phigalia umfassen alles, was von der architektonischen Pracht Griechenlands übrig geblieben ist. Alles andere besteht in Mauern, Unterbauten, zerstreut liegenden Steinen und einigen höchst verfallenen Theatern. Der Reisende muß entweder den Zauber unsterblicher Erinnerungen mit sich bringen, oder seine Erwartungen getäuscht sehen.

Ich fand die „durstige Argos" — im März wenigstens — als eine fruchtbare, reich bewässerte Ebene. Der Inachos trieb seine Wellen als voller, rascher Strom nach dem Golfe, und die saftigen Halme des Getreides schossen so kräftig in die Höhe, daß nur noch zwei bis drei Wochen zu verstreichen brauchten, um sie in Aehren zu sehen. Argos ist eine schmuzige, erbärmliche Stadt und besißt, nach der Menge von Tagedieben zu schließen, die sich in den Kaffeehäusern herumtrieben, eine höchst träge Bevölkerung. Die Bauern warfen den Diskus auf den Straßen, und in einem Café, wo wir anhielten um uns auszuruhen, fanden wir eine Gesellschaft von fünfundzwanzig Männern beim Kartenspiel. Ein griechischer Officier, der etwas französisch sprach, redete uns an. Später erfuhr ich, daß er wegen Geldunterschleifes aus Athen verbannt worden war. „Die Fruchtbarkeit des Bodens", sagte er zu uns, „macht die Leute träge: sie ernten zweimal des Jahres, haben hinreichend genug für alle ihre Bedürfnisse und arbeiten nicht mehr als unumgänglich nothwendig ist." „Was Euch fehlt", sagte ich ihm, „ist ein Regent, der despotisch genug ist alle diese handfesten Müßiggänger zu nehmen und sie die Augias-Ställe, in denen sie leben, reinigen zu lassen." Ueberhaupt ist es höchst nöthig, daß sämmtliche Arbeiten des Herkules in Griechenland von neuem gethan werden. Die Hydra haust in dem Lernäischen Sumpfe, der Löwe kauert im Thale von Nemea und im Walde von Erymanthos gibt es mehr als einen wilden Eber. Fieber, Ueberschwemmung, Dürre und Feuer stiften ihr altes Unheil an und sie sind um so grausamer in einem Gebiete, das sie aufs neue erobern, nachdem es ihnen einmal entrungen worden ist.

Wir brachten eine Nacht in Nauplia zu und erstiegen den umzinnten Felsen des Palamedes. Die Stadt, in einem engen Raume zwischen der untern Festung und dem Wasser eingeklemmt, ist nur von kleinem Umfang. Die Häuser sind hoch, gut gebaut und schmuzig wie die der italienischen Seehäfen; zwischen denselben befinden sich zwei kleine Pläße, von denen der eine ein dem Andenken des Demetrius Ppsilanti geweihtes Denkmal aufzuweisen hat. Es wurde beschlossen, ein zweites dem Capo d'Istria — dem einzigen fähigen Beherrscher, den Griechenland gehabt hat — zu errichten, doch sind bereits mehrere Jahre verflossen und noch ist der erste Marmorblock nicht gehauen.

Anstatt deffen fanden wir Triumphbögen aus Kattun zur Erinnerung an das kürzliche Feft und eine ionifche Säule mit einem erftaunenswerthen Capital, auf welchem die aus Pappe verfertigte Figur des Königs ftand. Die dorifchen Säulen aus Lattenwerk und Baumwollenzeug, welche man in den Hauptftraßen aufgerichtet hatte, wurden foeben von Arbeitsleuten in Stücke genommen. Außerhalb des Thores ftand ein anderer Triumphbogen, deffen Stützen zufammengebrochen waren, fo daß er einen Winkel von 45 Grad bildete und jeden Augenblick zu fallen und den Weg zu verfperren drohte. Ich konnte diefe monftröfen Decorationen nicht anfehen, ohne den lebhafteften Ekel zu empfinden. Es erwartet Niemand von Griechenland, daß es plötzlich ein neues Parthenon baue, allein diefer Tand ift nur der Bewohner von Afchantie oder Timbuktu würdig.

Der Morgen war lau und wolkenlos. Ein leichter Windhauch kam aus Weften, fo leife, daß die hellgrüne Wafferfläche des argivifchen Golfes fich kaum kräufelnd bewegte, während die weite amphitheatralifche Ebene fich im lieblichften Sonnenlicht badete. Wir ftiegen die Stufen der Feftung — 860 lm ganzen — hinauf und wurden reich belohnt, nicht fowol durch die Feftungswerke, als durch das wundervolle uns umgebende argivifche Panorama.

Die Pofition wird durch den nach der Seefeite zu beinahe fenkrecht abfallenden Felfen zu einer ungeheuer ftarken. Im Often läuft diefer letztere in eine fchmale Firfte aus, die ihn mit zwei Hügeln von beinahe gleicher Höhe in Verbindung fetzt, ohne daß diefe jedoch nahe genug lägen, um die Feftung zu beherrfchen. Die letztere ift, wie alle venetianifchen Werke diefer Art, weit größer als nöthig ift und befteht aus mehreren voneinander getrennten und von einer einzigen Ringmauer eingefchloffenen Forts. Die Hauptbatterien führen die Namen von Phokion, Epaminondas und Miltiades. Der Ort wird in jetziger Zeit als Staatsgefängniß benutzt, und wir hatten die Genugthuung, zehn bis zwölf mit Handschellen versehene Räuber in einem schmuzigen Hofe zu erblicken.

Wir brauchten zwei Tage, um von Nauplia nach Tripolitza zu reiten. Ein breiter Fahrweg, der von einer Stadt zur andern führt — eine Entfernung von beinahe 40 Meilen — verdankt seine Entstehung einem Privatunternehmen, zu welchem in Tripolitza allein 300,000 Drachmen beigesteuert wurden. Der einzige Fehler, den der Weg hat, ist der, daß er zu gut ausgeführt ist für die Bedürfnisse des Landes. Derselbe ist über zwei Zweige des Parthenischen Gebirges in so allmälig abfallenden Zickzacks geleitet, daß die wirkliche Entfernung dadurch verdreifacht wird und Reiter den alten Weg vorziehen. Die Arbeit ist gut gethan, obwol es einige rauhe Stellen gibt, und die Brücken sind bewundernswerth. Das Organ der Regierung, die „Elpis," gab kürzlich, indem es die Wohlthaten aufzählte, welche Griechenland unter der Regierung Otto's erfahren, die Anzahl der Wege an, welche gebaut worden waren. Ich sehe daraus, daß die Gesammtlänge dieser Wege nicht ganz 120 englische Meilen beträgt, und wenn wir diejenigen abziehen, welche einzig und allein für die Bequemlichkeit des Hofes, und nicht für das Wohl des Landes angelegt worden sind, so bleiben nur noch 50 Meilen übrig. Die Griechen und ihre Freunde sagen: „Ihr müßt nicht zu viel von uns verlangen, wir sind jung und arm; wir haben nicht die Mittel mehr zu thun." Sehr wohl; aber Ihr baut einen Palast für zwei Millionen Dollars; Ihr unterhaltet ein nutzloses Heer von Blutsaugern zu Land und zur See; Ihr gebet dem Hofe was der Hof verlangt — aber dem Volke gebt ihr nichts. Ihr ergreift die Politik Venedigs, des byzantinischen Kaiserreichs, ja sogar der Türkei, anstatt euch nach den Ländern umzusehen, die heutigen Tages die Vorhut der Civilisation bilden und diese euch zum Vorbild und zum Führer zu wählen.

Nachdem wir Nauplia verlassen, kamen wir längs dem

Gestade des Meeres südwärts reitend, an der Stuterei des Staates vorbei, welche errichtet worden ist, um Pferde für die Kavallerie zu ziehen. François kannte den Stallmeister, welcher ein Mecklenburger Namens Springfeldt war und lange in russischen Diensten zu Warschau gestanden hatte. Wir brachten eine Stunde bei dem starken, breitschulterigen und gutmüthigen Menschen zu, der entzückt war wieder deutsch sprechen zu können. Er war seit drei Monaten hier und schien sehr wohl zufrieden mit seiner Stellung. Die Hengste, sagte er, seien meistens von arabischem Blute und einige von ihnen sehr schöne Thiere; doch habe man auf die Begattung durchaus keine Aufmerksamkeit verwandt, und die Fohlen seien deshalb im allgemeinen geringer Art. Er bewirthete uns mit „Pech = Wein" wie er ihn nannte, der, zu 20 Pfennigen die Flasche, von vortrefflicher Güte war.

Am Ausgang der argivischen Ebene liegt das kleine Dorf Miles, wo selbst Ypsilanti einen glänzenden Sieg über die Truppen Ibrahim Pascha's errang, und Obrist Miller sich bedeutend hervorthat. Zur Linken liegt der Lernäische Sumpf. Von hier an zog sich der Weg über das parthenische Gebirge, von dessen höchsten Rücken er einen wunderbaren Blick auf die hinter uns gelassene Gegend darbot. Nauplia, der Golf und die Ebene lagen leicht in flüssigem Golde gebadet, dicht zu unsren Füßen, während die nächsten Gipfel dunkel und kalt unter den niederhangenden Falten einer schweren Regenwolke emporstiegen. Jenseits des Kammes that sich ein steiniges Becken auf, welches etwa sechs Meilen im Durchmesser hatte und dürre genug war, um die Heimat der Danaiden zu sein. Nachdem wir an der Ruine einer Pyramide vorbeigekommen waren, stiegen wir zu dem Khan von Achladokambos (der Birnengarten) hinab, der unser Ruheort für die Nacht war. In dem auf dem Hügel gelegenen Dorfe gleichen Namens wurde das Silberzeug des Königs gestohlen, als er auf einer seiner frühesten Reisen in der Morea daselbst frühstückte.

Am nächstfolgenden Tage kamen wir über eine zweite Kette des Gebirges. Der Weg war gedrängt voll von Eseln, welche mit, für das Innere des Landes bestimmte Eisenstangen und Waarenballen beladen waren, während eine ebenso große Anzahl, mit Oel gefüllte Häute und große Packkörbe voll Eier — Lebensmittel für die bevorstehenden Ostertage auf dem Rücken tragend — zur Küste hinabstieg. Auch einem Zuge von Maulthieren begegneten wir, die, mit Geld beladen, unter militärischer Escorte sich befanden. Von der Höhe des Gebirges sahen wir die große Central-Ebene von Arkadien, welche sich zwischen zwei bis dreitausend Fuß über dem Meere befindet. Hier war man im Vergleich zur Ebene von Argos wenigstens einen Monat in der Jahreszeit zurück und die Gegend hatte ein graues und winterliches Aussehn. Da es dieser Ebene an der gehörigen Wasserableitung fehlt, so sind Theile derselben sumpfig und miasmatisch. Diejenigen, denen die Poeste den Namen Arkadien zu einem goldnen Klange gemacht, zum Schlüssel von Landschaften idealer Lieblichkeit, von Himmelsstrichen ewigen Frühlings und eines reinen und glücklichen Menschenschlages — werden sich bitter enttäuscht sehen, wenn sie die windigen Abhänge des parthenischen Gebirges hinabsteigen. Es gibt Niemanden, der in dieser trüben Region, umgeben von kalten, nackten Bergen, bewohnt von einer barbarischen, rohen Bevölkerung slavonischer Abstammung, mit ihrer schmuzigen Spelunke von einer Hauptstadt, auch nur einen Zug des Arkadiens seiner Träume wieder kennen würde. Aber so ist es: das „bella età dell' oro" (das schöne goldne Zeitalter) des Tasso und Hesiod war niemals und wird niemals sein, und Arkadien, welches für uns der Name einer schönen Unmöglichkeit ist, hat für den heutigen Griechen keine höhere Bedeutung als Swampscot oder Sheboygan.

Bald darauf zeigte sich uns Tripolitza am Fuße der im Westen die Ebene umschließenden Gebirge. Dasselbe ist ein ungeheures, zerstreut liegendes Dorf — kaum etwas anderes als

eine Masse rother Ziegeldächer — und bei näherer Besichtigung
des Innern fanden wir dasselbe sogar noch weniger anziehend
als die entfernte Ansicht. Krumme Straßen, angefüllt mit
Schmuzhaufen und schwarzen Kothlachen, führten zwischen Reihen
rohgebauter, schmuziger Steinhäuser dahin, in denen eben so
rohe und schmuzige Leute wohnten. Als wir in den Ort kamen,
wurden wir sogleich von einer Unzahl Bettler angefallen; es
schien, als ob sämmtliche Kinder dieses Handwerk ergriffen hätten.
Die weibliche Kleidung ist malerisch und fiel uns auf als in
echt antikem Geschmack: sie besteht aus einem weißen baum-
wollenen Rock, über dem sich eine kurze, vorn offene Tunika von
blauem Tuch mit hellrothem Saume befindet; aus einem Gürtel
um den Leib, Ermeln von gelber oder einer sonstigen lebhaften
Farbe und einem lose den Kopf umhüllenden weißen Tuche. Die
meisten Männer haben slavonische Gesichtszüge, doch sah ich vielleicht im ganzen ein halbes Dutzend echt hellenischer Gesichter.

Des Nachmittags brachen wir nach dem acht Meilen weiter
nördlich gelegenen Mantinea auf. Vier Meilen von Tripoliza
entfernt wendet sich der Weg westlich um einen von dem Gebirge
gebildeten Winkel herum, wobei eine höhere und trocknere Ebene
sichtbar wird, deren zahlreiche Weingärten durch Dorn- und
Brombeerhecken getrennt waren. Unser Weg führte über einen
grünen Wiesenboden in gerader Richtung über die Ebene. Die
niederen, weißen Mauern von Mantinea begegneten jetzt dem
Auge am Fuße eines runden grauen Hügels, über dem der
schneegestreifte Gipfel von Orchomenos emporragte. Indem wir
uns dem Orte näherten, konnten wir uns mit Lebhaftigkeit die
Stelle versinnlichen, auf welcher Epaminondas fiel, nebst dem
Theile des Hügels, von wo aus er in seinen Sterbemomenten
die Schlacht leitete, bis eine zweite Tochter der Siegesgöttin
geboren war sein Geschlecht zu verewigen. Die Grundlagen
der thurmbesetzten Mauern können in ihrem ganzen Umfang
verfolgt werden, da die drei untersten Steinschichten an vielen

Stellen noch so vollständig sind wie nach dem Aufbau derselben. Man hat die Vermuthung aufgestellt, daß der übrige Theil aus Backsteinen bestand.

Schwarze von der Sonne vergoldete Wolken ruhten auf allen Bergen, als wir von Tripolitza wegritten. Drei Stunden lang folgten wir einem felsigen Reitpfad und stiegen über den Kamm des Gebirges in einer Höhe von ungefähr 4000 Fuß. Um Mittag waren wir über die frostigen Hochlande hinweg; die Berge sanken plötzlich zurück und weit unter uns sahen wir im warmen Sonnenscheine das Thal des Alpheios liegen, welches sich bis nach den blauen lykäischen Bergen erstreckt, von denen es wie mit einem prachtvollen Gürtel umringt ist. Undurch- dringliche Dickichte von Strauchwerk, aus denen einzelne knorrige Eichen hervorragten, bedeckten die Abhänge der Berge; blauer Crocus und blaffe Sternblumen waren über die sonnigen Gelände ausgestreut; Felder jungen Getreides und frisch sprossende Wiesen gaben dem ungeheuern Thale Licht und Farbe, und hier und da war es von den rothen Dächern einer Stadt und den aus ihrer Mitte aufsteigenden Cypressen besetzt. Weit zur Rechten lag Karytena, die Felsenfeste Kolokotronis, vor uns, an der Stelle des alten Megalopolis Sinanu und zur Linken am Ein- gang eines den Weg nach Sparta beherrschenden Engpasses Leondari.

Indem wir in das Thal hinunterstiegen, ritten wir über den seichten Rasen noch Sinanu, einer zerstreut liegenden Stadt mit breiten, grasbewachsenen Straßen. Wir begegneten einer großen Anzahl von Schafhirten, in zottigen Schaffelkapoten, und lange Hirtenstäbe in der Hand führend. Um uns anzugaffen, kam das Volk in Masse nach dem kleinen schmuzigen Café, wo wir anhielten. Drei bis vier junge schmucke Palikaren erboten sich, uns nach dem Theater von Megalopolis, welches ungefähr eine halbe Meile nördlich von der Stadt liegt, zu begleiten. Da François ihnen gesagt hatte, ich spräche sowol alt- wie

neugriechisch, so setzten sie mir den ganzen Weg über mit Fragen
zu, und ich mußte es mir sehr sauer werden lassen, den Ruf
der Gelehrsamkeit aufrecht zu erhalten. Diese Leute waren beinahe ohne Ausnahme von slavischer Abstammung, welche ohne
Zweifel das vorherrschende Element in Griechenland ist. Gruppen von Dorfbewohnern saßen in der Sonne und — glückliche
Arkadier! — untersuchten mit geschickten Fingern sich gegenseitig
die Köpfe. Sowol in Sinanu wie in Leonbari herrschte während der Regierung der Türken großer Reichthum; jetzt sind
beide Orte elendiglich arm, oder scheinen dies wenigstens zu sein.
Die griechischen Landleute verstecken das Geld, welches sie besitzen
und sind deshalb oft viel reicher als sie aussehen.

Sechzehntes Kapitel.

Vier Tage unter den Spartanern.

Leonbari, wo wir die Nacht zubrachten, liegt obwol an der
Grenze Spartas, noch auf arkabischem Gebiete. Hier stürzt
Alpheos, in Verfolgung seiner dorischen Arethusa, sich von seinem
eisigen Gletscher am Taygetos in das Thal hinab. Hier ist
noch das ländliche Paradies des alten Griechenlands zu finden,
mit seiner reinen Luft, seinen lieblichen Gewässern, seiner Abge-
schlossenheit und seinem Frieden — aber ach! das Volk. Wir
überblickten lange Strecken Eichwaldes — und nichts als Eichen
— einige der Stämme waren knorrig und altersgrau, wie von
tausend Jahren her; jüngeres Gehölz deckte die sanft gerundeten
Hügel. Der Morgen war himmlisch schön und klar, doch kalt,

11*

und über stehendes Gewässer hatte sich eine dünne Eiskruste gelegt. Nachdem wir während anderthalb Stunden die zerstreut liegenden Haine von Eichen und Steineichen durchzogen, kamen wir über einen niedrigen, den Tahgetos mit dem Menälos im Norden verbindenden Bergrücken, welcher, wie ich richtig errieth, die Wasserscheide zwischen dem Alpheios und dem Eurotas und die Grenze Spartas war. In der Pracht und Herrlichkeit des Tages zeigte jeder Zug der Landschaft seine klarsten Umrisse, seine tiefsten Tinten, und von den Beeten der Maßliebchen und Krokus zu unsern Füßen bis zu den schneebedeckten Pyramiden des Tahgetos hoch über uns, zeugte alles von Leben und Frühling. Hoch oben, unmittelbar unter dem Kamme des Berges, liegt an einer überaus wilden Stelle ein Dorf mit Namen Longanifo, welches die Morea mit Aerzten versorgt. Man schickt die Knaben von da zur Vollendung ihrer Studien sogar nach Frankreich und Deutschland. Im Laufe des Tages begegneten uns Schaaren von Bauern, deren Esel mit Bündeln junger Maulbeer = und Oelbäume aus den Pflanzschulen Spartas beladen waren. Die Ausdehnung des kürzlich erst der Kultur übergebenen Bodens legte ein erfreuliches Zeugniß des Fortschrittes ab.

Als wir uns Sparta näherten, stieg der Weg nach den Ufern des Eurotas hinab. An vielen Stellen sind hier noch Spuren des alten Gemäuers vorhanden, das den Fluß in seinem Bette zurückhielt; doch hat dieser in seinem vielfältig wechselnden Laufe dasselbe zumeist hinweggeschwemmt und rückhaltlos seinen Kieselgehalt über die zwischen den vorspringenden Bergen eingesperrten Thalgründe ausgebreitet. Die den Fluß umsäumenden Gruppen von Pappeln, Weiden und Platanen, nebst den Dickichten von Brombeeren, Mastir, Steineichen und Erdbeerbäumen (Arbutus), durch welche unser Weg sich wand, gaben der Gegend einen reizenden, wilden und ländlichen Anblick. Die Berge, aus alluvialen Niederschlägen bestehend, die von voradamitischen Fluthen angeschwemmt worden sind,

nahmen die sonderbarsten Gestaltungen an und zeigten sich in
ihren dem Flusse zugekehrten Absenkungen als regelmäßige Terrassen, als Kegel, Pyramiden und Basteien. Gegen Abend
sahen wir in der Entfernung die weißen Häuser des heutigen
Sparta und bald darauf einige Anzeichen der alten Stadt:
zuerst die Ueberreste von Terrassen und Wällen, dann die unverkennbar hellenischen Mauern, und als plötzlich die herrliche
Ebene des Eurotas sich vor uns aufthat, die in ihrer garten-
ähnlichen Schönheit sich bis zum Fuße der steil abfallenden
Hügel erstreckt, über denen der von der Sonne verklärte Schnee
des Taygetos thront, sahen wir dicht zu unsrer Rechten das
beinahe einzige Ueberbleibsel untergegangener Zeitalter — das
Theater. Indem wir quer über ein Weizenfeld ritten, das sich
über den ganzen Schauplatz der gymnastischen Spiele der alten
Spartaner ausdehnte, standen wir auf dem Proscenium und
betrachteten die schweigsamen Ruinen und die weite herrliche
Landschaft. Es ist ein Anblick, der zu den schönsten in ganz
Griechenland gehört — nicht so voll von auffallenden Punkten,
nicht so reich an Ideenverbindungen wie der Blick über die
Ebene von Athen, aber ausgedehnter, großartiger und glänzender
in der Pracht seiner Färbung. Die Ebene, bewässert von dem
unversiegbaren Eurotas, ist mit einer üppigen Vegetation bedeckt
und öffnet der Mittagssonne ihren fruchtbaren Schooß. In
warmen Ländern ist Wasser der vornehmste Befruchter, und
kein Theil von Griechenland ist in dieser Hinsicht so wohl
versorgt wie Sparta.

Außer dem Theater bestehen die einzigen noch vorhandenen
Ueberreste des Alterthums aus großen Massen römischen Back-
steingemäuers und den massiven Unterbauten eines kleinen Tempels, den die Eingebornen das Grab des Leonidas nennen.
Ich schritt über den die fünf Hügel bedeckenden Schutt dahin
ohne das geringste Gefühl von Trauer. Es gab gewaltige
Kämpfer, ehe Agamemnon lebte, und heutiges Tages haben

wir noch ebenso heldenmüthige Männer, wie Leonidas war. Was aber das Geschlecht kriegerischer Wilden betrifft, die Lykurgos, der Mann von Eis und Eisen, hier heranbildete — wer möchte sie wieder in das Leben zurückwünschen? Die einzige Tugend der Spartaner, ihr Heldenmuth, ist stets über Gebühr gepriesen worden, weil es der einzige edle Zug war, den sie besaßen. Sie waren roh, grausam, falsch und unehrlich, und während sie bei zwei oder drei Gelegenheiten den Schild bildeten, der Griechenland deckte, versetzten sie ihm aber auch die verrätherischen Stöße, durch welche es zuletzt fiel. In Bezug auf Kunst, Literatur und Wissenschaft sind wir Sparta nichts schuldig. Dasselbe hat uns nichts weiter hinterlassen als einige glänzende Beispiele persönlichen Heldenmuthes und ein Gesetzbuch, welches Gott sei Dank niemals wieder in Wirksamkeit treten kann.

Wir brachten die Nacht in einem bequemen Hause zu, welches sich wirklich rühmen durfte einen gedielten Fußboden, Glasfenster und weißbaumwollene Vorhänge zu besitzen. Als wir am folgenden Morgen wieder nach dem Theater zurückkehrten, wendeten wir uns seitwärts nach einem gepflügten Felde, um einen so eben erst entdeckten Sarkophag näher zu besichtigen. Er lag noch in der nämlichen Grube, in der er gefunden worden und war, mit Ausnahme des Deckels, unbeschädigt. Er maß zehn Fuß in der Länge und vier Fuß in der Breite und machte sich bemerkenswerth durch eine Abtheilung am einen Ende, welche einen kleineren Behälter bildete und aussah als ob sie dazu hätte dienen sollen die Gebeine eines Kindes aufzunehmen. Vom Theater aus entwarf ich eine Skizze des Thales mit dem blendenden Gebirgsrücken des Taygetos im Hintergrunde, während Mistra, das mittelalterliche Sparta, an den steilen Abschüssen einer seiner Schluchten hing. Die Sonne war brennend heiß und wir waren froh wieder bergabzusteigen, indem wir unsern Weg durch hohen Weizen, an römischen Backsteinmauern und den zerstreut liegenden Blöcken der älteren Stadt vorbei, nach dem Grabe des Leonidas nahmen. Man hält diesen Bau für einen Tempel; doch stimmen die unter dem steinernen Boden vorhandenen Spuren von Gewölben und Gängen mit einer solchen Vermuthung nicht ganz überein. Er besteht aus ungeheuer großen Blöcken von Breccie, von denen einige fünfzehn Fuß lang sind.

Ich beschloß einen Ausflug nach dem Gebirgsdistrikt von Maina zu machen, welcher die Kette des Taygetos und die Vorgebirge von Tänaros zwischen dem lakonischen und messenischen Meerbusen in sich begreift. Diese Gegend wird nur selten von Reisenden besucht, indem dieselben sich gewöhnlich durch den Ruf der Einwohner, die von den Griechen bis auf den letzten Mann als Banditen und Gurgelabschneider betrachtet werden, abschrecken lassen. Die Mainoten stammen zum größten Theile in gerader Linie von den alten Spartanern ab und haben seit dem Verfalle der römischen Macht bis auf das gegenwärtige Jahrhundert herab sich eine thatsächliche Unabhängigkeit in ihren Gebirgsfesten bewahrt. Die Verehrung der heidnischen Gottheiten erhielt sich unter ihnen bis in das achte Jahrhundert hinein. Den Türken gelang es niemals sie zu unterjochen, und es erforderte bedeutende Geschicklichkeit, sie unter die Herrschaft Otto's zu bringen. Ein griechischer Dichter schreibt vor fünfzig Jahren von ihnen: „Lasset alle ehrlichen Leute sie fliehen wie eine Schlange. Möge Seuche und Dürrung sie alle vernichten!" Dr. Kalopothakes, ein geborner Mainote, welcher seine medizinische Ausbildung in Philadelphia empfing, versicherte mir jedoch, daß ich ohne die geringste Schwierigkeit in dem Lande umher reisen könne. Mein Hauptzweck war mich zu überzeugen, ob die altgriechischen Gesichtsformen noch da vorhanden seien, wo man mit Recht erwarten darf das Blut des altgriechischen Volksstammes gänzlich unvermischt zu finden. Die gründliche Erforschung des Charakters und der Gebräuche eines Volkes erfordert natürlicherweise eine vertraute Bekanntschaft mit der Sprache.

Nachdem wir um Mittag aufgebrochen, kamen wir durch
das heutige Sparta, dessen breite Straßen nach einem guten
Plane angelegt sind. Die Lage ist prachtvoll und die neue Stadt
wird im Laufe der Zeit die Stelle von Mistra einnehmen. Wir
ritten durch Pflanzungen von Oel- und Maulbeerbäumen südwärts das Thal des Eurotas hinab. An einer Stelle fanden
wir einige dreißig Männer beisammen, die beschäftigt waren den
ebenen Boden mit langen Hacken aufzuwühlen, um eine Wein-
pflanzung anzulegen. Der Eigenthümer, ein schön gekleideter
Palikar mit Pistolen im Gürtel, leitete die Arbeit. Darauf
kamen wir in ein verworrenes Labyrinth von rauhen, aufge-
schwemmten Hügeln, die mit vielen von Taygetos herabkommen-
den Strömen durchzogen waren. Hier begegneten wir einem
Zuge zerlumpter, aber sehr gutmüthiger junger Burschen, von
denen der letzte ein mit Goldpapier und Lorbeerblättern geschmück-
tes Kreuz trug. Ein mit uns reitender Spartaner sagte, daß
sie das Fest des heiligen Lazarus gefeiert hätten. In den Gesichtern, die wir sahen, zeigte sich die größte Charakterverschiedenheit.
Nur wenige hatten den antiken Typus, einige waren türkisch,
viele albanesisch-slavonisch, und einige sogar in jeder Beziehung
irländisch. Unsre Matrosen haben die Gewohnheit, die Irländer
Griechen zu nennen, und die Benennung ist mehr als ein
bloßer Zufall. Zwischen beiden findet eine höchst auffallende
Charakterähnlichkeit statt — dieselbe Eitelkeit, dasselbe Talent
für gewandte Gegenrede, Zähigkeit in religiösen Glaubenssachen
und eine glückliche Sorglosigkeit. Wenn die Griechen auf der
einen Seite mehr der Mäßigkeit ergeben sind, so beweisen sich
die Irländer andrerseits gastfreier; wenn die ersteren weniger
grobe Dummheiten begehen, so sind die letzteren hingegen nicht
so große Betrüger.

Wir hielten für die Nacht in dem kleinen Khan von Levez-
zova an. Als François vor vierzehn Jahren diesen Ort zum
letzten male besuchte, fand er den eben ermordeten Khanji todt

auf dem Boden liegen. Er war ein Opfer der Blutrache geworden, und der Mörder war den ganzen Weg von Smyrna hergekommen, um seinen Zweck zu erreichen. Ich frug den gegenwärtigen Khanji, ob die Gegend umher ruhig sei. „Hier ist es sehr ruhig", sagte er, „was aber fremde Landestheile betrifft, so weiß ich nicht, wie es dort aussieht.". Ich sah hier einige Kühe grasen, was in Griechenland, wo man echte Butter nicht kennt, ein sehr seltener Anblick ist. Diejenige, welche man aus Schaf- und Ziegenmilch bereitet, ist nichts besseres als ein gelinder Talg. Die Leute theilten mir jedoch mit, daß sie Käse aus Kuhmilch verfertigen, aber nicht während der Fastenzeit. Sie waren damals mit dem Aufziehen der Osterlämmer beschäftigt, von denen in Griechenland am Ostertage eine viertel Million geschlachtet wird.

Am nächsten Morgen ritten wir über Hügel, die mit wirklichem Rasen überzogen waren, welcher obwol etwas dünn gesäet, dennoch einen in südlichen Ländern seltenen Anblick darbot. Die rothe Anemone hüllte die Abhänge wie in ein feuriges Gewand; die Ginstersträuche leuchteten wie ein goldener Blütenschauer, der die flachlichen Stiele ganz und gar verbarg, und an feuchten Gebäuden bildeten Maßliebchen, Veilchen, Butterblumen, Krokus und Astern, ein Mosaik von Frühlingsblüten. Die Höhen waren übersäet mit Hainen einer Eichenart, welche die Eichelkappen oder Galläpfel hervorbringt. Wäre der Mastix, der Oleander und der Johannisbrotbaum mit seinem dunklen, glänzenden Laub nicht gewesen, so hätte ich glauben können, ich sei in einem deutschen Gebirge am Ende Mais. Zwei Stunden später betraten wir auf dem Kamme eines Gebirges das Gebiet von Maina, von wo aus wir Marathonisi (das alte Gythion) von warmen Hauch übergossen, am Golfe von Lakonin liegen sahen. Die Stadt ist ein steiles, schmuziges Labyrinth und so selten von Fremden besucht, daß unser Erscheinen großes Aufsehen erregte. François war wie gewöhnlich wüthend über

die Fragen, die man an ihn stellte, und fuhr die obersten Beamten des Ortes auf höchst despotische Weise an. Als ich Gegen-
vorstellungen machte, erwiderte er: „Was kann man thun?"
Wenn ich frage: ‚Wo ist der Khan?' so schreit man, anstatt
mir zu antworten: ‚Wo kommt ihr her? wo geht ihr hin?
wer sind die Fremden? wie heißen sie? wie alt sind sie? warum
reisen sie?' Diable! Wäre das Land türkisch, so würde ich
nicht in dieser Weise belästigt werden. Man würde uns bewirthen, uns essen, trinken und rauchen lassen, ehe wir eine einzige Frage zu hören bekämen; aber gute Manieren unter den
Türken, und gute Manieren unter den Christen sind zwei verschiedene Dinge!"

Wir nahmen unsre Zuflucht in einem Café und aßen zum
großen Entsetzen der orthodoxen Zuschauer Schinken und Eier
vor Jedermanns Augen. Ich machte Bekanntschaft mit dem
Lehrer an der Staatsschule; er gab dem Volke ein vortreffliches
Zeugniß, klagte aber über das schwache Fassungsvermögen desselben. François fand auch einen alten Bekannten, einen Kriegs-
kamraden in Fabvier's Expedition gegen Skio, welcher uns mit
nach seinem Hause nahm und mit Kaffee und eingemachten
Quitten bewirthete. Seine Tochter, ein hübsches schlankes Mädchen von sechszehn Jahren, bediente uns. Der Vater klagte,
daß er noch nicht genug zu einer Mitgift für sie habe sparen
können, indem er nicht erwarten dürfe sie für weniger als 2000
Drachmen (333 Ducaten) zu verheirathen. Aus diesem Grunde
bringen Söhne viel größeren Vortheil als Töchter und sind deshalb willkommener.

Da der Weg jenseits Marathonisi unzugänglich für beladene
Pferde ist, so mietheten wir zwei Maulthiere und brachen nach
dem an der westlichen Seite der mainotischen Halbinsel gelegenen
Tzimova auf. Es ist dies der einzige im Winter gangbare
Weg über den Taygetos, indem hier ein sehr plötzlicher und
sonderbarer Durchbruch in der hohen, zwischen den beiden Häfen

gelegenen Schneekette stattfindet. Nachdem wir Marathonisi und
die kleine öde Insel (50 bis 200 Yards groß), auf der Paris
und Helena die erste Nacht nach ihrem Entrinnen zugebracht,
hinter uns hatten, trat eine plötzliche Veränderung in der Gegend
ein. Ein weites fruchtbares Thal öffnete sich vor uns, von
Pappeln und Weidenbäumen streifenweise durchschnitten und von
Anhöhen umschlossen, die einen Halbkreis bildeten und zum
größten Theile mit den hohen Thürmen der Mainoten besetzt
waren. In Maina ist beinahe jedes Haus eine Festung. Das
Gesetz der Blutrache, deren rechtmäßige Ausübung von dem
Vater auf den Sohn übergeht, bringt im Laufe von mehreren
Generationen die ganze Bevölkerung unter seine blutige Herrschaft. Das Leben wird zu einem fortlaufenden Kampf und
jeder erschlagene Feind vererbt auf den Todtschläger und seine
Nachkommen bis ins letzte Glied die Buße zu leidender Wieder-
vergeltung. Vor der Revolution lebten die meisten der mainotischen Familien in einem fortwährenden Angriffs- und Verthei-
digungszustand. Ihre Häuser sind viereckige Thürme, vierzig
bis fünfzig Fuß hoch, aus massiven Mauern bestehend und mit
Fenstern versehen, die so klein sind, daß sie den Musketen als
Schießscharten dienen können. Das erste Stockwerk befindet sich
in beträchtlicher Höhe über der Erde und ist durch eine lange
Leiter zugänglich, welche hinaufgezogen werden kann, wodurch
jeder Verkehr nach außen abgeschnitten wird. Einige der Thürme
sind noch auf weitere Weise durch halbrunde Basteien befestigt,
die an der dem Angriff am meisten preisgegebenen Seite vorspringen. Die Familien versahen sich mit Fernröhren, um die
Feinde in der Ferne erspähen zu können, und hatten für den
Fall der Belagerung stets einen Vorrath von Lebensmitteln zur
Hand. Obwol diese Familienfehden unterdrückt worden sind,
so hat sich doch das Gesetz der Blutrache noch erhalten.

Von der Höhe der ersten Bergkette aus übersahen wir
eine wilde, wunderbare Landschaft. Die mit Eichen bewaldeten

und in sanft blauem Dufte schwimmenden Berge verzweigten
sich tief unter uns und liefen, indem sie die lieblichsten grünen
Thalgründe kosend umschlossen, in sanfter und allmäliger Abstu-
fung gegen den in der Ferne klaffenden Durchbruch des Taygetos
hin aus. Zur Rechten thürmte sich auf dem Gipfel eines beinahe unzugänglichen Hügels — der Stelle des alten Las —
das viereckige, mit Schießscharten versehene Schloß Passava auf.
Fern und nahe krönten hohe weiße Thürme die niederen Höhen.
Die Männer waren sämmtlich mit Pflügen im Felde beschäftigt.
Sie waren gesunde, zähe und symmetrisch gebaute Menschen und
hatten das Blut der alten Griechen in ihren Adern. Sie
grüßten uns auf freundliche Weise, und einer, den ich wegen
des Weges nach Tzimova befragte, antwortete: „Ihr habt noch
vier Stunden bis dahin, aber ich bitte um Vergebung, denn
der Weg ist sehr schlecht." Zwei bis drei Stunden lang durchzogen wir einen fürchterlichen Schlund und kamen durch eine
Gegend, die wild und großartig, wie die Natur Norwegens war.
Nach allen Seiten hin zeigten sich Spuren von Betriebsamkeit:
hier waren gewaltige Haufen von Steinen weggeräumt worden,
um Platz für ein kleines Stück Getreidefeld zu machen, dort
wurden kahle Hügel durch künstliche Wasserbäche wieder fruchtbar gemacht, und an den Bergen erhob sich eine Abplattung
über der andern, bis endlich der höchst gelegene schmale grüne
Streifen an der Felsenwand selbst zu haften schien. Als ich
meine Freude über die Beweise solcher unverdrossenen Arbeit
ausdrückte, antwortete mir François, der das gewöhnliche Vor-
urtheil der Griechen gegen die Mainoten theilt: „Alles dies aber
haben einzig und allein die Frauen gethan. Die Männer sind
faule Vagabunden, welche den ganzen Tag in den Dörfern sitzen
und Papiercigarren rauchen. Das Land ist viel zu arm, um die
Bevölkerung zu ernähren, und Sie werden finden, daß Syra und
Smyrna voll von mainotischen Packträgern sind." Diese Beschuldi-
gung mag theilweise begründet sein, doch ist sie jedenfalls übertrieben.

Nachdem wir einen Felsenstieg hinaufgeklettert waren, erreichten wir bei Sonnenuntergang eine kleine, zwischen den sich gegenüberliegenden Vorgebirgen des Taygetos befindliche Hochebene, von wo aus wir sowol den Meerbusen von Lakonia wie den von Messene sehen konnten. Vor uns lag eine düstere Landschaft und von Tzimova war keine Spur zu sehen. Die Dämmerung brach ein, wir stiegen ab und schritten hinter unsern erschöpften Pferden einher; so vergingen zwei Stunden. François häufte Verwünschungen auf das Haupt seines Freundes in Marathonisi. „Die dumme Bestie!" rief er aus; „er sagte uns, daß es nicht weiter als vier Stunden nach Tzimova sei, und wir sind schon sechs unterwegs." Ich gab ihm eine Cigarre, deren moralischer Einfluß sich bald auf ihn kund that. „Alles genau betrachtet", setzte er in mildem Tone und zwischen jedem Worte einen Zug thuend, hinzu: „Alles genau betrachtet, meinte es doch Demetri gut, und wenn er sich in der Entfernung täuschte, so war es vielleicht nicht seine Schuld." — „So findest Du also, François", bemerkte ich, „daß das Rauchen Deiner Laune aufhilft?" — „O ja", antwortete er, „mein Fleisch ist an allen Sünden schuld, die ich je begangen habe. Ich kann eine jede derselben auf den Umstand zurückführen, daß ich entweder keinen Tabak hatte, oder nicht genug zu essen, oder auch zu viel zu trinken." Endlich stießen wir auf kleine Haine von Oelbäumen, die im Mondenschein wie die abgeschiedenen Geister der Bäume schimmerten, und dann auf die zerstreut liegenden Thürme von Tzimova. Ich hatte versäumt mir in Athen Briefe von Dr. Kalopothakes an seine daselbst wohnenden Verwandten geben zu lassen, und François hatte nur einen Bekannten hier, von dem er seit vierzehn Jahren nichts gehört hatte; unter diesen Umständen zweifelten wir Quartier für die Nacht zu erhalten. Als wir jedoch einen kleinen offenen Platz erreichten, auf welchem mehrere Männer versammelt waren, stellten wir die Frage, ob einer von ihnen uns in sein Haus aufnehmen

wolle, worauf einer der Männer mit unverzüglicher und herzlicher
Bejahung hervortrat und zu unsrer Verwunderung sich nicht
allein als der alte Freund von François, sondern auch als einer
der Verwandten meines Freundes, des Doctors, auswies! In
Zeit von fünf Minuten waren wir in der reinlichen und bequemen Wohnung Sr. Heiligkeit des Bischofs, der abwesend war,
untergebracht, und François, der sich anschickte eine seiner wundervollen Suppen zu bereiten, flüsterte mir zu: „Das ist, was
die Türken Schickung nennen, und, ma soi! sie haben recht.
Vor einer Stunde war ich am Rande der Verzweiflung und
jetzt stehen die Thore des Paradieses offen."

Am folgenden Morgen besuchten wir die andern Glieder
des Hauses Kalopothakes und wurden äußerst höflich empfangen.
Die Leute kamen zusammengelaufen um uns anzugaffen und
ein Pack Jungen folgte uns auf dem Fuße; ihr Benehmen aber
war durchaus wohlwollend und freundlich. Hier herrschte das
slavische Element vor, und mit Ausnahme der Frauen gab es
nur wenige griechische Gesichter. Der Name des Ortes ist kürzlich in Areopolis verwandelt worden, obwol ich nicht finden
kann, daß eine alte Stadt dieses Namens jemals hier gestanden
hat. Als wir uns am Morgen auf den Weg machten, den
westlichen Abhang des Taygetos zu ersteigen, kam ein wild aussehender Palikar in Fustanella und scharlachrothen Strümpfen
über die steinernen Gehäge der Gärten auf uns zugesprungen.
Er reichte uns die Hand, durchforschte uns von Kopf bis zu
Fuß, und sich dann gegen die uns begleitenden Tzimoviter wendend, frug er: „Wer sind die Leute?" — „Sie sind Engländer — Reisende", war die Antwort. „Ihr werdet nach Vitylo
kommen, das ist meine Stadt", sagte er zu mir — „echete
egeian!" (möget ihr gesund bleiben) und damit schritt er hinweg.
Er war der Amtmann von Vitylo, welches, obwol wir zwei
Stunden auf dem Wege zubrachten — so schrecklich ist derselbe
— nur etwa drei englische Meilen von Tzimova liegt.

Vitylo liegt am Rande eines Abgrundes, mehr als tausend Fuß über dem Meere. Unser an der Felsenwand sich hin
und her schlängelnder Weg, war wie ein Pfad, den die höllischen
Mächte über die Berge geführt, die die Schutzwehr Ebens bildeten. Hoch oben, augenscheinlich in der Luft zitternd, als ob
ihre Lage sie schwindelig mache, hingen die Thurmwohnungen
der Stadt über uns; die gerade aufsteigenden gelben Felsen aber,
aufeinander gethürmt wie ungeheure Stufen, waren mit aller-
lei wilden Rankengewächsen, Blumen und Epheu drapirt, und
jeder dazwischen liegende schmale Absatz war ein Garten samm-
tenen Bodens, aus dem Oel- und Feigenbäume von übermäßiger
Größe hervorwuchsen. Die Leute, welche in diesen Gärten
arbeiteten, waren alle bewaffnet. Sie trugen eine der Tracht
der Kreter ziemlich ähnliche Kleidung und ihre Gesichtszüge
hatten das Gepräge des alten Griechenlands. Ein schöner wilder Knabe, welcher oberhalb des Weges über eine Felsenkante
sich bog, sah mir gerade ins Gesicht und frug mit einer Art
wilden Verdachtes: „Was wollt Ihr hier?" Die Stadt war
übervoll von Müßiggängern mit Messern im Gürtel und Cigar-
ren im Munde. Einige zwanzig Mädchen, welche von den
Bergen herabkamen, eine jede eine Eselsladung Stechginster auf
dem Rücken tragend, glichen antiken Göttinnen in knechtischer
Hülle. Weder Schmuz noch Mühsal konnte die Symmetrie
ihres Körpers verbergen, und der Typus der alten Race hatte
durch tausendjährige Barbarei nicht zerstört werden können.

Mit Vitylo hängt eine sonderbare Geschichte zusammen.
Vor ungefähr 150 Jahren — so erzählen die Leute — fanden häu-
fige Auswanderungen aus Maina nach Korsika statt; unter andern
wanderte auch die Familie Kalomiris oder Kalomeros (man
nennt beide Namen) von Vitylo aus und übersetzte bald nach
ihrer Niederlassung auf Korsika ihren Namen ins Italienische
— und so entstand der Name Bonaparte. Aus dieser Familie
kam Napoleon, der demnach aus mainotischem oder spartanischem

Blute stammte. Man sagt von Pietro Mavromakhalis, daß, als er Napoleon in Triest besuchte, er ihn auf Grund dieser Geschichte als einen Landsmann ansprach. Die Mainoten glauben unbedingt daran; die erwähnte Auswanderung ist eine geschichtliche Thatsache, und der Umstand, daß der Name Bonaparte bereits früher in Italien vorhanden war, ist kein Beweis dafür, daß die korsischen Bonaparte's nicht ursprünglich die Kalomeros von Maina gewesen sind. Die Sache steht nicht so ganz unwahrscheinlich aus, und Jemand, der sich für das gegenwärtige bonapartistische Geschlecht hinreichend interessirt, um Nachforschungen anzustellen, würde höchst wahrscheinlich im Stande sein die Frage zu lösen.

Unser Weg war den ganzen übrigen Tag hindurch unbeschreiblich schlecht. Mehrere Stunden lang wanderten wir über eine steinige, längs der Seite des Taygetos sich senkende Terrasse, die 1500 Fuß über dem Meere lag und von großen, gähnenden Schluchten durchschnitten war, die mit vieler Mühe umgangen werden mußten. Die Leute sagten uns: „Der Weg ist sehr gut seitdem unser Bischof ihn hat ausbessern lassen. Früher war er schlecht. Was ist denn ein schlechter Weg in Maina? Man mische gleiche Theile von Kalksteinbrüchen, aufgerissenem Pflaster, kolossalem Gerölle und losen Strandkieseln zusammen, und man wird eine schwache Idee von dem bekommen, was der gegenwärtige gute Weg ist. Ueber die Terrasse lagen viele Dörfer zerstreut, welche oft so nahe bei einander waren, daß sie beinahe eine zusammenhängende Stadt bildeten. Die klaren Wasseradern des Taygetos brachen in umfangreichen Quellen an das Tageslicht, über denen große gemauerte und mit Epheu umkränzte Bogen sich erhoben. Auch eine große Menge von Kirchen sahen wir, von denen viele byzantinisch und mehrere Jahrhunderte alt waren. Das Volk — echte Griechen bis beinahe auf den letzten Mann — grüßten uns auf die freundlichste und herzlichste Weise. Die allgemeine Begrüßung war: „Kalos orizete!" (Seid willkommen), anstatt des in andern Theilen Griechenlands gebräuchlichen: „Kali emera aas!" (Guten Tag für Euch!) Obgleich viele der Eingebornen arm und zerlumpt waren, so sahen wir doch in ganz Maina nur vier Bettler, wogegen wir bei unsrer Ankunft in Kalamata am folgenden Nachmittag zwölfen nach einander begegneten.

Um nach dem Niveau des Meeres hinab zu gelangen, mußten wir über eine entsetzliche Leiter, und es erforderte die ganze Geschicklichkeit und Kraft unsrer armen Thiere, auf derselben hinabzusteigen. Wir waren, da das Reiten eine weit größere Anstrengung erforderte als das Gehen, längst schon von den Pferden abgestiegen. Perikles, einer unsrer Agoyaten, rief aus: „Dies ist das erste mal, daß ich in diesem Lande Maina bin. Wenn man mich binden und mit Gewalt hierher bringen sollte, dann werde ich es wiedersehen, aus eigenem Willen aber nie." Wir kamen an mannigfachen Spuren alter Steinbrüche vorüber, sowie an den Stellen, wo die alten lakonischen Städte Thalamä und Leuktra einst gestanden haben; ein paar behauene Steinblöcke sind aber alles, was von ihnen übrig geblieben ist. Nach zwölf Stunden des beschwerlichsten Wanderns und lange nach Einbruch der Nacht erreichten wir die kleine Stadt Skardamula. Ein Schäfer, der auf seinem Wege nach dem Gebirge war, wendete um, als er hörte, daß wir Fremde seien und half uns ein Unterkommen finden. Dies war jedoch nicht schwierig. Beinahe der erste, der uns begegnete, nahm uns mit nach seinem hochragenden Vertheidigungsthurme, dessen oberes Zimmer man für uns räumte. Die Leute waren neugierig, aber freundlich, und ich fand, daß ich die Mainoten mit jedem Tage lieber gewann. François jedoch wollte nichts gutes von ihnen wissen und die Athener öffneten erstaunt die Augen, als sie mich diese wilden Bergbewohner loben hörten.

Wir hatten eine Fastenmahlzeit von Fisch und Gemüse und schliefen sicher in unsrer hohen Kammer. Des Morgens

Taylor, Griechenland.   12

empfingen wir einen Besuch vom Demarchen, welcher uns artiger-
weise Erfrischungen anbot. Die Leute, welche sich versammelten,
um uns fortreiten zu sehen, waren sehr schön und beinahe ohne
Ausnahme von altgriechischem Geblüte. Indem ich jenseits des
Dorfes über den Fluß setzte, fiel mir die Pracht der Landschaft
so auf, daß ich eine Stunde lang anhielt, um eine Skizze davon
zu entwerfen. Vor uns lag Starbamula, dessen hohe Thürme
über die das Ufer umsäumenden Maulbeerbäume und Sykamoren hervorragten. Mit Feigen und Oelbäumen überzogene und
von den dunklen Schaften der Cypressen gekrönte Höhen stiegen
jenseits empor, und auf jedem hervorragenden Punkte war eine
mainotische Feste zu sehen. Zu unsrer Linken kam der Fluß
aus einem riesigen Schlunde zwischen Abstürzen von blaßrothem
Felsen hervor; eine Reihe basteiartiger Hügel standen vor den
hohen violetten Bergzacken, um welche der Morgennebel unausgesetzt
sich wie ein streifenartiger Schleier verschlang und entwirrte,
während durch die dazwischenliegenden Lücken die schneebedeckten
Kegel des Taygetos wie silbern bereifte Felder schimmerten.

Nachdem wir einen hohen Küstenvorsprung vermittelst
einer Felsenleiter erklommen hatten, stiegen wir auf der andern
Seite in ein liebliches Thal hinab, in dessen Schooße, in Cy-
pressenhaine gebettet, das Dorf Malta lag. Um unser Frühstück
einnehmen zu können, wurde uns hier eine andere Burg zur
Verfügung gestellt, doch konnten wir nichts weiter als ein paar
Eier auftreiben. François war besonders in übler Laune, weil
kein Wein zu haben war. „Ich vermuthe demnach", sagte er zu
den Leuten, „daß euer Priester hier Branntwein zur Feier der
heiligen Messe gebraucht." Bald darauf jedoch machte uns der
Hauptmann der Gensdarmerie einen Besuch und frug höflichst,
ob er uns nicht mit etwas dienen könne. „Mit nichts, es sei
denn mit Wein", antwortete François ziemlich trotzig. Zu
meinem Erstaunen schickte der Hauptmann augenblicklich einen
der Dorfbewohner zu dem Priester, welcher bald, von einem

Kruge des ersehnten Getränkes begleitet, erschien. Der Hauptmann erhielt nun die allerhöflichsten Antworten auf seine Fragen,
ein sehr heiteres Gespräch folgte und wie schieden von der Gesellschaft auf die freundschaftlichste Weise.

Die Reise nach Kalamata währte sechs Stunden und führte
durch so reiche und prachtvolle Gegenden, wie die der italienischen
Schweiz. Das Auge streifte von den Orangengärten und Ch-
pressenhainen der im Meere gelegenen Felsenterrassen zu den
dräuenden, mit Räuberthürmen besetzten Tannenwäldern der
höheren Berge, während hoch oben die scharfen weißen Felszacken
auf blauem Grunde glitzerten und flammten. Während wir
am Ende des Meerbusens, wo wir das Gebiet von Maina verließen, in die Ebene hinabstiegen, begegnete ich einer eine Ladung Holz auf dem Rücken tragenden Ariadne. Selbst in
solchem niedern Zustande, unter ihrer Last gebeugt, zeigte sie
eine vollkommnere Schönheit, eine höhere Grazie als irgend ein
weibliches Wesen, welches man im Laufe einer Woche im Bro-
adway sehen kann. Wenn das griechische Volk noch heute und
in seinen niedrigsten Gestalten sich so erhalten hat, was müssen
dann jene fein gebildeten Athenerinnen, die Phidias sah, gewesen
sein? Seitdem ich Ariadne gesehen habe, ist die antike Kunst
zu einer lebendigen Thatsache für mich geworden.

Wir erreichten Kalamata früh am Nachmittage und fanden
eine große, weit ausgedehnte, geschäftige Stadt mit einer der
Mauern beraubten Akropolis. Wir schlugen unser Quartier in
dem „Großen Hotel von Messenia" auf, dessen unsaubere Zimmer
kein angenehmer Tausch gegen die luftigen Thürme von Maina
waren. Den ganzen Nachmittag, während ich am Fenster saß,
quälten die Jungen in der Straße drunten einen Blödsinnigen,
und die ganze Nacht hindurch gab es einen solchen ununterbro-
chenen, mißtönenden Lärm im ganzen Hause, daß wir nur wenig
Schlaf finden konnten.

12*

Siebzehntes Kapitel.

Messenia, Elis und Achaia.

Die Ebene von Messenia, über welche wir ritten, nachdem wir Kalamata verlassen, ist der reichste Theil der ganzen Morea. Obwol seine Orangen- und Oliven-, seine Feigen- und Maulbeer-Haine während der egyptischen Occupation gänzlich zerstört worden waren, so haben doch seitdem die alten Baumstümpfe wieder neue und kräftigere Schößlinge ausgetrieben, und das verheerte Land ist von neuem ein Garten und augenscheinlich so schön und fruchtbar wie damals, als es die Lüsternheit der spartanischen Diebe erregte. Indem es im Süden sich nach dem Meerbusen zu abdacht, und hohe Berge es nach allen Seiten hin vor den Winden beschützen, erfreut es sich eines beinahe egyptischen Klimas. Während in Sparta an der andern Seite des Taygetos soeben der Frühling erst begonnen, und die Centralebene Arkadiens noch düster und grau wie im Winter dalag, hatte hier bereits der Sommer sich eingestellt. Es fügte sich, daß es Markttag war und wir sahen Hunderte von Landleuten mit ihren beladenen Eseln nach Kalamata ziehen. Neun Zehntheile von ihnen hatten türkische Gesichter. Nachdem man Maina verlassen, hört der griechische Typus plötzlich auf, und während meines übrigen Herumwanderns im Peloponnes fand ich ihn, mit Ausnahme von ein paar einzelnen Fällen, nicht wieder. Und dennoch gibt es Reisende, welche behaupten, daß die Hauptmasse der heutigen Bevölkerung Griechenlands Nachkommen der alten Griechen seien! Ich hingegen würde 200,000 oder ein Fünftheil der Gesammtzahl bereits für eine sehr hohe Schätzung halten.

Wir setzten mit einiger Schwierigkeit über die Stromschnelle des Pamisos und stiegen am rechten Ufer desselben hinauf nach dem Fuße des Berges Evan, welchen wir auf rauhen Pfaden durch Dickichte von Mastir und Ginster bis zum Kloster Vurkano erklommen. Das Gebäude liegt prachtvoll auf einer zwischen den Bergen Evan und Ithome befindlichen Anhöhe, von welcher aus man die höhere und die niedere Ebene des Pannisos übersieht — eine weite, herrliche, vom Grün des Frühlings bekleidete Landschaft, über welche die durch schwere Regenwolken hervorbrechende Sonne ihre zartesten prismatischen Tinten ausgoß. Im Innern des Hofes steht eine alte byzantinische Kapelle, deren auf den Verzierungen angebrachte Lilien anzeigen, daß sie aus der Zeit der lateinischen Fürsten herrührt. Die Mönche empfingen uns sehr herzlich, gaben uns ein geräumiges und sauberes Zimmer und schickten uns eine Flasche ausgezeichneten Weines zum Mittagessen. Wir erstiegen noch am selbigen Tage den Ithome und besuchten die massenhaften Ruinen von Messene. Das große Stadtthor, ein Theil der Stadtmauer und vier der Vertheidigungsthürme, befinden sich in ziemlich gut erhaltenem Zustande. Diese Ruinen empfangen ihre Weihe von dem Namen des Epaminondas; außerdem aber machen sie, trotz ihrer Großartigkeit, keinen solchen Eindruck wie die Mauern von Tiryns. Das Wunderbare ist, daß sie in so kurzer Zeit — in 85 Tagen sagt die Geschichte — aufgebaut worden sind, eine Aussage, die unglaublich sein würde, hätte man nicht in Rußland noch erstaunlichere Dinge dieser Art ausgeführt.

Am nächstfolgenden Tage ritten wir über die nördliche Spitze der messenischen Ebene, kamen über den Berg Lykäos und durch die Schlucht der Neda und übernachteten in dem kleinen Dorfe Tragoge an der Gränze Arkadiens. Unsere Bekanntschaft mit den griechischen Landstraßen wurde noch auf angenehme

Weise dadurch vervollständigt, daß gepflügte Felder sich uns
geradezu in den Weg stellten, Zäune von getrocknetem Ginster
ihn versperrten und Wassergräben ihn nach allen Richtungen
hin durchschnitten. Mitunter verloren wir halbe Meilen weit
jede Spur desselben und mußten, bis wir wieder eine frische
Fährte fanden, über die jungen Saaten hinweg reiten. So viel
ich ausfindig machen kann, legt die Regierung in diesem Theile
der Morea weder Wege an, noch verleiht sie den bestehenden
ihren Schutz, und so kommt es, daß in einem Jahre zwei bis
drei mal eine frische Fährte gemacht werden muß.

Der Reitpfad über den Lykäos war steil und schlecht, führte
uns aber durch das Herz einer wundervollen Gegend. Der
breite Rücken des Berges ist mit einem Haine prächtiger, Jahrhunderte alter Eichen überzogen, deren langgestreckte Aeste in
goldenes Moos gehüllt und mit Farrenkräutern gefiederartig
besetzt sind. Den Rasen zu ihren Füßen schmückten Veilchen,
welche die Luft mit köstlichem Wohlgeruch erfüllten. Diese
Waldeseinsamkeit war die Geburtsstätte des Pan, und man
hätte in der That keinen passenderen Ort für die Heimath des
allumfassenden Gottes aussinnen können. An der nördlichen
Seite des Berges stiegen wir eine Zeit lang durch einen Wald
ungeheuer großer Steineichen, welche aus einem grünen Moos-
boden aufschossen und unsern Steg sommerlich überschatteten.
Hier in der Nähe war es, wo François einst von Räubern
angehalten wurde, ihnen etwas Wein und Tabak für ein Schaf
gab und sie überredete, das Gepäck von einigen Reisenden, die
er geleitete, zu verschonen. Wir befanden uns jetzt recht im
Herzen jener wilden Bergregion von Messenia, in deren natürlichen Festen Aristomenes, der epische Held des messenischen
Staates, sich so lange Zeit gegen die Spartaner behauptete.
Die gewaltige Felsenschlucht unter uns war das Flußbett der
Neda, über welches wir setzten, um das Seitenthal von Phigalia, worin Tragoge lag, zu erreichen. Der Pfad war nicht allein

schwierig, sondern sogar gefährlich zu passiren; an manchen
Stellen hatten wir nichts als eine Handbreit Kiesboden unter
uns, und der Abgrund, an dessen Rande er dahinlief, war so
abschüssig, daß der geringste Fehltritt eines Pferdes dasselbe kopfüber in die Tiefe geschleudert haben würde.

Wir beabsichtigten bei dem Priester abzusteigen, dem François etwas von seinem Abendmahlwein abzuschmeicheln hoffte.
Als wir uns jedoch dem Dorfe näherten und einen Bauer antre-
beten, erfuhren wir von diesem, daß der gute Mann bereits seit
mehreren Monaten todt sei. „Was fehlte ihm?" frug François.
„Nichts fehlte ihm", war die Antwort des Mannes, „er starb
eben." Wir gingen darauf zum Vater des Verstorbenen, welcher
uns freundlich aufnahm und uns ein windiges Zimmer gab,
an dessen Wänden eine Anzahl von silberbeschlagenen Yataghans
und Musketen hingen. Im Laufe des Abends sprach ein Nachbar vor, dessen Bruder vor einigen Jahren als Bandit erschossen
worden war. In der Küche lag ein Stück vom Stamme einer
hohlen Sykamore, welches man als Getreidekasten benutzte.
Dreißig bis vierzig Bienenstöcke auf einem nahe dem Hause
gelegenen Grundstück waren in gleicher Weise aus hohlen Baumstämmen verfertigt und mit flachen Steinen zugedeckt.

Am folgenden Morgen wehte ein schrecklicher Scirono levante,
von einer beinahe erstarrenden Kälte begleitet. Die Heftigkeit
des Windes war so groß, daß es auf den ihm ausgesetzten Höhen
eine Kunst war, sich auf dem Pferde zu erhalten. Wir stiegen
nach dem mittleren Gipfel des lykäischen Gebirges empor, durch
einen engen, wilden Thalgrund, der in zwei, von prächtigen
Eichenhainen bis zum Scheitel überzogenen Bergwänden eingeklemmt lag. Blaue Sternblumen, Veilchen und rosenfarbener
Krokus besetzten, während wir unsern Weg weiter verfolgten,
die zwischen den gewaltigen Baumstämmen sich hinziehenden
Gelände. Auf einer kleinen Plattform zwischen den zwei höchsten
Bergspitzen, ungefähr 3500 Fuß hoch über dem Meere, steht

der Tempel des Apollo Epikuros. An dem Morgen, da wir
ihn sahen, erhoben sich seine, aus einem blaßblaugrauen Kalkstein bestehenden Säulen, gegen einen winterlichen Himmel; die
ihn umliegenden Eichen waren von Blättern entblößt, und der
Wind pfiff durch seine Trümmerhaufen. Die Symmetrie des
Tempels aber war gleich der einer tadellosen Bildsäule, an welcher man die Abwesenheit der Farbe nicht bemerkt, und ich fühlte,
daß kein Himmel und keine Jahreszeit ihm höhere Schönheit
verleihen konnten: denn der Erbauer war Iktinos, welcher das
Parthenon schuf. Der Tempel wurde Apollo dem Helfer von
den Phigaliern zum Dank dafür errichtet, daß er ihre Stadt
vor einer, den ganzen übrigen Peloponnes verheerenden Seuche
bewahrte. Seiner abgeschiedenen Lage wegen ist er dem Schick-
sale andrer Tempel entgangen und könnte aus seinem eigenen,
unzerstörten Material wieder hergestellt werden. Die Cella ist
zwar niedergestürzt, doch stehen von den 38 Säulen noch 35
aufrecht. Durch die dorischen Schafte hindurch sieht man über
ein weites Panorama grauer Berge, die zuletzt in der Ferne in
violett übergehen und von Streifen des Meeres bogenartig überspannt werden. Zur einen Seite liegt der Ithome und der
Golf von Messene, zur andern das Jonische Meer und die
Strophaden.

Wir ritten, mit dem Blicke auf das tiefblaue Thal des
Alpheios, fast zwei Stunden den Rücken des Berges entlang
und stiegen dann nach Andritzena hinab, welches in einem nach
dem Flusse zu sich neigenden Hohlwege liegt. Dasselbe ist ein
elender Ort mit nicht ganz tausend Einwohnern. Wir ver-
brachten die Nacht in einem zwei Stunden weiter gelegenen
kleinen Dorfe und eilten den folgenden Tag das Thal hinab nach
Olympia. Da der geschmolzene Schnee die Ströme angeschwellt
hatte, fanden wir es schwierig über den Alpheios zu setzen.
Der Fluß war an der Stelle, die wir wählten, ungefähr 90
Fuß breit und hatte eine so starke Strömung, daß die Agoyaten,

obwol das Wasser nur bis an den Sattelgurt der Pferde reichte, sich während des Uebersetzens in tödtlicher Angst befanden. Nachdem wir das nördliche Ufer wohlbehalten erreicht, mußten wir dann noch über den Lavon und Erymanthos, die beide bedeutend angeschwollen waren. Perikles und Aristides bekreuzten sich selbst andächtig, nachdem sie zuvor diese Flüsse durchkreuzt hatten, und in der That, wäre das Wasser nur sechs Zoll tiefer gewesen, so würde uns dasselbe fortgerissen haben. Eine Brücke über den Alpheios gibt es nicht, und die Kommunikation ist deshalb im Winter sehr häufig abgeschnitten.

Wir trabten nun das Thal hinab, über herrliche Wiesen, die außer einigen wenigen Stellen, wo die Bauern das Feld zur Aussaat von Mais bestellten und jede Spur des Weges vertilgt hatten, gänzlich unkultivirt waren. Die Anhöhen zu beiden Seiten waren jetzt mit Fichten bewaldet, während die höheren Bergrücken zu unsrer Rechten mit Eichenforsten bedeckt waren. Die üppige Vegetation dieser Gegend setzte mich in Erstaunen. Der Lorbeer und Mastix wuchsen zu Bäumen empor, die Fichte erreichte eine Höhe von 100 Fuß und Buchen und Sykamoren fingen an sich zu zeigen. Einige der Fichten waren für den Schiffsbau geschlagen worden, aber auf eine so rohe und verschwenderische Weise, daß man nur diejenigen Aeste genommen hatte, welche die Biegung der Rippen besaßen. Im ganzen Peloponnes sah ich nicht eine einzige Sägemühle, doch höre ich, daß es auf Euböa und in Akarnanien einige gibt. Als wir uns Olympia näherten, hätte ich mich beinahe unter die mit Fichten bewaldeten Berge Deutschlands oder Amerikas versetzt glauben können. In alten Zeiten muß dies eine liebliche, von der Welt abgeschiedene Gegend gewesen sein, wol angemessen der ehrenvollen Ruhe eines Xenophon, der hier seine Werke niederschrieb. Der Himmel wurde finsterer, je weiter der Tag vorrückte und der Regen, welcher uns so lange verschont, hüllte uns zuletzt in sein graues Nebelreich ein. Gegen Abend

erreichten wir ein einsam an den Ufern des Alpheios gelegenes
Häuschen. Niemand war darinnen; es gelang uns jedoch eine
Thüre aufzubrechen und unser Gepäck unter Obdach zu bringen.
François hatte das Abendessen beinahe fertig, ehe der Eigen-
thümer anlangte. Dieser hatte weder Weib noch Kind und·
nahm unsre einbrecherische Besitzergreifung auf sehr gutmüthige
Weise hin. Wir theilten dasselbe triefende Dach mit unsern
Pferden und die zahlreich vorhandenen Flöhe mit den Hunden
des Hausbesitzers.

Am nächsten Morgen brachen sich die Wolken und die
Sonne übergoß das Thal von Olympia mit ihren glänzendsten
Strahlen. Ein Ritt von zwanzig Minuten brachte uns zu den
Ueberresten des Jupiter-Tempels — nur Unterbauten, welche
man, da sie sich ganz und gar unter dem Niveau des Bodens
befinden, durch Ausgrabungen aufgefunden hat. Die ungeheuern
Bruchstücke lassen uns auf den Umfang und die Majestät des
vollständigen Baues schließen. Die Trommeln der dorischen
Säulen, von denen noch zwei bis drei aufrecht stehen, messen
beinahe 8 Fuß im Durchmesser. Der Stein, welcher zum Material gedient hat, ist derselbe graue, harte und grobe Kalkstein,
aus dem der Tempel des Apollo Epikuros aufgebaut ist. Der
Boden von Olympia — ein tiefer Niederschlag von Dammerde —
enthält ohne Zweifel viele reiche Ueberbleibsel antiker Kunst;
aber wann werden diese jemals zu Tage gefördert werden?
Der Fürst Pückler-Muskau machte der griechischen Regierung
den Vorschlag, Ausgrabungen auf eigene Kosten vorzunehmen
und alles was er finden würde in einem Museum aufzustellen,
das er an Ort und Stelle bauen lassen wolle. Sein großmü-
thiges Anerbieten aber wurde abgeschlagen, weil man aus niedriger Eifersucht einem Ausländer nicht das zu thun gönnte,
was doch die Griechen nicht binnen der nächsten hundert Jahre
thun werden. Die letzteren rühmen sich ihrer Abkunft von den
alten Helden; mit Ausnahme des alten Pittakys aber beweisen

sie sich als größere Vandalen gegen die antiken Denkmäler als
selbst die Türken. Nur ausländischer Einfluß hat die Akropolis vor noch ferneren Plünderungen bewahrt; ausländische
Gelehrte haben die abhanden gekommenen Landmarken Griechenlands wieder aufgefunden und ausländisches Geld bezahlt jetzt
die Kosten der wenigen vor sich gehenden Ausgrabungen und
Wiederherstellungen. Die Knaben Athens werfen mit ihren
Schleudern nach dem Chorführer-Monument des Lysikrates und
verstümmeln das unvergleichliche Fries desselben, und die bei
Kolonos vorbeiziehenden Schützen machen den über Ottfried
Müller's Grab errichteten marmornen Denkstein zur Zielscheibe
für Kugeln und Schrot. Während meines Aufenthaltes in
Athen verhinderte Sir Thomas Wyse die Erbauer des neuen
Domes, das Theater des Bacchus zu plündern, und es ist bei
weitem mehr die Furcht vor dem Urtheile der Welt als die
Ehrfurcht vor der Vergangenheit, welche manche ehrwürdige
Ruine vor einem gleichen Schicksal bewahrt.

Die um Olympia gelegenen Höhen sind niedrig und malerisch
mit Fichten bewaldet. Die nächste Umgebung macht den Eindruck von Einsamkeit und Friedlichkeit. Zerbrochene Steine
und Ziegel bezeichnen die Lage der Stadt, welche, dem Bereiche
der Flußüberschwemmungen entrückt, auf einer nächst den Höhen
gelegenen Terrasse sich erhob. Der Tempel stand ziemlich im
Mittelpunkte derselben und gegenüber einem Thale, welches
nordwärts in die Berge eindringt und mit dem Laufe des
Alpheios im rechten Winkel steht. Dort befand sich das Stadium, von dem nicht die geringste Spur mehr übrig ist. An
dem einen Ende steht eine kleine Ruine von römischen Backsteinen erbaut, die einem Bade gleicht. Wir fanden an dieser
Stelle einen wilden Oelbaum, von dem wir genug Blätter
raubten, um einen Siegerkranz daraus zu flechten. Das Thal
ist beinahe ganz verlassen und der meiste seines lockeren Lehm-
bodens liegt brach. Und dies ist Olympia, wo während eines

Zeitraums von beinahe 1200 Jahren die Zeitrechnung der alten Welt geführt wurde — welches eine größere Zahl großer Männer gesehen als irgend ein andrer Punkt der Welt!

Eine Reise von zwei Tagen brachte uns durch die wilde Gebirgsgegend des Erymanthos nach Kalavryta in Achaia. Wir verließen bei Olympia das Thal des Alpheios und drangen in eine hügelige Gegend, die mit Wäldern prachtvoller Fichten bedeckt war. Wir fanden eine Anzahl von Holzhauern an der Arbeit, welche aus Mangel an Sägen mehr als die Hälfte des Holzes zugrunde richteten. Nachdem wir allmälig 1000 Fuß hoch aufwärts gestiegen waren, kamen wir auf den Kamm eines Höhenzuges; anstatt aber auf der andern Seite einen entsprechenden Pfad abwärts zu finden, erblickten wir ein weites Tafelland vor uns, das sich bis zum Fuße einer zweiten Hügelkette hinzog. Auf dieser schönen Ebene lag das Dörfchen Lala, an der Stelle des während des Krieges zerstörten Ortes aufgebaut. Derselbe war einst reich, ist aber jetzt, obwol nur ein Zehntheil der früheren Bewohner im Besitze des nämlichen Landes sich befinden, elendiglich arm. Die Felder, die einst meilenweit im Umkreis Korn und Wein in Fülle lieferten, liegen jetzt unbestellt und sind mit nichts als einem Teppich von Farnkräutern und Asphodel überzogen. Indem wir den zweiten Höhenzug erstiegen, gelangten wir abermals auf ein, diesmal mit einem unermeßlichen Eichwalde bedecktes Tafelland. Wir ritten länger als zwei Stunden mitten durch den Wald, der sich bis zum Fuße des Erymanthos — eine Entfernung von 8 bis 10 Meilen — hin erstreckt und sich dort noch weiter über die Abhänge der Berge bis hinauf zur Schneeregion ausbreitet. Die meisten der Bäume sind weniger als 50 Jahre alt, dazwischen zerstreut aber stehen stolze, alte Stämme, die viele Jahrhunderte zählen. Die freiliegenden Stellen waren mit reichem, grünen Rasen überzogen, und jedes sonnigen Gelände theilte der Luft den Duft von Veilchen mit. Der Boden war mit langsam verfaulenden Aesten und Stämmen bedeckt und ich sah während meines Rittes genug vergeudetes Holz, um Athen fünf Jahre lang mit Brennmaterial zu versorgen. Aber hier wird es liegen und faulen, so lange als Griechenland nicht mit Fahrwegen versorgt ist. Es gereicht zu tiefer Betrübniß, ein Land, das mit so reichen Hülfsquellen begabt ist, auf so schimpfliche Weise vernachläfßigt zu sehen.

Den Wald endlich verlassend, traten wir in die tiefe, zähe Schlucht des Erymanthos ein und brachten die Nacht in einem hoch oben im Gebirge gelegenen, von Gehölz umgebenen Khan zu. Von hier bis Kalavryta hatten wir, dem Kamme des erymanthischen Gebirges entlang reitend, eine gute Tagereise zurückzulegen. Auf diesem Wege findet der Hauptverkehr zwischen dem Meerbusen von Korinth und dem südwestlichen Theile des Peloponnes statt. Der König und alle seine Räthe sind darauf gereist, das Volk hat buchstäblich Hunderte von Petitionen hinsichtlich desselben eingereicht, aber so weit ich erfahren kann, ist nie eine einzige Drachme dafür ausgegeben worden. In der Nähe des Khans befindet sich ein wilder Bergstrom, der häufig tagelang jede Verbindung abschneidet. Eine gute Brücke über denselben könnte für 10,000 Drachmen gebaut werden; die armen Leute der Umgegend haben unter sich beinahe die Hälfte dieser Summe aufgebracht, all ihr Geschrei und alle ihre Bitten aber sind nicht im Stande gewesen, ihnen den fehlenden Theil zu verschaffen.

Unser Khanji war offenbar türkischer Abstammung; ein griechisches Gesicht sieht man nur höchst selten in diesem Theile des Landes. Wir hatten einen dreistündigen und überaus rauhen Ritt der Schlucht des Erymanthos hinauf nach Tripotamo. Die Berge erhoben sich an beiden Seiten zu einer Höhe von 300 Fuß über dem Strome, der in einem jäh abschießenden Hohlweg sich donnernd hinabstürzte. Tripotamo ist ein Khan, der, wie der Name anzeigt, an der Vereinigung der drei Arme des Erymanthos liegt. Von der alten Stadt Peophis, die auf einer das Thal beherrschenden Felsenhöhe stand, sind noch einige übrig gebliebene Grundmauern zu sehen.

Wir folgten nun dem mittleren Arme des Erymanthos, einem warmen engen Thale hinauf, das mit Tabak und Weinreben angebaut war. Die Ufer leuchteten im dunkelblau der Veilchen, und die Luft war balsamisch wie Paradieseshauch. Am Ende des Thales erstiegen wir den mittleren Höhenzug des erymanthischen Gebirges, einen scharf zugespitzten Kamm, der die Gruppe des Panachaikon mit der des Kyllene zu verbinden scheint. Von dem höchsten Gipfel herab hatten wir einen herrlichen Rückblick auf das Thal des Erymanthos, zwischen dessen blauen, faltenähnlichen Bergspalten wir die gerade Linie des bewaldeten, über der Ebene von Olympia sich erhebenden Tafellandes erblickten. Vor uns lag ein dem vorigen gleiches Thal, das im Norden von einer andern Gebirgskette beschlossen ward, während nahe zu unsrer Rechten das Silberhaupt des Kyllene durch den krystallklaren Aether funkelte. Von den vier Klöstern, an welchen wir auf dem Wege von Tripotamo nach Kalavryta vorüberkamen, war nur eines bewohnt. Die andern, sagte François, seien von der Regierung eingezogen worden.

Kalavryta liegt an der östlichen Seite eines tiefen, in die Berge eingesenkten Beckens, dessen Gewässer in die Felsenschlucht des Klosters Megaspelion abfließen. Ueber demselben thront das schneebedeckte Haupt des Kyllene, in welchem sich die Quellen des Styx befinden. Es ist ein kleiner geschäftiger und malerischer Ort mit bessern Häusern, als man gewöhnlich in den Landstädtchen findet. Einen Khan gab es nicht, allein der Polizeikommissär wies uns nach einem Hause, wo man uns aufnahm. Da dasselbe ein zweites Stockwerk, einen Schornstein und kleine Glasfenster besaß, so glaubten wir uns in einem luxusreichen Nachtquartier. Am folgenden Tage gingen wir nur zwei Stunden weiter bis zum Kloster Megaspelion. Perikles, unser jüngster Agoyat, war in Folge der langen Fasten erkrankt.

Er hatte während der ganzen Reise nichts als Brot, Oliven und rohe Zwiebeln gegessen; eine einzige gute Mahlzeit würde ihn hergestellt haben, aber ich glaube, er würde lieber gestorben sein, als vor Ostern Fleisch zu essen. Unser Wirth weigerte sich Wein zu trinken, weil er einst eine Tracht Fische in einem Tage von Lala nach Kalavryta gebracht hatte und sich überzeugt hielt, daß er dies nie hätte vollbringen können, hätte er nicht seine Fasten zur bestimmten Zeit streng beobachtet. Wohin ist es mit dem Christenthum gekommen? Ist es denn, wie es von der einen Hälfte der Christenheit ausgeübt wird, viel besser als das alte Heidenthum?

Indem wir in die Schlucht von Megaspelion eintraten, hatten wir eine Reihenfolge der großartigsten Gebirgsscenerie. Die nackten Felsen thürmten sich hoch uns zu Häupten, beinahe bis in die Wolken selbst hinein, und zu deren Füßen blieb kaum genug des Raumes für den Kalavrytafluß. Wir erblickten das Kloster, wie es weit oben an der Bergwand gegen eine Façade gewaltiger dunkelrother Felsklippen geheftet war. Ein langer und steiler Steg führt in die amphitheatralisch geformte Eintiefung, die es übersieht, während die Gebäude hinter einem Bergvorsprung so lange versteckt bleiben, bis man dicht vor ihnen steht. Es ist sicherlich einer der wildesten und eigenthümlichsten Orte der Welt. Die beinahe 500 Fuß senkrecht abfallende Felsenwand ist am unteren Ende in drei halbkreisförmige Höhlungen ausgeweitet, welche 90 Fuß tief in den Felsen eindringen. Vor diesen hat man eine 60 Fuß hohe feste Mauer aufgeführt, und auf dieser Mauer und auf dem Felsenboden der höchstgelegenen Höhle sitzen die Kapellen und Schlafstätten der Mönche auf, die auf uns den Eindruck einer Partie Schwalbennester von jeder Größe, Farbe und Gestalt machten. Der Bergabhang unterhalb des Klosters ist terrassenförmig ausgelegt und in Gärten eingetheilt, von deren jeder Mönch einen eigens ihm zugehörigen besitzt; die Anzahl der letzteren ist gegen 300, wenn

fie alle beifammen find. Die Treppen und Gänge im Innern
diefes Bienenftockes find meiftens in den gelegenen Felfen ein-
gehauen und fo dunkel und labyrintifch, daß man fich nicht
ohne Licht und Führer hinein wagen kann.

Die Mönche — deren Frömmigkeit ich beftätigen kann, feit-
dem ich gefehen, wie fchmuzig fie find — empfingen uns etwas
falt, weigerten fich jedoch weder uns ein Zimmer zu geben, noch
legten fie François, der ein Stück von einem Hammel kochen
wollte, etwas in den Weg. Wahrfcheinlich meinend, daß wir
ungeduldig fein müßten, das von St. Lukas aus fehr fchwarzem
Holze verfertigte Bildniß der heiligen Jungfrau zu fehen, beeilte
man fich uns in die Kirche zu führen. Ift das Bildniß getreu,
fo muß die heilige Jungfrau eine fehr gewöhnliche Perfon gewefen fein; ich ziehe indeffen vor, Lukas die Schuld beizumeffen,
indem die Gemälde deffelben ganz ebenfo häßlich find wie diefes
Basrellef. Die Zimmer der Mönche waren in Uebereinftimmung
mit ihren Perfonen. Sämmtlicher Abfall des Klofters wird zu
den Fenftern hinausgeworfen und liegt in Haufen am Fuße der
Mauer, von wo die Ausdünftungen deffelben auffteigen und
fich mit dem Weihrauch der Kapellen vermifchen. Der geräu-
migfte Theil des Klofters war der wohl beftellte Weinkeller.
Wir fühlten durchaus keine Verfuchung zu bleiben und den
Ofterfeierlichkeiten beizuwohnen — wir wünfchten in der Thal
nur zu fehr Athen zu erreichen. Zwei Engländer indeffen, welche
vor uns angekommen waren, brachten jede Nacht in der Kirche
zu und fchliefen während des Tages. Die Einförmigkeit des nä-
felnden Gefanges ift etwas entfetzliches, und wie fie ihn jede Nacht
fechs Stunden lang aushalten konnten, war mehr als ich begriff.

Wir verließen demnach Megaspelion am megalo sabaton
(großen Samftag) während es anfing zu regnen. Unfer Pfad
erklomm den hinter dem Klofter gelegenen Berg und folgte dem
Kamme eines langen, nach dem Golf von Korinth fich hinziehenden Rückens. Wolken waren über und unter uns, und ein

wildes schwarzes Ungewitter verbarg sowol den Kyllene wie
den Golf vor unsern Blicken. Die Berge waren dicht mit Tannen bekleidet — die ersten, die wir in Griechenland gesehen,
waren jung, hier und da aber erhoben sich ein paar hohe schöne
Stämme, welche im Krieg wie im Frieden verschont geblieben
waren. Der Anblick dieser Gegend zeigte von neuem, wie leichtes sein würde, Griechenland seine verlorenen Wälder und mit
diesen seine verlorenen Ströme wiederzugeben. Nachdem wir
vier bis fünf Stunden lang auf- und niedergeklettert, auf Stegen
die so schwierig zu paffiren waren, daß sie ohne an solches Reisen
gewöhnte Pferde uns in große Gefahr gebracht hätten, erreichten
wir naß, wund und hungrig das an der Küste gelegene kleine
Dörfchen Akrata.

Eine Schaar der Müßiggänger des Dorfes versammelte
sich um den kleinen Kaufladen herum, in welchem wir, um
unser Frühstück einzunehmen, abgestiegen waren, und drängten
sich ein, um uns essen zu sehen und auszufragen. Sie hatten
scharfe, wißbegierige und kluge Gesichter, in denen mehr oder
weniger eine Mischung des slavischen Elements sich zeigte. Unter
ihnen befand sich ein schöner Knabe von 16 Jahren, welcher,
da er das Gymnasium zu Patras besucht hatte, als Wortführer
vorgeschoben wurde. Wir waren die ersten Amerikaner, die
sie je gesehen, und sie waren neugierig etwas über Amerika zu
erfahren. Ich deutete auf einen der gegenwärtigen Knaben als
einen, der ein echt amerikanisches Gesicht besitze, worauf der
kluge junge Bursche bemerkte: „Das kommt beinahe einer Be-
schimpfung gleich — das heißt so viel als daß er nicht wie ein
Grieche ausſieht! —" „Du solltest es vielmehr als deinem Lande
geſagte Artigkeit ansehen", antwortete ich hierauf; „das Volk
eines freien Landes hat einen ganz andern Ausdruck als ein
unter einer despotischen Regierung lebendes, und wenn er wie
ein Amerikaner ausſieht, so ſieht er aus wie ein freier Mann."
Er ſchien hierüber ein wenig in Verlegenheit zu gerathen, und

Taylor, Griechenland.   13

194

einer der Männer frug: „Wenn es aber ein freies Land ist, wer ist dann der Tyrann (tyrannos), der über Euch herrscht?" — Ich gab ihnen darauf mit François' Hülfe eine kurze Beschreibung unsres Landes und der Regierung desselben, wobei sie mir mit der größten Aufmerksamkeit zuhörten und Fragen an mich richteten, welche ein klares Verständniß meiner Erläuterungen bewiesen. Ich bin überzeugt, daß eine Gruppe deutscher oder französischer Bauern den Gegenstand nicht halb so schnell begriffen haben würden.

Der Regen hatte um diese Zeit nicht allein aufgehört, sondern die Wolken zertheilten sich auch und gaben der Sonne Raum, ihren Glanz über den dunkelgrünen Golf auszugießen und den Schneegipfel des uns beinahe gegenüberliegenden Parnassos zu erhellen. Wir erreichten noch vor Untergang der Sonne das Dorf Stomi, wo wir die Nacht sehr behaglich in einem zweistöckigen Hause zubrachten. Der folgende Tag war der Ostersonntag, den wir bei unsrem Freunde, dem Demarchen von Heramilia, zuzubringen versprochen hatten. Das stürmische Wetter hatte uns bedeutend aufgehalten, aber indem wir früher aufbrachen, hofften wir dennoch zur rechten Zeit für das Osterlamm einzutreffen. Der Weg war jedoch weiter als wir gerechnet hatten. Der Küste des Golfes folgend, waren wir Zeugen der Osterfeier in zwanzig Dörfern nacheinander und wurden von Jedermann mit der frohen Kunde: „Christos aneste!" (Christ ist erstanden) begrüßt, worauf wir die gebräuchliche Antwort gaben: „Abthos aneste!" (Er ist wahrlich erstanden.) Alle hatten ihre buntesten Kleider an, und der Ausdruck behaglicher Zufriedenheit, der nach einer kräftigen Fleischmahlzeit — der ersten seit 50 Tagen — über die Gesichter sich verbreitet hatte, war höchst erquickend anzusehen. Die jungen Palikaren feuerten einen Büchsenschuß nach dem andern ab, und des Nachmittags tanzten die Frauen, einen Halbkreis bildend, in langsamen Bewegungen längs dem Strande, wozu sie sich mit ihrem

202

eigenen schrillen Stimmen begleiteten. Die kurzen Ueberwürfe, welche sie über ihren weißen Röcken trugen, waren von den buntesten Farben und mit einem Saume eingefaßt, dessen zierliches Muster eine echt antike und klassische Form hatte. Einer derselben war ein getreues Ebenbild dessen, den die Ristori in der Rolle der Medea trug.

Nachdem wir unser Gebäck auf geradem Wege nach Heramilia geschickt und Perikles mit der Botschaft an den Demarchen betraut hatten, daß ein Osterlamm für uns gekauft und gebraten werden solle, verließen wir die Küste und stiegen auf die Felsenplattform, auf der einst Sikyon, der Vorläufer und Nebenbuhler Korinths, gestanden hatte. Wir brachten eine ruhige Stunde in dem mit Gras überwachsenen Theater zu, indem wir unsre Blicke auf dem saphirfarbenen Golf und auf den im Hintergrunde aufsteigenden Gipfeln unsterblichen Gesanges ruhen ließen. Die Sonne war ihrem Untergang nahe, als wir Korinth erreichten, ich beschloß aber dennoch die Gelegenheit zu ergreifen und die Akropolis zu besuchen, da bei unsrem früheren Besuche der Regen uns nicht erlaubt hatte sie zu ersteigen. Von dem gewaltigen, beinahe 2000 Fuß hohen Felsen übersieht man ein Panorama, welches sich von Sunium, dem östlichen Vorgebirge Attikas, auf der einen Seite bis zu den Bergen von Aetolien auf der andern Seite erstreckt.

Es war nach Einbruch der Nacht, als unsre müden Pferde an der Thür des Demarchen in Heramilia anhielten. Das Lamm war richtig am Spieße, und Perikles und Aristides drehten es mit erwartungsvollen Augen. Der Demarch öffnete eine Amphora mit harzigem Rothwein (den wir jedem andern vorzogen, nachdem wir ihn einmal trinken gelernt) und spät am Abend setzten wir uns beim Laternenschein zu unserm Ostermahle nieder. Das Haus ward noch immer von den Zuckungen des zögernd sich verziehenden Erdbebens geschüttelt, aber keines von uns beachtete sie. Der Demarch, dessen rothes Gesicht und her-

13 *

vortretende Augäpfel bereits von Ueberfüllung sprachen, riß eine Lammsrippe mit der Bemerkung ab: „Ich habe zwar heute bereits drei mal gegessen, aber zu Ostern kann man eine doppelte Portion vertragen." Und es ist eine Thatsache, daß es nach diesem Feste eine größere Anzahl von Krankheitsfällen gibt als zu jeder andern Zeit des Jahres. Wir waren alle entsetzlich heißhungrig, und der Demarch mußte zuletzt hinter uns zurückbleiben. Perikles und Aristides verschlangen mit stillem Entzücken ein ganzes Viertel des Lammes und außerdem einen ungeheuern Eierkuchen.

Wir kehrten über Megara und Eleusis zurück und begrüßten nach zwei Tagen wieder die geliebte Akropolis von der Höhe Daphnes.

Achtzehntes Kapitel.

Byron in Griechenland.

Kein Dichter neuerer Zeit — selbst nicht Scott unter den Lochs der Hochlande — hat den Gegenden die er besungen, ein so dauerndes Gepräge seines eigenen Geistes aufgedrückt, wie Byron. Ob am Rhein, in der Schweiz, in Venedig, Rom, Albanien, Griechenland, Stambul oder Gibraltar — die ersten Zeilen, die, von Form oder Ausdruck der Landschaft angeregt, aus des Gedächtnisses Tiefen zur Oberfläche aufwallen, sind sicherlich von ihm. Bezeichnende Worte, hingeworfen gleich dem glücklichen Pinselstrich eines Malers, heften sich so fest an die Landschaftsbilder selbst an, daß Berg, Fels, Katarakt und

Tempel sie dir entgegenrufen. „Akrokerauniens altberühmte Höhen", „Leukadias weit gesehner Jammerfels", Sorakte, wie er sich aus der Ebene emporhebt „der langgezogenen Woge gleich, die eben sich jetzt zertheilen wollte", der Nemisee „ein Schooß umkränzt von wald'gen Hügeln", „du aber, prächt'ger Rhein, deß volle Wogen indem sie fließen, segnen rings den Strand",*) — sind alles Beispiele davon. Byron wird nicht etwa deshalb so unaufhörlich citirt, weil er, wie Jemand bemerkt, die Empfindungen ausdrückt die sich in den meisten gebildeten Reisenden regen, sondern vielmehr weil seine darstellenden Ausdrucksformen mit der innern Wesenheit der Dinge zusammentreffen. Nichts kann schöner sein als die, selten länger als einzeiligen Bilder, von denen jede Seite im Childe Harold voll ist. Die Schüler von Wordsworth haben versucht Byron als Dichter herabzusetzen, wie Pollok und andere Pharisäer seinen Charakter als Mann angeschwärzt haben; niemand aber kann Griechenland besuchen, ohne zu erkennen, wie wundervoll die Formen und Farben der Landschaften, die feierliche Schwermuth der Ruinen in seinen Strophen wiedergegeben ist.

Die Schilderung einer Landschaft kann keiner schärferen Probe unterworfen werden, als daß sie an Ort und Stelle selbst gelesen wird. Das Dämmerlicht vermittelnder Worte verbleicht im hellen Angesichte der Natur und mit dem Berge, der Stadt und dem Flusse, die in lebendiger Färbung vor dir aufsteigen, scheint dem Buche in deiner Hand das Lebensblut auszuströmen. Nur wenn man mit einer Landschaft vertraut geworden, darf man es wagen ein Buch in ihrer Gegenwart aufzuschlagen. Klassische Reisende tragen freilich ihren Homer mit sich, um ihn auf dem Walle von Troja zu lesen — oder ihren Sophokles für das Thor von Mykenä; aber das ist eine Empfindelei, die

---

*) Diese sowie die folgenden Citate aus Byron sind der trefflichen Uebersetzung von A. Böttger entnommen.   Anm. d. Ueb.

wir entschuldigen müssen. In Chamounix würde man vor
Sonnenaufgang kaum daran denken, Coleridge's „Hymne" zu
lesen. Schiller's „Taucher" würde in der Calabrischen Meerenge
nur zahm klingen, und den Mann möchte ich sehen, der eines
der vielen schwachen Gedichte auf den Niagarafall auf Table
Rock wiederholen könnte!

Wie kommt es denn nun, daß so viele von Byron's
Schilderungen, einmal gelesen, einem von der Natur zurückgege-
ben werden? Deswegen weil er im Angesichte der Natur selbst
geschrieben: Eindruck und Ausdruck waren gleichzeitig und seine
Bilder gleichen den Naturstudien eines Malers, die, was ihnen
auch immer an Breite, Tiefe und Wesenheit fehlen mag, doch
den unverkennbaren Stempel der Wahrheit an sich tragen.
Kein anderer Dichter malte so unmittelbar nach dem Vorbilde.
Sein Gewittersturm auf dem Genfersee, ein Gedicht das so zu
sagen bei dem Auflodern der Blitze geschrieben ist, erinnert an
Turner, der sich an den Fockmast eines Dampfbootes schnallen
ließ, um eine Schneebö zur See zu studiren. Die ersten beiden
Bücher von Childe Harold sind fast durchaus unter freiem
Himmel gedichtet. Wenn ich an einem sonnigen Märztage um
Athen herumwanderte, während die Asphodels auf Kolonos
blühten, die unsterblichen Berge in einen durchsichtigen blauröth-
lichen Duft gehüllt dalagen und das wogenlose Meer fernhin
zwischen seinen Eilanden schlummerte, dann stahl sich jedesmal
eine Stimme in die zauberische Stille — eine junge männliche
Stimme, die von Begeisterung klang und doch zugleich von der
Landschaft zur Harmonie mit dem eigenen auserlesenen Rhyth-
mus niedergestimmt ward, singend:

Noch ist dein Himmel blau, dein Felsen wild,
Schön sind die Thäler und so grün die Auen,
Der Oelbaum reist, als schirm' ihn Pallas' Schild,
Und Honig träuft in des Hymettos Gauen;
Noch sieht man Bienen duftge Zellen bauen,
Die freigebornen Wandrer dieser Höh'n;

Noch lange läßt Apoll den Sommer blauen,
Mendelis *) Marmor gläuzend zu erhöhn:
Kunst, Ruhm und Freiheit schwand, doch die Natur bleibt schön.

In diesen Zeilen ist der einfache Gedanke weder neu noch
tief: wenn aber der blaue Himmel Griechenlands sich über dir
wölbt, wenn vor dir die dicht besetzten Olivenhaine in ihrem
Silberscheine dem Thale des Kephissos sich entlang ziehen, wenn
die Biene von ihrem Pfühle 'in den Glocken des Asphodels
aufsliegt und die Würze des thymianerfüllten Honigs vom
Hymettos noch auf deiner Zunge weilt; wenn die Marmorbrüche
des Pentelikon klaffend am blauen Giebel der Berge glimmern —
dann singen die Zeilen sich als natürliche Stimme der Landschaft wie von selbst in dich hinein.

Obgleich fünfzig Jahre verflossen sind seitdem Byron zuerst
nach Griechenland kam, so hat doch seine Verbindung mit dem
späteren Unabhängigkeitskampfe selbst Erinnerungen an jene
frühere Zeit lebendig erhalten. Kein fremder Name ist den
Griechen so wol bekannt als der von Birdn (wie sie ihn aussprechen); sein Bildniß hat stets einen der vornehmsten Plätze
im Pantheon der Befreier. Mrs. Black, für welche er sang:
„Zoe mou, sas agapo", lebt noch im Piräos und hat ihre
Reize auf eine liebliche grelo - schottische Tochter fortgeerbt
und Mavrokordato, sein Freund und Verbündeter, obwol blind
und achtzigjährig, war noch zur Zeit meines Aufenthaltes
daselbst am Leben. Ich ward mit dem Arzte bekannt, der
Byron in Missolonghi behandelte — derselbe, in dessen Armen
Ottfried Müller sein Leben aushauchte. Mr. Finlay, der Ge-
schichtsschreiber des mittelalterlichen Griechenlands, war sowol
in Kephalonia wie in Missolonghi mit dem Dichter bekannt und
erzählte mir die Umstände, unter denen er sich die verhängnißvolle
Krankheit zuzog. Einige der Einzelheiten waren mir neu und da

---

*) Peutelikon.

Mr. Finlay mir sagte, daß einiges von dem was er mir mittheilte, bereits publicirt sei, so zögere ich nicht dasselbe hier zu wiederholen. — Es ist eine bekannte Sache, daß Byron, nachdem er in Missolonghi angelangt, von der ungestümen Horde von Halbräubern, unter die er gerathen war, sehr geärgert und in Verlegenheit gesetzt ward. Sie waren nichts als eine Rotte mißgünstiger, lärmender, undisciplinirter Schurken, denen weniger daran lag der Sache der griechischen Freiheit zu dienen, als einen Antheil an dem Gelde des Dichters zu bekommen. Byron, der den Ehrgeiz besaß sich militärisch auszuzeichnen und zu gleicher Zeit etwas für Griechenland zu thun, warb eine Compagnie Sulioten, die unter seinem unmittelbaren Commando standen, und begann eine strenge Disciplin herzustellen. [Byron's Helm mit seinem Wappen und dem Motto: „Crede Biron", ist im Besitze Dr. S. G. Howe's zu Boston, der ihn vom Grafen Gamba erhielt. Er ist so klein, daß nur wenige Männer gefunden wurden, die ihn auf den Kopf bringen konnten.] Er wohnte mit großer Pünktlichkeit dem Exerziren bei und ließ aus Furcht, daß ein Anschein von Verweichlichung seinen Einfluß über seine Mannschaft schwächen würde, die gehörigen Vorsichtsmaßregeln gegen das Wetter außer Acht.

Ungefähr Ende März 1824 ward Mr. Finlay, damals ein junger feuriger Philhellene, mit Depeschen von Athen nach Missolonghi geschickt. Nach einem Aufenthalt von einigen Tagen schickte er sich zur Rückkehr an; allein heftiger Regen hatte den Fluß Achelous angeschwellt und er sah sich genöthigt seine Abreise zu verschieben. Sein Plan war, in einem kleinen Boote über den Golf von Korinth zu setzen, wodurch er der Gefahr entging von den Türken in Lepanto gefangen genommen zu werden, und worauf er dann ostwärts durch die Engpässe des Gebirges von Achaia vorzudringen beabsichtigte. Endlich schien eines Morgens das Wetter besser zu sein und er machte sich auf den Weg. Indem er ostwärts über die Ebene nach dem Achelous zu ritt, begegnete er Byron zu Pferde. Letzterer wendete um und ritt zwei bis drei Meilen weit mit Finlay, während beide über die Zukunft der gemeinschaftlichen Sache mit einander sprachen. Zuletzt sagte Byron: „Sie thäten besser zurückzukehren; der Fluß ist noch zu hoch." — „Ich denke nicht", sagte Mr. Finlay, „ich werde es wenigstens versuchen." — Sie werden jedenfalls bis auf die Haut durchnäßt werden", drang Byron in ihn, indem er auf eine schwere Wolke deutete, die mit Schnelligkeit heranzog. „Sie werden naß werden, nicht ich", antwortete Mr. Finlay, worauf Byron entgegnete: „Dafür lassen sie mich sorgen", sein Pferd umwendete und zur Stadt zurückgaloppirte.

In wenigen Minuten jedoch ergoß sich die Wolke in Strömen von Regen. Byron's Haus befand sich am westlichen Ende von Missolonghi, und um die halsbrechenden Straßen zu umgehen, hatte er die Gewohnheit, in einem Boote über den Hafen zu setzen und außerhalb der östlichen Mauer auf sein Pferd zu steigen. Bei dieser letzten Gelegenheit kam er von seinem Pferde triefend in das Boot und bekam, da er sich genöthigt sah während der Ueberfahrt still zu sitzen, ein heftiges Frostschütteln, dem ein Anfall von Fieber folgte. Mr. Finlay, welcher fand, daß der Fluß noch zu hoch sei, kehrte nach Missolonghi zurück, wo er noch zwei Tage länger bleiben mußte. Byron lag damals auf dem Bette, von dem er niemals wieder aufstand. „Eines Abends", erzählte Mr. Finlay, „sagte er zu Obrist Stanhope und uns andern: ‚Nun, ich erwartete, daß in diesem Jahre etwas vorfallen würde. Die alte Hexe ist an allem schuld.' Wir frugen nach einer Erläuterung. ‚Als ich Knabe war', sagte er, ‚prophezeite mir eine alte Wahrsagerin, daß vier besondere Jahre mir gefahrvoll sein würden. Dreimal hat sich die Prophezeihung erfüllt, und dies ist nun das vierte Jahr, welches sie genannt hat. Ihr seht also, daß es nicht gerathen ist über die Hexen zu lachen.' Er sagte dies in einem muntern und scherz-

haften Tone und schien keine Ahnung davon zu haben, daß
seine Krankheit tödtlich ausfallen würde. Und wirklich hielt
zu jener Zeit keiner von uns seinen Zustand für gefährlich."

Als Byron zum ersten male in Griechenland war, hielt
er sich mehere Monate in Athen auf und wurde mit jedem schönen
und begeisternden Zuge der glorreichen Gegend vertraut. Zwei
Punkte scheinen es hauptsächlich gewesen zu sein, die ihn anzogen
— die alte Veste Phyle im Engpaß des Parnes, durch welchen
einer der Wege nach Böotien führte, und der Sonnenuntergangs-
blick von den Propyläen oder dem säulenbesetzten Eingangsthor
am westlichen Ende des Akropolis. Dieser letztere wird von
den Engländern häufig „Byron's Aussicht" genannt, und nie
war eines Dichters Name einer lieblicheren Landschaft zugestellt.
Auf einem Marmorblocke, dem steil an der Höhe aufwärts steigenden Haupteingang gegenüber sitzend, sieht man zwischen den
Reihen kanelirter dorischer Säulen hinab auf den gegenüber liegenden Hügel der Nymphen und von da über das von seinen
Oliven und Reben schimmernde Thal des Kephissos nach dem
wüsten Rücken des Korydallos, nach den Gebirgshöhen von Salamis und Megara und über sie hinweg zu den Schattenhügeln des
Peloponnes, deren Grundfelsen vom azurnen Bogen des Saronischen Golfes gestreift werden. Hier war es, wo die oft citirte
Schilderung eines griechischen Sonnenuntergangs geschrieben wurde,
welche also beginnt:

„Sanft sinkt die Sonne längs Morea's Höhn',
    Beim Steigen glänzt sie kaum so hold und schön —"

und ein jeder Zug des Bildes ist wahr. Im Süden sieht man
Aegina gekrönt vom panhelischen Tempel des Jupiter, Hydra
und Poros, während Delphi's Riff im Westen, — hinter dem
der noch immer triumphirende Gott in Schlummer sinkt, —
wiewol von einem Ausläufer des Parnes dem Blicke entrückt,
dennoch von den Abhängen des Hymettos sichtbar wird.

Für mich hatte diese Aussicht einen unbeschreiblichen Reiz.

Abgesehen von dem Zauber der unsterblichen Erinnerungen, die sich an diese Landschaft knüpfen, zeigt sie in Farbe und Umriß jenes künstlerische, unübertreffliche Gefühl, welches die Natur in Griechenland zu charakterisiren scheint und in Folge dessen das beinahe verzweifelnde Staunen sich mildert, mit dem wir außerdem die vollendeten Tempel dieses Landes betrachten würden. Wir verstehen dann um so leichter, warum das Gleichmaß eine eingeborne Gabe des griechischen Gemüthes sein mußte — warum die Gesetze der Form mit allen ihren Geheimnissen der Täuschung so gründlich bemeistert werden konnten. Die durchdachte Unregelmäßigkeit des Parthenon, deren Ergebniß absolute Symmetrie ist, wurde nie durch mathematische Berechnung erreicht. Sie leitete ihren Ursprung vom eingegebenen Scharfsinn eines Kopfes, der so ausgezeichnet zur Ordnung herangebildet war, daß eine unvollkommene Idee ihm nicht entspringen konnte. Iktinos erfaßte das magische Geheimniß (welches alle Apostel einer bessern Zukunft wohl thäten sich anzueignen), daß die Natur eine streng mathematische Zusammensetzung verschmäht, daß die wahre Regelmäßigkeit, der wahre Einklang, in der Abweichung von einer solchen liegt. Indem man das scheinbare Gesetz übertrat, wurde das richtige aufgefunden.

Einige Tage vor meiner Abreise von Athen ritt ich hinaus nach Phyle, welches in einer Entfernung von ungefähr 18 Meilen liegt. Das Wetter war drückend heiß (91 Grad Fahrenheit im Schatten) und ein starker von Afrika herüber wehender Scirocco hüllte die Berge in einen feurig blauen Dunst ein. Ein rascher Trab von zwei Stunden brachte uns nach einem albanesischen Dorfe am Fuße des Parnes, wo wir anhielten, um zu frühstücken und unsere erschöpften Pferde ausruhen zu lassen. Die Einwohner stehen im Rufe der Räuberei und wahrscheinlich mit Recht. Sie schienen ohne regelmäßige Beschäftigung zu sein, und die Anzahl von wohlbewaffneten, derben, gelbbärtigen und langnasigen Burschen, die sich herumtrieben, war in sich selbst ein verdächtiger Umstand. Sie benah-

men sich indessen sehr höflich gegen uns, und ich hege keinen
Zweifel, daß wir wochenlang mit der größten Sicherheit hätten
unter ihnen leben können.

In der kleinen Schenke, wo wir unser kaltes Geflügel und
Caviar aßen, und dabei mit harzigem Weine tränkten, waren
mehrere der Dorfbewohner versammelt und in lebhaftem Ge-
spräche mit einem gewitzigten, blitzäugigen Burschen aus einem
entlegenen Dorfe, dessen beißende Bemerkungen und spitze Ent-
gegnungen sie außerordentlich belustigten. Ein junger wilder
Taugenichts sprang zwischendurch auf und führte einige Schritte
aus dem Palikarentanze oder der Romaika aus, und ein anderer,
der träge in einer Ecke lehnte, sang Bruchstücke eines auf Kreta
erlernten Liedes:

> „Horch! an den Sonntagsmorgen allen,
> Am Neujahrstag, zur Osterzeit,
> Des heil'gen Konstantino's Glocken schallen
> In hellem, heit'rem Chorgeläut!"

Die Fluth des Scherzes ging hoch, und ich bedauerte, daß
meine unvollkommene Kenntniß der Sprache mir nicht erlaubte
mich gleichfalls daran zu ergötzen. Endlich aber rief einer der
Dörfler dem Fremden zu: „Nikola, erzähle uns die Geschichte
von deiner zweiten Heirath. Giorgios hier und Kostanti und
Kyrie François haben sie noch nicht gehört." „O ja!" schrien
laut die andern; „das war ein köstlicher Pfiff von Nikola. Ihr
alle müßt das hören." Nikola fing darauf an, die Geschichte zu
erzählen, während seine blitzenden Augen bei dem bloßen Gedanken
an den Pfiff vor muthwilliger Freude unter seinen buschigen
Brauen tanzten.

„Ihr müßt wissen", sagte er, „daß meine erste Frau ungefähr vor anderthalb Jahren starb. Sie war also nicht lange
todt, als ich fand, daß ich ihre Stelle mit einer andern ausfüllen
müsse. 'S ist ein armseliges Ding ohne Frau zu sein, zumal
wenn man eine gehabt hat. Ich war aber arm wie der heilige

Lazarus, und wie ich ein artiges Mädel mit einer guten Mitgift bekommen könnte, war mehr als ich wußte! Zuletzt fiel mir Athanasi, der dicke Schenkwirth in Kuluri ein, bei dem ich vor einem oder zwei Jahren übernachtet. Er hatte eine Tochter, hübsch und flink genug, und 500 Drachmen, sagten die Leute, gingen mit ihr. Ich muß Athanasi's Schwiegersohn werden, sagte ich zu mir selbst. Nun bin ich aber kein Dummkopf und gerieth auf den richtigen Plan. Ich wusch meine Fustanella, zog meine besten Kleider an und machte mich mit meinem besten . Pferde (ihr wisset, es ist kein übles Thier) auf den Weg nach Kuluri. Erst aber nahm ich meine großen Sattelsäcke und füllte sie mit zerbrochenen Hufeisen und andern Stückchen alten Eisens. Darauf warf ich alles Geld, welches ich hatte — etwa 10 bis 12 Silberthaler — hinein, schloß die Säcke zu und hing sie über meinen Sattel. Wie ich so über den Weg hinschlenderte mit dem klingenden Erz unter mir, da sagte ich zu mir selbst: ‚Hoho, Papa Athanasi, halte die Braut bereit, der Sohn ist unterwegs!‘

„Als ich in die Nähe von Kuluri kam, ließ ich mein Pferd traben, so daß jedermann das Klingen hören könne, während ich so dahin ritt. Ich ging geradewegs zu Athanasi, hing meine Sattelsäcke an einen Platz, wo ich sie beständig im Auge behalten konnte und bestellte ein Mittagessen. ‚Das beste was es gibt,‘ sagte ich, ‚es wird bezahlt werden. Das Essen, muß ich gestehen, war so gut wie für einen Bischof, und der Wein fehlte auch nicht. Als ich satt war, frug ich Athanasi: ‚Wer hat für mich gekocht?‘ — ‚O‘, sagte er, ‚es war meine Tochter Heraklea.‘ — ‚So lasse sie kommen‘, sagte ich; ‚ich muß ihr sagen, wie gut es war.‘ Dann schloß ich meine Sattelsäcke vor ihren Augen auf, gab Athanasi einen Thaler und seiner Tochter einen andern. Ich klingelte gehörig mit den Säcken, als ich sie hinaustrug — und schwer genug waren sie — und ritt dann fort.

„Die Woche darauf kam ich wieder und that wie vorher;

als Heraklea aber in die Küche gegangen war, sagte ich zu
Athanaſt: ‚Deine Tochter gefällt mir; ich möchte ſte heirathen,
und ſelbſt wenn ihre Mitgift nicht ſo groß iſt als ich erwarten
dürfte, ſo will ich ſte doch nehmen.‘ Er ſah erſt mich an, dann
meine Sattelſäcke, holte eine andre Flaſche Wein, und ſo wurde
die Sache in Ordnung gebracht. Es verging kein ganzer Monat,
bis Papa Anagnoſto uns als Mann und Weib geſegnet hatte,
und mir war wieder angenehm und leicht zu Muthe. Ihre
Mitgift war — hu! ich will nicht ſagen wieviel; ich hätte aber
ſchlimmer fahren können.

„Als ich meine Frau heimgeführt hatte, hängte ich die
Sattelſäcke über mein Bett und warnte ſte, niemanden in deren
Nähe kommen zu laſſen. Sie that alles, wie ich es verlangte
und verhielt ſich ruhig und beſcheiden während etwa einer Woche
oder ſo. Aber ein Frauenzimmer, wie ihr wißt, iſt niemals
zufrieden. Ich wußte, was kommen würde, und ſo kam es
denn. Was nützt es, das Geld da hängen zu haben, dachte ſte,
während ich die ſchwerſten goldnen Ohrringe im Dorfe haben
könnte? — ‚Nikola, mein Leben‘, ſagte ſte [und hier ahmte der
Erzähler auf die unwiderſtehlich drolligſte Weiſe eine weibliche
Stimme nach], ‚ich möchte gerne ein paar neue Ohrringe für
die Oſterfeiertage haben.‘ — ‚Ganz gut‘, da iſt mein Schlüſſel.
Gehe über die Sattelſäcke und nimm ſo viel Geld heraus als
du brauchſt. ‚Sie hüpfte katzenflink in die Schlafkammer, und
ich fuhr mit möglichſter Ruhe fort meine Flinte zu putzen. Eine
Minute darauf war ſte wieder da, erſchrocken und bleich, ‚Geld‘,
ſchrie ſte, ‚das iſt kein Geld — ‚s ſind Stückchen Eiſen!‘ —
‚Lieber gar, Du biſt eine Närrin‘, ſagte ich und verſuchte ſo
wild als möglich auszuſehen. Als ich mit ihr hineingegangen
und in die Sattelſäcke geſehen hatte, warf ich meine Flinte auf
die Erde, ſtampfte, heulte und fluchte wie tauſend Drachen.
während Heraklea, auf dem Bette ſitzend, nichts ſagen konnte als:
‚Heiliger Spiridion! — was iſt geſchehen?‘ — ‚Siehſt du nicht,‘

schrie ich, „daß der verfluchte Alexander, der Hexenmeister, der
Teufel — den ich vorige Woche beleidigte — hingegangen und
alle meine schönen blanken Silberthaler in Eisen verwandelt hat!"
Und dann, als sie sah, wie wüthend ich war, versuchte sie mich
zu beruhigen und zu trösten. Auf diese Weise half ich mir denn
aus der Klemme; aber ich glaube, sie fängt an, den richtigen
Zusammenhang zu wittern. Sie hat mich indessen lieb genug,
und da ich jetzt der Vater eines kleinen Athanast bin, so hat es
nicht viel zu bedeuten.

Nikolas' Geschichte, deren Wahrheit mehre der Dörfler be-
stätigten, gewährte den Zuhörern große Unterhaltung. Wir
schüttelten die Hände mit der lustigen Sünderbande und ritten
in der engen und heißen Schlucht wol eine Stunde oder länger
hinauf, bis der Weg sich dem Hauptrücken des Parnes näherte,
wo auf einem schmalen jähen Vorsprung die alte Feste Phyle
stand. Die Blöcke bräunlichen Marmors, aus denen sie besteht,
sind ganz bis zur Höhe von 10 bis 12 Fuß und malerisch mit
glänzenden Epheugehängen überwachsen. Auf der Brustwehr
sitzend, hat man den wilden Gebirgspaß mit seinen dunklen
Fichten gähnend unter sich, während man zwischen den abgekan-
teten Mauern orangefarbenen Felsens hindurch über die warme
Ebene von Attika bis zum Hymettos und zum Meere hin sieht.
Im Mittelpunkte der Fernsicht erhebt sich die Akropolis mit den
deutlichen Umrissen aller ihrer Tempel. Hier wie in den Propyläen hat man einen Vordergrund und einen Rahmen für das
Bild, und die wunderbar schöne Landschaft, die dergestalt auf
eine Fläche beschränkt wird, welche das Auge mit einem einzigen
Blicke übersehen kann, nimmt eine Tiefe und Reinheit an, die
eine weit umfassende Rundsicht nicht haben kann.

In den Propyläen umrahmt vollendete Kunst die in sich
harmonische Landschaft, in Phyle wilde Natur. Verschiedenartig
in den Einzelzügen, bringen die Ansichten dem ungeachtet einen
gleichartigen Eindruck hervor. Nichts könnte das reine Gefühl,

welches Byron zu einer so tiefen Würdigung der Natur führte, besser bezeugen als seine Auswahl dieser zwei Punkte. Und während ich unter den von kleinen Eidechsen bevölkerten Ruinen saß und durch den heißen Dunstkreis des Scirocco nach Athen hinblickend, über den nichtigen Hofstaat und das entartete Volk der letzteren Stadt nachdachte, da konnte ich nicht umhin zuzugeben, daß der Dichter noch immer sagen könnte.

> „Du Freiheitsgeist, als du auf Phyle's Höh'n
> Den Thrasybul mit seinem Heer umschwebt,
> Ward dir nicht Ahnung von dem Leidgestöhn,
> Das jetzt die Eb'nen Attikas umbebt?"

Neunzehntes Kapitel.

Die Behausungen der Musen.

Am 13. April verließen wir Athen, um den Parnaß und die nördlichen Grenzorte Griechenlands zu besuchen. In unsrem Zuge befanden sich, außer mir, François, B. und die Agoyaten oder Reitknechte Ajax und Themistokles. Es war ein strahlend wonniger Tag: leichter Wolkenflor zog sich streifenartig am Himmel dahin und von Westen wehte ein köstlicher Windhauch durch den Paß von Daphne. Der Golf von Salamis war reines Ultramarin, über das ein sammetartiger Hauch verbreitet war, während die Insel und der Berg Kerata in durchsichtigen Tinten von rosenfarbe und violet schwammen. An einem solchen Tage ist Griechenland wirklich wieder Griechenland. Die Seele antiker Kunst und Poesie pulsirt in der herrlichen Luft und ergießt über die Landschaft ihr göttlichstes Licht.

Nachdem ich die heilige Ebene von Eleusis zum vierten
male während meiner griechischen Wanderung durchzogen, drang
der Weg in die Berge ein — entfernte Ausläufer des Kithäron,
welche die eleusinische Ebene von der Böotiens trennen. · Dieselben sind bis zur höchsten Spitze hinauf mit Fichten überzogen,
und François machte mich darauf aufmerksam, mit welcher
Schnelligkeit die Berge sich bewalden, seitdem das Gesetz die
Vernichtung der jungen Bäume verbietet. Das landwirthschaftliche Gedeihen hängt in vielen Gegenden des Landes allein von
der Wiederherstellung der abhandengekommenen Wälder ab.
Die Sonne war glühend heiß in den eingeschlossenen Thal-
schluchten und wir fanden den Schatten der alten kithärischen
Fichten im höchsten Grade angenehm. Im Laufe des Nachmittags begegneten wir einem Haufen nachzüglerischer Lanciers, die
von der thessalischen Gränze zurückkehrten, und vielen Reisenden
nebenbei. Unter den die Lanciers begleitenden Lastthieren waren
wir erstaunt Pegasos und Bellerophon, die dürren Klepper, zu
finden, welche uns durch den Peloponnes getragen hatten, und
dicht hinter ihnen kam Aristides selbst strahlend in reinen Oster-
gewanden. Da er beabsichtigt hatte, uns auf seinen eigenen
beflügelten Hengsten nach dem Berg des Gesanges zu tragen, so
war er tief betrübt uns unterwegs zu sehen. Gegen Abend
stiegen wir in das Thal des eleusinischen Kephissos, am Fuße
des Kithäron, hinab und kamen an den antiken Ueberresten eines
20 Fuß hohen Thurmes vorbei. Gegen Sonnenuntergang erreichten wir bei stürmisch überzogenem Himmel den einsamen Khan
Kasa, der am Fuße des steil abfallenden, felsigen Hügels liegt,
auf dem die Akropolis von Oenoe sich erhebt, und waren herzlich froh, in dem windigen Gebäude Schutz vor dem viel hefti-
geren Winde draußen zu finden. Die den Khan besorgenden
Personen waren zwei Frauen, alte Freundinnen von François,
die uns mit großer Herzlichkeit empfingen. Einige Schritte weiter
stand ein Wachthaus mit einer Corporalwache, von der man

Taulot, Griechenland.   14

annahm, daß sie die Räuberei unterdrücke. Die untergehende
Sonne baute einen prachtvollen Regenbogen auf die unteren
Massen schwerer Wolken, welche unter Donner und Blitz nach
Athen hin zogen. Unser Schlafgemach war in einem Boden
zwischen aufgespeichertem Getreide und Haufen getrockneter Kräu-
ter; allein François' bequeme Feldbetten waren, wie wir aus
Erfahrung wußten, ebenso behaglich in einem Stalle wie irgendwo sonst, und über seine berühmte potage aux voyageurs würde
ein hungriger Lucullus ein Freudengeschrei erhoben haben. Mein
Wohlthätigkeitssinn treibt mich an, das Recept zu dieser Suppe,
welche jedermann, der einige Erfahrung hat, nachmachen kann,
hier mitzutheilen: — Koche zwei Hühner und nimm die Brühe
davon, um eine hinreichende Quantität Maccaron damit gar zu
kochen; füge die mit einer Obertasse voll Wasser geschlagenen
Dotter von 4 Eiern und den Saft einer halben Citrone hinzu, und
siehe da! die Suppe ist fertig. Sollte irgend eine Dame eine
bessere Suppe aus weniger Materialien bereiten können, so würde
ich mich glücklich schätzen ihre eigenhändige Adresse zu besitzen.

Wir erwachten bei einem wolkenlosen Himmel und erklommen nach eingenommenem Kaffee den Hügel von Oenoë oder
Eleutheria, welches es nun eben immer sein mag. Ich vermuthe,
daß Leake wahrscheinlich Recht hat, und so werde ich es Oenoë
nennen. Ein angestrengtes Aufwärtssteigen von 15 Minuten
brachte uns nach dem untern Theil der Ringmauer, welche aus
ungeheuren Blöcken von grauem Conglomerat-Kalkstein, dem natürlichen Fels des Hügels, zusammengesetzt ist. Die Mauern sind
8 Fuß dick und durch vorspringende viereckige Thürme fortifi-
cirt. An der nördlichen Seite sowol wie an der südlichen kommen
die natürlichen Abstürze dem Vertheidigungsplan zu Hülfe. Indem wir, an der nördlichen Mauer entlang, den Hügel bis zur
nordwestlichen Ecke derselben erstiegen, erstaunten wir, eine Reihe
hoher, viereckiger Thürme vor uns zu sehen, die mit den dazu
gehörigen Courtinen sich in einem fast ganz erhaltenen Zustande

befanden. Von den neun Thürmen, welche die Stadt von dieser Seite her vertheidigten, haben noch sechs eine Höhe von 20 bis 25 Fuß. Wir gingen auf der Mauer entlang und kamen der Reihe nach durch alle Thürme hindurch. An den Seiten sind Schießscharten für Pfeile oder Wurfspieße angebracht, und in den Steinen bemerkte ich die Zapfenlöcher für die das obere Stockwerk tragenden Querbalken. An der Südseite hängt die Mauer über der tiefen Kluft, durch welche der Hauptarm des Kephissos fließt. Zwei massive Seitenthore führten in die Stadt. Die Mauern sind ohne Ausnahme in besser erhaltenem Zustande als alle andern, die ich in Griechenland gesehen. Die Zeit, aus der sie stammen, ist die Alexander's des Großen. Die Lage des Ortes zwischen den wilden Bergspitzen des Kithäron macht die Ruine zu einer der am meisten malerischen des ganzen Landes.

Wir stiegen nun an dem Hauptzug des Gebirges hinan und erreichten in weniger als einer Stunde den höchsten Punkt desselben, als plötzlich die große Ebene von Böotien sich vor unsern Blicken aufthat. In der Ferne schimmerte der See Kopaïs und die jenseitigen Berge; im Westen hob sich die Schneespitze des Parnassos hell und klar über die Morgennebel, und zuletzt, als wir uns im Heruntersteigen um einen Vorsprung des Berges wendeten, erschien der streifige Gipfel des Helikon zu unsrer Linken und vervollständigte die klassischen Züge der Landschaft. Wir stiegen zur Kalyvia oder dem Sommerdorfe Vilia hinab, dessen Bewohner während des Winters einen Theil der Ebene bebauen. Mangel an Wasser zwingt sie nämlich, während des Sommers sich in ein anderes, in den Bergen gelegenes Dorf zurückzuziehen, so daß ihnen das Leben unter einem beständigen Hin- und Herziehen zwischen den beiden Orten vergeht und jedes Dorf die Hälfte des Jahres verlassen bleibt. Eine solche Lebensweise ist unter den griechischen Bauern etwas sehr gewöhnliches. Als wir, einen rauhen Pfad nach Platäa einschlagend, hinab auf die Ebene gelangten, sahen wir die Felder fern und nah

11*

mit den weißen Osterhemden der zwischen den Weinstöcken ar-
beitenden Leute überstreut.

Noch eine Stunde und die Hufe unsrer Pferde berührten
den geheiligten Boden von Plateä. Die Mauern der Stadt
können fast noch in ihrem ganzen Umfang verfolgt werden. Sie
sind auf ganz dieselbe Weise wie die von Oenoë konstruirt und
wie jene mit viereckigen Thürmen befestigt. Außerdem sieht
man noch die Substructionen verschiedener Bauten, von denen
einige vermuthlich Tempel waren, und an der dem heutigen
Dorfe zu gelegenen Seite stehen vier große Sarkophage, die man
jetzt während der Weinlese als Weinkelter gebraucht. Ein harm-
loseres Blut, als einst an den Steinen von Plateä klebte, färbt
jetzt die leeren Grabstätten der Helden.

> „Ein edler, ein unsterblich Haupt
> Ward mit dem Rebenkranz umlaubt;
> Den besten, tapfersten der Todten
> Goß Wein man dort den dunkelrothen."

Wir ritten zu dem kleinen elenden Dorfe hinan, setzten
uns in die Kirchthüre und aßen unser Frühstück, indem wir auf
die unterhalb der Ruinen liegende, ausgetiefte Ebene blickten,
die wahrscheinlich die Hitze des Kampfes geschaut hatte. In der
blendenden Helle des Tages war keine Vorspiegelung möglich.
Um uns die dürftigen Hütten, die zwischen dem aufwachsenden
Grase umherliegenden unförmlichen Steinhaufen, die darüber
hinausgelegenen öden und verlassenen Höhen — wo war da
etwas von dem Ruhm und der Tapferkeit der alten Zeit in
allem diesen zu finden? Die Landschaft war wie ein abgenutztes
Gewand, dem wol der in Gold getränkte Nebelhauch des Sonnenuntergangs oder der Zauber des Mondenlichtes eine trügerische
Farbe zu leihen vermag, das aber am hellen Mittag, wo jeder
Riß, jeder Flicken sich dem Blicke aufdrängt, nichts darbietet als
— Flicken.

Demungeachtet ritten wir über die Ebene, prägten uns die

Züge der Gegend in das Gedächtniß und ritten dann auf das Schlachtfeld von Leuktra zu, wo die rohe Gewalt Spartas ihren ersten Stoß erlitt. Die beiden Schlachtfelder liegen so nahe bei einander, daß ein Theil des Kampfes möglicherweise auf demselben Grund und Boden stattgefunden haben mag. Die Gränzen von Leuktra sind jedoch so ungewiß, daß ich mich gänzlich der Leitung von François überließ, der seit 30 Jahren Reisende hierher geführt hatte, und einige Feldblumen auf der von ihm angedeuteten Stelle abpflückte. — Dann wandte ich den Kopf meines Pferdes gen Theben, wo wir in Zeit von zwei Stunden anlangten.

Es war ein angenehmer Anblick, der sich uns dort darbot, obwol so verschieden von dem vor 2000 Jahren. Die Stadt ist theilweise auf dem Kadmeischen-Hügel, theilweise auf der unterhalb gelegenen Ebene erbaut. Ein auf moosbewachsenen Bögen ruhender Aquadukt führt ihr Wasser zu und erhält ihre Gärten grün. Im Norden ist die Ebene bis an den Fuß des Berges der Sphinx selbst nichts als ein großer Garten, über welchen hinaus der blaue Schimmer eines Sees sich zeigt; hinter diesem eine Kette kahler Höhen und über alles ragend der schneebedeckte Kegel des Berges Delphi auf Euböa. Die Ueberreste der alten Stadt bestehen aus nichts als Steinen, denn der massenhafte viereckige Thurm, der jetzt als Gefängniß dient, kann keiner früheren Periode als derjenigen der lateinischen Herzöge zugeschrieben werden. Eine neuere Ausgrabung hat die Grundmauer eines, aus Steinen der alten Zeit aufgeführten, mittelalterlichen Gebäudes aufgedeckt. Sollte das vielleicht der Palast jenes thebanischen Kaufmannes sein, der das Fürstenthum Naxos kaufte und sich Königen gleich stellte — jener Palast, der während des Mittelalters das architektonische Wunder Griechenlands bildete? Die Lage der Stadt ist herrlich. Sowol Helikon wie Parnassos ragen hoch im Süden und Westen empor und selbst ein Theil des Pentelikos ist sichtbar. Während ich neben dem alten Thurme faß und eine Skizze vom Berge der Sphinx entwarf, schwebte langsam ein thebanischer Adler — der Geist des Pindar — durch die blauen Höhen. Das Andenken des Pindar und Epaminondas heiligt den Boden Thebens, wiewol es durch seine selbstische Eifersucht auf Athen zum Theil den Untergang Griechenlands mit herbeiführte. Es ist kein Umstand bloßen Zufalls, daß Theben so gänzlich vom Erdboden verschwunden ist, während die Propyläen der Akropolis von Athen, die Epaminondas fortzuführen drohte, noch immer dastehen — und mögen sie stehen bleiben ewiglich!

Am Abend gesellte sich ein Schüler der französischen Akademie in Athen zu uns. Er war ausgegangen, um Inschriften aufzustöbern. Die französischen Gelehrten sind beständig hinter Inschriften her, und es ist erstaunlich, was für eine Menge archäologischer Eier (faule) sie auffinden. Diesmal hatte er sicher von einem ganzen Neste gehört und war in voller Hast auf dem Wege, um den Preis in Sicherheit zu bringen. Am folgenden Abend fand er sich in Livadia wieder zu uns. Durchnäßt bis auf die Haut und ohne ein alpha oder beta bei sich zu haben, schien er weit mehr geneigt, das Geheimniß des Pindarischen Versmaßes in dem rothen böotischen Wein aufzusuchen, als noch länger in leeren Kellern herumzustöbern.

Am nächsten Morgen ritten wir von dem Kadmeion herunter und nahmen die quer über die böotische Ebene führende Landstraße nach Livadia. Der Boden, aus einer dunklen vegetabilischen Fruchterde bestehend, ist einer der besten und reichsten der Welt und würde einen unermeßlichen Ertrag liefern, wenn man die richtige Kultur darauf verwendete. Vor uns lag dunkel und blau unter einer schweren Wolkenschicht Parnassos und weit jenseits der ungeheuren Ebene stiegen die blauen Spitzen des Oeta auf. Drei Stunden später langten wir am Fuße des Helikon an und sahen empor zu den Schneestreifen, die geschmolzen in die Quelle der Musen fließen. Gleich darauf brach ein

Strom, klar wie die Luft, aus der innersten Spalte des Berges hervor. „O fons Bandusiae, splendidior vitro!" rief ich aus; allein es war eine göttlichere als die Bandusische Fluth, welche ihre flüssigen Daktylen über die Marmorkiesel gurgelte. Ajar und Themistokles hatten im Schatten des gartenhaften Uferrandes Halt gemacht; François packte den Inhalt seiner Satteltaschen aus; dennoch sprang ich von meiner Erato herab, kniete zwischen den Asphodels und trank. Das Wasser besaß jene Frische und Reinheit, welche uns fühlen läßt, als ob wir es vielmehr einathmeten als tränken. Der Gaumen schwamm in der köstlichen Fluth mit einem Entzücken, das von Sättigung nichts wußte. „Was ist das?" rief ich, als ich meinen Kopf erhob: „Kann das sein der Musen Quelle, kommend von der Bergeshelle? Woher dies sehnende Verlangen, dieses Bangen, dieser Wunsch herauszusingen, was mir schier das Herz will springen? Meine Adern sind Feuer — gebt mir die Leier! Apollo, den Gott, ich mach' ihn zum Kinderspott!"

„Pub!" sagte François (der so eben einen Zug gethan hatte.) „An dieser hier der Musen Quelle, kann laben sich wer kommt zur Stelle. Wißt doch, daß der Götter ganze Schaar und die Nymphen, aller Kleidung bar, lang schon sind nicht mehr gesehn auf den ihnen heil'gen Höhn. Das war nur eine grobe Vermuthung, ganz unwürdig eines Mannes Ihrer Berufung. Sie lassen sich nicht machen so etwas weiß; das Wasser gibt gute Suppe, sobald es ist heiß."

„Parisar!" rief B.. aus, der nicht durstig gewesen war; „ich glaube, ihr seid beide verrückt." Die Mähre Erato aber, welche tiefe Züge aus dem Strome gethan, winselte und schlug mit dem Schwanze um sich und galoppirte eine Zeile Herameter nach der andern durch, als wir unsere Reise weiter fortsetzten. Demnach bezeuge ich also alles Ernstes, daß Helikon noch immer nicht ausgetrocknet und die Quelle der Musen im Besitze ihrer alten Kraft ist.

Am Nachmittag kamen wir um einen Ausläufer des Berges — eine Art Vorposten zwischen Helikon und Parnassos — herum und sahen an dem nördlichen Abhange eines hohen Hügels Livadia vor uns. Eine in Trümmern liegende Festung mit zwei runden Thürmen gab dem Orte ein wildes, malerisches Aussehn, während die unterhalb gelegenen grünen Gärten und Maulbeerpflanzungen die Oede der darüber sich aufthürmenden grauen Felsenklippen milderten. Klares, helles Berggewässer tanzte in vollen Sprüngen die Bergschlucht hinab und wanderte von da auf die reiche Ebene fort, wo es den gehaltvollen Boden überall befruchtete, wohin es kam. Als es zu regnen anfing, hatten wir einen großen, düstern Khan erreicht, und nachdem wir uns dort für die Nacht eingerichtet, brachen wir nach der Orakelhöhle des Trophoinos auf. Dieselbe liegt an dem obern Ende der Stadt in einer Schlucht, aus der jähe, über 1000 Fuß emporragende Felsen fast jeden Strahl der Sonne verbannen. Der großartig wilde Anblick des Ortes ist wol geeignet, den Aberglauben der Alten zu rechtfertigen, daß der, welcher einmal in dieser Höhle gewesen, nie wieder zu lächeln vermöchte. Dessenungeachtet suchte ich in einer der ausgehöhlten Kammern eine Zuflucht vor den Strömen Regens, welche der furchtbaren Schlucht entlang trieben.

Ein dreistündiger Ritt brachte uns am folgenden Tage nach dem Schlachtfelde von Chäronea, wo die Böotier den letzten verzweifelten Widerstand gegen Philipp von Macedonien leisteten. Die Ruinen der Stadt sind, mit Ausnahme des Theaters, dessen Sitze aus dem festen Felsen gehauen sind, und einiger Bruchstücke von Marmor und Breccie, gänzlich verschwunden. Das den gefallenen Böotiern errichtete Monument aber ist eines der interessantesten in ganz Griechenland. Der kolossale auf dem Grabhügel aufgestellte Löwe war allmälig in die Erde eingesunken und so ganz geblieben, bis er während des Unabhängigkeitskrieges von dem Guerilla-Hauptmann Odysseus aufgefunden

und vermittelſt Schießpulvers in Stücke geſprengt wurde. Der
ganz gebliebene Kopf hat die Augen im Todeskampf emporge-
ſchlagen und die Zähne zu einem letzten Geheul gemiſchter Wuth
und Verzweiflung zuſammengeſetzt. Mir iſt niemals ein groß-
artigeres und rührenderes Denkmal vorgekommen. Das ver-
ſtümmelte Geſicht verkörpert den Todesſchrei Griechenlands. Es
drückt eine ſo fürchterliche und doch ſo heldenmüthige Verzweiflung aus, daß ein Mann ſich nicht zu ſchämen braucht, ſollten
beim Anblick deſſelben ihm plötzlich Thränen in die Augen kommen.

Zwanzigſtes Kapitel.

Der Parnaß und die doriſchen Berge.

Der Khan von Chäronea war nichts als eine elende Hütte
und der einzige Platz für unſre Betten war im Stalle zwiſchen
den Pferden. Unſre behuften Freunde benahmen ſich indeſſen
ziemlich ruhig und unſer Schlummer wurde durch nichts als
das Krähen der Hühne geſtört. Der Wirth dieſes Hotels verlangte jedoch nicht weniger als drei Dollars für unſere Beher-
bergung, und darauf entſpann ſich eines der ſchrecklichen Wort-
gefechte, in denen François ein altgedienter Kämpfer iſt. Worte
und Beinamen ſchlugen und praſſelten gleich Schwertern an einander. Der Wirth ward von wüthenden Stößen durch und
durch gebohrt, und ſelbſt unſer tapfrer Dragoman konnte einigen
ſchweren Wunden nicht entgehen. Dann kamen ein paar Bauern,
deren Pferde während der Nacht in unſrem Schlafzimmer ge-
ſtanden hatten und verlangten Bezahlung für die Fütterung ihrer

Thiere, da wir, wie sie sagten, die unsrigen im Stalle gefüttert
hätten, wodurch sie genöthigt worden seien, die ihrigen unnöthiger-
weise ebenfalls zu füttern. Die Griechen glauben nämlich, daß
ein Pferd, sobald es ein anderes fressen sieht, ohne selbst zu
fressen, krank wird, wenn nicht stirbt. Ehe ich die Entdeckung
dieses Umstandes gemacht, setzte es mich jedesmal in Erstaunen,
daß, sobald wir einen Khan erreichten, sämmtliche Pferde aus
dem Stalle entfernt wurden, bis die unsrigen gefüttert waren,
worauf man sie dann wieder heimbrachte.

Am folgenden Morgen hingen furchtbar schwarze Wolken
über dem Parnaß und tiefblaue Schatten zogen wechselweise mit
Schlaglichtern glühenden Sonnenscheines über das weite, flache
Thal des Kephissos — die Heerstraße, auf welcher die Perser
und die Macedonier gegen Griechenland heranmarschirten. Als
wir um den Rand der Ebene herumkamen und auf die süd-
östliche Biegung des Parnassos zuritten, deutete François auf
ein an dem dunklen Felsenabhang haftendes Dorf: „Das ist
Daulia!" sagte er. Das alte Daulis, die Geburtsstätte der
Nachtigall! Die Dickichte am Rande eines jeden Stromes er-
klangen von den unvergleichlichen Gesängen des Vogels leiden-
schaftlicher Liebe und Trauer.

> „Willst noch einmal versuchen du
> Den Flug? Soll neue Kraft dir schwellen jetzt
> Die matten Schwingen, armer Flüchtling, Dir?
> Und soll so klangvoll schallen wiederum
> Von Lieb' und Haß und Sieg und Todeskampf
> Ob' Daulis, des Kephissos hohes Thal?"

Wir traten nun in einen tiefen Gebirgspaß ein, der, an
dem südlich gelegenen Fuße des Parnassos hin, nach Delphi
führte. Die Gegend war steinig und öde, mit nichts als Stechginster und Pfriemenkraut überwachsen und erinnerte mich an
einige der wilden Theile Schottlands. Hier in diesen Felsen-
wildnissen ist die Heimath der Räuber, welche noch immer in
großer Anzahl vorhanden sind. Ein Hirtenknabe, der seine Heerde

schwarzer Ziegen hütete, rief uns zu: „Die Räuber sind von den Bergen heruntergekommen — habt Ihr welche von ihnen gesehen?" Er erzählte uns, daß sie vor fünf Tagen einen reichen Griechen auf und davon geschleppt und ihn in irgend einer der den Paß überragenden Felsenhöhlen gefangen hielten. Sie verlangten 30,000 Dukaten als Lösegeld und wollten ihn nicht eher freilassen, als bis das Geld bezahlt sei.

Nachdem wir an der wilden Schlucht von Schiste und an der Stelle, wo Oedipos seinen Vater getödtet, vorbeigekommen, erreichten wir gegen 11 Uhr den Khan Ismenos, weit oben am Parnassos gelegen, dessen Bergspitze, in den Nebelschleier treibenden Schnees gehüllt, in den Himmel zu ragen schien. Der Sturm wehte mit fürchterlicher Gewalt und einer so eisigen Kälte, daß unsre Glieder steif froren und das Blut in unsern Adern erstarrte. Ein Schneewetter wüthete um den höchsten Gipfel des Parnassos, der dann und wann, wenn die Wolken sich zerrissen, in einem blendend weißen Glanze leuchtete.

Während wir bei unsrem Frühstück waren, kam eine Schaar Schafhirten an. Anstatt der arkadischen Hirtenstäbe, führten sie Büchsen und Dolche bei sich und sahen sich, wie ich nicht zweifle, nach etwas mehr als den Schafen um. Sie waren wilde, prächtige Burschen mit einem guten Zusatz althellenischen Blutes in ihren Adern. Zwei von ihnen waren gekommen, den Wirth als Schiedsrichter aufzurufen, indem der eine den andern beschuldigte, zwei Schafe gestohlen zu haben, und der letztere Ersatz für den Schaden verlangte, den acht, dem ersteren zugehörende Schafe seinem Getreide zugefügt hätten. Es war ein Doppelfall, der nicht leicht zu entscheiden war, und der sanfte kleine Schiedsrichter verlor gänzlich den Kopf in dem ihn umtobenden Sturme. Fäuste wurden geballt, wüthende Worte hin- und hergeschleudert, Messer gezogen und jeden Augenblick erwartete ich Blut fließen zu sehen. Es war ein wilder, aufregender Auftritt, der auf sonderbare Weise mit dem draußen

herrſchenden, das Haus bis in den Grund erſchütternden Orkane
Schritt hielt.

Als wir an der ſüdlichen Seite des Parnaſſos weiter zogen
und hoch oben am Rande einer Schlucht ritten, die zwiſchen
dem Berge und einer Menge kahler, zuſammengehäuſter, die Meer-
buſen von Salona und Aspropitia als Kap trennender Spitzen
liegt, wäre ich einige mal beinahe von der Heftigkeit des Windes aus dem Sattel gehoben worden. Eines der erſten Gedichte,
die ich als Kind las, war Mrs. Hemans' „Sturm zu Delphi",
beginnend.

> „Durch Delphi's ſchatt'ge Tiefe
> Des Perſers Horn erklang;"

und obwol ſeit Jahren vergeſſen, kam es mir ins Gedächtniß
zurück, als wir den Windſtößen entgegenarbeiteten, die noch
fort und fort das Heiligthum des Gottes zu beſchützen ſchienen.
Zwei Stunden ſpäter erreichten wir jedoch das Dorf Arachova,
welches höchſt maleriſch an der Seite des Berges, inmitten
einer weiten, amphitheatraliſchen Runde terraſſenartiger Weingärten
lag. Indem die Bewohner in den Feldern oder mitten im Gebirge bei ihren Heerden waren, ſtand der Ort beinahe gänzlich
verlaſſen. Die wenigen Leute die wir ſahen, lieferten indeſſen
den Beweis für die Richtigkeit der Behauptung, daß am Parnaſſos wie an den Abhängen des Taygetos noch die Spuren
altgriechiſchen Blutes aufzufinden ſeien. Hier leben noch die
Formen des Phidias als roher plebejiſcher Typus jener vere-
delten und vollendeten Schönheit, welche ihm als Vorbilder zu
Helden, Halbgöttern und Gottheiten dienten. Jenes barfüßige
Mädchen, das ihren Krug am Brunnen füllt, würde in einer
höheren ſocialen Sphäre eine Venus von Milo geweſen ſein;
der Schafhirte der dort auf dem unter dem Schutze der Felſen
liegenden Abhange ſchlummert, iſt bereits ein Faun des Praxi-
teles und könnte ein Theſeus oder ein Perſeus ſein und dieſen
Kindern hier fehlt nur die liebliche Nacktheit der Glieder, um zu

Kupidos, Ganymeds und Pshches zu werden. Die scharfgeschnittene Symmetrie der Züge, die niedere Stirn, die kurze Oberlippe und das gerundete Kinn, das schöne Gleichmaß der Glieder und jene vollkommene Gestaltung des Körpers, welche die Entwicklung der Muskeln weder verbirgt noch zu sehr zeigt — alles dies findet man hier, soweit die Verhüllung den Körper sichtbar werden läßt. Die echten Griechen unterscheiden sich von den Albanesen und der gemischten turfoslavisch-venetianischen Race, welche die Hauptmasse der Bevölkerung bildet, in allem und jedem — in Charakter, Gestalt, Gesichtszügen und Bewegungen — und ich weiß nicht warum reisende Enthusiasten darauf bestehn, in jedem der den Namen eines Griechen führt, einen Abkömmling des Perikles, Leonidas und Homer zu sehen.

Als wir Arachova verließen und uns nach Delphi zu in Bewegung setzten, öffnete sich die tiefe Schlucht und gewährte uns einen Blick auf den blauen Golf von Korinth und die Berge Acharas. Zu unsrer Rechten thürmten sich gewaltige Klippen graublauen Kalksteins hoch über dem Abhang von Delphi, der bald nachher vor uns erschien. Die in den Felsen gehauenen Gräber deuteten darauf hin, daß wir uns dem geheiligten Orte näherten. Eine scharfe Ecke der Berge war umgangen und die ungeheuern, sich gegen die obere Region des Parnassos lehnenden Wände standen, plötzlich und erhaben gegen den Himmel sich abhebend, vor uns da, in der Mitte gespalten und die beiden Doppelspitzen trennend, die dem Orte den Namen gegeben haben. Aus dem Grunde dieses Schlundes brechen die Gewässer der Kastalia hervor und füllen einen am Rande des Weges stehenden Steintrog. Jenseits auf einer nach Osten zu liegenden langen und sanft aufsteigenden Bergterrasse standen einst die Tempel Delphis und die Stadt — und heutigen Tages das Dorf Kastri.

François führte uns den Hügel hinauf zum Hause des Herrn Triandaphylli (Rose), eines gutmüthigen alten Gesellen, der, wie seine Frau, uns auf das freundschaftlichste empfing. Sie bewohnten das zweite Stockwerk eines Hauses, in dem sich zwei Zimmer befanden, von denen das eine mit einem weiten Kamin versehen war, in welchem sie das Mittagessen kochten. Obdach und Feuer waren uns höchst willkommen und ebenso die Schalen rothen harzigen Weines, welche Dame Rose uns mit der Miene einer Pythia darreichte. Ein alter Soldat, dessen nomineller Obhut die Antiquitäten übergeben waren — eine bequeme Weise ihn auf die Taschen der Reisenden zu pensioniren — hatte uns von weitem gewittert und bot uns seine Dienste als Wegweiser an. Wir waren zuerst nicht sehr geneigt uns von der Stelle zu bewegen, doch stellte die Wärme und der delphische Wein bald wieder den ganzen Enthusiasmus her, den die Windstöße des Parnassos aus uns herausgetrieben hatten, und so machten wir uns denn auf den Weg.

Wie man sich denken kann, war unser erster Gang nach dem heiligen Schreine des delphischen Orakels, in der zwischen den zwei Felsenspitzen befindlichen Kluft. Alles was davon übrig geblieben, ist die behauene Oberfläche des Felsens mit einer Eintiefung, die für die Stelle gehalten wird, wo die Pythia auf ihrem Dreifuß saß, und ein geheimter Gang unter dem Fußboden des Heiligthums. Die kastalische Quelle springt wie von jeher aus der Tiefe hervor und in eine weite, viereckige Einfassung, die das Bad der Pythia genannt wird und jetzt mit Schlamm, Unkraut und Steinen zugefüllt ist. Unter den Kräutern entdeckte ich eines von bekanntem Aussehn, pflückte und kostete es: — Wasserkresse von vorzüglichem Wachsthum und Geschmack! Vergessen war Apollo und sein heiliger Schrein, und faustrief in den kastalischen Schlamm einwühlend, rauften wir ganze Hände voll des weihelosen Krautes ab, welches wir im heiligen Quell wuschen und François zu einem Salate schickten.

Darauf stiegen wir zu einem kleinen Kloster am gegenüber liegenden Abhang der Felsenschlucht hinan. Im Hofe desselben lehnten an der Thür einer kleinen phantastischen Kirche drei bis vier antike Basreliefs. Das eine war der Torso eines Mannes in Lebensgröße und von vortrefflicher Modellirung; ein kleines, voll von Geist, stellte vier vor einen Siegeswagen gespannte Pferde dar. Das Kloster steht auf einer alten Terrasse schöner viereckiger Steinblöcke, von denen der Soldat sagte, daß sie einst einer Schule oder einem Gymnasium — wer kann es wissen? — zur Grundlage gedient hätten. Durch ganz Kastri und rings herum liegen Theile ähnlicher Terrassen zerstreut und einige derselben rühren aus sehr alter Zeit her. Von dem Tempel des Apollo sind nur noch Blöcke, Marmortrommeln und die Inschrift vorhanden, welche dem armen Ottfried Müller das Leben kostete.

Als die Sonne sank, saß ich auf einem der Marmorblöcke und entwarf eine Skizze von der unsterblichen Landschaft. Hoch über mir zur Linken erhoben sich thronend die ungeheuern Doppelspitzen von blaßblauem Fels, halb im Schatten des unten aufgeworfenen Bergabhanges liegend und halb im dunkelgelben Glanze des Sonnenunterganges gebadet. Vor mir rollte Woge auf Woge der Parnassischen Kette mit tiefen, seitwärts einschneidenden Thälern, während in der Ferne der Helikon gleich einem Gewittersturm, unter der Last zusammengeballter Wolken, düster drein schaute. Ueber diese weite, wilde Landschaft zogen die sich brechenden Wolken breite Streifen eines blauen, kalten Schattens, die mit Schichten zornigen, orangegelben Lichtes abwechselten, von dem die Berge, bis zur Durchsichtigkeit glühend, in Brand geriethen. Der wüthende Sturmwind pfiff und heulte über die Trümmerhaufen und die einzigen Personen, die wir sahen, waren ein paar zurückkehrende Schafhirten. Und hier war es, wo ein Jahrtausend hindurch das furchtbare Orakel Griechenlands sprach! — Und was war es denn am Ende? Ein widerliches Nest der Pfaffenherrschaft — der Gaukelei, des Blendwerks und Trugs. Nur der Zauberglanz, den der Berg und die Quelle des Gesanges über den Namen Delphi verbreitet,

haben den letzteren eine so wunderbare Musik verliehen. Der
Boden, auf dem Platos Oelbäume wachsen, ist in Wahrheit
heiliger. Vor dem nackten Heiligthum stehend, denkt man
weniger an die dunkeln, daselbst lautgewordenen Aussprüche —
Schicksalsworte für Griechenland — als an den geheimen Gang,
der unter der Stelle, wo der Dreifuß der Pythia stand, blos
gelegt ist; an die Betrügerei hinter der heiligen Begeisterung.
Wie es aber damals war, so ist es noch heute, so wird es
immer sein. Wird nicht das Blut des heiligen Januarius jedes
Jahr einmal flüssig? Gibt es nicht Bilder, die weinen und
bluten, und menschliche Gebeine, die auf die Tische von Aerzten
niederfallen?*)

Als wir nach dem Hause der Triandaphylli zurückkehrten,
fanden wir die Rosen, die alten und die jungen, beim Abend-
brot. Das Essen bestand aus gedämpftem Kalbfleisch mit
Zwiebeln, aus Brot und gutem Weine. Die alte Dame reichte
mir ihr Glas und ihr Mann wählte das leckerste Stück Fleisch
aus und streckte es mir als Zeichen der Gastfreundschaft, an
seine Gabel gespießt, entgegen. Während unsrer Abwesenheit
hatte François die Gelegenheit benutzt und seine und ihre
Plauderlust befriedigt, indem er ihnen alles mögliche hinsichtlich
unsrer Personen mittheilte. Als ich daher das mit Wein gefüllte Glas aufnahm, erhob sich Frau Rose mit ausgestreckten
Armen gleich einer Pythia und sprach, vom Geiste Delphis
angeregt, prophetische Worte. Was sie sagte, das hast du, o
Leser, nicht das Recht zu erfahren; es genüge, daß das Orakel
noch immer nicht stumm ist. Es sprach zu mir, und unter dem
Zauber des Ortes glaubte ich ihm. Du frägst, ob es in Er-
füllung ging? So vernimm denn — nein!

François schlief zwischen den Rosen, und wir, eingelullt von
einem Winde, der das Haus umzustürzen drohte, in einem äuße-

*) Siehe die Annalen des Spiritualismus in New-York.

ren Zimmer. Am folgenden Morgen wehte es noch so heftig, daß ich meinen Plan, die korkyrische Höhle zu besuchen, aufgab, zumal da wir hörten, daß das obere Plateau des Parnassos noch mit Schnee bedeckt sei. Wir gingen jedoch nach dem Stadium der delphischen Spiele, welches oberhalb des Dorfes an dem Abhange des Hügels liegt. Nachdem wir von unsern freundlichen Wirthen Abschied genommen, gingen wir zu dem alten delphischen Thore hinaus, welches aus dem gediegenen Felsen gehauen war. Indem wir um die Ecke des Berges kamen, eröffnete sich uns eine wunderherrliche Aussicht auf die fruchtbare, mit Oelbäumen bedeckte chrysäische Ebene, den Golf von Korinth mit dem jenseitigen Erymanthos und Panachaïkon und den blendenden dorischen Bergen im Westen. Der Weg in das Thal hinab, der rauh und schwierig war, währte zwei Stunden.

Am Abhange des gegenüberstehenden Berges lag die blühende Stadt Salona. Wir besuchten sie nicht, sondern wendeten uns rechts dem Laufe eines Stromes hinauf in die dorischen Berge. Das Thal mit seinen jungen Olivengärten und gedeihlichen Weinbergen, deren Umfang die Leute mit jedem Jahre erweiterten, war ein erfreuliches Bild des Fortschritts. In der Tiefe eines jeden Feldes befand sich eine viereckige eingemauerte Vertiefung, in welcher ein angebrachtes Loch zu einer eingesenkten Kufe führte — eine primitive, aber sehr nützliche Weinkelte. Die Schlucht wurde jetzt eng und wild und überragt von Abstürzen blauen Kalksteins, die mit den lieblichsten orangefarbenen Tinten gefleckt waren. Uns plötzlich um eine scharfe Ecke wendend, hatten wir das Dorf Topolia vor uns, das an dem Vereinigungspunkte zweier, reich mit schönen alten Olivenhainen versehenen Thäler sich an einem steilen Bergvorsprung aufbaute. Silberschäumige Ströme sprühten funkelnd von den Felsen herab und Hecken von Feigen und Granaten überlaubten die Stiege und Pfade. Das Ungewitter des Krieges, welches überall in Griechenland so verheerende Spuren zurückgelassen hat, schien

niemals bis hierher gedrungen zu sein. Es war eine altdori-
sche Idylle.

Die Häuser waren groß und wohnlich, und die Leute,
welche sich in den engen gewundenen Straßen sonntäglich müßig
herum drängten, hatten meist die altgriechischen Gesichtsformen.
Mehrere um einen Brunnen versammelte Kinder waren so schön
wie irgend etwas in der Antike. Nachdem wir umher gesucht,
fanden wir einen großen ländlichen Kaufladen, der besser mit
Vorräthen versorgt war als alle andern, die wir in Griechenland gesehen. Hier frühstückten wir, während eine neugierige,
aber gutmüthige und freundlichgesinnte Menge uns zuschaute.
Die Leute stellten vielerlei Fragen an uns und schienen hocherfreut darüber, daß ich mich in ihrer eigenen Sprache ein wenig
mit ihnen unterhalten konnte. Anfangs machte es mich verwirrt,
wenn ich sie von Adelphóns als von Delphi sprechen hörte.
Unter andern kam ein stummer Mann zu uns herein und machte,
indem er seine Geberden mit seltsamen, unartikulirten Tönen
begleitete, klägliche Sprechversuche. Wir gaben uns ganz besonders mit ihm ab, was den Andern sehr zu gefallen schien. Ich
gab ihm ein Glas Wein, welches er um den Kopf schwenkte
und dann, seine Hand mit Zeichen außerordentlich großer Freude
auf das Herz legend, austrank. Ich war höchsterfreut zu finden,
daß wie in Sparta, so auch hier, der Charakter des Volkes in
demselben Verhältnisse zu steigen schien, als das Blut, das in
den Adern der Leute floß, ein reines, dem der Altgriechen sich
näherndes war.

Nachdem wir Topolia verlassen hatten, schlug sich unser
Weg in die Berge und über die Gipfel der niedrigen, den
Parnassos mit den dorischen Bergen verbindenden Höhenzüge.
Wir kamen an einer im höchsten Grade malerischen alten Mühle
vorbei, von deren hoch oben auf einer Mauer ruhendem Graben
das Wasser in seltsamen, mit Lehm ausgeklebten Weiden-Cylin-
dern hinunter auf das Rad geführt wurde. Bis zum Khan

von Gravia hatten wir einen Ritt von fast vier Stunden über
die wilden, unbewohnten Berge, deren Nordseite mit Tannen
dünn besetzt war. Als wir nach dem Oberthale des Kephissos
hinabstiegen, wurde der Oeta, der Grenzpunkt von Thessalia Phthio-
tis, sichtbar. Dem Laufe eines raschen Stromes folgend, kamen
wir in das Thal hinab, welches mild vom warmen Glanze der
bereits hinter den dorischen Schneefeldern hinabsinkenden Sonne
beschienen, grün und lieblich sich vor uns aufthat. Der Ort
enthielt nicht mehr als ein halbes Dutzend Häuser, die alle zusammen gleich begierig waren uns Nachtquartier zu geben. Unser
Zimmer war groß und schmuzig, die Abendsuppe aber besser
als je, und außerdem war unser topolischer Wein von der Art,
daß er das Herz erheiterte, ohne den Kopf trunken zu machen.

Einundzwanzigstes Kapitel.

Die thessalische Grenze.

Als wir bei Sonnenaufgang den Khan von Gravia verließen, waren die grünen Dickichte voll vom Gesang der Nachtigallen und die prächtige Ebene lag bereits vom warmen Lichte
übergossen da. Nachdem wir über den Kephissos gesetzt, ritten
wir zwei Stunden lang über die an dem westlichen Fuße des
Oeta hinlaufenden Hügelreihen, welche von vollbelaubten Eichen-
wäldern ganz und gar überzogen wurden. Obwol unser Reitpfad rauh und schmuzig war, so genoß ich doch vollauf diese
lieblichen arkadischen Wäldchen, durchduftet vom Wohlgeruche
bis blumenbesäeten Rasens und durchleuchtet von den rothlila

15 *

Zweigen des Judasbaumes. Der Boden war mit gefallenen
Baumstämmen und abgestorbenen Aesten bedeckt — ein ungeheurer Vorrath von Brennmaterial, das hier in einem Lande,
wo dasselbe so außerordentlich spärlich und kostspielig ist, ohne
Zweck verfault. François bekräftigte, daß die Dorier meistens
aus Banditen beständen und daß ihre Trägheit an der Verarmung und Vernachlässigung des Landes schuld sei. Als wir
die Seite des Oeta hinaufstiegen und durch tiefe Schluchten hindurch bald auf- bald abwärts kletterten, bot sich uns zu verschiedenen Malen eine herrliche Aussicht auf den jenseits der
Ebene gelegenen Parnassos dar. Eine fernere Stunde des Auf-
wärtssteigens brachte uns auf den Gipfel hinauf und wir sahen
durch das sich vor uns aufthuende Thor des Gebirges den
Berg Othrys, einen Ausläufer des Pindos und die heutige wie
die alte Grenze Griechenlands nach Norden zu.

Auf der zu unserer Rechten sich erhebenden höchsten Spitze
des Oeta befindet sich die Stelle, wo Herkules, angethan mit dem
vergifteten Gewande des Centaurs, seinen Geist aushauchte.
Aber wie schwach und ungewiß erscheinen doch diese alten großartigen Traditionen im klaren, untrügerischen Lichte eines Früh-
lingsmorgens! Herkules war so weit hinweg, als ob dies nicht
der Oeta sondern das Alleghanygebirge wäre, und die einzige
Gedankenverbindung, die mir unwillkürlich in den Sinn kam,
war lächerlicher Art. Ein paar Monate vorher hatte ich Im-
mermann's „Münchhausen" gelesen, in welchem unter der Gestalt von Ziegen auf dem Berge Oeta die deutschen Transcen-
dentalisten und Reformatoren auf das köstlichste und unbarm-
herzigste gegeißelt werden. Diese Ziegen und ihre socialistischen
Narrenpossen drängten sich in mein Gedächtniß ein und anstatt
in sentimentale Seufzer, brach ich in ein unehrerbietiges Ge-
lächter aus. O, ihr Helden und Halbgötter! verzeiht mir —
und dennoch würde nicht allein Aristoteles, sondern auch Plato
ein gleiches gethan haben. Da wo wir uns nicht auf einen

idealen Standpunkt erheben können, lasset uns wenigstens ehrlich sein. Sollte jemand immer die richtige Empfindung am richtigen Orte äußern, dann dürft ihr ihm sicher mißtrauen!

Nach einem Abwärtssteigen von einer bis zwei Meilen gelangten wir durch Tannen-, Eichen- und Buchenwäldchen auf die frei daliegende Seite des Oeta, wo plötzlich eine prächtige Rundsicht sich vor unsrem Blicke entfaltete. Unter uns lag die große Ebene des Spercheios, von ihrem Anbeginn am weit entlegenen Fuße des Pindos an, bis zu dem weit gespannten Bogen, womit sie den Golf von Malos umfaßt, sich aufrollend und wie ein rosenroth, grün und golden schillerndes Gewebe, in die zartesten Farben des Frühlings getaucht. Jenseits des Thales zog sich der lange, graue Bergrücken des Othrys dahin, weit im Osten in den schneebedeckten Gipfel des Pelion auslaufend. Die Stadt Lamia, in eine Höhlung am Fuße der Höhen eingestreut, schimmerte undeutlich in der Ferne. Die blauen Berge von Euböa begrenzten den Blick im Osten und tief unten zu unsrer Rechten lag am Fuße des Oeta der Paß von Thermopylä. Ein lang und rauh uns bergabführender Steg folgte nun, doch war er glücklicherweise von Eichen, Steineichen, Lorbeer, Mastix, Fichten und den ersten Buchen überschattet, denen wir in Griechenland begegneten. Wir frühstückten auf halbem Wege am Rande einer Quelle und stiegen dann, indem wir unser Gepäck auf direktem Wege nach Lamia schickten, zu der Stelle hinab wo der Oeta in alten Zeiten bis in den Golf hinein ragte und den Paß unsterblichen Namens bildete.

Thermopylä ist heutigestages nicht mehr ganz so schreckenvoll. Die Anschwemmungen des Spercheios haben im Laufe von 2300 Jahren einen von einer bis drei Meilen breiten Sumpf zwischen dem Fuße des Gebirges und dem Meere gebildet. Das persische Heer hatte sich im weiten Thale des Spercheios gelagert, während die Griechen sich eine Meile oder darüber, innerhalb des Passes in der Nähe der warmen Quellen, von denen er

ben Namen empfangen, poſtirten. Dort ſaßen die perſiſchen
Kundſchafter am Morgen der Schlacht, wie die Spartaner ſich
das Geſicht wuſchen und ihr langes Haar kämmten. Sie ſchienen
bis zum Ende des Paſſes vorgerückt und dort dem erſten Angriff begegnet zu ſein, nach und nach aber ſich nach einer niederen Anhöhe in der Nähe ihrer früheren Poſition zurückgezogen
zu haben, wo. dann die letzten von ihnen erſchlagen wurden.
Die Aehnlichkeit zwiſchen Thermopylä und dem Schlachtfelde am
Iſſus, wo Alexander den Darius beſiegte, iſt ein ſehr bemerkens-
werther Umſtand.

Wir pflückten ein paar wilde Blumen an Ort und Stelle
und wendeten uns darauf jen Lamia. Einige Bauern kamen
aus ihren am Rande des Moraſtes erbauten Rohrhütten hervor
und der eine von ihnen reichte mir eine Kupfermünze hin aus
der Zeit des oſtrömiſchen Reiches, indem er mich bat ihm zu
ſagen, was das Geldſtück werth ſei. Er erzählte, daß man ſeinem Vater, der ſie beim Pflügen fand, zwei Dollars dafür
angeboten habe, die er aber ausſchlug. „Sollte jemand dir
10 Dollars bieten", ſagte François, „ſo verkaufe ſie ja nicht,
ſondern hänge ſie an eine Schnur um den Hals deines älteſten
Jungen, und es wird ihm Glück bringen." „Was meinſt du
damit, den armen Menſchen auf dieſe Weiſe zu hintergehen?"
frug ich. „O", antwortete mein eiſenfeſter Führer, „er iſt ein
Vieh, würden Sie ihm ſagen, daß das Geldſtück nur 10 Lepta
(2 Cents) werth ſei, ſo würden Sie ihn beleibigen. Was er
wünſchte, war, es Ihnen für 5 Dollars zu verkaufen; iſt es
nicht beſſer ihn glücklich zu machen und ihn in ſeiner Dummheit
beſtärkend, ſich die Unannehmlichkeit vom Halſe zu ſchaffen?"
Und mit dieſer praktiſchen, aber nicht ſehr zu empfehlenden
Maxime zündete ſich François eine friſche Cigarre an.

Eine hohe venetianiſche Brücke führte uns über den Spercheios, und nachdem wir den Sumpf, eine Wildniß voll blühender
roſenfarbener und weißer Erika, hinter uns hatten, ritten wir

über eben liegende Getreidefelder weiter nach Lamia zu. Man hat diese Stadt mit Athen verglichen, und in der That besteht eine große Aehnlichkeit zwischen den beiden Orten. Die Akropolis stimmt mit der athenienfischen in Form und Lage überein, und selbst vom Nympheion, Muselon und Lykabettos sind Andeutungen vorhanden, zwischen denen die Stadt dieselbe respektive Lage einnimmt. Die Festung auf der Akropolis ist venetianisch und malerisch durch den Zusatz einer türkischen Moschee und eines Minarets. Zwei andere Minarets sind noch in der Stadt selbst vorhanden, und diese, sowie die zwischen dem Hafenorte Styliba hin und her ziehenden Kameele erinnerten an die moslemitischen Städte der Levante.

Als wir nach Lamia hineinkamen, erkundigten wir uns nach einem Khan, den, wie es schien, der Ort nicht besaß. Während wir noch nach Unterkommen umhersuchten, wurden wir von einem Soldaten angeredet, der eine dringende Einladung vom Befehlshaber der Gensdarmerie brachte, daß wir zu ihm kommen und unser Quartier in seinem Hause aufschlagen möchten. Ich lehnte die Einladung ab, mit der Bemerkung, daß wir bereits Zimmer gefunden hätten und daß wir dem Commandeur für seine Artigkeit dankten, ohne uns genöthigt zu sehen ihn zu belästigen. „Aber er erwartet Sie", sagte der Soldat, „er hat den ganzen Tag über auf ihre Ankunft gewartet." „Dann ist dies ein Mißverständniß", antwortete ich, „und er hält uns für jemand anders." Zur Zeit da unsre Lastpferde abgeladen waren, kam jedoch ein zweiter Bote. „Der Commandeur bittet Sie sogleich nach seinem Hause zu kommen; er erwartet Sie und hat Briefe für Sie aus Athen." Ich versicherte abermals, daß irgend ein Mißverständniß hier obwalten müsse. „Nein, nein", sagte der Bote, „es ist Alles in Richtigkeit. Vor zwei Tagen erhielt er Briefe, die ihre Ankunft meldeten. Er will von keiner abschlägigen Antwort hören.

Ich dachte mir dann, daß es vielleicht möglich sei, General

Church, Mr. Hill oder irgend ein andrer guter Freund in Athen
habe nach meiner Abreise meinetwegen nach Lamia geschrieben
und ich entschied mich endlich dafür den Boten zu begleiten.
Er führte uns sogleich nach des Commandanten Wohnung,
einem schmucken, bequem eingerichteten Haus am Abhang des
Hügels, und brachte uns zu Major Plessos hinein, der uns
mit großer Herzlichkeit empfing. „Mein Freund, General Church",
sagte er, „hat mir von Ihrer Ankunft geschrieben, und ich bin
sehr erfreut Sie in meinem Hause willkommen zu heißen." Ich
erinnerte mich dann deutlich, daß General Church von seinem
Freunde Plessos in Lamia zu mir gesprochen und mir Empfehlungsbriefe angeboten, die ich vernachläßigt hatte mit mir zu
nehmen. Jetzt alles in Richtigkeit wähnend, nahm ich die dar-
gebotene Gastfreundschaft an und schickte François nach dem
Gepäck. Gleich darauf aber schwand alle Täuschung. Der
Major reichte mir einen Brief mit den Worten hin: „dies ist
für Sie! es sind mehrere Tage her, daß er ankam. Und siehe
da! derselbe war für das brittische Parlamentsmitglied Mr. Gar-
dner, welcher irgendwo in Euböa herumgereist war. Ich legte
das Mißverständniß alsogleich dar und erklärte meinen Rückzug.
Der freundliche Commandeur aber wollte von so etwas nichts
wissen. „Ich habe Sie nun einmal hier", sagte er, „und hier
sollen Sie bleiben, bis Sie Lamia wieder verlassen. Ein Freund
vom General Church und ein Amerikaner ist stets ein willkommener Gast."

Lieutenant Mano, ein Neffe Mayrokorbato's, stellte sich zum
Mittagessen ein, und des Abends kam ein mainotischer Hauptmann, ein auffallend schöner und liebenswürdiger Bursche. Da
alle französisch und italienisch sprachen, so hatten wir eine sehr
belebte Unterhaltung über die politischen Zustände Griechenlands.
Meine neuen Bekannten waren enthusiastische Patrioten, wie es
sich gebührte. Die Zugeständnisse aber, die sie machten, bekräf-
tigten nur meine früher empfangenen Eindrücke. Major Plessos

hat die Aufgabe, die Räubereien an der thessalischen Grenze zu
unterdrücken und scheint sie mit großem Erfolge erfüllt zu haben.
Das Zimmer, worin wir schliefen, war mit Trophäen, die den
Räubern abgenommen worden, behangen: lange albanesische, mit
Silber verzierte Büchsen, Pistolen, Dataghans, prachtvolle sil-
berne Gürtel und selbst reich ausgestattete Gehäuse von reinem
Metall, dazu bestimmt, Exemplare des Neuen Testamentes zu
enthalten! Die Räuber, muß man wissen, sind Biedermänner
und Christen, und obschon sie die Nasen der Schafhirten abschneiden und siedendes Oel auf die Brüste der Frauen gießen, so
habe ich doch oftmals gehört, wie die Griechen ihrer mit einem
gewissen Grade von Bewunderung und Achtung erwähnten.

Nachdem wir zu Bett gegangen waren, setzte sich François,
dessen Zunge durch den phthiotischen Wein — röther als das
zu Thermopylä vergossene Blut — gelöst worden war, auf eine
mit Waffen gefüllte Kiste nieder und wurde vertraulich mittheil-
sam. Der Anblick der an den Wänden aufgehängten glitzernden
Waffen versetzte ihn zurück in die Zeit der griechischen Unab-
hängigkeitskämpfe, an denen er sein Theil gehabt. Er hatte in
Doris und Aetolien gefochten, hatte an Fabviers unglücklichem
Zuge gegen Skio theilgenommen und war jahrelang ein Gefan-
gener in Stambul gewesen. „Ah!" sagte er, die Augen auf
die gekrümmten Dataghans geheftet, „wir kamen heute über ein
Gebiet, das ich nur zu wol kenne! Auf den Höhen zwischen
Gravia und den Ruinen von Orchomenos habe ich gar manchen
Tag gegen die Türken gefochten. Wir besaßen eine kleine Batterie — im ganzen nur 3 Kanonen — aber sie ärgerte die
Türken doch gewaltig und sie machten eine verzweifelte Anstrengung sich ihrer zu bemächtigen. Von 200 Mann glaube ich
kaum, daß 60 übrig blieben. Sie würden die Geschütze aber
dennoch nicht bekommen haben, hätten wir nicht unsern Hauptmann verloren. Er war aus den Bergen von Akarnania und
einer der schönsten Männer, die man sehen kann: hoch, mit einem

Kopfe und Schultern wie ein Löwe, blauen Augen und einem prachtvollen Barte, so blond wie der eines Moskoviters. Wir luden und entluden die Feuerschlünde mit aller Macht, denn die Türken kamen uns über den Hals. Er sprang auf eine Brustwehr, um das Commando zu geben, und ich bog mich, ihn ansehend und den Befehl erwartend, zurück. Sein Schwertarm war ausgestreckt, seine Augen feuersprühend und sein Mund zum Ausruf geöffnet — als ich plötzlich sah, wie seine Stirne einbrach. Er wankte nicht, sein Arm war noch immer ausgestreckt, aber anstatt der Worte kam ein Laut wie „Zt — zt — zt!" aus seinem Munde. Dann brachen seine Knie plötzlich ein und er fiel um, mausetodt. Wir fochten wie die Teufel, aber jeder für sich; ein Commandowort gab es nicht mehr — und die Türken nahmen die Batterie."

„Warst du verwundet?" frug ich. „Nicht damals, wol aber einige Tage später. Ich entwischte, fing ein Pferd auf und gesellte mich zu einem Haufen Lanciers. Wir hielten auf eigene Hand eine Art kleinen Guerillakrieg in der Nähe der Ebene von Orchomenos aufrecht, indem wir die großen Heerhaufen der Feinde vermieden. Eines Tages aber überraschte uns die türkische Kavallerie. Ein Mann, der in Verzweiflung geräth, verliert den Kopf, und von dem, was nun folgte, kann ich nicht viel sagen. Ich weiß nur, daß der Staub flog, daß es Säbelhiebe gab, Pistolenschüsse, ohrenzerreißendes Geschrei und tolles Reiten. Mit meiner letzten Pistole stürzte ich einen Türken vom Pferde und warf sie einem andern, der in vollem Galopp auf mich anstürmte, an den Kopf. Dann sprang mein eigenes Pferd hoch auf und die Sinne vergingen mir. Als ich die Augen wieder öffnete, war es Nacht. Ich lag in einer Hütte auf dem Rücken und eine Frau saß bei mir. Es war die Frau eines Bauern und mir bekannt, aber ich konnte mir durchaus nicht vorstellen, wie ich hierher gekommen war. Ich versuchte mich aufzurichten, fühlte jedoch als ob jeder Knochen meines

Körpers zerbrochen sei. „Wo bin ich? Was ist vorgefallen?"
frug ich. „O", schrie sie, „wir sind geschlagen!" Dann kam
mir alles wieder in den Sinn. Ich hatte eine böse Lanzenwunde
in meinem Beine und war schrecklich zerquetscht, aber ich wußte,
daß ich nicht sterben würde. „Wo sind die Andern?" frug ich.
„Wo ist Giorgios? Wo ist Kostantinos?' Wo ist Spiridion?"
Sie aber schlug nur die Hände zusammen und weinte laut, und
ich wußte, daß sie todt seien. Nach einiger Zeit war ich wieder
hergestellt, that jedoch keinen Dienst, bis ich mich zu Fabvier
gesellte. Ah, Dieu! Das Blut, das wir vergossen — und zu
was hat es genützt?" Und damit verfiel François in tiefes,
schwermuthvolles Nachdenken — während dessen ich einschlief.

Am folgenden Morgen schlug der Major einen Ritt auf
den Gipfel des Othrys vor, um von dort einen Blick auf die
Ebene von Thessalien zu haben. Das Wetter war jedoch so
windstille, daß ich einen Aufenthalt während unsrer Ueberfahrt
nach Euböa befürchtete und daher widerstrebend den Befehl zum
Aufbruch nach dem Hafen Stylida ertheilte. Nach dem Frühstück machten wir uns auf den Weg, während der ersten fünf
Meilen vom Major und dem Lieutenant Mano begleitet. Die
Anlage eines nach Stylida führenden Fahrweges ist in Angriff
genommen und ungefähr zur Hälfte beendet; außerdem sind
200,000 Drachmen (33,000 Dukaten) zum Bau eines Weges
beigesteuert worden, der über den Morast von Thermopylä führen
soll, doch ist es unmöglich, die nöthigen Arbeiter dafür zu finden.

Stylida, der Hafen von Lamia, liegt 10 Meilen von der
letzteren Stadt entfernt und ist ein kleiner, angenehmer, malerischer Ort. Unsre erste Sorge, nachdem wir anlangten, war,
uns eines Bootes zu versichern und es dauerte auch nicht lange,
bis wir eines fanden. Es war eine starkgebaute Schaluppe, etwa
30 Fuß lang, die so eben von einer der äußeren Inseln mit
einer Ladung Mais angelangt war, die in Stylida gemahlen
werden und sodann als Mehl wieder zurückgehen sollte. Afar

und Themiftofles, die, zuerst willens den Rest ihres Contractes fahren zu laffen und nach Hause zurückzukehren, es rundweg abschlugen mit ihren Pferden überzusetzen, entschieden sich jetzt dafür mit uns zu gehen. Auf die Landbrife wartend, fahen wir uns genöthigt bis zum Abend zu verweilen, während welcher Zeit wir den guten Leuten der Stadt, die uns mit freundlicher Neugierde besichtigten, zum Gegenstand der Unterhaltung gereichten.

Die Schaluppe war mit einem Hinter- und Vorderdecke verfehen, in der Mitte des Schiffes aber befand sich eine Oeffnung, deren Dimension nicht über 6 Fuß Breite und 8 Fuß Länge betrug, und in diesem Raume wurden alle unfre Effekten und Pferde zusammengepackt. Sie kamen ohne befondere Schwierigkeit — nur ein wenig erschrocken, aber doch fügsam — an Bord. Da gänzliche Windstille herrschte, fo buchfirten die beiden Knaben des Kapitäns uns mit einem kleinen Boote aus dem Hafen. B. und ich krochen in den Hinterraum, einen heißen, eingeengten Platz, wo wir liegen blieben, bis wir dem Erfticken nahe waren; dann gingen wir auf das Verdeck, rauchten und beobachteten während einer ganzen Stunde die Segel, bis wir endlich um Mitternacht uns hineinbegaben und schliefen.

Die Nacht war still und nur gelegentlich kam ein Windpuff vom Lande her. Gegen Morgen ankerte der Kapitän unterhalb einer, in der Nähe der äußerften nordwestlichen Spitze von Cuböa gelegenen Infel, von wo er bei Tagesanbruch nach der Küfte ruderte und mit der vollen Seite des Schiffes anlegte. Mit Sonnenaufgang fingen wir an, die Schiffsladung auszufrachten, was nicht ohne Schwierigkeit von ftatten ging; mit Geduld, Gewalt und der Peitsche jedoch vermochten wir die Pferde erft die Vorderfüße aufzuheben, dann sich über Bord zu ftürzen und fo den Strand zu erreichen. Das erfte gelangte auf geschickte Weise über den Dahlbord, alle andern aber fingen sich mit den Hinterbeinen und ftürzten kopfüber ins Wasser.

Die armen Thiere waren froh, wieder auf festem Boden zu stehen und wir nicht minder, denn wir waren alle müde und hungrig. Aber wir waren jetzt auf Euböa — dem Negropont des Mittelalters — der größten aller griechischen Inseln.

Zweiundzwanzigstes Kapitel.

Abenteuer auf Euböa.

Nachdem wir auf Euböa gelandet waren, sorgten wir vor allen Dingen dafür, etwas zu essen und Ruhe zu finden. Den ersten besten Eselspfad wählend, erreichten wir, über Felder und durch Dickichte von Mastix reitend, in ungefähr einer Stunde ein hoch oben an der Seite des Berges umhergestreutes Dorf. Reihen von Granatbäumen führten uns zu demselben hin. An dem Abhang des Berges stürzten sich kleine Wasserströme hinab, die alles was sie berührten, fruchtbar machten, und die Vegetation war nicht allein üppiger, sondern auch vor der des Festlandes voraus. Gerade über dem Dorfe befand sich eine herrliche Wasserquelle in einem Haine ungeheuer großer Platanen. Zwei der Baumstämme, die wir maßen, waren 28 1/2 und 35 Fuß im Umfang. Es war ein kühler, lieblicher Ort voll Licht und Schatten und melodisch wiedertönend vom Laute des plätschernden Wassers und dem Gesange der in den Granaten-Dickichten hausenden Nachtigallen. Nach einer Rast von zwei Stunden (während deren ich eine Skizze von dem Orte entwarf) frühstückten wir und brachen sodann nach dem fünf Stunden weiter gelegenen Eoipsos auf.

Der Tag war hell und heiß und die Luft war erfüllt von einem schwülen Hauche. Nachdem wir den steilen Kamm des Berges, welcher diese Ecke Euböas bildet, erstiegen hatten, führte ein langer und sehr rauher Pfad uns an der nördlichen Seite abwärts, indem wir zugleich eine herrliche Rundsicht der artemisischen Meerenge, der Berge Thessaliens und im Hintergrunde der schneebedeckten Spitze des Pelion vor uns hatten. Dichte Gruppen von Myrthen, Mastix, Lorbeer und andern glänzenden und duftenden Bäumen umsäumten den Pfad, während Blumen von allen möglichen Farben über die Abhänge ausgestreut waren.

Edipsos ist ein höchst malerisches Dorf, am Fuße eines hochragenden Berges gelegen, aus dessen zerklüfteten Spalten ein heller Strom hervorquoll. Gräben mit klarem, schnellfließendem Wasser durchschneiden den Ort, und die Häuser stehen von Maulbeer= und Oelbäumen umhegt. Im Mittelpunkte des Dorfes erhebt sich eine ungeheure Platane, deren Stamm von einer Bank für die sommerlichen Müßiggänger umgeben ist. Wir fanden ein gutes Unterkommen im Hause des Schulmeisters. Ein Gensdarme, welcher durchaus griechisch mit uns sprechen wollte, benachrichtigte mich, daß eine Menge vortrefflicher Mineralquellen in der aufwärtsführenden Bergschlucht zu finden seien, daß man das Wasser in Flaschen gefüllt und nach Deutschland zur Analysirung gesandt und große Heilkräfte darin gefunden habe.

Am folgenden Morgen ritten wir über die Höhe nach der prächtigen Ebene von Xirochori, der fruchtbaren nördlichen Spitze von Euböa. Die ganze artemisische Meerenge mit der Insel Skiathos im Aegäischen Meere lag vor uns. Das Thal und Dorf Agios Joannes, in das wir hinabstiegen, sind das Eigenthum des Herrn Mimot, eines Franzosen, dessen von Obstpflanzungen umgebene Wohnung eine stattliche Lage an einer der niederen Höhen hat. Hier sahen wir, was mit der Anwendung einiger Kenntniß und mit Fleiß in Griechenland gethan werden kann. Steinerne Mauern oder zierliche hölzerne Einzäunungen umränderten den Weg; Gärten voll schön gedeihender Oelbäume, sämmtlich auf die ursprünglich wild wachsenden Stämme gepfropft, bedeckten die Höhen, und das Dorf in seiner Nettigkeit, seiner Gemüthlichkeit, mit dem saubern, wohlhäbigen Aussehen seiner Bewohner schien vielmehr an die Schweiz als an Griechenland zu erinnern. Nachdem die Unabhängigkeit Griechenlands aner- kannt worden war, ließ sich eine Anzahl von Philhellenen auf Euböa nieder. Den reichen türkischen Landbesitzern gab man einige Jahre Frist, um ihre Güter zu veräußern, und als die Zeit zu Ende ging, sahen sie sich wegen der sehr geringen Zahl der Käufer genöthigt, sie beinahe umsonst wegzugeben. Auf diese Weise wurden Strecken des besten Landes, die von fünf bis zehn Quadratmeilen enthielten, zu Preisen verkauft, die zwischen 6,000 bis 10,000 Dukaten schwankten. Unter der gegenwärtigen elenden Regierungsverwaltung sind aber die An- käufe nicht so vortheilhaft, wie zu vermuthen stände.

Indem wir die Ebene von Xirochori durchschnitten, bemühten wir uns auf den von da durch die Mitte der Insel nach Chalkis führenden Hauptweg zu stoßen; doch ist in dieser, der frucht- barsten Gegend Griechenlands, ein Weg bisher niemals festge- stellt worden! In jedem Frühjahr pflügen die Bauern den Erdboden um, und damit auch den Reitpfad. Wir wanderten zwei bis drei Stunden umher, ehe wir eine Fährte finden konnten, sahen uns aber reichlich durch die Schönheit des Thales belohnt, in welches sie führte. Die Höhen waren mit stolzen Fichten überzogen. Ein schönes Herrenhaus, das einem reichen Griechen gehörte, stand auf einem über dem Strome sich erhebenden nie- deren Hügel und eine Allee junger Bäume führte zu einer freundlichen Gartenlaube, die auf der Höhe lag und eine liebliche Aussicht gen Norden hin gewährte. Wo befanden wir uns denn? Dies war nicht das kahle, nackte, verwilderte Griechen- land, das wir kannten: nein, es war ein warm eingehegter Thalgrund im südlichen Deutschland — eine Heimath stilles

Behagens, guten Geschmackes, eine Heimath ruhiger Sicherheit. So ganz und gar ist es der Macht des Menschen anheimgegeben, den Eindruck, den eine Landschaft auf uns macht, umzugestalten. Das Haus, die Allee, die Laube verbannten den Gedanken an das alte Euböa, die Kornkammer Athens, aus der Seele; oder wenn ich daran dachte, so war es nur um einzusehen, wie leicht doch klassische Erinnerungen durch Annehmlichkeiten der Jetztzeit aufgewogen werden. Als wir aber den Gipfel des Berges erreichten und zurück blickten, da stand, als ob er uns Vorwürfe machen wollte, nicht allein Pelion mit seinem Silberhaupte da, den Golf hütend, aus dem Jason mit seinen jungen Argonauten hinaussegelte, sondern hinter ihm auch Ossa, das Thal von Tempe überblickend, und weit, weit in der Ferne, einem Traume der Dunst- und schlummererfüllten Luft gleichend — der Wohnsitz der Götter, der unsterbliche Berg — der thessalische Olympos!

Wir traten jetzt in eine tiefe und breite Schlucht, welche hinunter nach der euripischen Meerenge führt. Hohe, dunkle Fichten umflederten die Seiten der Berge bis zur höchsten Spitze hinauf und reichliche Ströme stürzten aus jeder Felsenspalte herab. Der Weg war nichts als eine undeutliche Fährte, die schwierig zu finden und im höchsten Grade gefährlich war. An einigen Stellen war es ein blos in die jähe Felswand eingeschnittener Faden, auf dem der geringste Fehltritt Pferd und Reiter hinunter in den fürchterlichen Schlund gestürzt haben würde. Mit einem jeden dieser gefahrvollen Pässe schien unsre Aussicht auf Sicherheit sich zu vermindern, und als wir an eine Stelle kamen, wo der Pfad nicht mehr als 4 Zoll breit war und über die Zacken wurmstichig aussehender Felsen hinweglief, da wendeten Ajax und Themistokles mit ihren Packpferden um, der unerschrockene François stieg ab, und die Stute Erato fuhr zurück. In meinen Nerven prickelte es, die Empfindung war aber überwiegend angenehmer Art. Komm, Erato, sagte ich, dies ist nicht viel schlimmer als die poetischen Abgründe, über die deine göttliche Namensverwandte mich oftmals getragen hat. François ging, Boreas an der zottigen Mähne führend, voran. Ich, anstatt abzusteigen, ließ die Zügel auf Erato's Hals fallen: behutsam wie eine Katze, die auf einen Vogel zuschleicht, setzte sie zuerst einen Fuß vor, versicherte sich ihres Haltes, stemmte sich mit ihrer ganzen Kraft darauf und brachte den andern Fuß vorwärts, setzte ihn auf dieselbe Weise auf und kroch so Zoll für Zoll weiter. Ich saß, mich im Gleichgewichte haltend, unbeweglich still und sah auf den vor mir liegenden Pfad — um alles in der Welt nicht in den gähnenden Schlund. Millionen der feinsten Nadeln steckten in den Poren meiner Haut; als ich aber die entgegengesetzte Seite erreicht hatte, fielen sie plötzlich heraus und ich fühlte mich so erquickt, als ob ich in einem Kübel flüssiger Elektricität gebadet hätte. B. folgte, und nach unglaublichen Anstrengungen brachten Ajar und Themistokles ihre Pferde über die Felsen hinüber.

Anderthalb Stunden lang stiegen wir noch an der linken Seite der gewaltigen Schlucht hinab, die allmälig sich so zusammenzog, daß sie eine undurchdringliche Spalte bildete. Der Pfad war mit Fichten, Steineichen, andern Arten von Eichen und Lorbeer wonnig beschattet, und die mit dem warmen Dufte wohlriechender Blätter und des blühenden Ginsters und Cistus erfüllte Luft war köstlich einzuathmen. Wir erreichten endlich den letzten Absatz des Berges, welcher eine weite Aussicht auf den Golf von Eubäa und die jenseits gelegenen lokrischen Berge darbot. Das ausgedehnte Gelände einer Hochebene lag vor uns und anderthalb Stunden ritten wir über die bewaldeten, wellenartigen Erhebungen desselben, ohne irgend eine Spur von dem Hafenplatze Limni, dem Orte unsrer Bestimmung, zu entdecken. Die Sonne ging in einem Bette drohender Dünste unter und wir fühlten große Ermüdung und starken Hunger, als endlich der Pfad uns durch eine Felsenkluft hinunter zu einigen an der Seeküste gelegenen Feldern mit Oelbäumen führte. Eine Spur

Taylor, Griechenland.   16

von menschlichen Wohnungen war aber nicht zu sehen; an dem Gestade lagen nur ein paar Stöße gesägten Holzes aufgehäuft. Wir folgten den Windungen der zackigen Küste wol zwei Stunden, ehe wir den ersehnten Hafen erreichten, welcher behaglich in einem kleinen Dreieck zwischen zwei Vorgebirgen versteckt liegt. Auf meiner Karte (der von Perthes herausgegebenen Berghaus'schen) war der Ort etwa 4 Meilen zu weit nördlich angegeben — die einzige Unrichtigkeit, die ich während meiner Reisen in Griechenland entdeckt habe. Bei meiner Rückkehr nach Deutschland machte ich Herrn Berghaus auf den Punkt aufmerksam, worauf er ihn sogleich berichtigte. In jeder andern Beziehung fand ich seine Karte wunderbar genau.

Wir waren dem Verhungern nahe und von einem elfstündigen Ritte wie zerschlagen, und der Anblick des wohlgebauten und compakten Dorfes mit seinen großen, dem Strande zugekehrten Häusern verhieß uns ein willkommenes Unterkommen. Die Leute sammelten sich neugierig um uns, denn ein Reisender war hier ein seltener Anblick. Einen Khan gab es nicht, allein wir verschafften uns Quartier bei dem reichsten Manne des Ortes. Der Bürgermeister und andere Würdenträger hielten mein griechisch im Gange, während ich mich vor Tische eines erquickenden Narghileh erfreute.

Als wir des Morgens bei unserm schwarzen Kaffee saßen, wurde ich in sehr schlechtem Englisch von einem jungen, im Orte gebornen Matrosen angeredet, der eine Reise nach Liverpool und von da nach Calcutta gemacht hatte. Gleich darauf erschien ein alter rauher Gesell, der einen unverkennbar salzigen Geruch an sich hatte und uns auf englisch folgendermaßen begrüßte: „Guten Morgen! Woher des Weges? Seid ihr Schotten oder Irländer?" Als er unsre Antwort vernahm, schien er höchst erstaunt und entzückt zu sein. „Ihr Amerikaner! Was der tausend, ich bin ja auch ein Yankee!" Und wirklich hatte er sechs Jahre in der amerikanischen Flotte gedient und hatte zwei Jahre dieser Zeit in den Schiffswerften von Norfolk und Washington zugebracht. „O!" sagte er, „das ist ein gewaltiges Land: da sieht man keine solche Haufen von Felsen wie hier — alles eben, ohne Stein und gut für Weizen." Er war von Limni gebürtig, wo er eine Familie hatte; sonst würde er mit uns zurückgekehrt und niemals wieder nach Griechenland gekommen sein. „Ein amerikanischer Matrose ist ein Gentleman", sagte er, „die Griechen aber sind alle Lügner und Schurken. Sie sind mein eigenes Volk, aber ich hasse sie."

Der Sanitätsbeamte benachrichtete mich, daß im Dorfe noch einige Ueberbleibsel der alten Stadt Ärgä vorhanden seien und führte uns unter dem Zulaufe einer ziemlichen Anzahl der Dorfbewohner dahin. Wir fanden die Grundmauern eines kleinen sehr hübschen Bades aus der Zeit der Römer. Der Mosaikfußboden von vier Zimmern ist noch ziemlich gut erhalten, und außerdem gibt es Bruchstücke von Stein- und Backsteinmauern und zerbrochenen Marmorsäulen. Unsre Pferde standen nun bereit und die Haufen der Dorfbewohner drängten sich zusammen, um uns abreisen zu sehen, während unser angeblicher Landsmann uns einen Händedruck gab und, die Unmöglichkeit beklagend uns begleiten zu können, auf Matrosenweise fluchte.

Unser Pfad führte uns etwa eine Stunde lang zu rauhen, zerklüfteten Hügeln hinan, bis wir den höchsten Kamm der Insel erreichten und vor uns die fruchtbaren östlichen Thäler, das ägäische Meer und die umhergestreuten Inselchen der Eparchia von Skopelos liegen sahen. In seinem Reichthum an fichtenbewachsenen Höhen und dazwischenliegenden grünen Thälern hatte der Anblick einen nördlichen Charakter, während die jene umkleidende heiße, duftige und leuchtende Atmosphäre der Landschaft den Charakter des Südens gab. Es war wahrhaft erhebend, solche lieblicharkadische Gegenden in Griechenland zu finden und die sommerlichen Bilder, welche ich von den Wäldern des mysischen Olympos in meiner Erinnerung aufbewahrte, traten mir wieder lebhaft vor die Seele. Von dem Reichthum und der Schönheit Euböas können solche nie eine Vorstellung haben, die sich mit einer flüchtigen Besichtigung des staubigen Attika und der durstigen Argos begnügen.

Nachdem wir unser Frühstück in einem kleinen lieblichen Thalgrunde bei einer malerisch gelegenen Mühle eingenommen hatten, brachen wir nach dem Gute des Mr. Noel, eines Engländers, auf, der seine Heimat seit zwanzig Jahren in dieser Einsamkeit aufgeschlagen hat. Durch tiefgelegene, von bewaldeten Höhen eingeschlossene Thäler reitend, sahen wir bald aus der offenbaren Sorgfalt, mit der die jungen Bäume beschützt worden waren, daß wir uns innerhalb der Grenzen seiner Besitzung befanden. Bald darauf gelangten wir zu der Fährte eines Karren — ein in Griechenland höchst ungewöhnlicher Anblick. Indem wir dieser folgten, traten wir aus den Gehölzen heraus und sahen Mr. Noel's Wohnhaus vor uns, welches auf einer sanften Anhöhe steht und eine herrliche Aussicht auf Wiesen und Wälder darbietet, die sich in der Ferne zu Höhen hinaufziehen und von dem Schneegipfel des Pyxario gekrönt werden. Wir ritten in den Hof ein und stiegen ab, während ein Diener ging um Mr. Noel aufzusuchen, der sich unten im Dorfe befand. Sein Sohn, ein zwölfjähriger Knabe, der nicht ganz geläufig englisch sprach, zeigte uns indessen einen großen zahmen Hirsch von einer noch sehr zahlreich in den Bergen vorhandenen Gattung. Es war ein edles Thier, bei weitem größer als der gewöhnliche europäische Hirsch und so durchaus gezähmt, daß es schwierig war ihn aus dem Hause zu halten. Während ich Nachmittags in Mr. Noel's Bibliothek saß, ward ich durch das Stoßen seines Geweihes gegen die Thüre aufgeschreckt. Nachdem es ihm geglückt war, einen Eingang in das Zimmer zu finden, marschirte er bedachtsam um den Tisch herum, beschnüffelte die Bücher und bemächtigte sich zuletzt einer Nummer von „Galignianis Messenger", die er in buchstäblichem Sinne verschlun-

gen haben würde, wäre er nicht mit Gewalt hinausgewiesen
worden.

Mr. Noel erschien bald, unsere Packpferde führend, welche
er auf dem Wege nach dem Khan getroffen hatte. Die Herzlichkeit seines Empfanges ließ uns keine andre Wahl als die
Nacht in seinem Hause zuzubringen. Während er fort in den
Wald ging, um die Holzhauer zu beaufsichtigen, nahm ich die
Gelegenheit wahr, eine Skizze von der prachtvollen Landschaft zu
entwerfen. Die Judasbäume sprühten zwischen dem zarten Grün
der Gebüsche gleich rosenrothen Springbrunnen auf; Veilchen
und wilder Thymian durchdufteten die Luft und die Bienen summ-
ten ihr einschlummerndes Lied. Der durch das Thal fließende
Strom war von einer Doppelreihe ungeheurer Platanen umsäumt
und die fernen Berge, anstatt mit ihren Kalkriffen nackt in das
Sonnenlicht hineinzuragen, waren mit den kühlen Gewanden
der immergrünen Fichte bekleidet. Die ganze Gegend von dem
unsichtbaren ägäischen Meere hinter dem nach Osten zu gelegenen Berge an bis zum Gipfel des Phxario gehörte dem Mr.
Noel. Er war Gebieter einer fürstlichen Besitzung in einem
Lande unsterblichen Namens — und dennoch bedauerte ich ihn.
Er führte ein einsames Leben zwischen einer Horde unwissender,
abergläubischer, undankbarer Bauern, unter einer elenden Regierung, wo sein Beispiel nichts fruchtete und alle seine Versuche
zur Einführung von Verbesserungen zunichte gemacht wurden.
Ich gestehe, daß der Anblick von soviel Bildung und feinen
Sitten, als Mr. Noel, begraben in einer solchen Wildniß, besaß,
einen sehr traurigen Eindruck auf mich hervorbrachte. Alles
bekundete Verbannung und Vereinzelung. Seine Tochter, eine
liebliche englische Rosenknospe, bald zur Jungfrau heranreifend
schien durchaus nicht am rechten Orte unter den struppien Ari-
adnen und Iphigenien des Dorfes, deren Gesellschaft ihr selbst nicht
jene ruhige Anmuth und Selbstbeherrschung rauben konnte, welche
sie von der jetzt in griechischem Boden ruhenden Mutter geerbt hatte

In beinahe jedem andern Lande der Welt würden Mr. Noel's Bemühungen hoffnungsreiche Resultate geliefert haben. Nicht allein daß er bequemere Häuser für seine Arbeiter gebaut, eine Freischule errichtet und sie mit reichlicher Beschäftigung versorgt hat, sondern auch bessere landwirthschaftliche Geräthe hat er eingeführt und sich bemüht, ihnen ein verständigeres System des Ackerbaues beizubringen. Er hat einen zehn Meilen langen Fahrweg angelegt von den Wäldern bis zur Seeküste und beschäftigt sich selbst hauptsächlich mit dem Fällen von Bauholz, welches vor seinem eigenen Gestade nach Syra und den andern Inselhäfen übergeschifft wird. Die Landesbewohner lachen jedoch nur über seinen guten Rath und alles, was er für sie gethan hat, dient nur dazu neue Ansprüche an seine Großmuth in ihnen hervorzurufen. Er verzweifelte fast daran ihre Lage zu bessern, so lange als sie unter der Herrschaft eines Glaubens sind, welcher die Hälfte des Jahres zu Festtagen macht und ihnen während der andern Hälfte die hinreichende Nahrung entzieht. Von allen Albernheiten des Heidenthums gibt es keine, welche ganz so unvernünftig und verderblich wäre wie diese Verordnungen der griechischen Kirche. So lange sie bestehen, ist ein griechisches Reich im Orient schon aus diesem Grunde unmöglich.

Es war ein großer Luxus in reinlichen Betten zu schlafen und sich des reichlichen Zubehörs einer englischen Toilette zu erfreuen. Der Morgen war kühl und stürmisch, und da wir beschlossen hatten Chalkis zu erreichen, nahmen wir unmittelbar nach dem Frühstück von unserm freundlichen Wirthe Abschied. Als seine Wohnung und die erhabene Landschaft, welche von ihr beherrscht wird, durch die Allee von Skamoren im Thale unsern Blicken entzogen wurde, wiederholte ich Tasso's „bella età dell' oro" und seufzte bei dem Gedanken, wie öde das Leben in solch einem Arkadien ohne die Gesellschaft verwandter Gemüther sein müsse — aber in Gemeinschaft mit solchen, welch ein Paradies auf Erden! Wie innerhalb des schirmenden Kreises dieser röthlich angehauchten Höhen und weit hinweg von den Stürmen und Bewegungen unsres Lebens, alle reinen Neigungen und einfachen Tugenden ihre Blüten treiben müßten — wie die Jahre dahin gleiten würden, schön und sanft wie griechische Tage, bis der Tod als unwillkommener Gast erschiene, wenn Resignation nicht die Frucht wäre, die ein solcher Friede hervorbringen würde.

O Zimmermann! du sentimentaler Betrüger! O Einsamkeit, du unsterblicher Humbug! Es ist ganz schön, von Gemeinschaft mit der Natur so lange zu reden, als man ein eigenes Haus und eine Familie, Bücher, Pferde und Vergnügungen im Hintergrunde hat; aber ohne den Menschen ist die Natur eine traurige Lehrerin. Vier weitere Jahre der Einsamkeit würden Selkirk zum Thier oder Idioten umgewandelt haben, und selbst euer Plato würde auf diesem Wege ziemlich tief herabsinken. Was sind die einsamen Hirten auf den Höhen der Alpen? Was waren die Einsiedler der ersten christlichen Zeiten? Nein! lieber eine Dachkammer in den Five Points*), als eine Höhle in der thebanischen Wüste.

Unser Weg bestand aus einem wunderschön überschatteten Pfade, der dem Strome bis zu seiner Quelle in den Bergen folgte, von wo aus wir dann den Haupthöhenzug der Insel — eine kalte, windige, mit Fichten überwachsene Region — erstiegen. Vom Gipfel aus erblickten wir, in der Ferne schimmernd, die Weizenfelder von Chalkis und weithin im Südosten den Schneekeil des Delphi, welcher eine Höhe von 5000 bis 6000 Fuß erreicht. Wir brauchten zwei Stunden zum Herabsteigen und es war spät am Nachmittag, ehe wir etwas von den gelben Mauern und den weißen Minarets der Stadt erblickten. Unsre Wanderungen in Euböa hatten nun ihr Ende erreicht und von unsrer

---

*) Die verrufenste Gegend in der Stadt New-York.

Anm. d. Ueb.

Heimat in Athen trennte uns nur noch eine Entfernung von fünfzig Meilen.

Der Nachmittag und Abend war glühend heiß. Wir klirrten in vollem Glanze der Sonne durch die steinigen Straßen und fanden zuletzt eine Art Gasthof, der hauptsächlich für das Unterkommen der Festungsofficiere vorhanden ist. Hier erhielten wir ein Zimmer und im Laufe der Zeit ein Essen, welches aus Beefsteak und englischem Ale bestand — rauchten eine Nargileh auf dem Quai inmitten eines Haufens schmuziger Matrosen, sahen dem Leichenzuge eines Soldaten aus unsren Fenstern zu — versuchten zu schreiben, gaben es jedoch der Hitze wegen wieder auf und kamen endlich zu der Ueberzeugung, daß Chalkis die langweiligste und albernste Stadt in ganz Griechenland sei. Die mohammedanischen Moscheen waren jedoch ein erquickender Anblick für die Augen. Chalkis ist, wie ich glaube, der einzige Ort im ganzen Königreiche, wo es den Türken erlaubt ist zu wohnen. Der einzige erwähnenswerthe Vorfall während unsres Aufenthaltes war der Besuch eines Griechen, welcher die Pferde eines englischen Reisenden unter seiner Obhut hatte, der vor zehn Tagen von Sunium abgereist war, um nach der südlichen Spitze Euböas überzuschiffen und von dem man seither nichts gehört hatte. Der Mann war sehr bekümmert, da er, falls der Engländer umgekommen sein sollte, sich genöthigt sehen würde für den Unterhalt seiner Pferde zu bezahlen. Wir konnten ihm keinerlei Trost geben, doch waren wir froh eine Woche nachher zu vernehmen, daß der Reisende endlich zum Vorschein kam.

Am folgenden Morgen brachen wir wohlgelaunt und frühzeitig auf, und setzten über die Straße von Euripos vermittelst einer neuen Zugbrücke, über die ganz Griechenland jubelt, weil sie beinahe das einzige öffentliche Werk ist, welches die Regierung zu Stande gebracht hat. Zwei Monate zuvor war sie von dem König und der Königin auf feierliche Weise eingeweiht worden, eine Gelegenheit, bei welcher es den Majestäten nicht besser

ergangen war als andern aus gemeiner Erde geschaffenen Menschen. Ein Sturm brach los, das Haus, worin sie wohnten,
fing Feuer, sie sahen sich genöthigt in Zimmern zu schlafen, in
die der Schnee hinein wehte, und die Staatsroben der Königin
mußten sogar an ihrer höchsteigenen Person trocken geplättet
werden! Nachdem wir diese denkwürdige Brücke einmal hinter
uns hatten, befanden wir uns von neuem auf dem Festlande
und ritten eine halbe Stunde, später dem Strande von — Aulis
entlang! Ja, diese kleine Bucht, dieser steinige Hügel, diese
wenigen Blöcke behauenen Kalksteines, an denen der Zahn von
3000 Jahren nagte, schauten die vereinte Kriegsmacht der gen
Troja ziehenden Griechenfürsten — d. h. vorausgesetzt daß so
etwas je geschah. Jedenfalls aber ist dies Aulis, der goldene,
der homerische Name — das wie Posaunen tönende Wort der
Gesänge Griechenlands.

Drei Stunden lang trabten wir nun über fruchtbare Weizenfelder, drei weitere über Höhen und Tiefen, die mit Platanen
und großen böotischen Eichen besetzt waren, und sodann noch
zwei andere über steinige, zerklüftete Hügel, bis wir endlich den
nördlichen Abhang des Parnes erreichten, über dessen Fichten
hinaus Attika lag — damals beinahe so gut eine Helmat für
uns, wie es die des Pisistratos und Solon war. Das von
Ajax und Themistokles bewachte Gepäck war weit hinter uns
zurück; unsre drei Pferde Erato, Boreas und Chiron waren
ziemlich abgenutzt, fünf bis sechs Stunden aber waren hinreichend
uns nach Athen zu bringen, und so fuhren wir fort sie aufzu-
muntern. Unterwegs hörten wir die Nachricht, daß der Räuber-
hauptmann Kalabaliki, der Schrecken Griechenlands, soeben in
der Nähe von Theben eingefangen und seine Bande zersprengt
sei. Auf der Höhe des Parnes stießen drei Soldaten zu uns,
welche langsam hinter uns herschlenderten, als drei bewaffnete
Männer plötzlich aus einem dichten Gebüsch hervorkamen. Ich
zweifelte keinen Augenblick, daß sie zu der Bande Kalabalikis

gehörten; wir ritten jedoch unerschrocken auf sie zu und an ihnen
vorüber und sobald die Soldaten sichtbar wurden, zogen sie sich
wieder in das Gehölz zurück. Kurz vor Sonnenuntergang traten
wir aus dem Walde hervor und sahen die Ebene von Attika
sich vor uns ausbreiten, bis sie in der Ferne mit dem ägäischen
Meere in eines zusammenfloß. Der auf den oberen Abhängen
des Berges uns umgebende Rasen war grün wie in der Schweiz.
Gruppen von Fichten standen über die Höhen zerstreut und dieser
frische nördliche Vordergrund gab der in die röthlichen und violetten Tinten der griechischen Atmosphäre getauchten, glorreichen
Landschaft einen unvergleichlichen Reiz. Weit hinweg — wie
ein Goldpunkt auf dem blauen Himmelsgrunde — stieg die
Akropolis uns winkend empor.

Und fort ging es, hinunter zur Ebene, während die Farben
des Sonnenunterganges bleich und bleicher wurden und wir
unsre erschöpften Pferde anspornten — vorüber an staubigen
Dörfern, vorbei an dunklen Weizenfeldern, Olivenhainen von
unbestimmten Umrissen und Weingärten, erfüllt vom Dufte der
frisch aufgewühlten Erde, bis wir zu den wohlbekannten Häusern von Batissa gelangten. Dann wußten die Pferde wo sie
waren und fügten sich in ihre noch zu erfüllende Aufgabe. Eine
halbe Stunde später, gerade als der Mond hinter Hymettos em-
porstieg und im funkelnden Glanze die gesprengten Säulen des
Parthenon traf, sprangen wir vor dem Hause von Vitalis aus
dem Sattel und beschlossen damit unsern Ritt durch das nördliche
Griechenland.

Ajax und Themistokles stellten sich gegen Mittag des folgenden Tages ein. Der erstere war von dem auf dem Parnes
stationirten tapfern Wachposten aufgegriffen und, als Räuber
verdächtigt, bis zum Morgen festgehalten worden.

Dreiundzwanzigstes Kapitel.

Volk und Regierung.

Mit Ausnahme von Akarnanien, Aetolien und einigen der
Kykladen hatte ich jetzt alle verschiedenen Landestheile des heutigen Griechenlands besucht und betrachtete mich, so weit es per-
sönliche Beobachtung und Forschung im Laufe von 4 Monaten
bringen konnten, also ziemlich vertraut mit dem Zustande des
Landes und seiner Bewohner. Mich für gänzlich unparteiisch
haltend, werden meine Bemühungen, indem ich die Summa der
empfangenen Eindrücke gebe und sie zu einem allgemeinen Urtheil gestalte, dahin gehen, Gerechtigkeit walten zu lassen. Ich
habe in der letzten Zeit verschiedene neuere Werke über Griechenland durchgesehen und bin erstaunt über den Parteigeist, der sich
in hohem Grade darin kund gibt — als ob der Stand der
Dinge in Griechenland und der Volkscharakter eine Streitfrage
und nicht vielmehr als ein getreues Bild darzustellen sei. Der
eine Autor urtheilt zu günstig, der andere zu strenge, und indem
ich die Mittelstraße zwischen den beiden Extremen einhalte, sehe
ich voraus, daß man mich in gewissem Maße von beiden Seiten
tadeln wird.

Thatsache ist, daß einige wenige Beispiele glänzenden Heldenmuthes einen trügerischen Glorienschein über die dunklen Züge
des griechischen Unabhängigkeitskampfes gebreitet haben und daß
die meisten derjenigen, die sich mit Ehrfurcht vor dem Namen
eines Marko Bozzaris beugen, nicht wissen, daß sein Oheim
Nothi die Kriegsvorräthe seiner eigenen Truppen stahl, um sie

an die Türken zu verkaufen — daß während Kanaris und Miaulis brav und unbestechlich waren, Kolokotroni sich die Taschen füllte und aus seinen Leuten feige Memmen machte — daß während Karaiskakis ehrenhaft handelte, andere die heiligsten Religionseide brachen und die Gefangenen mordeten, die sie zu schonen versprochen hatten. Mag man immerhin sagen, daß die Griechen das seien, wozu die Türken sie gemacht haben — daß man nicht erwarten sollte die Tugenden freigeborner Männer in Sklaven zu finden — so ist doch soviel gewiß, daß Verrätherei und Wortbrüchigkeit nie zu den Charakterzügen der Muselmänner gehörte. Es ist der verderbte Sauerteig des byzantinischen Kaiserthums, welcher noch in dem Blute dieses gemischten Volkes gährt. Ich habe bereits gesagt und wiederhole es, daß nicht ein Fünftheil der gegenwärtigen Bevölkerung Griechen genannt werden können. Der Rest besteht aus Slaven, Albanesen und Türken, mit einem leichten Zusatz venetianischen Bluts. Nur in Maina, an den Abhängen des Parnaß und in einigen Theilen von Doris fand ich den alten Volkstypus in erwähnenswerthem Maße vor. Während des Krieges that sich am meisten das albanesische Geblüt — die Sulioten, Hydrioten und Spezzioten — hervor.

Dieser Mischung zufolge — nicht allein in Bezug auf Race, sondern auch auf Charakter und Gesellschaftsverbindung — gibt sich eine große Verschiedenartigkeit in der Natur der heutigen Griechen kund, und da die Zahl derselben so klein ist, so muß man bei einer Angabe der allgemeinen Charakterzüge derselben vorsichtig zu Werke gehen. Einige der alten Volksgrundzüge sind noch heutiges Tages unter ihnen vorhanden: Eitelkeit, Liebe zum Disputiren, Geschwätzigkeit und Freude an Pomp und Gepränge. Die Würdigung der Kunst ist jedoch unter ihnen gänzlich zu Grunde gegangen. Viele derselben werfen sich zu Bekennern demokratischer Grundsätze auf und freuen sich zur selbigen Zeit wie die Kinder über das bunte Gepränge, welches den Thron umgiebt. Sie lieben den Gewinn leidenschaftlich und haben doch bei dem schweigsamsten Temperamente der Welt eine große Abneigung gegen Handarbeit. Einer ihrer besten Gemeinzüge ist ihre Lernbegierde, leider aber hört diese auf, sobald sie im Stande sind, eines der Staatsämter zu erlangen. Bestechlichkeit ist unter den Staatsbeamten in Griechenland ebenso allgemein, wie — wie — wie in den Vereinigten Staaten, nur daß man in jenem Lande ihr nicht dieselben Mittel entgegensetzen kann. Der ehrliche Theil der Gesellschaft ist nicht beträchtlich genug, um einen vornehmen Taschendieb zu brandmarken, und während eine Horde von Blutsaugern in der Militär-, Marine- und Civil-Verwaltung sich auf Unkosten des Volkes bereichert und mästet, ist die Hauptmasse der Bevölkerung nicht besser daran, als es die Unterthanen des Sultans sind. Mehr als ein hervorragender Mann, mit dem ich in Athen über den Zustand des Landes sprach, sagte mir: „Wir brauchen mehr Bevölkerung. Was kann man mit einer Million Landeseinwohner thun?" Und doch wandert in diesem Augenblicke eine ganze Menge von Griechen aus Akarnanien in die Türkei aus! Deutsche Einwanderung würde vor langer Zeit schon dem Lande zugeflossen sein, hätte die Regierung nicht die Erlaubniß dazu verweigert.

Die Griechen besitzen drei Haupttugenden, die an sich schon eine so vortreffliche Grundlage bilden, daß sie leicht die rettende Macht für sie werden könnten. Sie sind nämlich für ein Volk des Südens ungewöhnlich keusch; sie sind vermuthlich das mäßigste Volk der Erde und in ihren Familienbeziehungen äußerst treu und uneigennützig. Ebenso kann ihre Eitelkeit, während sie in vieler Hinsicht ein Hemmniß ist, auf die rechte Weise berührt, zu ihrem Vortheil benutzt werden. Leicht durch das von andern über sie gefällte Urtheil verletzt, werden sie zuweilen nur besser, um für besser gehalten zu werden. Deßhalb schadet ihnen auch nichts mehr als unverständiges Lob. Ich kenne eine Fa-

mille, welche in der Behandlungsweise ihrer Dienstleute auf
dieses Princip gebaut hat und die niemals in ihrem Vertrauen
getäuscht worden ist. In diesem Falle jedoch wäre ein ungünstiger
Urtheilsspruch ein bleibendes Unglück gewesen, und deßhalb war
der Antrieb zur Ehrlichkeit ein verhältnißmäßig größerer.
Manche griechische Dienstboten sind, wie ich aus Erfahrung weiß,
große Spitzbuben und die ganze Klasse derselben steht nicht im
besten Rufe. Die Ehrlichkeit unter den griechischen Landbe-
wohnern kommt derjenigen gleich, die man gewöhnlich unter
Leuten ihres Standes findet, und wenn man sieht, wie ihnen von
oben herab die allerabscheulichsten Betrugskünste gelehrt werden,
so weiß ich nicht, ob man es ihnen nicht vielmehr zur Ehre
anrechnen muß, daß sie nicht schlimmer sind, als es wirklich
der Fall ist.

Die Besteuerung der Landwirthe zum Beispiel geschieht
nicht durch eine Abschätzung ihres Besitzthums, sondern durch
die Abgabe eines Zehnten der Landesprodukte. Es herrscht das
abscheuliche türkische System, die Zehnten des ganzen Landes an
eine Horde von Spekulanten zu verpachten, welche der Regierung
eine bestimmte Summe zahlen und dann das Geschäft sich so
gut zu nutze machen als sie können. Das Gesetz verlangt, daß
das Getreide beim Messen leicht in das Maß geschüttet und dann
oberhalb eben abgestrichen werden soll; die Pächter aber haben
die Gewohnheit, es wiederholt zu schütteln und zu rütteln und
dann das Maß voll zu häufen. Dies ist nur ein Beispiel von
ihren vielen Kunstgriffen und der Zehnte nur eine der Formen,
in denen das Volk besteuert wird. Häufig kommt es auch vor,
daß besondre Steuern für besondre Zwecke erhoben werden. Das
Geld wird stets eingetrieben, und das ist alles, was die Leute
davon wissen. Selbst die Summe, welche die Regierung für die
bei dem Erdbeben in Corinth zu Schaden Gekommenen aussetzte,
schmolz, indem sie durch verschiedene Hände ging, bis auf die
Hälfte zusammen, ehe sie den Ort ihrer Bestimmung erreichte.

Die Griechen sind gute Patrioten in der Theorie, aber in der That könnte kein Feind ihnen größern Schaden zufügen, als sie selbst thun. Es gibt niemanden unter ihnen, der nicht die Mißstände sähe, unter denen das Land seufzt, und doch habe ich den Mann noch zu finden, der diesen Mißbräuchen mit der That entgegenträte. Man hört nur Klagen, wie folgt: „Was können wir mit so kargen Mitteln thun? Wir sind für unsre Lage nicht verantwortlich. Die Großmächte nahmen uns Kreta, Chios, Epiros und Thessalien, welche uns mit Recht gehörten und welche die Basis eines starken und gedeihlichen Königreiches gebildet haben würden. Wir sind hülflos schwach und es stand nicht mehr von uns zu erwarten." Wenn ich darauf aber entgegnete: „So lange Ihr nicht mit den euch gegebenen Hülfsmitteln alles thut, was in eurer Macht steht, werdet Ihr nie dahin kommen, über größere Hülfsmittel zu gebieten. Ihr redet von Armuth und gebt doch Eurem Hofe verhältnißmäßig mehr als jedes andere Land in Europa. Eure Landeseinkünfte sind bedeutend genug, um unter geeigneter Verwaltung nicht allein alle wirklich nöthigen Ausgaben zu bestreiten, sondern auch um der Industrie des Landes die Verkehrsmittel zu verschaffen, nach denen sie seufzt." Dann habe ich mehr als einmal die schwache Ausflucht gehört: „Unser Hof muß auf anständige Weise unterhalten werden. Ein Thron kann ohne großen Aufwand nicht bestehen. Wir Griechen sind zwar demokratisch gesinnt, aber die Großmächte haben uns einen Thron gegeben, und da wir ihn angenommen haben, so würde es dem Lande nur zur Schande gereichen, wenn es denselben nicht mit vollem Zubehör umgeben wollte."

Der königliche Palast in Athen kostet zwei Millionen Dollars. Für diese Summe haben die Griechen einen ungeheuren und häßlichen Steinhaufen pentelischen Marmors, so groß wie der Buckingham-Palast in London oder das Residenzschloß in Berlin — während ein Viertheil des Geldes hinreichend gewesen wäre,

einen schönen, dem Lande und seinen Mitteln angemessenen Bau
aufzuführen. Der König hat eine jährliche Civilliste von einer
Million Drachmen (166,666 Dukaten), welche er, zu seiner Ehre
sei es gesagt, in und um Athen aufbraucht. Der Hof ver-
schlingt allein ein Zwölftheil der gesammten Staatseinkünfte.
Dann gibt es eine Reihe besoldeter und pensionirter Militär-
und Civilbeamten, wie sie in demselben Verhältniß kein anderes
Land Europas aufzuweisen hat. In der Flotte gibt es für je
dritthalb gemeine Soldaten ungefähr einen Offizier, und in der
Armee, welche 9000 Mann zählt, finden sich nicht weniger als
siebzig Generale! Die Staatseinkünfte belaufen sich jährlich
auf mehr als 3,000,000 Dukaten, was für eine Bevölkerung
von 1,000,000 eine hinreichende Summe ist, nicht allein um
die Staatsmaschine in Gang zu erhalten, sondern auch um die
gegenwärtig vernachlässigten Hülfsquellen zu entwickeln. Aber
freilich ist es leicht einzusehen, wie das Ganze zwischen nutzlosen
Ausgaben und amtlicher Feilheit aufgezehrt wird. Norwegen
erhält mit geringeren Einkünften und einer größern Bevölkerung
seine Straßen, Schulen, Universitäten, Dampfschiffe, Armee, Flotte
und Polizei und bleibt dabei frei von Schulden.

Die lächerliche Eifersüchtelei der Griechen ist ein anderes
Hemmniß auf dem Wege des Fortschritts. Die unkultivirten
Landstriche des Isthmos und der Morea wären längst mit deutschen Einwanderern angesiedelt worden, hätte man nicht befürchtet,
den reinen griechischen Stamm durch das Aufpfropfen fremder
Reiser zu verunehren. Das erste, was die gesetzgebende Versammlung that, nachdem Griechenland eine Constitution erhalten
hatte, war, ein Gesetz abzufassen, nach welchem alle Heterochthonen (solche Griechen, welche auf Kreta, Chios, in Konstantinopel
oder sonst wo außerhalb der Grenzen des gegenwärtigen Königreiches geboren waren) ihrer gleichen bürgerlichen Rechte ver-
lustig gingen. Die größten Wohlthäter Griechenlands aber auf
Privatwegen sind Heterochthonen, wie Arsakis, Rhizari, Sina

und andere, welche die öffentlichen Lehr- und Wohlthätigkeits-
anstalten entweder gestiftet haben oder noch unterhalten. Dieses
schimpfliche Gesetz ist seitdem widerrufen worden, doch ist noch
dieselbe eigennützige Politik an der Tagesordnung, und anstatt
daß man Griechenland zum Hauptpunkt des Nationalgefühls und
Stolzes für den gesammten griechischen Volksstamm machen
sollte, hat man nur bezweckt, die zerstreuten Theile desselben einander zu entfremden. Die Griechen träumen weit mehr von
einer Wiederherstellung des byzantinischen Kaiserthums, als von
der Wiederbelebung der alten Republiken und Bundesgenossen-
schaften. Sie vergehen fast vor Begierde, Thessalonien und Macedonien an sich zu reißen, und Konstantinopel liegt mehr oder
weniger in den Entwürfen und Hoffnungen eines jeden Griechen
— aber sie werden es niemals bekommen.

Einige Reisende weisen auf die Constitution Griechenlands
hin und führen, indem sie ein paar wohlklingende Redensarten,
wie Wahlrecht, freie Rede, freie Presse, Religionsfreiheit, Volks-
erziehung u. s. w. aufzählen, zu der Vermuthung, daß die Regierung vorwiegend demokratisch in ihrer Wesenheit sei. In
Wahrheit aber versteht der König nicht, was eine Repräsenta-
tivregierung ist — ja begreift nicht einmal die ersten Principien einer solchen, und seitdem er sich unter dem Diktat der
Kanonen genöthigt gesehen, mit seiner Unterschrift einen Theil
seiner Gewalt wegzugeben, ist sein einziges Trachten dahin gegangen, sich das Verlorene wieder zu verschaffen. Dank den
guten Gelegenheiten, die ihm die Constitution selbst an die Hand
gibt, ist ihm dieses Streben auch gelungen. Der König ernennt
nicht allein den Senat, sondern auch die Nomarchen und hat
das Recht, von den drei Candidaten, welche die meisten Stimmen
für sich haben, einen zum Demarchen auszuwählen. Einer dieser
drei ist sicherlich im Interesse des Hofes und auf diese Weise
fällt die ganze Landesgewalt in seine Hände zurück. Ein hoch-
stehender Bürger Athens sagte mir einstmals: „Es ist eine

eitle Hoffnung, unter dem jetzigen Regierungssystem irgend etwas zu erwarten, was einer gerechten und geziemenden Verwaltung ähnlich sähe. Es gelang uns einmal nach großen Anstrengungen und nicht ohne einige Intriguen hier in Athen drei
Wahlcandidaten aufzubringen, von denen zwei rechtliche und auf-
geklärte Männer unsrer eigenen Partei waren. Der dritte war
ein Dummkopf, den zu wählen wir die Hofpartei vermochten,
indem wir es für eine moralische Unmöglichkeit hielten, daß er
das Amt erhalten würde. Es war aber alles umsonst; der
König bestallte den Esel." Während meines Aufenthaltes in
Athen wurde einem Günstling des Hofes der höchste Rang in
der Flotte ertheilt und derselbe über den ehrwürdigen Kanaris
gesetzt, dessen Name so lange genannt werden wird, als die
Welt glänzende Heldenthaten ehrt. Der edle alte Mann legte
sein Amt alsbald nieder und sandte dem König jeden Orden
und alle Ehrenzeichen zurück, die er aus den Händen der Regierung empfangen hatte.

Es ist eine ermüdende Aufgabe, sich durch die lange Liste
der Uebelstände durchzuarbeiten, die durch die Trägheit und Ge-
fühllosigkeit nicht weniger als durch die Bestechlichkeit der Griechen
aufrecht erhalten werden; auch kann ich darauf nicht hinweisen,
ohne das demüthigende Bewußtsein, daß meine griechischen
Freunde das Recht haben, auf unsre eigenen Gesetzgeber hin-
deutend, zu fragen: „Seid Ihr denn ohne Sünde, daß Ihr
Steine auf uns werfen solltet?" Die rasche Abnahme politischer
Redlichkeit in der Heimat (ich spreche ohne Beziehung auf eine
bestimmte Partei) treibt jedem rechtschaffenen Amerikaner im
Auslande die Röthe der Scham und Kränkung in die Wangen.

Die Lernbegierde der Griechen ist oft und mit Recht als
einer ihrer hoffnungsvollsten Charakterzüge erwähnt worden.
Sie durchdringt im allgemeinen alle Klassen, und die einzige
Einschränkung, die man in dieser Beziehung machen könnte,
wäre, daß sie in sehr vielen Fällen aus dem Wunsche entsteht

der Handarbeit zu entgehen und sich das Ansehen zu verschaffen, welches eine Regierungsstelle mit sich bringt. Aus diesem Grunde ist Griechenland reich an Halbgebildeten, die ihre Studien selbstgenügsam liegen lassen, nachdem sie einen gewissen Punkt erreicht haben. Seit der Befreiung des Landes sind keine Gelehrten mehr, wie Korah und Aesopios (der noch lebt) auferstanden. Die Lieder der Klepten sind noch immer die besten neugriechischen Dichtungen. Auf dem Gebiete der Geschichte und des Rechts ist etwas weniges geschehen; im Fache der Kunst aber gar nichts. Nichtsdestoweniger ist dieser Durst nach Wissen viel versprechend, und zur Ehre der Griechen sei es gesagt, daß sie nach der Erlangung ihrer Freiheit vor allem andern zuerst Vorkehrungen zur Errichtung von Schulen trafen. Gegenwärtig beläuft sich die Gesammtzahl der Schüler in ganz Griechenland auf beinahe 45,000, was einen unter 24 Seelen ausmacht. Die Universität in Athen erfreut sich eines blühenden Zustandes, das Arsakeion (unter der Obhut der Madame Mano, Schwester von Alexander Mavrokordato) zählt 300 Schülerinnen und die wohlbekannte Schule von Mr. und Mrs. Hill beinahe 400. Außerdem gibt es vortreffliche Seminare in Syra, Patras, Nauplia und anderen Orten.

Niemand hat mehr für das freie Griechenland gethan als meine beiden so eben genannten Landsleute, und weniges hat mir auf meinen Reisen durch das Land so wohlgethan, als die innige und dauernde Dankbarkeit zu bemerken, welche die Griechen für sie hegen. Sie unterrichten gegenwärtig die zweite Generation — die Kinder derjenigen, welche sie vor 20 bis 30 Jahren unterrichtet haben. Ich hatte hinreichende Gelegenheit, den Plan und die Verrichtungen ihrer Schulanstalt kennen zu lernen und ich kenne keine andre derartige Anstalt, welche mehr Gutes stiftet. Ich habe zu mehren Malen Gelegenheit gehabt, von den unbefriedigenden und unzureichenden Resultaten der amerikanischen Missionen in fremden Ländern zu sprechen — Resultate, die in

17*

vielen Fällen mehr einem Uebermaße als einem Mangel an Eifer zuzuschreiben sind. Mr. und Mrs. Hill haben ihre Bemühungen darauf beschränkt einen Verein tugendsamer, gebildeter, verständiger und gottesfürchtiger Frauen für Griechenland aufzuziehen, und sie haben den schönsten Erfolg davon gehabt. Proselytenmacherei ist in Griechenland gesetzlich verboten, und sie haben jeden Versuch dazu bei Seite gelassen. Daher erfreuen sie sich der Liebe und des Vertrauens des ganzen griechischen Volkes und fahren fort den Samen einer bessern, reineren, aufgeklärteren Lebensweise auszustreuen, indem sie das Gedeihen und Reifen ihrer Saat dem Walten Gottes überlassen. Dr. King, welcher seit den letzten sieben Jahren amerikanischer Konsul gewesen ist, beschäftigt sich vorzugsweise mit der Bekehrung der Armenier. Außerdem hat er eine große Anzahl griechischer Traktate und Schulbücher drucken lassen, welche eine weite Verbreitung in den Schulen des Landes gefunden haben.

Der größte Fortschritt, welchen Griechenland seit seiner Befreiung gemacht, hat auf dem Gebiete des Handels stattgefunden. Das blaue Kreuz schwimmt jetzt nicht allein in jedem Hafen des Mittelländischen und Schwarzen Meeres, sondern überhaupt in den meisten der europäischen Seestädte. Der in Konstantinopel von griechischen Fahrzeugen betriebene Handel ist bedeutender als derjenige aller übrigen Nationen zusammengenommen. Griechische Handelshäuser kommen jetzt nicht allein in Triest, Wien, Marseille, London, Paris und Manchester vor, sondern fangen auch an, in den Vereinigten Staaten zu entstehen. Trotzdem was man von der merkantilen Unredlichkeit der griechischen Kaufleute des Orients gesagt hat, stehen diejenigen, welche sich im Occident niederlassen, gewöhnlich in eben so gutem Rufe wie ihre fränkischen Brüder. Das griechische Volk hat von Natur Talent für den Handel und auf diesen Umstand könnte man die Hoffnung für eine bessere Zukunft Griechenlands bauen. Was diese Zukunft aber sein wird, kann man nicht im entfernteſten vermuthen. Ich kann noch nicht an eine Wiedergeburt des Orients durch das griechiſche Volk glauben. Ein griechiſches Kaiſerreich mit Konſtantinopel zur Hauptſtadt iſt ſo weit entfernt wie der Mond. Ob das gegenwärtige Königreich fortfahren wird als kleine Macht ſein ſchwaches Daſein hinzuſchleppen, oder ob es am Ende das Glied eines mächtigeren Ganzen werden wird, iſt etwas, worüber ich keine Vermuthungen aufſtellen werde. Es iſt jedoch nicht ohne Bedeutung, daß die politiſchen Faktionen Griechenlands bis noch vor ganz kurzem die Namen: engliſche, ruſſiſche und franzöſiſche Partei trugen. Von dieſen dreien war die ruſſiſche natürlich die ſtärkſte.

Da die Ehe des Königs eine kinderloſe iſt, ſo iſt das Volk über ſeinen zukünftigen Herrſcher in großer Ungewißheit. Der Conſtitution zufolge, muß der nächſtfolgende Monarch der Landeskirche angehören. Prinz Luitpold von Baiern, Otto's Bruder, hat aus dieſem Grunde auf ſein Thronfolgerecht verzichtet. Adalbert, der jüngſte Bruder, iſt zum Religionswechſel bereit, nachdem er den Thron beſtiegen haben wird — aber nicht eher. Der Sohn Luitpold's aber hat das erſte Anrecht, und dazu kommt noch, daß die Königin alles in Bewegung ſetzt, um Propaganda für ihren Bruder, den proteſtantiſchen Prinzen von Oldenburg zu machen. In allen dieſen kleinen Plänen und Intriguen iſt Griechenland das letzte, woran gedacht wird. Die Königin iſt durchaus eigennützig, aber es iſt nicht abzuleugnen, daß ſie populär iſt und einen beträchtlichen Einfluß beſitzt. Der König iſt ein wirklich liebenswürdiger Mann und ich glaube, er iſt willens alles mögliche Gute für Griechenland zu thun; er wird aber in ſeinem ganzen Leben nie die wirkliche Sachlage und die Erforderniſſe des Landes ſich zum Bewußtſein bringen. Die beſten Männer, die Griechenland gegenwärtig beſitzt — Mavrokordato, Pſhllas, Argyropoulos und Kalerges — ſind nicht in der Stellung, wo ſie ihren Einfluß nach Verdienſt geltend machen könnten, und ſo geht denn das Land blindlings fort, unbeküm-

mert um die Zukunft, so lange es die Last der Gegenwart tragen kann ohne zusammenzubrechen.

Ich schreibe alle diese Dinge mit Betrübniß nieder und
wünsche, meine Eindrücke wären erfreulicher Art. Ich würde
das Gedeihen Griechenlands mit ebenso aufrichtiger Freude begrü-
ßen als irgend einer seiner Bürger. Ich würde froh sein in
dem Bewußtsein, daß mehr des alten Geblütes und des alten
Genius vorhanden sei — aber ich kann dem Leser nicht geben,
was ich nicht finden kann. Vermag denn eine abgestorbene
Nation wirklich nie wieder aufzuerstehen? Fehlt die ausdauernde
Lebenskraft jenen großen Eigenschaften des alten Volksstammes,
die mehr als tausend Jahre ihre Triumphe gefeiert haben?
Vermögen jene „Künste des Krieges und Friedens", welche in
Griechenland und den griechischen Inseln emporsproßten, nicht in
den Armen einer reineren Religion und aufgeklärterer Gesetze
wieder zu erblühen? Die Antwort wird ein späteres Jahrhundert, aber nicht die Jetztzeit geben.

Vierundzwanzigstes Kapitel.

Der Landbau und andere Hülfsquellen des Landes.

Ehe ich von Griechenland Abschied nehme, muß ich noch
einige Worte über seine Produktionen sagen, ein Gegenstand,
über den der Leser ohne Zweifel sehr verschiedenartige Meinungen
gehört hat. Die Griechen selbst führen die Worte: „Wir
besitzen ein armes Land", so häufig im Munde, daß der fliegende
Tourist, welcher auf seinem Wege nach Egypten und Palästina

sich vier Tage in Athen aufhält und nichts als die kahlen Wände des Hymettos und Pentelikon und die dürre Ebene von Attika sieht, sich einbildet, das ganze Land sei kahl, öde, nur mit Fluch beladen — gerade so wie man gewohnt ist Judäa darzustellen. Mit Ausnahme von Akarnanien, Aetolien und einigen Theilen Euböas, leidet das Land allerdings an großem Wassermangel, allein der Boden desselben ist vermuthlich in andrer Beziehung ebenso ergiebig, wie der irgend eines andern europäischen Landes. Die Thäler bestehen aus einem schönen weichen Lehm, welcher vortrefflichen Weizen, Roggen und Gerste hervorbringt, obgleich die Art der Bebauung so einfach, roh und unentwickelt ist wie in den Zeiten Homer's. Die niederen Abhänge der Gebirge erzeugen da, wo sie der Kultur wiedergegeben und den Verwüstungen des Krieges entgangen sind, Wein, wie in Missolonghi, Wälder, wie in Euböa oder Getreide, wie in Maina, während die Seiten des Parnassos, Taygetos und Erymanthos bis zur Höhe von 6000 Fuß mit Eichen-, Tannen- und Fichtenwaldungen bedeckt sind.

Eine Sache aber fehlt, ohne welche selbst der Garten des Paradieses arm sein würde — nämlich die Mittel, den Ertrag des Landes zu Markte zu schaffen. Sämmtliche Wege des Peloponnesos, mit Ausnahme desjenigen zwischen Nauplia und Tripolizza, sind möglichst rauhe Reitpfade, an vielen Stellen von Gebirgsströmen durchschnitten, welche häufig tagelang jede Verbindung unterbrechen. In der That kann man sagen, daß im Frühjahr eigentlich gar keine Wege existiren, indem der Pflug jede Spur einer früher dagewesenen Fährte austilgt. Im nördlichen Griechenland gibt es nur eine Landstraße, nämlich die von Athen nach Theben, und diese ist gegenwärtig nicht zu passiren, da ungefähr 6 Monate vor meiner Ankunft 150 Fuß davon im Passe von Denoë weggewaschen worden waren. Von Theben nach Livadia führt ein Treibweg über die böotische Ebene, der in eine Kothlache sich umwandelt, sobald es regnet.

Früher baute man viel Gerste um Livadia, es fand sich aber, daß die Kosten, welche der durch Esel vermittelte Transport nach Athen verursachte, gerade drei Viertheile des Werthes der Esels-ladung betrugen, und daß, wenn es dem Verkäufer nicht gelang unterwegs ein kleines Geschäft in Straßenräuberei zu machen, er Geld bei der Reise einbüßte. Die Bauern in der Umgegend von Athen bedienen sich jetzt der Karren und machen bei den gegenwärtig hohen Preisen sehr gute Geschäfte. Die Regierung rafft sich endlich zu einer Anstrengung auf, etwas zu thun, was diesem Uebel abhelfen soll. Man hört von Straßen, die nach Chalkis, Korinth und anderen Orten geführt werden sollen. Man hat einen Ingenieur aus Frankreich kommen lassen und gibt ihm, trotz des Ueberflusses an griechischen Ingenieurs ohne Be-schäftigung, einen jährlichen Gehalt von 22,000 Francs. Durch eine besondere Besteuerung ist eine große Summe Geldes erhoben worden; aber alles was bis jetzt geschehen ist, versteigt sich nicht über das Planiren einiger Straßen in Athen. Allein — „Ihr müßt nicht zu viel von uns verlangen", sagen die Griechen.

Ein deutscher Botaniker (Fraas mit Namen, wenn ich nicht irre) hat die sehr entschiedene Behauptung ausgesprochen, daß die abhandengekommenen Wälder Griechenlands nie wieder hergestellt werden könnten und daß folglich das Land dürr und kahl bleiben müsse. Von diesem Ausspruch muß ich gänzlich abweichen. Es ist wahr, ganz Griechenland ruht auf einem Lager blauen Kalksteins, welcher hier und da sich zu Marmor verfeinert, und die entwaldeten Höhen sind so nackt und dürre wie die Berge von Moab. Hymettos scheint hoffnungslos kahl zu sein und selbst Parnes versteckt seine wenigen übrig geblie-benen Fichten in die Tiefe seiner wilden Schluchten. Allein die geringste Ermunterung würde sogar diese Nacktheit wieder bekleiden. Ein Beispiel von dem, was geschieht, sobald die Berge nur sich selbst überlassen bleiben, sieht man im Passe von Oenoë zwischen dem Kithäron und Parnes. Seit ein paar Jahren hat man die Bauern daselbst verhindert die jungen Fichten anzutasten und die Höhen sind grün und dicht bis zur obersten Spitze hinauf bewachsen. Was die Forstkultur betrifft, die mit so großem Erfolge in Deutschland betrieben wird, so weiß man hier nicht das geringste davon. Waldinspektoren, Förster u. s. w. sind zwar angestellt worden, und einige 200,000 Drachmen der Staatseinkünfte gehen in dieser Weise darauf; aber das einzige was sie thun, besteht darin, daß sie die Bauern für das Anzapfen der Fichten — wodurch sie das Harz gewinnen — bezahlen lassen, anstatt es ihnen umsonst zu geben. Braucht ein griechischer Wäldler ein wenig Holz für sein Feuer, so schneidet er lieber zwanzig gesunde Bäumchen ab, als daß er sich die Mühe gäbe einen vollstämmigen Baum zu fällen. Auf Euböa — einst ein Land prächtiger Wälder, die von Rothwild wimmelten — schreitet die Entwaldung rasch vorwärts, und die Gebirgsthäler, die einst reichlich und in regelmäßiger Ordnung bewässert waren, fallen jetzt wechselsweise brennender Dürre und reißenden Gießbächen anheim.

Während die mächtigen Eichenwälder von Doris und Elis voll von faulenden Baumstämmen liegen, verkaufte man in Athen während des Winters von 1867—1858 das Holz im Preise von 1 Cent (3 Pfennigen) das Pfund. Ueberall im Lande sieht man, wie die herrlichsten Bäume muthwilligerweise geringelt worden sind und das selbst in der Mitte der Wälder, wo die Bäume niemals gefällt werden. Es scheint fast, als ob die Leute ein ganz besonderes Vergnügen an dem Werke der Zerstörung fänden. Ein beträchtlicher Landeigenthümer auf Euböa sagte mir, er habe beim Fällen der Fichten in seinen Gehölzen die Arbeiter angewiesen, sehr sorgfältig die Bäume auf solche Weise abzuhauen, daß sie beim Umfallen die unter ihnen stehenden Schößlinge so wenig als möglich beschädigten. Die Leute lachten laut auf und sagten ihm beinahe ins Gesicht, daß er ein Narr sei. Die Schößlinge, sagten sie, seien unbedeutende Dinge, die zu weiter nichts als zum Verbrennen taugten, und es würde kein Schaden geschehen, wenn man sie alle vernichtete. Da, wo die Wälder auch nur theilweise verschont geblieben sind, finden sich Quellen und fließende Gewässer das ganze Jahr hindurch vor. Der Alpheios und der Eurotas, die ihre Nahrung von den Eichen bedeckten Höhen Arkadiens erhalten, fließen durch die Hitze des Sommers hindurch, während in dem nackten Attika der Kephissos und Ilissos schon versiegen, ehe sie das Meer erreichen.

Die Bewirthschaftung des Landes, habe ich gesagt, befindet sich in dem aller unvollkommensten Zustande. Nach wiederholten Erkundigungen finde ich, daß das Fünfzehnfache der Aussaat für eine reichliche Ernte gehalten wird und daß durchschnittlich der Ertrag nur das achtfältige ist. Der Boden wird nicht gedüngt, sondern wird durch eine Reihenfolge wechselnder Aussaaten unterstützt. Bis zur Tiefe von 3 bis 4 Zoll wird er kreuzweise mit einem antediluvianischen Pfluge aufgewühlt und dadurch in kleine Würfel geschnitten. Danach setzt der Bauer sich hin, faltet die Hände und wartet auf den Regen, der die Erdklumpen erweichen und auflösen soll, so daß er sein Getreide säen kann. Mittlerweile kommt dann manchmal ein Gießbach und führt sie alle fort, ehe sie Zeit hatten, sich aufzulösen, und alles, was zurückbleibt, sind die Hieroglyphen, welche die Spitze der Pflugschar auf die darunter befindliche harte Oberfläche gezeichnet hat.

Die anderen Stapelprodukte Griechenlands — Oel, Seide, Korinthen und Wein — sind bei weitem leichter zu behandeln, und liefern daher einen größern Ertrag. Die Reben werden im Frühjahr ausgeschnitten, die Erde umgegraben, zwischen den Stöcken aufgehäufelt und fein gepulvert, worauf die Stöcke ihrem Schicksal überlassen werden. Oel- und Maulbeerbäume werden gepflanzt und das ist alles. Der Ertrag der Seidenzucht und des Korinthenbaues steigt langsam, aber beharrlich, und die Anzahl der Oelbäume, die im Jahre 1833 700 betrug, beläuft sich jetzt auf 2,400,000. Aber trotz dieses scheinbaren Wachsthums ist das Land gegenwärtig ärmer als unter der türkischen Herrschaft. Die kleine Provinz Achaïa allein gewährte im Mittelalter den lateinischen Herzögen ein größeres Einkommen, als das ganze jetzige Königreich Griechenland zusammengenommen hat. Die Wahrheit ist, daß das Land sich in Armuth befindet, weil die Entwickelung seiner Hülfsquellen auf schimpfliche Weise vernachlässigt wurde.

Ein Umstand, der vielleicht mehr als alles andere diese Entwickelung verhindert, ist die religionsgemäße Faulheit der griechischen Landbebauer. Eine Glaubenslehre, welche die Hälfte der Tage im Jahre in Heiligentage verwandelt, an denen es sündhaft ist, irgend eine Arbeit zu verrichten, würde ein jedes Land der Erde zu Grunde richten. Zu diesen Heiligentagen kommen noch drei bis vier große Fastenzeiten und eine ganze Menge kleinerer, welche etwa 150 Tage im Jahre oder fünf Monate ausmachen. Dieselben werden auf das strengste beobachtet, und obschon der mäßig lebende Grieche seinen Hunger mit Brot, Oliven und Zwiebeln stillt, so wird doch seiner Arbeitsfähigkeit dadurch beträchtlicher Abbruch gethan. Um die Gebrechen des Landbauers zu krönen, bedenke man noch seine unmäßige Eitelkeit, welche ihm nicht erlaubt, daran zu glauben, daß es eine höhere Kenntniß in der Welt gebe als seine eigene. Ein Engländer, der sich seit langer Zeit in Griechenland niedergelassen hat, versichert mir, daß dieser Charakterzug es ihm fast unmöglich mache, seine Arbeitsleute anzulehren. Sobald er etwas anordnete, ward er jedesmal, anstatt Gehorsam bei ihnen zu finden, darüber belehrt, wie man es besser machen könnte. Nach einer 24jährigen Erfahrung verzweifelte er beinahe an der Möglichkeit ihrer Besserung.

Ich fand die Landbewohner Griechenlands im allgemeinen ehrlich. Wir begegneten zwei bis drei Beispielen handgreiflicher Betrügerei, doch das könnte einem in jedem Lande passiren — ausgenommen in den nördlichen und westlichen Provinzen Schwedens. Diejenigen, welche im schlimmsten Rufe stehen, zeigten sich am freundlichsten und angenehmsten. Die mainotischen Räuber, wie man sie nennt, die Delphier und Dorier, sind kräftige, fröhliche und gastfreie Leute, an die ich lange mit Vergnügen zurück denken werde. Der zaghafte Reisende, der jetzt Griechenland besucht, braucht sich nicht länger vor den wilden Palikaren zu fürchten, die in den Gebirgspässen ihre langen Flinten auf ihn anlegen möchten. Das nördliche Griechenland ist lange von einer Räuberbande durchstreift worden, die unter dem Befehl des Hauptmanns Kalabaliki stand; aber gerade, ehe wir von Athen abreisten, war er und der größte Theil seiner Leute von den Regierungstruppen in der Nähe von Theben niedergeschossen worden. Mit dem Tode Kalabaliki's ist das Räuberhandwerk in Griechenland fast gänzlich unterdrückt. Von 1854 bis 1858 beläuft sich die Anzahl der erschossenen oder hingerichteten Räuber auf 493! Ich muß jedoch auf die Autorität des Kriegsministers hin aussagen, daß nur 20 von ihnen innerhalb der Grenzen des Königreichs geboren wurden.

Außer den vernachlässigten Feldern und Wäldern besitzt Griechenland auch vernachlässigte Bergwerke. Das Material zu einem Hundert von Parthenons steckt noch im Pentelikon; weißer, wachsartiger Marmor auf Naxos und Paros; kostbares Verde antique und Rouge antique im Taygetos; Steinkohlen auf Euböa, Schwefel auf dem Isthmos und Schmergel auf Naxos. Es heißt, daß die Schätze von Paros ausgebeutet werden sollen, von den andern Mineralien aber werden nur der Schwefel und der Schmergel in sehr beschränktem Maße gegraben. Der Ackerbau sollte jedoch die erste Sorge eines Volkes sein, und so lange als Griechenland keine Wege zur Fortschaffung seines Getreides, Weines und Oeles hat, wird es kaum im Stande sein, seine Steinbrüche und Bergwerke sich zu nutze zu machen. Ich habe noch nichts von einer geologischen Erforschung des Landes vernommen, ich kenne aber einen intelligenten jungen Offizier, welcher

auf Befehl und auf Kosten der Regierung 18 Monate damit
beschäftigt war, eine geheime militärische Recognoscirung der
Türkei vorzunehmen! Reicht einen Plan für die Bewässerung
der kephissischen Ebene ein, und man wird euch vornehm abwei-
sen. Reicht einen andern ein über die Festungswerke von Konstantinopel, und man wird euch reichlich belohnen.

———————————

Doch genug der trockenen Angaben. Lasset mir die gedan-
kenvoll süße Trauer dieses letzten Abends in Athen. Die Sonne
sinkt im lichten Saffrangelb hinter den Paß von Daphne und
ein hochrother Schein spielt um die hohen, kahlen Abschüsse des
Hymettos. Vor mir steigt die Akropolis auf mit ihrer Krone
der Schönheit, dem Parthenon, an dessen schneeweißer Vorderseite die Sonnenuntergänge von 2000 Jahren ihre goldnen Eindrücke zurückgelassen haben. In der Ferne tanzen die leise flü-
sternden Wogen des melodischen ägäischen Meeres und füllen den
Felsensarkophag des Themistokles. Die Oelbäume Platos senden
einen silbernen Schimmer durch die Dämmerung, welche sich
jetzt über die attische Ebene schleicht. Manchen Abend wol habe
ich mich in die Betrachtung dieser denkwürdigen Landschaft ver-
senkt, aber niemals erschien sie mir so lieblich wie jetzt, wo ich
sie zum letzten male schaue. Ein jeder der harmonischen Wellen-
züge in den langen Umrissen der Berge unsterblichen Namens
— ein jedes der benarbten Marmorstücke unter den erhabenen
Trümmerhaufen — eine jede blutrothe Anemone am Ilser des
Ilissos und ein jeder der Asphodels, die auf der Höhe von
Kolonos blühen — ich kenne sie alle und sie kennen mich.

Nicht wie ein neugieriger Fremder, nicht wie ein Reisender, der nach neuen Ländern begehrt, verlasse ich Athen, sondern mit dem Bedauern eines Mannes, der den heiligen Boden kennt und liebt, welcher ihm zugleich ein Heiligthum und eine Heimat gewesen ist.

Druck von Philipp Reclam jun. in Leipzig.